Heli E. Hartleb, geboren 1958 in Knittelfeld (Steiermark), studierte Medizin und ist seit Jahren als Arzt in Wien tätig. »Katja« ist sein Debütroman und gleichzeitig der erste Teil einer »Frauenmärchen«-Tetralogie. Hartleb lebt mit seiner Familie unweit von Wien in einer kleinen niederösterreichischen Ortschaft.

Über Anmerkungen jedweder Art an heli.e.hartleb@live.at würde sich der Autor sehr freuen.

Heli E. Hartleb

Katja

Roman

Frauenmärchen Band 1

buch & media

Weitere Informationen über den Verlag und sein Programm unter
www.buchmedia.de

September 2012
© 2012 Buch&media GmbH, München
Umschlaggestaltung: Ulla Arnold, Freiburg
Printed in Germany · ISBN 978-3-86520-452-3

Für Gügsi

Prolog

Der Zorn wollte sich einfach nicht legen. Seit mehr als einer halben Stunde versuchte Katja nun bereits zur Ruhe zu kommen. Nichts half. Sie hatte im Auto eine CD mit sanfter Musik laufen lassen und dachte an ihre Lieblingsnichte. Dies hatte in letzter Zeit immer bestens dabei geholfen, sie in eine positive Stimmung zu versetzen. Mit der unbändigen Fröhlichkeit, die ihre kleine Nichte versprühte, war sie für Katja ein Aufputschmittel, ein Stimmungsaufheller ohne schädliche Nebenwirkungen. Doch heute wollte nicht einmal das wirken, und so war sie beim Supermarkt in der verschlafen wirkenden Ortschaft knapp zwanzig Kilometer vor Wien stehen geblieben, um sich eine Schokolade zu kaufen. Vielleicht griff diese Maßnahme. Früher war das eine sichere Therapie gewesen, doch würde das noch immer so sein?

Monika schob ihren Einkaufswagen gedankenverloren durch die Gänge des Supermarktes. Sie fühlte sich so allein und verlassen wie schon seit Langem nicht mehr. Der Scheidungskrieg war am Vormittag zu Ende gegangen. Endlich. Das Kapitel »Erwin« war abgeschlossen, und sie sollte wirklich froh sein, dass am Ende alles so glatt abgelaufen war, hatte sich doch ihr Exmann – ja, seit dem Vormittag war er das – überraschenderweise einmal großzügig gezeigt. Warum hatte er das in den vergangenen Jahren nicht getan? Das Leben hätte so viel leichter sein können. Was Erwins Meinungsumschwung herbeigeführt hatte, war ihr völlig schleierhaft, eigentlich war es ihr nun auch völlig egal, und sie sollte bloß erleichtert sein. Statt Erleichterung fühlte sie allerdings nur Leere. Eine große Leere.

Eigentlich wusste sie gar nicht, was sie einkaufen wollte. Hunger verspürte sie keinen, das war schon die letzten Wochen so gewesen, weshalb sie deutlich abgenommen hatte. Sie hatte sich dabei aber die ganze Zeit gezwungen, ausgiebig Sport zu treiben, und so war sie einige Kilogramm unter ihrem Traumgewicht gelandet, die Muskeln waren gekräftigt, und sie war mit einer Figur unterwegs, die sie nicht einmal als Teenager gehabt hatte. Mit ihren dreiunddreißig sah sie nach außen hin fantastisch aus, in ihrem Inneren jedoch fühlte sie sich wie ein Wrack. So stand sie neben dem Regal mit den Süßigkeiten und dachte plötzlich daran, sich eine Tafel Haselnussschokolade mitzunehmen – das hatte sie schon seit Jahren nicht mehr getan.

Katja achtete erst gar nicht auf die Dame, die, einen halben Kopf größer als sie, neben ihr stand und ebenfalls die Schokoladensorten musterte. Doch als deren Einkaufswagen mit Wucht auf ihren Knöchel prallte und sie vor Schmerz laut aufschrie, sah sie zur Seite und in ein völlig verschrecktes Gesicht.

»Es … es tut mir leid, das wollte ich nicht.«

»Können Sie nicht achtgeben? Sie müssen doch sehen, dass ich hier stehe!« Katja zischte die Worte mit vor Schmerz verzerrtem Gesicht.

»Komm, Gregor, pass bitte besser auf, wenn du mit dem Wagen unterwegs bist. Du kannst doch nicht einfach mit unserem Einkaufswagen in den Wagen der Dame hier fahren. Haben wir nicht gestern noch besprochen, dass du dich ein wenig zusammenreißen sollst?« Die offenbar nicht mehr ganz junge Mutter wandte sich kurz an Monika: »Entschuldigen Sie bitte, aber mein Sohn ist manchmal sehr ungestüm.« Sie riss den Einkaufswagen rasch beiseite, und schon waren sie und ihr Sohn auch wieder verschwunden.

»Sie müssen sich nicht bei mir …« Monika merkte, dass es sinnlos war, der Dame nachzurufen, und so drehte sie sich zu der Frau neben ihr, die sie noch immer zornig und fassungslos anfunkelte. »Verzeihen Sie, aber vielleicht haben Sie es mitbekommen, dass mein Wagen von dem Buben auf Ihren Fuß geschoben wurde. Nochmals, es tut mir leid.« Monika fühlte sich angesichts des Blickes der Dame völlig hilflos.

»Sie hätten besser aufpassen können!«, lautete die zornige Antwort.

»Ich sagte bereits, dass es mit leid tut. Und was hätte ich denn tun sollen, wenn der Junge einfach meinen Wagen anstößt?« Plötzlich flossen Tränen über Monikas Wangen. Sie wusste auch nicht genau, warum das so war, für gewöhnlich war sie nicht so leicht aus der Fassung zu bringen, doch nun hatte sie diese banale Situation aus dem Gleichgewicht gebracht.

Die Tränen auf den Wangen der Dame ließen Katjas Herz kurz stolpern. Weggeblasen war der ganze Zorn, der sie nach der unglaublichen Demütigung ergriffen hatte, die sie vor kaum einer Stunde hatte hinnehmen müssen, als man sie in einer recht gediegenen Gesellschaft offen als Hure bloßstellte.

Sie war zu der Veranstaltung in der kleinen Stadt als Begleitung eines, wie es ihr erst schien, seriösen Kunden, der mit ihr vorher noch unbedingt im Hotel des Nachbarortes hatte schlafen wollen, gelangt. Sie hatte sich bemüht, ihm nur eine eher unauffällige Begleiterin zu sein, ließ sich in den einen oder anderen Smalltalk mit den übrigen anwesenden Frauen verwickeln und genoss dann auch das herrliche Essen an der Seite dieses Mannes, bis dieser das Messer an sein Glas stieß, um es erklingen zu lassen. Er erhob sich, und als er begann, eine Rede zu halten, dachte sich Katja noch gar nichts. Doch sie traute ihren Ohren nicht, als er vor allen Anwesenden erläuterte, dass er an dieser Veranstaltung mit einer Nutte an seiner Seite teilnehme, mit der er vor wenigen Stunden noch im Hotel gebumst habe, die eine wunderbar große Klitoris besäße, deren Scham völlig blank rasiert sei und deren Schamlippen goldene Ringe zierten.

Katja dachte zunächst, sie träume. Doch das Raunen der Leute und die Blicke auf ihr waren allzu echt, sodass ein Traum wohl nicht infrage kam. Als die Schilderungen weitergingen, ihre Qualitäten beschrieben wurden, wie sie ihn befriedigt habe und dass er sie nur empfehlen könne, da war ein Damm in ihr gebrochen. Ja, sie war eine Nutte, eine Hure, ein Callgirl, das alles stimmte, doch es war bis zu diesem Zeitpunkt immer eine stille Übereinkunft mit ihren Freiern gewesen, sich niemals gegenseitig bloßzustellen. Also hatte sie sich einfach erhoben, lächelte in die auf sie starrende Menge, bestätigte alles, was ihr Kunde berichtet hatte, wies darauf hin, dass sie denke, dass für sie wohl hier kein Platz mehr sei, verabschiedete sich höflich und schritt erhobenen Hauptes langsam aus dem Saal, in dem das Essen stattgefunden hatte. Plötzlich war sie froh, dass sie mit ihrem Auto, einem sportlichen Cabrio, unterwegs gewesen war, gab es ihr doch die Möglichkeit, wegzukommen aus dem Ort, denn das Bedürfnis, diesen zu verlassen, spürte sie von Sekunde zu Sekunde in sich wachsen. Erst als sie drei Kilometer ruhig gefahren war und sich kurz überlegt hatte, was den Mann wohl dazu gebracht haben mochte, das alles vor den Leuten so darzulegen – möglicherweise wollte er dabei gar nicht sie treffen, sondern jemanden anderen in der Gesellschaft, ja, das schien ihr nun deutlich plausibler zu sein –, da erst wallte unbändiger Zorn in ihr hoch.

Und der war nun mit den Tränen auf den Wangen der neben ihr stehenden Dame im Supermarkt wie weggeblasen.

Katja hatte automatisch in ihre Handtasche gegriffen, ein Taschentuch hervorgeholt und reichte es der Frau vor sich. »Ist nicht so schlimm. Der Schmerz lässt schon deutlich nach. Wird einen blauen Fleck geben. Mehr nicht. Ist bald wieder alles vorbei.«

»Das hoffe ich«, kam es tonlos zurück.

Katja bemerkte erst in diesem Augenblick die unglaubliche Schönheit und die Traurigkeit der Frau. Nochmals stolperte ihr Herz. *Warum habe ich sie zum Weinen gebracht? Warum musste ich sie quälen? Sie hat doch wirklich nichts gemacht. Meine Güte, ist die Frau schön!* Diese Gedanken rasten in kürzester Zeit durch ihren Kopf, und sie konnte den Blick nicht vom Gesicht der Dame abwenden. »Ganz sicher. Das wird bald wieder gut sein … Sie sind so eine wunderschöne Frau. Wissen Sie das?«

»Wie bitte?«

»Äh … der Schmerz ist weg, reden wir also nicht mehr von meinem Knöchel. Nichts für ungut. Ich wünsche Ihnen noch einen wirklich wunderschönen restlichen Tag. Auf Wiedersehen.« Katja schnappte sich zwei Tafeln Haselnussschokolade aus dem Regal, machte kehrt und stürmte zur Kasse. Dort war gerade einmal keine Warteschlange anzutreffen, und so war sie gleich wieder in ihrem Auto. Sie startete den Motor, wollte bereits losfahren, besann sich aber und blieb am Parkplatz stehen. Sie öffnete eine der Schokoladen und steckte sich ein riesiges Stück in den Mund. »Wie gut das schmeckt! Wow!« Sie brach sich gleich noch ein Stück ab und ließ es sich auf der Zunge zergehen. Versonnen, mit dem herrlichen Schokoladengeschmack im Mund, richtete sie ihren Blick auf den Ausgang des Supermarktes und wartete auf die schöne Frau. Sie wusste nicht, weshalb sie das tat, aber es war ihr ein tiefes Bedürfnis, diese Schönheit nochmals zu sehen.

Es dauerte noch eine ganze Weile, bis die Frau mit dem fast leeren Einkaufswagen zu ihrem Auto, einem nicht mehr ganz taufrischen Minivan, kam. Katja wunderte sich, dass man für so wenige Waren so lange Zeit beim Einkaufen verschwenden konnte. War sie nochmals mit jemandem zusammengestoßen? Hatte sie jemanden zum Plaudern getroffen? Wohl nicht, da war sich Katja sicher. Offenbar hatte sie nicht gewusst, was sie besorgen sollte. Die Dame warf die Waren achtlos aus dem Einkaufswagen in den Kofferraum, schob den Wagen lethargisch in die hierfür vorgesehene Abstellzone, ging ebenso lethargisch zu ihrem Auto und fuhr ganz langsam los. Katja startete nun auch ihr Cabrio und folgte dem Minivan. Sie fuhren nicht allzu weit, als das Auto vor Katja langsamer wurde und nach rechts in eine Garage einbog, deren Tor sich vermutlich auf ein Funksignal hin geöffnet hatte. Der Minivan verschwand darin, und das Tor schloss sich. Die Garage war Teil eines modernen Hauses, eines riesigen modernen Hauses. Es beeindruckte Katja, und sie ließ ihren Blick nochmals darüber gleiten, als sie daran ein zweites Mal vorbeifuhr. Das Haus lag in einer Sackgasse, weshalb Katja hatte wenden müssen. Aus irgendeinem Grund hoffte sie, noch ein Lebenszeichen von der Frau zu erhalten, doch es war niemand zu sehen.

Also machte sie sich auf den Weg nach Hause. Einige Augenblicke lang hatte sie das wunderschöne Gesicht der Frau und ihre fantastische Figur, die Katja erst aufgefallen war, als sie ihren Einkaufswagen zum Auto geschoben hatte, noch vor Augen. Dann aber kamen ihr ganz andere Dinge in den Sinn. Ihre bürgerliche Existenz beanspruchte nun ihre Gedanken. Sie arbeitete halbtags in einem Labor. Ihren Zweitberuf als Fachärztin für Labormedizin wollte sie auf keinen Fall aufgeben, wenn sie es finanziell auch wirklich nicht nötig hatte. Doch diese Abwechslung zu ihrer Tätigkeit als Callgirl, ja, als Callgirl sah sie sich, war ihr größter Luxus, den sie sich leistete, und dieser Luxus hatte zusätzlich den Vorteil, dass er ihr Versicherungsschutz und auch eine Aussicht auf eine, wenn auch bescheidene, Altersversorgung bot. Und dieser Job sollte in den kommenden Tagen mühsamer sein, als es sonst üblich war. Urlaube ihrer Kollegen, ein Geräteservice und die Aufstellung zweier neuer Geräte mit dazugehöriger Einschulung würden ihre Zeit mehr als sonst beanspruchen. Sie lächelte in sich hinein. Diese Arbeit machte sie sehr gerne, beinahe so gerne wie ihren Job als Callgirl. Zwei so konträre Betätigungen, und doch so befriedigend.

Sie hatte sich für die kommenden neun Tage keinen Termin von ihrer »Chefin«, so nannte sie Anna, die Leiterin des Begleitservice, geben lassen. Sie wollte einfach einmal ausspannen die nächsten Tage, und anschließend hatte sie den üblichen Gesundheitscheck bei ihrer Freundin Astrid geplant, eine der ganz wenigen Freundinnen, Bekannten oder Verwandten, die von ihrem Hauptberuf wussten.

Diesmal war die große Untersuchung dran, mit komplettem Labor und allem sonstigen Drum und Dran. Das war zwar nicht allzu angenehm, doch sie war es bereits so gewöhnt, seit Astrid das alles in die Hand genommen hatte. Katja hatte schon immer versucht, sich vor allem Möglichen zu schützen, was im Callgirlgeschäft an Gefahren auf sie lauerte, und Safer Sex war ohnehin ein Muss. Niemals war ein Penis in ihren Körper gedrungen, in welche Körperöffnung auch immer, der nicht mit einem Kondom versehen gewesen war. Die Kondome waren ausnahmslos die, die sie selbst besorgte, und niemals hatte sie es einem Mann überlassen, das Kondom überzustreifen. Dennoch war Astrid entsetzt gewesen, als sie erfuhr, wie selten sie sich untersuchen ließ. So selten war das Katjas Ansicht nach gar nicht gewesen, doch Astrid hatte ihr den Eindruck vermittelt, dass das so wäre, und hatte beinahe ungefragt das Kommando diesbezüglich übernommen.

Dementsprechend hatte sie erst in zehn Tagen ihren nächsten Auftrag, und das würde wieder ein ganz schöner werden. Diesen Kunden betreute sie bereits seit Jahren, und so wusste sie, dass das Verwöhnen mehr auf seiner Seite stand als auf ihrer. Carl war ein alter Charmeur, in Wahrheit gar nicht so alt, aber ein wahrer Kavalier, der seine sexuellen Gelüste mit Vorliebe bei ihr auslebte. Katja hatte bald gelernt, ihn nach Strich und Faden zu befriedigen, und er wiederum hatte nach anfänglichen Hemmungen gelernt, seine Vorstellungen in die Tat umzusetzen. Diese waren frei von Brutalität oder für Katja erniedrigenden Dingen, ganz im Gegenteil, sie beinhalteten unglaubliche Zärtlichkeiten, neckische Spiele und seine Vorliebe für alles nur erdenkliche Sexspielzeug. Öfters schon hatte er Katja das eine oder andere zum Geschenk gemacht, und sie hatte nie abgelehnt. Wenn sie zu Hause an einem ruhigen Abend mit Wonne masturbierte, dann griff sie immer wieder gerne auf diese Geschenke zurück.

Das waren die Aussichten auf die kommenden Tage, welche eine fröhliche Stimmung in ihr hervorriefen. Die Erinnerung an den abgelaufenen Tag war wie weggeblasen, und nur einmal dachte sie kurz an den Vorfall im Supermarkt, nämlich am nächsten Morgen, als sie sich den rechten Seidenstrumpf hochrollen wollte und kurz nach ihrem Knöchel blickte. Es war kein blauer Fleck entstanden, und damit war vorerst kein Gedanke mehr an die Erlebnisse in Niederösterreich zu verschwenden.

Kapitel 1

Monika stand unter der Dusche und hatte ganz plötzlich ein furchtbar flaues Gefühl im Bauch. Das zweite Mal an diesem Tag rasierte sie sich bereits ihre Scham, denn sie wollte einfach auf alles bestens vorbereitet sein, worauf sie sich da eingelassen hatte. Sie lehnte ihre Stirn an eine nasse, schon etwas abgekühlte Fliese der Duschkabine. »Du bist völlig verrückt, völlig verrückt!« Sie spürte den unwiderstehlichen Drang, aus der Dusche zu springen, das Telefon zu nehmen und alles wieder abzusagen. Noch wäre es ja nicht zu spät. Als aber der Wasserstrahl der Dusche ihre Klitoris traf, sie ihn gar nicht mehr wegbewegen konnte und sich ein unglaubliches Gefühl der Wollust aufbaute, verwarf sie den Gedanken. Nervös trocknete sie sich ab. Eine schwache Stunde blieb ihr noch. Das Kleid, das sie tragen wollte, hatte sie schon bereitgelegt, welche Unterwäsche sie nehmen sollte, das war ihr hingegen noch völlig unklar. Erst hatte sie an eine sexy Korsage mit Strumpfhaltern und einem zarten String gedacht, doch ihr war sogleich in den Sinn gekommen, dass in diesem Szenario nicht sie die Verführerin sein sollte. Also doch etwas Nüchternes, Einfaches. Nein, das machte kein gutes Bild. Dann eben einen hübschen Spitzen-BH, ein breites Spitzenhöschen, etwas, das sie auch sonst gerne trug in der Freizeit, in der Arbeit und das an ihr einfach echt wirkte und nicht gekünstelt. Davon hatte sie auch reichlich Auswahl, nur welche Farbe sie wählen sollte, war die nächste Frage. So stand sie bereits wohl parfümiert, geschminkt und am ganzen Körper eingecremt vor der riesigen Schublade mit der Wäsche, als es klingelte. Sie sah auf die Uhr. »Mein Gott, jetzt habe ich die Zeit völlig übersehen.« Siebzehn Uhr war ausgemacht, und jetzt war es bereits siebzehn Uhr zwanzig. Wo nur war die Zeit geblieben?

Katja stand nervös vor der Tür. Nervosität war ihr sonst völlig unbekannt. Noch konnte sie umdrehen, in ihr Auto steigen und nach Hause fahren. Ein ruhiger Abend vor dem Fernsehgerät, ja, das wäre nun gerade das Richtige. Eigentlich wollte sie nicht vor der Tür stehen und warten, bis eine Frau aufmachen würde. Dabei war es nicht das Problem, dass es eine Frau war, nein, es war das Problem, dass sie wusste, welche Frau gleich die Tür öffnen würde. Ziemlich sicher wusste sie das, doch ein Funken von Unsicherheit blieb, und daher blieb auch Katja vor der Tür stehen. Sie wollte es ganz sicher wissen, ob es die Frau aus dem Supermarkt sein würde, der sie Tränen über die Wangen hatte laufen lassen mit ihren ungerechten Vorwürfen in ihrem unbändigen Zorn, für den die Dame überhaupt nicht verantwortlich war. Ob es die Frau sein würde, deren traumhaft schöne Figur ihr erst auf dem Parkplatz des Supermarktes bewusst geworden war. Ob es die Frau sein würde, der sie bis zu diesem Haus gefolgt war, ohne auch nur irgendeinen Grund dafür zu haben.

Carmen, Annas Mädchen für alles im Begleitservice, hatte sie vor zwei Tagen angerufen, ob sie denn kurzfristig einen Termin übernehmen könnte. »Eine Frau …« Katja hatte sofort eingeworfen, dass das doch die Domäne von Vera und Michaela wäre. »Ja, schon, aber die Frau hat angerufen und dezidiert nach dir gefragt, Katja, nach dir und nach sonst niemandem. Ich hätte dich sonst auch nicht angerufen.«

Katja wunderte sich zwar darüber, sagte aber dann nach einem Blick in ihren Kalender zu. Sie hatte bis fünfzehn Uhr Dienst im Labor, das würde zeitlich gut passen. Rasch nach Hause, duschen, umziehen und dann ab nach Niederösterreich. Anna hatte ihr die Adresse gegeben. Die sagte ihr zunächst rein gar nichts, und sie hatte nicht einmal eine Verbindung mit dem Supermarkt herstellen können. Sie konnte sich gar nicht erinnern, in welchem Ort sie die Haselnussschokolade besorgt hatte, und es kam ihr ja auch gar nicht in den Sinn. In den Sinn kam ihr erst alles, als sie vom Satellitennavigationssystem in die Sackgasse geführt worden war und vor dem riesigen Haus die in Computersprache ausgegebene Ansage »Sie haben Ihr Ziel erreicht« vernahm. Das konnte doch nicht wahr sein! Woher wusste die Frau ihren Namen? Wie war sie ihr auf die Schliche gekommen? Hatte sie bemerkt, dass sie ihr nachgefahren war? Hatte sie Erkundigungen eingeholt? Vage Überlegungen mischten sich in ihrem Kopf, während sie vor der Tür stand. Die Sonne heizte noch immer vom Spätsommerhimmel, Katja wandte sich um und sah auf das abgedroschene Getreidefeld auf der anderen Seite der Sackgasse. Als sie das erste Mal hier gewesen war, hatte der Wind den Weizen in sanften Wogen bewegt, ein Bild, das in ihr hochkam und sich im Nu mit dem Bild des mit Tränen benetzten Gesichts der Frau mischte.

Katja erschrak, als die Haustür mit einem Ruck aufging und besagte Frau vor ihr stand. Kein Zweifel, sie war es. Katja hatte nun das Gefühl, gleich wieder heimfahren zu können. Sie wusste, was sie wissen wollte. Das war es. Sie sollte auch heimfahren, dessen war sie sich sicher. Alles andere wäre möglicherweise mit Komplikationen verbunden. Doch sie ahnte nicht, dass dieser Augenblick ihr gesamtes Leben über den Haufen werfen sollte. Warum auch. Eine Frau stand mit unsicherem Lächeln vor ihr. Eine Schönheit, wie sie Katja noch nicht oft gesehen hatte. Mit einer sportlichen Figur, einer traumhaft schönen Figur. Aber eben eine Frau. Was sollte also schon sein?

Katja merkte sofort, dass die Dame im Gegensatz zu ihr mit ihrem Gesicht nichts anfangen konnte, keine Assoziationen dazu hatte. Das ließ sie noch mehr staunen. Warum hatte sie dann gerade nach ihr gefragt?

Monika hatte das Läuten vernommen und sich rasch für ein weißes Wäscheset entschieden. Es war ziemlich neu, und sie liebte es besonders. Sie fand sich sexy darin – es war nicht nur schön, es war auch wunderbar bequem und besaß eine perfekte Passform. Das Kleid war gleich übergestreift, die Schuhe angezogen. Sie lief ins Wohnzimmer und schaute, ob alles passte. Monika hatte den ganzen Nachmittag damit verbracht, zu kochen und eine schöne Atmosphäre ins Zimmer zu zaubern, das erste Mal seit gut zwei Jahren, seit dem Augenblick, als ihre Ehe begann, den Bach runterzugehen. Dann wollte sie die Tür öffnen, konnte es aber nicht. Plötzlich fehlte ihr der Mut dazu. Also stand sie regungslos davor und blickte durch das verspiegelte kleine Fenster nach draußen. Sie konnte die Frau, die sie sich »bestellt« hatte, zwar ausschnittsweise erkennen, doch nicht klar in ihr Gesicht sehen. Sie hatte sie auf Anraten eines Kollegen, eigentlich einem ihrer besten Freunde, mit dem sie seit Jahren über alles ganz offen reden konnte, beim Begleitservice geordert. Er hatte ihre Dienste auch schon in Anspruch genommen und von ihr über alle Maßen geschwärmt. Nicht die sexuellen Qualitäten, die seien damals nur eingeschränkt zu beurteilen gewesen, denn der Alkohol hatte ihm einen Strich durch die Rechnung gemacht, nein, es wären ihre zurückhaltende Art gewesen und diese unglaubliche Weiblichkeit, die sie ausstrahlte, die ihr Zusammensein zu einem wunderbaren Erlebnis hatten werden lassen.

Und genau das war es gewesen in den letzten Wochen, wonach sie immer mehr Sehnsucht bekommen hatte. In ihren erotischen Fantasien hatten in den vergangenen Jahren, in Wirklichkeit auch schon davor, immer öfter Frauen eine Rolle gespielt. Seit ihrer schmutzigen Scheidung hatte sich das noch drastisch verstärkt und so gesteigert, dass sie Roland, ihrem Kollegen, einmal davon erzählt hatte. Ihr großes Problem bestand nämlich darin, eine passende Frau zu finden. Wie sollte man hier auf dem Land mit so einer Frau in Kontakt treten? Vor allem, wenn man im gesamten Bekannten- und Verwandtenkreis und auch bei den Kollegen nicht irgendeine Frau mit lesbischen Tendenzen ausmachen konnte. Erst hatte sie Rolands Empfehlung entrüstet abgelehnt, und er hatte auch nicht weiter insistiert, doch die Idee ging ihr nicht mehr aus dem Kopf. Und wenn sie diese im Kopf hatte, erregte sie dies dermaßen, dass sie häufig das Gefühl hatte, sich selbst befriedigen zu müssen, womit sie dann eines Tages auch begonnen hatte. Monika hatte in ihrer Jugend und auch später nahezu nie masturbiert, doch zurzeit konnte sie nicht genug davon bekommen. Sie zelebrierte das meistens in der Dusche, und der Duschkopf mit seinen zahlreichen Funktionen wurde zu einem unentbehrlichen Utensil. Irgendwann wurde dann der Drang, ein Erlebnis mit einer Frau zu haben, so groß, dass sie Roland nochmals darauf angesprochen hatte, und er war es gewesen, der dann alles in die Wege geleitet hatte. Sie musste nur mehr kurz anrufen und den Termin ausmachen. Das alles ging so schnell und unkompliziert, und auch der Termin war so kurzfristig möglich, dass sie sich beinahe wieder irritiert fühlte.

Verunsichert stand sie nun vor der Tür, konnte sie nicht öffnen und geriet in Panik, als sie durch das Fenster schauend bemerkte, dass sich die Frau umwandte. Vermutlich war sie im Begriff zu gehen. Und diese Panik ließ sie mit einem Ruck die Tür öffnen.

Die Frau vor der Tür sah ganz anders aus, als Monika sich das vorgestellt hatte. Sie hatte eine etwas aufgedonnerte, schrill geschminkte Frau mit High Heels erwartet, irgendwie auch ein wenig animalisch, sie wusste nicht, wieso, doch der Anblick war ein ganz anderer. Hier stand eine schlanke hübsche Frau in einem eleganten Kostüm und nicht allzu hohen Stöckelschuhen, eine moderne, indes nicht besonders auffällige Handtasche über der Schulter. Dunkelbraune gelockte Haare, die bis auf die Schulter fielen, umrahmten ein ebenmäßiges Gesicht mit klaren grünen Augen. Ganz zarte Fältchen waren am Rand der Augen zu erkennen, das Alter ging also an der Frau auch nicht ganz spurlos vorbei, und Monika schätzte, dass sie auch in ihrem Alter war, also knapp unter fünfunddreißig, und das nicht zu verheimlichen suchte.

»Guten Abend, wir haben ein Treffen vereinbart, wenn ich das richtig sehe. Nennen Sie mich Katja, das ist übrigens mein richtiger Name. Wenn Sie es wünschen, können Sie mich auch gerne duzen. Das liegt ganz in Ihrem Ermessen.«

»Guten Abend, ich heiße Monika, bitte kommen Sie herein.« Sie machte den Weg ins Haus frei.

Bereits im Eingangsbereich hingen wunderschöne Bilder eines Tiroler Künstlers an der Wand, und das sollte sich noch steigern im Wohnzimmer und im Schlafzimmer, welches Katja später noch kennenlernen sollte.

»Sie haben schöne Bilder dieses jungen Tirolers hier hängen. Ich habe auch einige von ihm. Doch wie Sie sie haben rahmen lassen, das ist unglaublich schön. Das hätte ich auch so machen sollen, anstatt dessen habe ich mich für, wenn ich es jetzt so betrachte, fade einheitliche, perlmuttfarbene Rahmen entschieden. Vielleicht sollte ich das nochmals ändern lassen.«

»Machen Sie das wirklich? Bilder neu rahmen lassen? Ich mache das nie. Habe ich sie einmal in einem Rahmen, dann bleibt das auch so. Ich kann mich einfach nicht mehr dazu aufraffen.« Monika führte Katja in das Wohnzimmer zum Esstisch. »Haben Sie Hunger? Ich habe etwas vorbereitet, ein paar Kleinigkeiten. Natürlich nur, wenn Sie das wollen.«

Katja hatte Hunger, doch sie hatte nicht damit gerechnet, hier bekocht zu werden. Sie hatte sich vorgenommen, am späteren Abend – das Treffen sollte nicht länger als bis zwanzig Uhr dauern – auf dem Weg nach Hause in einem ihr gut bekannten Gasthof einzukehren und einen Lammrücken zu essen, der dort so gut war wie nirgendwo sonst. »Was gibt es denn?«, wollte sie wissen.

»Also, ich habe eine Kürbiscremesuppe gemacht, die ersten Kürbisse sind schon zu haben bei den Bauern im Umland, und das habe ich ausgenutzt, und dann habe ich Buchteln mit Vanillesauce vorbereitet.« Sie deutete auf eine mit einem Geschirrtuch bedeckte Backform.

»Buchteln mit Vanillesauce? Das ist ja unheimlich viel Arbeit. Und die haben Sie für mich gemacht? Wirklich?« Katja blickte Monika in die Augen, und plötzlich sah sie wieder die Tränen auf ihren Wangen. Niemals wieder wollte sie der Grund dafür sein, dass diese Frau Tränen auf den Wangen hatte, niemals.

»Na, so eine Arbeit ist das auch wieder nicht. Germteig ist einfach herzustellen, und dann muss man die Buchteln eben formen und füllen.«

»Haben Sie Marillenmarmelade oder Powidl in die Buchteln getan?«

»Die Hälfte ist mit Marillenmarmelade gefüllt, die andere mit Powidl, ich wusste ja nicht, was Sie vorziehen.«

»Powidl.« Katja erhob kurz ihre Arme und machte eine wilde Geste: »Powidl ist das Beste, was man in Germteig geben kann.« Ihr Gesichtsausdruck spiegelte nun leichtes Bedauern wider. »Leider bekommt man fast nirgendwo mehr Mehlspeisen mit Powidl.«

»Dann bin ich doch nicht so falsch gelegen mit meiner Wahl.«

Katja lächelte plötzlich ganz verschmitzt. »Das werde ich Ihnen heute noch gerne bestätigen, dass Sie richtig gelegen sind mit Ihrer Wahl.«

»Kompliziert ausgedrückt«, erwiderte Monika lachend, »aber ich habe verstanden.« Monika wurde plötzlich stutzig. »Ich kenne Sie irgendwoher. Jetzt bin ich mir sicher, aber ich weiß beim besten Willen nicht, wo ich Sie schon einmal gesehen habe.«

»Aus dem Supermarkt. Hier im Ort. Wir sind uns zufällig vor ein paar Wochen im Supermarkt begegnet.«

»Ja! Jetzt fällt es mir wieder ein: Schokolade, Knöchel, Vorwürfe, Kompliment. Ich erinnere mich wieder. Wie geht es Ihrem Fuß?«

»Bestens. Es ist nicht einmal ein blauer Fleck entstanden.« Katja runzelte die Stirn. »Was meinen Sie mit *Kompliment*?«

»Ich erinnere mich genau. Sie sagten: ›Sie sind so eine wunderschöne Frau. Wissen Sie das?‹ Ja, so war der Wortlaut. Es war das erste Kompliment, das ich seit Jahren bekommen habe, auch wenn Sie es nicht glauben.«

»Sie sind eine schöne Frau. Eine der schönsten Frauen, die ich je gesehen habe. Das ist mein Ernst. Ich scherze nicht.« Katja sah Monika tief in die Augen.

Dieser Blick ließ Monika die Nässe ins Geschlecht schießen. *O Gott, wie ich auf die Dame reagiere, wie ich auf ein Callgirl reagiere, das ist doch nicht normal.* Monika wurde leicht schwindlig, und eine Blässe ersetzte die gesunde Farbe der Haut in ihrem Gesicht. »Danke, danke«, stammelte sie, »danke, dass Sie das Kompliment wiederholen. Es tut gut, es zu hören.«

Katja hatte sanft Monikas Hand genommen. »Vielleicht sollten wir jetzt einmal die Kürbiscremesuppe probieren, die schmeckt sicher vorzüglich, und später machen wir uns über die Buchteln her.«

Monika nahm den Vorschlag erleichtert an, servierte die Suppe, die auf dem Herd langsam dahingeköchelt hatte, und sie ließen es sich schmecken.

Anschließend war Katja um den Tisch herumgekommen, hatte Monika von hinten umfasst und flüsterte ihr ins Ohr: »Kommen Sie. Die Suppe war ausgezeichnet, und dafür möchte ich mich jetzt bei Ihnen erkenntlich zeigen.«

»Ich weiß ... ich weiß gar nicht, wie ...«

»Das müssen Sie auch nicht. Überlassen Sie einfach alles mir. Lassen Sie sich fallen, sagen Sie mir nur, wenn Sie etwas besonders gern haben. Genießen Sie den Abend. Bitte.«

Monika war aufgestanden, nahm Katja an der Hand und führte sie wie ein Roboter in das Schlafzimmer.

Katja entkleidete erst sich und dann Monika. Monika konnte sich gar nicht sattsehen an den weiblichen Reizen, die sich ihr nun offenbarten. Katjas Brüste waren eher klein, maximal ein B-Körbchen, doch wohlgeformt. Die rasierte Scham ließ einen Blick auf zwei mit Goldringen verzierte kleine Schamlippen und auf einen keck hervorschauenden großen Kitzler zu. Katja war auf Monika zugekommen, hatte den Reißverschluss des Kleides geöffnet und es über den Kopf abgestreift. Sanft schob sie das Höschen nach unten und öffnete dann mit viel Geschick Monikas BH.

»Sie sind nackt noch viel schöner.« Sie umarmte Monika und führte sie zum Bett, wo sie sie sanft auf den Rücken zwang.

»Ich weiß gar nicht, wie ...«

»Ich hab's schon gesagt: Sie müssen gar nichts. Nichts wissen, nichts tun, nichts können, nichts beweisen. Aber Sie sollen es genießen. Wirklich genießen.«

Monika entspannte sich, ließ Katja gewähren. Und diese berührte, verwöhnte, liebkoste Monikas Körper, als spielte ein Virtuose das erste Mal auf seinem allerliebsten Instrument, von dem er, wenn es nach ihm ginge, nie mehr lassen würde. So geschah es dann auch, dass beide ermattet um knapp vor Mitternacht nebeneinander ruhig im Bett lagen, in einem in Lust zerwühlten Bett. So etwas hatte Monika noch nie erlebt. Eine derart tiefe Befriedigung war ihr noch nie in ihrem Leben vergönnt gewesen.

Und auch Katja hatte so etwas noch nie erlebt. Noch nie hatte sie eine Frau gesehen, die sich der Lust derart hingeben konnte wie Monika. Die alles genoss, die irgendwann aber auch die aktive Rolle übernommen hatte. Das war von Katja überhaupt nicht vorgesehen gewesen. Als aber Monika, offenbar eine sehr gelehrige Schülerin, Katja berührte, mit einer Sanftheit und mit einem unglaublichen Gefühl für die Bedürfnisse einer Frau, da hatte es Katja einfach zugelassen, und so hatte sie ihren ersten Orgasmus und auch nicht den letzten an diesem Abend mit einer Frau erlebt.

»Wie wäre es jetzt mit Buchteln, Katja? Möchtest du welche?«

»Gerne, sehr gerne. Dauert das lange, bis sie fertig sind?«

»Fünfzig Minuten im Backrohr.«

»Gut, dann stell sie rein, komm wieder ins Bett, und nimm die Küchenuhr mit.«

Drei Minuten später war Monika wieder im Bett und fiel über Katja her. Sie liebten sich ein weiteres Mal, und beide schrien ihre Lust laut aus sich heraus. Die Küchenuhr beendete die ausschweifenden Aktivitäten. Sie hopsten aus dem Bett, und schon waren die goldbraun gebackenen Buchteln aus dem Backrohr geholt. Monika bestreute sie mit Zucker und holte das erste Stück aus der Form. Es war mit Powidl gefüllt, und sie reichte es Katja. »Hättest du gerne ein wenig Vanillesauce dazu oder lieber einen guten Kaffee?«

»Mhm, ein Kaffee, das wäre nicht schlecht, ich muss ja noch nach Hause fahren.«

»Musst du wirklich nach Hause fahren?« Monika klang ein wenig traurig.

»Na ja, ich sollte schon.«

Monika seufzte. »Wahrscheinlich würde ich es mir auch gar nicht gut leisten können, aber es wäre so schön, wenn du hier bleiben könntest bis morgen oder bis Sonntag.«

»Du hast schon bezahlt.«

»Wie?«

Katja biss mit Genuss in die noch heiße Buchtel und traf auf die herrliche Powidlfülle. Mit vollem Mund sprach sie weiter: »Das war das Honorar für Freitag«, sie zeigte auf die Backform, »und da wäre das für Samstag und Sonntag.«

»Das ist jetzt gewiss nicht dein Ernst.«

»Doch. Und wenn man es genau abzählt«, sie machte mit dem Zeigefinger Zeichen über der Mehlspeise, »so wäre bis zum nächsten Wochenende alles bezahlt. Inklusive Wochenende, damit das klar ist.«

Monikas Gesicht hatte sich vor Freude aufgehellt. »Dann bleib doch bei mir. Bitte.«

»Das geht nicht. Ich muss heute noch fahren.« Eine Übernachtung hier hatte sie nicht vorgesehen, und es war eines ihrer Prinzipien, nur so lange zu bleiben, wie sie es ursprünglich geplant hatte. Ganz selten hatte es Ausnahmen gegeben. Aber die Gründe dafür waren Flugausfälle, Unwetter oder Lawinenabgänge gewesen, niemals hatte sie sich von Kunden überreden lassen, Zeit anzuhängen, obwohl sie oft danach gefragt worden war. Hier kam noch dazu, dass sie ohnehin schon viel zu weit gegangen war. Sie hatte zeitweise die Kontrolle verloren. Das war etwas, was sie überhaupt nicht zulassen wollte. Üblicherweise war sie diesbezüglich auch nicht gefährdet, denn die Männer, mit denen sie zu tun hatte, waren für sie immer leicht zu durchschauen, und so genoss sie die Lust zwar durchaus, aber immer auf einer noch kontrollierbaren Ebene. Monika allerdings hatte sie völlig überrumpelt. Sie hatte zwar ganz offensichtlich noch nie mit einer Frau geschlafen, doch sie war eine Art Naturtalent und lernfähig. Bald war es ihr gelungen, Katja an ihren empfindlichsten Stellen zu berühren. Und wie sie das getan hatte – nie zuvor hatte jemand so rasch den Weg zu Katjas Lust finden können wie Monika, und bei dem Gedanken, wie Monika dann diesen Weg gegangen war, schoss ihr die Nässe in den Schoß. Ein Grund mehr, noch heute zu fahren. *Abstand halten! Abstand halten!*

»Es ist doch schon so spät. Ich verspreche dir, dass ich nichts mehr von dir fordern werde in Sachen Sex. Probier doch noch die Vanillesauce. Bitte.« Monika hatte ihre Worte mit einem bezaubernden Blick untermauert, der einen Stein zum Erweichen gebracht hätte.

Katjas Widerstand bröckelte langsam ab. »Ich muss zwar heute wirklich nach Hause fahren, aber die Vanillesauce möchte ich nicht versäumen. Sie schmeckt bestimmt so wunderbar wie all die anderen Köstlichkeiten.«

»Warte, ich hol sie gleich.« Kaum eine Minute später war Monika wieder zurück, ein Tablett in der Hand, mit einer Schüssel und zwei kleinen Porzellanschalen darauf und mit zwei kleinen Löffeln, die sie dazugelegt hatte. »Eine Kreation von mir selbst. Ich liebe kalte süße Saucen, zwar nur in kleinen Mengen, aber in Wahrheit könnte ich jeden Tagen eine Portion davon vertragen. Ich habe das Rezept von meiner Großtante, habe es dann modifiziert, und was dabei herauskommt, steht vor dir. Koste davon.«

Katja war neugierig geworden, nahm sich einen kleinen Schöpfer von der Sauce und kostete sie. »Mhm, wie das schmeckt. Herrlich!« *Da kann ich ja gleich wieder die Kontrolle über mich verlieren. Das zweite Mal an einem Abend. Neuer Rekord.* Sie lachte laut auf.

»Was bringt dich zum Lachen, Katja?«

»Du kannst einen gefangen nehmen mit deiner Kochkunst«, Katja machte eine ganz kurze Pause und fügte ganz leise und tonlos hinzu, »und mit deiner Liebeskunst.«

»Wie?«

»Ich sollte nun fahren.« Katja schüttelte den Kopf. »Ich habe heute bei dir Grenzen überschritten, die ich nicht überschreiten sollte. Noch ist nichts passiert, doch ich will nichts mehr riskieren.«

»Du riskierst doch nichts hier.«

»Allerdings. Aber ich möchte nicht weiter darüber sprechen.«

»Entschuldige.«

Katja sprang plötzlich auf, packte Monika am Arm. »Möchtest du noch mal mit mir schlafen?«

Monikas Augen leuchteten. »Ja«, hauchte sie, erhob sich und ging langsam mit Katja wieder ins Schlafzimmer.

Katja hatte erneut die Kontrolle verloren, mehrmals. Es war nun schon drei Uhr morgens, und eine wundervolle Müdigkeit machte sich in ihr breit. Monika hatte eine kleine Schüssel mit Vanillesauce aus der Küche geholt und fütterte Katja liebevoll. Katja fühlte eine Zuneigung in sich hochsteigen, die sie in ihrem ganzen Leben noch nie verspürt hatte. *O Gott, sind da Drogen in der Vanillesauce?*

Nachdem sie das Schälchen geleert hatten, machte Monika Musik. Sie legte eine CD mit Belcanto-Arien auf.

Zu hören war die Künstlerin *Elīna Garanča*, das war Katja nicht entgangen. Ihre Lieblingssängerin konnte sie aus Tausenden Stimmen heraushören, doch diese CD besaß sie offenbar nicht. *Warum nicht? Warum habe ich diese CD nicht?* Das waren ihre letzten Gedanken, ehe sie einschlief.

Monika war nur auf einen Sprung in der Küche gewesen, um eine Flasche Mineralwasser zu holen. Als sie mit der Flasche und zwei Gläsern in der Hand zurückkehrte, schlief Katja tief und fest.

Monika deckte sie zu, trank selbst noch ein Glas Wasser, legte sich neben Katja, drückte ihr einen Kuss auf die Stirn, stellte den Wecker auf acht Uhr, löschte das Licht und schlief nahezu unverzüglich ein.

Katja hatte nicht mehr gemerkt, dass Monika sie zugedeckt hatte, und auch den Kuss hatte sie nicht mehr bewusst mitbekommen, doch vielleicht war er es, der sie in einen ungewöhnlichen Traum führte.

Meist schlief Katja traumlos, oder zumindest konnte sie sich kaum an irgendetwas erinnern. Sie beachtete Träume auch kaum, denn sie waren meist banal, und so tolle Erlebnisse, wie fliegen zu können, von denen ihre Kollegin Heli oft ungefragt erzählte, hatte sie nicht.

Heute jedoch war es anders: Sie träumte von ihrer Chefin, die von einem ungewöhnlichen Auftrag sprach, der nur von Katja ausgeführt werden könnte. Katja war für alles zu haben und sagte gleich spontan zu, ehe sie nachfragte, worum es sich denn überhaupt handelte. Sie sollte zu einer Hochzeit nach Niederösterreich. Alles wäre geplant, die Gäste würden schon warten, doch es gäbe keine Braut, und die sollte nun Katja sein. Das sollte doch keine große Herausforderung sein, war Katjas Reaktion. Sie holte ein Hochzeitskleid aus dem Kasten, streifte es über und war schon in ihrem Cabrio unterwegs. Sorge hatte sie nur um den Schleier, der im Wind wild herumflatterte. Kurz darauf betrat sie einen großen Saal, man empfing sie, bedrängte sie, fragte, warum sie so spät dran wäre. Und im Saal wartete auf sie – eine Braut. Diese drehte sich um und lachte sie an. Monika. Ein Glücksgefühl durchströmte Katja, sie stürmte nach vorne und umarmte die strahlende Braut. Sie küsste sie und schrie nur: »Ja, ich will, ich will! Ja, ich will.«

Dann war sie aufgewacht. Sie wusste erst nicht, wo sie sich befand. Alles war ihr unbekannt. Oder doch nicht?

»Was willst du, Katja?« Monika hatte sich über sie gebeugt. Sie war munter geworden, als sie Katja neben sich schreien gehört hatte.

Katja erschrak erst. Dann fasste sie sich. »Guten Morgen, Monika. Ich glaube, ich habe geträumt.«

»Das habe ich mitbekommen. War es ein schlimmer Traum?«

»Ja!« Katja zögerte. »Nein! Nein, es war kein schrecklicher Traum. Er war bloß ungewöhnlich. Wirklich ungewöhnlich.«

»Die Träume, die man in der ersten Nacht in einem neuen fremden Bett träumt, die gehen in Erfüllung. Allerdings nur die schönen Träume.«

»Der wird nicht in Erfüllung gehen, das weiß ich ganz sicher.«

»Wart's nur ab!«

Katja blickte Monika eine Weile sprachlos an. Sie setzte sich auf, fuhr sich durchs Haar, das zwar ein wenig zerzaust, aber dennoch schön war. »Darf ich das Bad benutzen?«

»Gerne. Brauchst du eine frische Zahnbürste, einen Rasierer oder frische Wäsche?«

»Danke für das liebe Angebot, aber ich habe alles bei mir.«

»Möchtest du mit mir frühstücken, ehe du fährst?«

»Gerne. Eine Tasse Kaffee, das wäre fein. Darf ich noch eine Buchtel essen?«

»Natürlich. Wenn du willst, darfst du die restlichen Buchteln gerne mitnehmen.«

»Da sage ich nicht Nein.«

»Also ab mit dir ins Bad.«

Katja hatte es nun nicht mehr eilig. Das ganze Wochenende hatte sie frei. Sie würde sich ihre Opern-DVDs ansehen, bei Schönwetter laufen gehen, und auch das Fitnesscenter würde sie aufsuchen. Genau das wäre es, danach stand ihr der Sinn. Doch jetzt würde sie sich erst einmal eine ausgiebige Dusche gönnen.

Das Frühstück zog sich dahin, und am Ende offenbarte Monika, dass sie als Architektin arbeiten würde. Angestellt im riesigen Architekturbüro ihres Bruders, ausgestattet mit unglaublichen Freiheiten und mit wunderbaren Aufträgen an der Hand. Über Katja wurde nicht mehr gesprochen, und so fanden sich die beiden Frauen erst am späten Vormittag an der Haustür.

»Ich nehme nicht an, dass wir uns wiedersehen werden.« Monika sagte dies mit einem etwas traurigen, aber auch mit einem etwas zögernden Ton.

»Ich denke nicht, dass wir das wiederholen sollten«, antwortete Katja ernst. »Danke für die Buchteln«, sie deutete auf die Tasche in ihrer Hand. Sie seufzte. »Monika, du bist so eine tolle Frau, und du bist reif für die große Liebe mit einer Frau. Ich bin mir ganz sicher, dass du sie finden wirst. Gib nie auf, wenn du merkst, dass sie da ist. Kämpfe um sie, wenn es nötig ist! Das ist der einzige Rat, den ich dir geben kann.«

»Darf ich dich noch ein letztes Mal küssen?«

»Gerne.« Katja trat auf Monika zu und küsste sie erst ganz sanft, doch dann wurde es ein langer, leidenschaftlicher Kuss.

»Den werde ich in Erinnerung behalten.« Monika lächelte. »Fahr jetzt.«

Katja stieg in ihr Auto, startete den Motor und brauste schneller los, als es nötig gewesen wäre. *Ich denke nicht, dass wir das wiederholen sollten. So ein Schwachsinn! Wieso sage ich so etwas?*

Als Katja die Wiener Stadtgrenze erreicht hatte, hingen ihre Gedanken immer noch bei Monika. Warum hegte sie nur solche Gefühle für sie? Für eine Frau? War sie am Ende eine Lesbe? Konnte das möglich sein? Bis jetzt hatten ihr die wenigen Aufträge mit Frauen zwar immer Spaß gemacht, weil es einfach schön war, einer Frau das zu geben, was sie sich wünschte und was sie brauchte. Doch selbst hatte sie sich noch nie im Besonderen von Damen angesprochen gefühlt. Noch nie war sie selbst von einer Frau intim berührt worden. Sie hätte nichts dagegen gehabt, aber ihre Kundinnen hatten sie maximal an den Brüsten gestreichelt und waren nie weiter gegangen. Monika war da anders gewesen und hatte damit an ihrem Selbstverständnis gekratzt. »Ich bin eine Lesbe. Eine Lesbe!« Sie sprach das laut aus und wiederholte es an die dreißig Mal, bis sie zu Hause angekommen war. Im Vorzimmer ihrer großen Terrassenwohnung vor dem großen Spiegel sprach sie nochmals laut zu sich selbst: »Katja, du bist eine Lesbe. Wenn du nach der großen Liebe suchen solltest, dann schau dich in der Welt der Frauen um.« Dieser Satz war nur mehr das Tüpfelchen auf dem i einer Entwicklung, die am Vortag begonnen hatte und ihr Leben auf den Kopf stellen würde, auch wenn sich dies nur ganz langsam manifestieren sollte.

Bewegungslos stand Monika vor der Tür und sah dem Cabrio nach, das rasch aus ihrem Gesichtsfeld verschwand. Viel schneller verschwand, als es ihr recht war. Ihr Kopf war leer, und so starrte sie noch immer auf das Ende der kurzen Sackgasse, in der sie wohnte. Ihr Blick war dort gefangen, und erst nach einigen Minuten konnte sie ihn lösen und trottete langsam in ihr Haus. Eine Stille umfing sie hier, an die sie sich in den letzten Monaten bereits gewöhnt hatte, doch heute empfand sie diese zum ersten Mal nicht als bedrückend. Noch konnte Monika nicht sagen, was es war, doch sie war sich sicher, dass sich ihr Leben nach der Scheidung nun in eine bessere Richtung bewegen würde. Das Erlebnis mit Katja hatte sie in allem bestätigt, was sie ohnehin schon vermutet und vor allem tief in sich drinnen gespürt hatte, nämlich dass sie durch und durch ein Lesbe war. Als ihr dies zum ersten Mal bewusst geworden war, ganz vage am Anfang noch, da hatte das noch etwas Furchteinflößendes an sich. Von Furcht war nun keine Rede mehr, vielmehr war da nun die Ratlosigkeit, diese unglaubliche Ratlosigkeit, wie sie denn weitermachen sollte. Katja gleich wieder zu buchen, war ihr sofort eingefallen, doch das würde wohl nicht die Lösung ihrer Probleme sein. Nein, es würde notwendig werden, auf die Suche nach einer Frau zu gehen, der sie mit Liebe und Leidenschaft begegnen können würde und die auch in der Lage wäre, ihr dies in einer angemessenen Art zurückzugeben. Wie allerdings sollte sie das anstellen?

Monika setzte sich in ihren Lehnsessel, griff nach der Fernbedienung der Stereoanlage, und sogleich erklang die wunderbare Stimme von *Elīna Garanča*, die sie liebte und der sie nie überdrüssig wurde. Eine tiefe Ruhe und Zufriedenheit ergriffen sie. Wie auf einem Film lief das Erlebte des letzten Tages nochmals vor ihrem inneren Auge ab. Sie schmunzelte, als ihr bewusst wurde, dass sie offenbar genau richtig gelegen war mit der Auswahl der Speisen, die sie vorbereitet hatte. Von der Kürbiscremesuppe war nicht sehr viel übrig geblieben, und von den Buchteln hatte ihr Katja gerade einmal zwei Stück zurückgelassen. *Katja, Katja, meine Güte! Was hast du mit mir angestellt?* Ein breites Lächeln erhellte ihr Gesicht. Die Gedanken daran, wie Katja mit ihr umgegangen war, bereiteten ihr eine wohlige Gänsehaut. Noch nie hatte sie jemand so berührt. Berührt in einer unnachahmlichen Art, so, als wüsste sie genau, wie Monika fühlen, spüren, erleben, genießen, empfinden konnte. Die Lust, die unbändige Lust, die sie ihr verschafft hatte, war mit nichts zu vergleichen, was Monika je zuvor erlebt hatte. Katja verstand ihr Geschäft. Ohne Zweifel. *Ihr Geschäft.* Das war es. Doch Monika war es nicht entgangen, dass für Katja nicht alles planmäßig verlaufen war. Sie hatte sich zwar nie gewehrt, wenn Monika in ihrer Ekstase die Initiative übernommen und versucht hatte, die empfangene Lust und Freude einfach zurückzugeben, doch dass das nicht im Plan stand, war nicht zu übersehen. Katja, ja, das wäre eine Frau, mit der sich Lust und Liebe leben lassen würden. *Liebe? Was denkst du da, Monika? Katja ist ein Callgirl, eine Nutte. Was hat das mit Liebe zu tun?* Monika schüttelte den Kopf, erstaunt über sich selbst, über ihre Gedanken. Und dennoch war dies der Augenblick, in dem sich Katja, nicht nur deren Bild und deren Fähigkeiten, Monika Lust zu bereiten, nein, Katja als ganzer Mensch in ihrem Kopf festsetzte. Jede andere potenzielle Partnerin würde sich mit ihr messen müssen. Das könnte ein Problem werden. Ein flaues Gefühl drängte sich tief vom Bauch in ihre Brust und ließ kurz das Pochen ihres Herzens bis in den Hals fühlen. Monika konnte auch nicht verhindern, dass sie nun Katja losgelöst vom Geschlechtlichen erneut betrachtete. Wie sie die Bilder bewundert, das Essen genossen hatte, wie sie zuhören konnte, das hatte nichts Nuttenhaftes an sich, nein. Das war so unglaublich sympathisch gewesen, wie sie sich verhalten hatte, und auch natürlich. Nichts daran war aufgesetzt, wie sie auch sonst nicht künstlich gewirkt hatte. Von dem Augenblick, als sie die Bilder im Eingangsbereich gemustert hatte, war sie locker gewesen, und diese Lockerheit hatte sich im Laufe des Abends immer mehr auf Monika übertragen. Es hatte Monika gerade einmal mehr erstaunt, dass sie selbst so ruhig war in Anwesenheit dieser Frau. In Anwesenheit einer Frau, die sie sich »bestellt« hatte. *Meine Güte, wüssten das meine Kollegen aus der Studienzeit, die wären wohl entsetzt.*

Immer wieder war es zu Diskussionen gekommen, wenn sie zu später

Stunde über den Gürtel in Wien gefahren waren und gesehen hatten, wie dort die Prostituierten aufgereiht auf Kundschaft warteten. Monika hatte stets den Standpunkt vertreten, dass es nur kranke Menschen sein könnten, die sich so einen Service zukommen ließen, die sich Lust losgelöst von Gefühlen holten, von Liebe ganz zu schweigen. Nun hatte sie das selbst gemacht, und es war so schön gewesen, so wunderschön und gar nicht losgelöst von Gefühlen. Da war kein Hauch von Verachtung gewesen, den sich Monika und Katja auch nur eine Sekunde lang entgegengebracht hatten. Kein Hauch. Natürlich auch keine Spur von Liebe. Wie auch. Das stand nicht im Plan. Monika versank kurz in der wunderschönen Musik, dirigierte mit den Zeigefingern unbewusst mit und hatte wieder Katjas Bild vor sich. Von Katja, als sie sich eine Buchtel aus der Backform holte und sich kindlich darüber freute, dass sie eine mit Powidlfüllung erwischt hatte. Die das laut kundtat und dann mit entwaffnender Freude in den flauschigen Germteig biss und den Streuzucker auf ihrer Oberlippe verteilte, sodass es wirkte, als hätte sie einen weißen Bart. Und der Oberlippenbart wurde mit einem einzigen Schlag ihrer Zunge wieder entfernt, und gleich darauf warf sie Monika ein Küsschen zu, ein Küsschen nur aus Dankbarkeit für die Köstlichkeit, wie sie es empfand, ein Küsschen, ganz losgelöst von den Küssen der Lust und der Leidenschaft, die sie sich im Übermaße hatten zukommen lassen.

Dieses Küsschen, das machte Monika nun ganz fertig. Solche Küsschen könnte sie von Katja in Unmengen vertragen, das wusste sie ganz genau, das spürte sie tief in sich, und dieses Fühlen ließ sie wieder den Herzschlag hoch im Hals spüren. Aus diesen Küsschen würde wohl nie etwas werden, nicht mit Katja. Sie war realistisch genug, das einzusehen, doch es machte sie augenblicklich unglaublich traurig.

Katja stand vor dem Spiegel in ihrem Bad und hatte sich eben eine Portion Zahnpasta auf ihre Zahnbürste gedrückt. »Ich bin eine Lesbe!«, rief sie laut in ihr Spiegelbild, »ich bin eine Lesbe«, flüsterte sie nochmals, lehnte sich vor, betrachtete sich ganz aus der Nähe. Nichts Störendes war da zu erkennen. Sie war zufrieden. Ein Lächeln entfuhr ihr, und sie flüsterte ganz leise: »Ich bin eine Lesbe, und das ist gut so.« Wer hatte das einst gesagt? War es nicht irgendein Bürgermeister einer großen deutschen Stadt gewesen, der gesagt hatte: »Ich bin schwul, und das ist gut so.« Das hatte Katja bewundert, und sie hatte es auch gut gefunden. Sehr gut. Damals wäre es ihr jedoch nie und nimmer in den Sinn gekommen, dass sie selbst homosexuelle Tendenzen haben könnte. Diese hatte ihr erst vor Stunden eine Kundin offenbart. Katja lächelte sich noch immer an, und die Zahnpasta war von der Bürste in das Waschbecken getropft. Eine so wunderbare Kundin. So ein wunderbarer Mensch. Niemals war sie von einem Kunden oder einer Kundin so empfangen worden. Natürlich war es der pure Zufall gewesen, dass sich Monika für Kürbiscremesuppe und Buchteln entschieden hatte. Aber dass sie sich überhaupt für irgendetwas entschieden hatte, dass sie überhaupt auf die Idee gekommen war, etwas für sie herzurichten, vorzubereiten, das war schon ungewöhnlich, ungewöhnlich beim ersten Mal. Nicht ungewöhnlich bei Stammkunden, die machten das schon von Zeit zu Zeit, da war es eine Frage der »Beziehung«. Beim ersten Mal allerdings hatte noch nie jemand irgendetwas für sie getan. Noch nie. Und was Monika alles für sie getan hatte. Weit mehr als das Zubereiten der Köstlichkeiten, nein, es war eine unglaubliche Lust, die sie ihr bereitet hatte.

Und davon hatte Katja auch geträumt in der vergangenen Nacht. Sie war aufgewacht, schweißgebadet, hatte eine Hand in ihrer Mitte, und ihre ohnehin schon große Klit war noch größer als sonst und noch empfindlicher. Rasch hatte sie sich einen Orgasmus verschafft, der weit stärker war, als sie ihn sonst beim Masturbieren fühlte. Allein der Gedanke daran führte wieder zu einem wohligen Ziehen im Bauch. *Ich träume doch sonst nicht so viel*, kam ihr in den Sinn, als sie die Zahnpasta mit dem kleinen Finger wieder auf die Zahnbürste hievte. *O Gott, ich bin eine Lesbe!* Nochmals sagte sie es sich ganz laut vor und prustete vor Lachen, als ihr bewusst wurde, dass die letzten zehn bis zwanzig Sätze, die sie laut ausgesprochen hatte, lauteten: Ich bin eine Lesbe. Sie putzte sich ausgiebig die Zähne, und von Sekunde zu Sekunde, in der sich das Vibrieren der Bürste wohlig im Mund anfühlte, verbesserte sich ihre ohnehin schon gute Laune bis zu einem wahren Hochgefühl.

Als sie in der Dusche ihre Beine rasierte, streiften ihre Gedanken wieder zurück zu den vergangenen Tagen. Monika hatte so eine wunderbar glatte Haut gehabt. Sie musste sich unmittelbar vor dem Zusammentreffen mit ihr rasiert haben. Anders konnte das nicht möglich sein, dass die so prächtig gewölbten großen Schamlippen so glatt waren. So glatt, dass sie sie küssen musste, gar nicht davon lassen konnte, sie mit der Zunge teilte und eintauchte in eine unglaubliche Wärme, Nässe und Zartheit, die sie alles vergessen ließ. Von da an war Monika keine Kundin mehr gewesen, von da an war sie wie eine Geliebte gewesen, der sie alles geben wollte, was sie zu bieten hatte. Monika ging darauf ein und ließ alles zu, wand sich in einem Rausch der Lust. Dieser Rausch nahm ihr alle Hemmungen, und sie begann, Katja alles zurückzugeben, was sie eben empfangen hatte. Dabei hatte es ihr Katjas große Klitoris besonders angetan. Sie erforschte und bearbeitete diese mit einer beinahe kindlichen Neugier, und Monika ließ dabei so viel Fantasie walten, dass Katja immer mehr die Kontrolle verloren hatte. Die Kontrolle über das ganze Geschehen und über sich selbst.

Katja seufzte bei diesen Gedanken, spülte sich die Reste des wohlduftenden Rasierschaums vom Körper, nahm das Seifenstück zur Hand – sie liebte konventionelle einfache Stückseife – und seifte sich nochmals ein. Beim Abfrottieren nach der Dusche waren Katjas Gedanken noch immer bei Monika, und wieder entfuhr ihr ein Seufzen. Die Erinnerungen würden wohl noch eine Zeit lang halten, und das war ihr gar nicht unrecht. Das würde ihr sogar noch den kommenden Arbeitstag im Labor ein wenig versüßen. Ganz sicher. Die Frau Doktor würde dann Gedanken nachhängen, von denen niemand nur die geringste Ahnung haben würde. So sollte es auch sein.

Kapitel 2

In Monikas Büro herrschte riesige Aufregung, als sie eintraf. Ihr Bruder war ganz aus dem Häuschen. Einbrecher hatten sie heimgesucht und alle Drucker mitgehen lassen. Ein Architekturbüro ohne Drucker war wie ein Marathonläufer ohne Beine: stark behindert, untertrieben formuliert. Die betreuende Computerfirma war zwar schon anwesend und tat, was sie konnte. Die einfachen Drucker waren bereits alle ersetzt und konfiguriert, doch die großen Drucker für die Pläne waren nicht so kurzfristig zu haben wie gewünscht, denn die Produktpalette war gerade erneuert worden, und die neuen, viel leistungsfähigeren Geräte waren in der Zentrale in Wien noch nicht aus Fernost angekommen. Daher musste man sich vorerst mit einem alten, Gott sei Dank sehr bewährten Leihgerät begnügen. Das größte Problem dabei bestand jedoch darin, dass sich der Drucker nur von einem einzigen Computer im Netzwerk aus ansteuern ließ, und der Fehler dafür war unauffindbar. Die Gemüter waren jedenfalls erhitzt, als Monika eintraf und zu ihrem Bruder ins Chefbüro auf einen Kaffee wandern wollte. Ihr Bruder saß in seinem übergroßen Ledersessel vor einer nicht mehr ganz jungen Dame, die irgendwie britisch wirkte, wie Monika gleich auffiel.

»Ah, das ist gut, dass du da bist, Monika. Frau Donaldson, darf ich Ihnen meine Schwester und gleichzeitig beste Mitarbeiterin vorstellen. Sie wird Sie betreuen, wenn Ihnen das recht ist. Besprechen Sie einmal mit ihr Ihre Anliegen. Sollten Sie gemeinsam nicht auf einen grünen Zweig kommen, so werde ich selbst versuchen, Ihnen Ihre Wünsche zu erfüllen.«

Frau Donaldson und Monika machten sich rasch bekannt, und Monika nahm die Dame gleich mit in ihr eigenes Büro, dem einzigen Ort im Gebäude, in dem einigermaßen Ruhe herrschte, wie es schien.

Monika musste nun nicht auf ihren Kaffee verzichten, und auch die Britin ließ sich rasch zu einem kleinen Espresso verführen. Hebe Donaldson nippte an dem heißen Kaffee, der ihr offensichtlich ausgezeichnet schmeckte. Einen kurzen Augenblick lang hatte Monika die Gelegenheit, die Lady, so wirkte sie, zu mustern. Als Schönheit war Frau Donaldson nicht unbedingt zu bezeichnen, ihre Züge waren ein wenig grob, blasse Sommersprossen bedeckten vielfach das Gesicht und, wie Monika eben registrierte, auch die Hände und Unterarme. Doch sie strahlte Selbstsicherheit und vor allem eine ungemeine Wärme aus. Mit ihr zu arbeiten, würde sicher ein Vergnügen werden. Monika täuschte sich diesbezüglich ganz selten.

»Wie kann ich Ihnen nun helfen? Was für ein Projekt schwebt Ihnen vor?«, hob Monika an.

»Es geht um ein Einfamilienhaus. Meine Frau und ich, also … wir wollen nun endlich zusammenziehen, und dabei sind wir auf die Idee gekommen, ein eigenes Haus zu bauen. Ein ganz modernes, großes Haus. Danach steht uns der Sinn.«

Monika zuckte kurz zusammen. *Meine Frau und ich*, schoss es ihr durch den Kopf, *das möchte ich auch einmal so sagen können.* »Ein Einfamilienhaus. Haben Sie schon konkrete Vorstellungen, wie es aussehen sollte und, vor allem auch, wo es stehen sollte, wo Sie es also bauen wollen?«

»Das Wo ist das Einzige, das bereits fix ist. Meine Frau hat vor Jahren von einer entfernten Verwandten den Grund geerbt. Das kam damals ganz unerwartet, und wir haben gar nichts damit anfangen können mit dem Baugrund am Rand eines kleinen Dorfes nicht weit von hier, auch im Herzen Niederösterreichs.«

»Überlegen Sie sich gut, ob Sie wirklich dort leben wollen, ehe Sie an die Planung eines Hauses gehen. Das schönste und beste Haus ist nichts wert, wenn es an der falschen Stelle steht. Es macht Ihnen dann keine Freude.«

»Ja, ja, da haben Sie völlig recht. Viele Jahre haben wir den Grund gar nicht beachtet, bis wir eines Tages durch das Dorf gefahren sind. Bloß aus einer Spur Neugierde und weil wir keine Eile hatten, haben wir uns im Ort und am Ende am Baugrund ein wenig umgesehen. Der Nachbar, ein Bauer, mäht das Grundstück regelmäßig, nutzt es als Wiese, daher ist es sehr gepflegt. Plötzlich waren wir beide so hingerissen von der Lage, von der Aussicht und vom ganzen Ambiente, dass wir am selben Abend noch beschlossen haben, aufs Land zu ziehen und dort ein Haus zu bauen.«

Monika war ein wenig erstaunt. »Das war aber eine spontane …« Ein kurzes festes Klopfen unterbrach sie, die Tür ging auf, und eine kleine zierliche Blondine stürmte herein.

»Oh, Hebe, I'm so sorry …«, sie hielt kurz inne, als sie Monika sah, »oh, eine Schönheit«, murmelte sie, wandte sich an Monika, die sich erhoben hatte und auf sie zugekommen war, hielt ihr die Hand hin und begrüßte sie überschwänglich. Es war der Beginn einer Freundschaft, wie es die Zukunft zeigen würde.

Hebe Donaldson stellte Monika ihre Frau Karen Scott vor, nahm diese dann ganz kurz sanft in den Arm und drückte ihr einen kleinen Kuss auf den Mund, der mit Freude erwidert wurde. Ein paar Minuten später saßen die drei Damen um einen großen Tisch herum, auf dem Karen einige großformatige Fotos vom Baugrundstück ausgebreitet hatte.

»Sie müssen ja ein Bild von unserem Grundstück haben, wenn Sie uns ein Haus empfehlen wollen«, meinte sie an Monika gewandt.

»Ich werde Ihnen gar kein Haus empfehlen.« Sie machte eine Pause, und Karen und Hebe erhoben erstaunt den Kopf. »Ich empfehle gar nichts«, fuhr Monika fort, »ich werde Sie nur beraten bei Ihrer Suche nach dem eigenen Haus. Ich werde Sie, wenn nötig, ein wenig leiten und schon den einen oder anderen Rat geben, und ich werde zum Abschluss einen Plan zeichnen, der das beinhaltet, was Sie sich wünschen, was Ihren Bedürfnissen entspricht und was Ihnen gefällt. Es wird einige Zeit in Anspruch nehmen. Ist das möglich für Sie?«

Hebe sah Karen an, diese nickte nur, und auch Hebe begann zu nicken. »Wir sind dabei.«

Monika holte aus einem Bücherschrank eine Reihe von Bildbänden, zückte einen Bleistift und setzte sich mit einem leeren Schreibblock wieder hin. »So, Sie sagen nun spontan, was Sie an Ansprüchen an ein Haus haben, was gar nicht sein darf, was unbedingt sein muss. Hetzen Sie sich nicht und werfen Sie getroffene Entscheidungen jederzeit wieder um, wenn Ihnen etwas Besseres einfällt.«

Es wurde ein angeregtes Gespräch für beinahe drei Stunden. Glücklicherweise hatte Monika auf die Uhr gesehen und festgestellt, dass es Zeit war, die beiden Damen nach Hause zu schicken. Sie entließ sie aber nicht, ohne ihnen drei dicke Bücher mitzugeben, die, angefüllt mit Beispielen von Häusern aus aller Welt, eine Inspiration für sie sein sollten.

Als Monika wieder allein war und alles in einem neu angelegten Projektordner abgelegt hatte, ließ sie sich in ihren bequemen Bürosessel, ihren »Denksessel«, wie sie ihn selbst nannte, fallen und dachte an das etwas ungewöhnliche Paar, das da so unerwartet aufgetaucht war. Ein seltsamer Zufall, wie ihr kam, dass gerade nach dem Wochenende mit Katja ein lesbisches Paar auftauchte, das erste lesbische Paar, das sie je bewusst zu Gesicht bekommen hatte. Mit welch liebevoller Art die beiden miteinander umgegangen waren. Sicher waren sie nicht erst seit Kurzem ein Paar, und doch war das gegenseitige Interesse aneinander beinahe greifbar gewesen. Der Wunsch, die Bedürfnisse des jeweils anderen beim Planen des Hauses auszuloten, war dauernd präsent, wie auch mit den eigenen Vorstellungen nicht hinter dem Berg gehalten wurde. Und sie hatten Monika auf so eine herzliche Art und Weise miteinbezogen in ihre Welt, waren so offen gewesen. Monika kam diesbezüglich lange Zeit nicht aus dem Staunen heraus. Die Natürlichkeit der Zuneigung war beneidenswert und Monika stolz darauf, ja, stolz darauf, auch wenn ihr das selbst ein wenig seltsam vorkam, dass sie so von den Damen als Architektin akzeptiert und als Mensch angenommen worden war. *Drei Frauen mit wirklich gutem Draht zueinander,* war Monikas letzter Gedanke, als sie sich die Unterlagen eines ganz anderen Projekts auf den Schreibtisch legte und bald in der Arbeit versank.

Kapitel 3

Vier Wochen waren vergangen, seit Katja bei Monika gewesen war. Langsam fuhr sie mit dem Auto durch die Gassen der Ortschaft und war auch schon in Monikas Sackgasse angelangt. Sie hatte in der benachbarten Bezirksstadt einen neuen Kunden betreut. Der hatte sich zu seinem sechzigsten Geburtstag etwas gegönnt, worauf er schon lange Lust hatte: hemmungslosen Sex, einen ganzen Tag und eine ganze Nacht lang. Alle seine Freunde, Bekannten und Verwandten hatten ihn gedrängt, ein großes Geburtstagsfest zu feiern, doch er hatte sich gewehrt, soweit er konnte. Ein kleines Familienfest und eine kleine Feier in der Firma waren nicht zu vermeiden gewesen, am Geburtstag selbst war er allerdings auf Tauchstation gegangen, hatte behauptet, einen Städteflug nach Minsk – etwas noch Absurderes war im nicht eingefallen – gebucht zu haben, und daher würde er am Geburtstag selbst nicht zu erreichen sein. In Wirklichkeit hatte er am Samstagmittag Katja die Tür geöffnet und sich bis Sonntagmittag von ihr verwöhnen lassen. »Also, Minsk war wirklich eine Reise wert«, erörterte er Katja mit gespielter Ernsthaftigkeit, ehe er in ein schallendes Lachen ausbrach, in das Katja einstimmte, die von der Vorgeschichte bereits am Vorabend erzählt bekommen hatte und folglich Bescheid wusste. Auch für Katja war das Wochenende angenehm und die Entlohnung mehr als fürstlich gewesen. Einzig die immer wiederkehrenden Gedanken an Monika, die nicht weit von der Stadt in der kleinen, beinahe benachbarten Ortschaft wohnte, trübten Katjas Befinden.

Nun, in dem Augenblick, in dem sie in die Sackgasse rollte und Monikas schönes großes Haus sah, wurde ihr schmerzlich bewusst, dass sie seit dieser wunderbaren Nacht eigentlich jeden Tag mehrmals an Monika gedacht hatte.

Was mache ich hier? Katja, du bist völlig verrückt! Katja wurde mit einem Mal klar, dass sie das dritte Mal in ihrem Leben mehr oder minder ungewollt in dieser Gasse gelandet war und dass sie dabei von einer wunderbaren, wunderschönen, begehrenswerten Frau angezogen worden war. Sie fuhr an das Ende der Sackgasse, wendete ihr Cabrio und rollte wieder langsam in Richtung des Hauses der Frau, die ihre Gedanken gefangen hatte. Sie blieb hinter einem Kastenwagen, der vor dem Nachbarhaus abgestellt war, stehen und blickte auf den Vorgarten, der, soweit sie sich vage erinnern konnte, offenbar ganz neu gestaltet worden sein musste. Kein Mensch war zu … doch, da war jemand. Wer? Natürlich Monika. In bequeme bunte Arbeitskleidung gehüllt, mit Werkzeug beladen, so durchschritt sie das Tor zum großen Garten im Herzen des Grundstücks. Gleich war sie wieder fort, um genauso schnell mit einer Schubkarre wieder aufzutauchen. Voller Elan machte sie sich an die Arbeit. Genau war für Katja nicht zu erkennen, was da gegraben, geschüttet und gebaut wurde, doch Monika selbst war für Katja die gesamte Zeit über bestens sichtbar, beinahe wie in einer Auslage. Fasziniert starrte Katja auf die junge schöne Frau. Die Arbeit und vor allem, wie sie sie ausführte, machte Monika noch erotischer, als sie es ohnehin war. Katja konnte sich gar nicht sattsehen. Ein völlig unbegründetes, wahrlich absurdes Glücksgefühl erfasste sie und ließ sie nicht mehr los. »Bitte hör nicht auf, hör nicht auf! Arbeite weiter! Bitte!« – das sagte sie immer wieder laut vor sich hin. Irgendwann aber stellte Monika Schaufel und Spaten beiseite und verschwand. Katja war plötzlich tieftraurig. Nach einer Weile startete sie ihren Wagen und rollte im Schritttempo an Monikas Haus vorbei, raus aus der Sackgasse.

Monika war beinahe fertig mit der Arbeit im Vorgarten, als sie durch das geöffnete Wohnzimmerfenster nun schon das zweite Mal ihr Handy läuten hörte. Beim dritten Mal schaffte sie es, das Gespräch anzunehmen. Es war Hebe, die ihr mitteilte, dass Karen und sie neue Ideen bezüglich der Küche hätten und dass das alte Konzept umgestoßen worden wäre, nachdem sie bei Freunden etwas gesehen hätten, das ihnen besonders gut gefallen hätte. Rasch hatten sie für den nächsten Tag einen Termin ausgemacht, dann war das Telefonat auch schon beendet gewesen. Monika machte sich wieder auf den Weg in den Vorgarten, und als sie ankam, sah sie ein Cabrio im Schritttempo vorbeifahren. »O Gott, das ist ja Katja! Katja!« Monikas Herz schlug ihr bis zum Hals. Sie stürmte zum Gartenzaun und winkte dem Fahrzeug wild nach. Doch es gab keine Reaktion. »Katja!!!«, schrie Monika laut dem Cabrio hinterher, gestikulierte wie wild, Antwort darauf erhielt sie indes nicht. Offenbar wurde sie nicht gehört oder im Rückspiegel gesehen, vielleicht wurde sie aber auch absichtlich ignoriert. Enttäuscht blieb Monika stehen, als das Auto an der Kreuzung um die Ecke bog.

Nach dieser Kreuzung beschleunigte das Fahrzeug, bremste sofort wieder, bog in eine enge Seitengasse ein, danach gleich in die nächste und blieb abrupt stehen.
Sie hat mich gesehen. Sie hat mich gesehen! Katja, was führst du da auf? Bist du ganz von Sinnen? Reiß dich zusammen! Katja zitterte am ganzen Körper, atmete tief durch, griff rasch nach ihrem Handy und wählte die vertraute Nummer. Es läutete ewig, Katja wurde ungeduldig. Ihre Finger trommelten in einem ungestümen Rhythmus auf das Lenkrad und hielten erst inne, als sich die freundliche Stimme Carmens vom Begleitservice meldete.
»Hallo Carmen! Katja am Apparat.«
»Ah, Katja, was kann ich für dich tun?«
»Eine kleine Bitte. Sollte eine Frau Brunner, Diplomingenieurin Monika Brunner, anrufen und mich buchen wollen, so sag ihr, dass ich nicht da bin. Irgendwas … Erzähl ihr irgendwas … Dass ich im Ausland bin oder so. Bitte. Kannst du das machen?«
»Na sicher kann ich das. Erwartest du denn den Anruf?«
»Ich bin mir nicht ganz sicher, aber eigentlich schon. Wie gesagt, mach das bitte für mich!« Katja verabschiedete sich kurz und legte auf. Sie atmete nochmals kräftig durch, ihre Hände zitterten noch immer ein wenig.

Am späteren Abend war Monika noch immer ein wenig aufgekratzt von der Tatsache, dass Katja hier gewesen war. *Was wollte sie hier? Es kann doch kein Zufall gewesen sein. Oder war sie es gar nicht gewesen? Hab ich mich vielleicht getäuscht? War es bloß ein Wunsch, ein großer Wunsch, ganz tief in mir?* Die Gedanken gingen bei Monika nur mehr im Kreis. Diese rotierenden Gedanken konnte sie erst durchbrechen, als sie die Telefonnummer des Begleitservices wählte und rasch an die zuständige Dame gelangte. Sie musste Katja unbedingt für die nächste Woche buchen. Unbedingt.

»Es tut mir wirklich sehr leid, dass ich Ihnen nicht weiterhelfen kann. Aber Katja ist für die nächsten fünf Wochen im Ausland. Sie kann keine Termine wahrnehmen in den nächsten ein, zwei Monaten.«

»Aber sie war doch gerade eben noch hier in Niederösterreich!«

»Ja, äh, nein … also, sie ist jetzt schon unterwegs ins Ausland, wie ich schon sagte.«

»Wohin fährt sie denn?«

»Also nach …«, Carmen begann unruhig zu werden. Es war sonst nie ihre Aufgabe, irgendwelche Märchen zu erzählen, doch gleich beruhigte sie sich wieder »Frau Brunner, das habe ich nicht so genau mitbekommen, sie hat irgendetwas von Skandinavien erwähnt, ganz sicher bin ich mir da allerdings nicht.«

»Nicht so wichtig.« Monika war enttäuscht. Was half es ihr jetzt, wenn sie wüsste, wohin Katja reisen würde. »Danke für die Auskunft. Ich melde mich dann eben in ein, zwei Monaten wieder.«

»Können wir Ihnen vielleicht in anderer Form behilflich sein, Frau Brunner?«

»Wie? Nein, nein! Ein Treffen mit Katja, das wäre das Einzige, was Sie mir hätten arrangieren können. Vielen Dank nochmals, guten Abend.« Monika legte auf. Ernüchterung, ein tiefes Gefühl der Ernüchterung erfasste sie und ließ sie beinahe eine halbe Stunde lang regungslos auf dem Sofa sitzen.

Kapitel 4

Das Kleid fühlte sich wirklich wunderbar an auf der Haut, und es passte ausgezeichnet. Franka, die eigentlich Franziska hieß, diesen Namen aber bereits im gemeinsamen Architekturstudium als nicht wirklich cool empfunden und ihn daher aufgrund ihrer Italophilie in Franka umgemodelt hatte, also diese Franka, eine ihrer ältesten und besten Freundinnen, hatte sie angerufen, als sie die neue Kollektion in die Hände bekommen hatte, und teilte ihr nur kurz mit, dass sie ein Kleid für sie hätte und es schon auf die Seite gelegt wäre, da es ein Monika-Kleid sei, für sonst niemanden geschaffen. Für Monika waren solche Anrufe nicht ungewöhnlich. Seit der Zeit, als Franka beschlossen hatte, ihre Designerlaufbahn aufzugeben und sich in die Boutique ihrer Schwester einkaufte, diese bald herauskaufte und seither mit Genuss und viel Freude der Mode frönte, kamen unregelmäßig, indes mit einer gewissen Sicherheit Anrufe, in denen Franka nur mitteilte, dass wieder etwas ausschließlich für Monika geschaffen sei. Und noch nie hatte sie sich geirrt. Von Hosen über Röcke, Kostüme bis hin zu eleganten Kleidern hatte Monika bis zu diesem Zeitpunkt alles auch immer genommen, was ihr empfohlen worden war. Manchmal waren es Geschenke von Franka, manchmal musste Monika tief in die Tasche greifen, wie auch bei dem Kleid, das sie nun das erste Mal überstreifte, um es auszuführen. Mit Stolz betrachtete sie sich im Spiegel. Sie war eine schöne Frau, und diese Schönheit wurde durch dieses Kleid noch deutlich hervorgehoben. Monika war sich dessen selbst bewusst. Das musste ihr niemand sagen.

Die passenden Schuhe ergänzten das Outfit. Mit sich und ihrem Äußeren zufrieden, verließ sie kurz darauf das Haus. Eile war nicht angebracht, sie war früh dran und hatte keine Verabredung. Ein Besuch der Oper stand an. Gustav, ihr Bruder, hatte sie eingeladen. Er hatte zwei Karten geschenkt bekommen – teure Karten, solche hätte sich Monika selbst nie gekauft – und sie gefragt, ob sie mitkommen wolle. Eugen Onegin war auf dem Programm. Sie hatte diese Oper in dieser Inszenierung bereits zweimal gehört und gesehen, doch sprach nichts gegen ein drittes Mal. Noch dazu waren ausgezeichnete Sänger am Werke, das steigerte ihre Vorfreude deutlich.

Knapp drei Stunden vor Vorstellungsbeginn hatte Gustav seine Schwester angerufen und ihr mitgeteilt, dass er nicht würde mitkommen können. Sollte sie jemanden greifbar haben, der die Karte übernehmen könnte, so sollte sie das ausnutzen, andernfalls müsste sie eben alleine gehen. Es täte ihm furchtbar leid, aber es sei nicht zu ändern. Monika war kurze Zeit richtig sauer. Das war so typisch für ihren Bruder in den letzten Monaten. Absagen, Änderungen, Verschiebungen im letzten Augenblick, das waren seine nicht eben bewundernswerten Markenzeichen geworden. Und immer öfter war Monika die Leidtragende geworden. Einige Versuche hatte Monika noch gestartet, die Karte an den Mann oder an die Frau zu bringen. Erwartungsgemäß war sie nicht erfolgreich gewesen, und letztlich war ihr das dann auch egal. Auch allein ließ sich die Aufführung genießen, da war sie sich sicher.

Langsam erhob sich Monika aus ihrem Sessel, noch immer lautstark applaudierend. Die übrigen Zuseher hatten die Loge bereits verlassen, lediglich der junge Student, den sie gleich zu Beginn von seinem billigen Platz im Hintergrund nach vorne geholt hatte, klatschte noch neben ihr, bedankte sich ein weiteres Mal herzlich und war dann auch verschwunden. Monika überlegte nun, ob sie sich etwas zu trinken besorgen sollte, ein Glas Weißwein war ja üblicherweise in der Pause nicht das Schlechteste. Doch dann entsann sie sich, dass sie eine kleine Flasche Mineralwasser in der Manteltasche hatte, nahm einen großen Schluck vom noch kühlen und stark prickelnden Getränk und verzichtete auf den Wein. Sie verließ aber nun auch die Loge und setzte sich gleich wieder, keine drei Meter vom Logeneingang entfernt, auf eine mit Samt bezogene Bank, holte sich ein auf einem kleinen Tischchen bereitgelegtes Programmheft für den nächsten Monat und blätterte eher wenig interessiert darin herum.

»Hallo Monika.«

Monika blickte erstaunt auf. Sie hatte die Stimme sogleich erkannt, und sie hatte sich nicht getäuscht: Katja. »Hallo Katja.« Hitze stieg in ihr hoch, als sie sich erhob und der Dame mit den braunen Locken in die Augen sah. Schräg hinter Katja stand eine junge blonde Dame, die offenbar zu Katja gehörte. Katja machte jedoch keinerlei Anstalten, sie vorzustellen.

»Wie geht es dir?«

»Recht gu…«, Monika schluckte, als sie in Katjas Gesichtsausdruck lesen konnte, dass diese Frage ernst gemeint und nicht nur als Floskel hingesagt war. »Um ehrlich zu sein, nicht besonders gut. Leider.«

Katjas Lächeln verschwand aus dem Gesicht. »Du siehst aber wunderbar aus. Du bist eine unglaubliche Schönheit.«

Monika konnte nichts erwidern, sie schluckte erneut und sah Katja nur in die Augen, in denen langsam wieder ein zartes Lächeln erschien.

»Gefällt dir die Vorstellung?«

»Äh, ja, sie ist wunderbar. Ich liebe russische Opern.«

»Wirklich?« Katjas Lächeln hatte sich vertieft. Sie sah Monika mit liebevollem Blick an, etwas, das diese völlig aus der Fassung brachte.

»Ja, russische Opern. Opern überhaupt. Manche Sänger und Sängerinnen im Speziellen.«

»Ich erinnere mich. Du magst Elīna Garanča, nicht wahr?«

Monikas Bauch krampfte sich zusammen, und gleichzeitig stieg ihr die Röte ins Gesicht. »Ja, unter anderem Elīna Garanča.«

Die Pause näherte sich dem Ende, das Signal dazu ertönte nun bereits das zweite Mal. »Wir müssen wieder auf unsere Plätze. Viel Vergnügen noch.«

»Das wünsche ich euch auch. Auf … auf Wiedersehen.«

Katja und ihre Begleiterin waren schon dahin, und das »Auf Wiedersehen« war vermutlich bereits nicht mehr gehört worden.

Monika begab sich auch wieder in die Loge, nahm Platz, bekam von der restlichen Vorstellung nichts mehr mit und fuhr wie in Trance nach Hause.

Sie schlüpfte aus dem Kleid, hängte es sorgfältig auf, ließ achtlos die restliche Wäsche auf den Boden fallen und legte sich nackt auf das Bett. Dann weinte sie bitterlich, bis sie endlich einschlafen konnte.

»Wer war die Dame?« Schweigen hatte zwischen Katja und Sabrina geherrscht, als sie sich wieder zu ihren Plätzen begeben und gesetzt hatten, und das wurde nun durch diese Frage von Katjas junger Begleiterin gebrochen. Sabrinas Frage hatte einen Unterton an sich, der sich nach Eifersucht anhörte, was Katja nicht entgangen war.

»Eine entfernte Bekannte. Wieso willst du das wissen?« Als die Frage ausgesprochen war, wusste Katja, dass sie es so nicht hätte ausdrücken sollen, und sie spürte, dass der Abend mit Sabrina nach der Vorstellung zu Ende sein würde und dass mit der jungen Blondine sicher keine Beziehung aufzubauen wäre. »Entschuldige«, setzte sie nach, »ich kann dir wirklich nicht viel über Monika, so heißt sie, sagen. Ich weiß nicht viel von ihr.«

»Das ist nicht wahr! Wer so mit einem Menschen spricht, kennt ihn sicher mehr als nur flüchtig. Du willst mir nichts von ihr erzählen und hast sicher gewichtige Gründe dafür. Und das Kompliment, das du ihr gemacht hast, das macht man doch nicht jemandem, dem man nicht irgendwie nahe ist.«

»Welches Kompliment?

»Du hast gesagt, dass sie wunderbar aussieht und so etwas wie: Du bist eine unglaubliche Schönheit. Zugegeben, da war schon was dran.«

»Das habe ich gesagt?«

»Katja, willst du mich verarschen?« Sabrina sah Katja nun zornig an.

»Entschuldige. Nein, das will ich nicht, das liegt mir fern.«

»Ich glaube, wir sollten vielleicht ein anderes Mal gemeinsam essen gehen. Ich denke, heute ist nicht der richtige Abend dafür.«

»Wenn du meinst.« Katja spürte eine ungemeine Erleichterung in sich aufsteigen. Ein Abendessen mit Sabrina hätte sie nur schwer durchstehen können. »Ja, machen wir das ein anderes Mal.« Niemals würde sie mit Sabrina je ein gemeinsames Essen zu zweit einnehmen, das war für Katja sonnenklar. Warum sie das dann gesagt hatte, war ihr hingegen gar nicht klar. Vielleicht wollte sie sich einfach Luft schaffen, denn sie spürte eine gewisse Enge, und die rührte nicht von dem neckischen Mieder, das sie unter dem Kleid trug.

Katja bekam von der restlichen Vorstellung nur sehr wenig mit, genoss aber die Musik aus vollen Zügen und gab sich Gedanken an Monika hin. Keinen konkreten Gedanken, nein, völlig vagen. Und dass es Monika nicht gut ging, das bescherte ihr ein unbestimmtes, nicht fassbares Unbehagen. Nach der Vorstellung hetzte Katja aus dem Opernhaus. Rasch und eher kühl verabschiedete sie sich von Sabrina, der die riesige Enttäuschung über die Situation ins Gesicht geschrieben stand. Als Sabrina weg war, stürzte Katja nochmals in die Oper, suchte im Foyer nach Monika und wartete, bis die letzten Gäste das Haus verlassen hatten. Dann fuhr sie enttäuscht nach Hause, Monika war nicht bei diesen letzten Gästen dabei gewesen. So war das. So eine Enttäuschung, vermutlich für alle.

Zu Hause legte Katja sorgsam ihr Kleid ab, hängte es an einem Bügel auf und stellte sich nur mit ihrem neuen Mieder bekleidet vor den Spiegel. Die Vorzüge ihrer an sich ohnehin schon guten Figur wurden durch das Mieder noch deutlich hervorgehoben. Doch das sah Katja gar nicht. Sie sah durch sich hindurch und hatte ein Bild von Monika vor sich, so, wie sie heute mit der Programmbroschüre in der Hand vor ihr gestanden war. Katja verharrte völlig starr in der Angst, dass sich das Bild verflüchtigen könnte, sollte sie sich nur ein ganz klein wenig bewegen. Letztlich riss sie sich doch vom Spiegel fort und ging zu Bett. Unerwarteterweise schlief sie sofort ein. Ein Traum kam in ihr hoch, den sie schon einmal geträumt hatte, wenn auch nur in kurzen Fragmenten: Sie stürmte in einen Festsaal, in dem schon eine Braut wartete, und als sich diese umdrehte und ihr das Gesicht von Monika zulächelte, da schrie sie nur: »Ich will, ja ich will!«

Kapitel 5

Das Telefon läutete bereits seit einigen Minuten. Monika war schon ein wenig genervt, doch sie wollte gerade jetzt nicht vom Zeichentisch aufstehen. Die Idee, die ihr vor einer halben Stunde gekommen war, musste sofort auf Papier gebracht werden. Es ging zwar bloß um den Umbau einer Boutique in einem Altbau, also nicht um die Neugestaltung von Ground Zero in New York, doch das Projekt war Monika schon im Magen gelegen. Immer wieder hatte sie das Problem beiseitegeschoben, bis sie bei einer Tasse Kaffee in einer Zeitschrift eine Abbildung eines Ladens in einer mittelenglischen Kleinstadt zu Gesicht bekam. So sollte die Boutique zwar nicht aussehen, doch sie diente als Inspiration. Ein Hauch britischer Eleganz mit ein wenig Understatement. Ja, ganz genau. Und das Telefon läutete noch immer. *Wie penetrant manche Menschen sein können! Unglaublich.*

Der Gedanke war verflogen, als auch das Telefon aufhörte zu läuten. Sekunden später stand Helga, das Mädchen für alles in der Firma, wenn auch der Ausdruck »Mädchen« nicht mehr ganz angebracht war mit ihren knapp sechzig Jahren, in der Tür, ihr Schnurlostelefon fest an die Brust gedrückt.

»Warum hebst du nicht ab? Deine Schwester hat versucht, dich zu erreichen.«

»Meine Schwester hat seit etwa zehn Jahren nicht versucht, mich zu erreichen. Ich wüsste auch nicht, was wir zu bereden hätten.« Monika merkte zu ihrem eigenen Erstaunen, dass sie dies ohne Emotionen ausgesprochen hatte, beinahe wie ein Automat. Wann hatte sie mit Maria, ihrer jüngeren Schwester, das letzte Mal ohne pochendes Herz, Ärger in der Magengrube oder ohne allgemeines Unbehagen im Rücken sprechen können? Das muss in der Kindheit gewesen sein. Ja, in der Kindheit. Ganz sicher. Da hatte es Zeiten gegeben, in denen ihre Schwester ihr Ein und Alles gewesen war. Im Gymnasium hatte sich das geändert, und oft hatte sich Monika gefragt, warum das so gewesen war. Nie hatte sie darauf eine Antwort gefunden. Irgendwann hatten sich ihre Wege dann getrennt, und der Kontakt war auf ein Minimum reduziert worden. Beim Begräbnis der Eltern, etwa vor drei und fünf Jahren, waren sie das letzte Mal zusammengekommen. Sie hatten sich nichts zu sagen gehabt. Es war unglaublich gewesen. Auch ihr Bruder hatte keinen Draht mehr zu Maria, und so war diese nach der Beisetzung ihrer Mutter nur mit flüchtigem Gruß wieder abgefahren. Nach Hause, nach Münster in Deutschland. Seit vielen Jahren lebte sie nun schon dort. Sie war zum Studium in diese Stadt gekommen und war hängen geblieben. Liebe und Beruf. Mit Marias Liebe Bernhard, einem Apotheker, konnte Monika überhaupt nichts anfangen. Er war das perfekte Schlafmittel und hätte sich durchaus selbst in seiner Apotheke anbieten können, es wäre ein Bestseller geworden. »Bei uns in Nordrhein-Westfalen …«, so begann jeder zweite Satz von ihm, das fiel Monika nun ein und brachte sie zum Schmunzeln.

»Monika! Hörst du mir überhaupt zu?« Helga klang ein wenig ärgerlich.

»Entschuldige, Helga. Ich habe tatsächlich nicht zugehört. Was hast du gesagt?«

»Ich hab dich gefragt, ob ich das Telefonat zu dir durchstellen soll oder ob du es gleich bei mir annimmst. Ich gehe nicht davon aus, dass du länger mit deiner Schwester plaudern willst.«

»Da kannst du recht haben.« Monika sah Helga schmunzelnd an. »Stell es dennoch durch. Vermutlich ist es gleich vorbei, und wenn nicht, so kann ich nebenbei am Boutiqueprojekt weiterarbeiten und ein wenig skizzieren.« Sie zeigte auf die Blätter vor sich auf dem Tisch, die mit allerlei Zeichnungen bedeckt waren.

»Hallo Maria. Was gibt es?« Monika klang deutlich weniger kühl, als sie es eigentlich geplant hatte.

»Monika, freut mich, dich zu hören.« Da klang nun eine ebenfalls völlig unerwartete Wärme in der Stimme und ließ Monika mit dem Bleistift innehalten.

»Wo bist du gerade?« Eine bessere Frage fiel Monika auf die Schnelle nicht ein. Und es sollte gar nicht so eine dumme Frage sein.

»Im Augenblick in Wien, doch es zieht mich nach Tulln, in deine Bezirkshauptstadt. Dort werde ich, wie es aussieht, für die nächsten

Jahre meine Zelte aufschlagen. Hansen, mein Chef, will im Herzen Niederösterreichs eine Filiale aufmachen. Der Markt für unsere Spezialgeräte für Gartenbau und Landwirtschaft ist groß genug in der Umgebung von Wien, und da Hansen bei seiner Hochzeitsreise durch puren Zufall für einen Tag nach Tulln gelangt war, hat er diese Entscheidung getroffen.«

»Ach ja?« Monikas Ton war nun gar nicht mehr kühl, sondern interessiert. »Wann wirst du also nach Tulln ziehen?«

»An der Filiale wird noch gebaut. Wir haben eine alte Kraftfahrzeugwerkstätte gekauft und richten sie für unsere Zwecke her. Sobald sie fertig ist, legen wir los. Das wird in etwa vier Wochen sein. Bis dahin möchte ich für mich irgendein Haus oder eine sonstige schöne Bleibe suchen. Kannst du mir dabei helfen? Immerhin bist du ja Architektin.«

»Kann ich schon. Ich helfe dir gerne dabei. Wir haben gute Verbindungen in die Gemeinden um Tulln herum, sodass ich da schon die eine oder andere Information bekommen könnte. Und dann sehen wir uns die Objekte, die infrage kommen, gemeinsam an. Solltest du noch umbauen wollen, kann ich dir auch gerne dabei helfen.«

»Wirklich?«

»Warum nicht? Oder möchtest du meine Hilfe gar nicht?« Monika runzelte die Stirn, immer noch war sie ganz gelassen, obwohl sie mit ihrer Schwester sprach. Die Zeit heilt alle Wunden, fiel ihr spontan ein, und plötzlich wallte eine unbestimmte Freude in ihr auf.

»Doch! Gerne hätte ich deine Hilfe. Sag, könnten wir uns nicht irgendwo treffen? Was meinst du, Monika?«

»Ja, ja, das machen wir. Aber wir werden uns nicht irgendwo treffen. Komm doch zu mir in mein Haus. Das kennst du ja gar nicht. Wann hast du denn Zeit?«

»Am Abend immer. In den nächsten Wochen habe ich abends keine Termine. Ich möchte mich ganz langsam wieder eingewöhnen hier in Österreich. Nur keine übertriebene Geschäftigkeit, das habe ich mir vorgenommen.«

»Dann komm doch gleich heute bei mir vorbei. Ich koche uns etwas. Kein Fisch sollte dabei sein, soweit ich mich erinnern kann.«

»Das ist Vergangenheit. Ich esse alles und auch gerne Fisch. In allen Varianten. Aber irgendeine einfache Hausmannskost wäre mir am liebsten. Schinkenfleckerl und ein gemischter Salat. Das fällt mir gerade so ein.«

Monika lachte kurz auf. »Das mach ich gerne. Ist nicht viel Arbeit, und ich hab schon so lange keine Schinkenfleckerl gegessen. Ein feudales Mahl wird das zwar nicht werden, aber schmecken wird es uns, da bin ich mir sicher.«

Maria erhielt noch genaue Instruktionen, wie sie fahren müsste, Handynummern und E-Mail-Adressen wurden getauscht, dann kam das Gespräch rasch zu einem Ende, und so konnte sich Monika wieder auf ihr Projekt stürzen. Mit Eifer machte sie weiter, doch dann hielt sie inne. Sie ging zum Fenster und sah in die Ferne. Was war so anders mit ihrer Schwester? Warum war das Telefonat eigentlich angenehm gewesen? Es war Marias Stimme. Diese hatte einen viel wärmeren Klang, als sie es in Erinnerung hatte. Einen wohligen Klang. Monika seufzte und atmete kräftig durch.

Die Schinkenfleckerl waren bereits im Backrohr, der Germteigmohnstrudel wunderbar aufgegangen, eigentlich konnte Maria schon kommen. Den Mohnstrudel hatte Monika gemacht, weil sie sich genau daran erinnern konnte, dass in den guten gemeinsamen Zeiten mit Maria dies die Mehlspeise war, die sie am meisten geliebt hatten. Ihre Mutter war eine Künstlerin des Germteigs gewesen, der ja an sich keine große Kunst ist. Man muss allerdings schon wissen, wie man mit ihm umgeht, und ein wenig Gespür für ein richtiges Timing ist vonnöten, damit wirklich herrlich flauschige Köstlichkeiten daraus entstehen. Monika hatte dies von ihrer Mutter übernehmen können und in Wahrheit noch weit mehr Gefühl dafür entwickelt. Was sie auch in Angriff nahm mit Germteig, es wurde ein Gedicht von Mehlspeise. So war sie sich auch an diesem Abend sicher, für Maria etwas Besonderes kreiert zu haben. Die Mohnfüllung war ausgezeichnet gelungen, das hatte Monika bereits beim Abschmecken feststellen können. Das Kosten davon war daher etwas umfänglicher ausgefallen, doch ein Mangel an Fülle im Strudel war dadurch sicher nicht entstanden. Als sie nochmals unter das Geschirrtuch blickte, um sich vom guten Zustand des Strudels zu überzeugen, fiel ihr Katja ein. Katja. Die Frau ihrer Begierde und ihres Sehnens. Ihres völlig absurden Sehnens. Die Buchteln für Katja waren die letzte Germteigmehlspeise gewesen, die sie zubereitet hatte. Katja. Monika seufzte. Katja würde wohl immer unerreichbar bleiben. Sollte wahrscheinlich immer unerreichbar bleiben. Katja, die Nutte, die Hure, die wunderbare Frau. Die wunderbare warmherzige Frau, die ihr so schöne Stunden bereitet hatte. Und die sich nun von ihr ganz offenbar fernhielt. Die nicht erreichbar war über den Begleitservice. Die sie in der Oper angesprochen hatte und die sie mit ihrem unübersehbaren tiefen persönlichen Interesse völlig aus dem Häuschen gebracht hatte. Katja.

Mitten in diesen Gedanken läutete die Türglocke. Monika riss sich, wenn auch ein wenig widerwillig, aus den Gedanken und eilte zum Eingang. Sie öffnete die Tür und stand einer fremden Frau gegenüber. Natürlich war es keine wirklich fremde Frau. Es war unverkennbar ihre Schwester, doch wie sah diese aus? Sie war erwachsen geworden. Ganz offenbar erwachsen. Und sie hatte sich zu einer wahren Schönheit entwickelt.

»Hallo Monika.«

»Hallo Maria. Komm rein.« Monika war ganz hingerissen von ihrer Schwester.

»Wow, hast du ein schönes Haus. Was heißt hier Haus, du hast ja einen Palast. Genau, einen modernen Palast.«

»Gefällt es dir? Ist der erste Eindruck ein guter?«

»Was heißt ein guter? Das ist wohl stark untertrieben. Du wohnst ja richtig feudal!«

Monika nahm Marias Hände, und in diesem Augenblick erfasste sie eine ungemeine Zuneigung, der sie sich einfach hingab. »Maria, es ist so schön, dich zu sehen und dich hier bei mir im Haus zu haben. Ich denke, es war an der Zeit, dass wir uns wieder einmal sehen nach so einer Ewigkeit. Ja, so kommt es mir jetzt vor: nach so einer Ewigkeit.«

Maria drückte nun Monikas Hände ganz fest, sah ihr ins Gesicht und sagte kurze Zeit gar nichts. Doch dann brach sie das Schweigen, das eingetreten war.

»Meine Güte, Monika, was bist du für eine schöne Frau geworden. Wie hast du dich entwickelt in der Zeit, in der wir uns nicht gesehen haben ...«

»Das kann ich von dir auch sagen«, unterbrach Monika ihre Schwester, »du bist doch selbst zu einer Schönheit geworden. Ich kann es gar nicht fassen. So ein wunderbares Aussehen und so eine wunderbare Ausstrahlung.«

»Übertreib nicht!« Maria hatte nun Monika in die Arme genommen, das erste Mal nach vielen, vielen Jahren.

Monika löste sich aus der Umarmung und sah ihrer Schwester mit warmem Lächeln ins Gesicht. »Ich freue mich, dass du den Weg hierher gefunden hast. Komm in die Küche. Die Schinkenfleckerl sind gleich so weit, wir können bald essen. Als Nachspeise gibt es übrigens einen Germteigmohnstrudel.«

»Ja? So einen, wie wir ihn in der Kindheit in großen Mengen verdrückt haben? So einen habe ich schon seit Jahren nicht mehr gegessen.«

»Na, dann war die Idee gar nicht so schlecht.«

Monika führte Maria weiter in die große Wohnküche. Maria nahm am Barhocker beim Tresen vor dem Herd Platz, da hatte Monika auch schon zwei Sektflöten und eine Flasche Prosecco in der Hand.

»Möchtest du ein Glas Prosecco? Ich finde, es ist Zeit, dass wir auf unser Wiedersehen anstoßen.«

»Ganz meine Meinung. Ein Glas Prosecco und später vielleicht ein zweites, dagegen habe ich nichts einzuwenden.« Sie sah Monika kurz schweigend zu, wie diese flink die Flasche öffnete und die Gläser füllte. »Monika, ich habe mich heute so über unser Telefonat gefreut, ich habe das so nicht erwartet. Ehrlich. Ich war überrascht über den warmen Ton in deiner Stimme. Über deine spontane Zusage. Über … über … ich weiß nicht, wie ich es ausdrücken soll.«

»Mir ging es nicht anders.« Sie reichte Maria das Glas, und sie prosteten sich zu. »Prost, Maria, kleines Schwesterlein.«

»Kleines Schwesterlein! Meine Güte! So hast du mich immer tituliert, wenn du mir etwas ganz Wichtiges mitteilen musstest. Prost, große Schwester.«

Monika hatte in der Küche nur mehr den Salat fertig zu marinieren und abzuschmecken, schon konnten sie am schön gedeckten Esstisch Platz nehmen und sich über die Hausmannskost hermachen. Sogleich entspann sich ein lockeres Gespräch, das über das ganze Essen hin andauerte und auch danach am Kamin fortgesetzt wurde.

Maria schilderte ausführlich, wie sich ihre Rückkehr nach Österreich entwickelt hatte. Möglich war diese erst dadurch geworden, weil sich die Beziehung zu ihrem Apotheker in den vergangenen zwei Jahren mehr oder minder schleichend aufgelöst hatte. Es war keine andere Frau oder kein anderer Mann im Spiel gewesen. Nein, es war die Jagdleidenschaft, die Bernhard erfasst hatte und der er sich mit allem hingab, was er zu geben hatte. Da war für Maria irgendwie kein Platz mehr im Mittelpunkt seiner Interessen gewesen und damit ein Leck in der Beziehung entstanden, das nicht zu kitten war. Maria hatte versucht, mit der Konkurrenz fertig zu werden, und musste schließlich doch einsehen, dass die Jägerei eine mit weiblichen Reizen allein nicht zu schlagende Konkurrentin war. Die einzige Möglichkeit, das war ihr eines Tages klar geworden, wäre gewesen, sich selbst der Jägerei hinzugeben, doch das war für Maria einfach undenkbar gewesen. Damit konnte sie nichts anfangen. Das Geschäft des Weidmanns war ihr so fremd und fern, dass da nichts zu machen war. Letztlich war aber die Jagdleidenschaft ihres Apothekers auch die Möglichkeit gewesen, ihre eigene Situation zu reflektieren und dabei zu erkennen, dass Veränderungen dringend anstanden.

So hatte sie der zögerlich vorgetragenen Bitte ihres Chefs, als geborene Österreicherin doch die neue Filiale in Tulln aufzubauen und zumindest am Anfang auch zu leiten, sofort entsprochen. Das war dann das wahre Ende ihrer Beziehung zum Apotheker gewesen. Tief beleidigt war er gewesen, tief verletzt. Maria musste sich anhören, dass sie ihn böswillig verlassen wollte. Dass sein eigenes Verhalten ein Wesentliches dazu beigetragen hatte, dass es so weit gekommen war, das ging gar nicht in seinen Kopf hinein. Beleidigt hatte er nur festgestellt, dass Maria ihm sein schönes Hobby nicht gönnen würde.

Maria zuckte mit den Achseln. »Er hat mich überhaupt nicht verstanden. Es hat nur so an Vorwürfen gehagelt. Was er nicht alles für mich getan hat, was er nicht für mich alles an Geld ausgegeben hat, worauf er nicht alles meinetwegen verzichtet hat in den letzten Jahren. Ich war auf alle Fälle die ganz, ganz Böse.«

»Die ganz, ganz Böse war ich auch bei der Scheidung von meinem Erwin. Ich war an allem schuld. Wir haben zwei Jahre in tiefer Krise gelebt, und richtig aufgeplatzt ist dann alles, als ich ihm eines Tages unumwunden gesagt habe, dass ich Frauen erotischer finde als Männer und mich mehr zum weiblichen Geschlecht hingezogen fühle als zum männlichen …«

»Was erzählst du da? Monika, das weiß ich ja gar nicht. Du bist eine Lesbe? Kann man das so sagen?« Maria schaute völlig perplex in das offen lächelnde Gesicht ihrer Schwester.

»Wir hatten ja nicht gerade den besten Draht zueinander. Ich hatte keinen Grund und auch keine Gelegenheit, dir davon zu erzählen.«

»Stimmt auch wieder. Hast du … hast du jetzt eine … eine Freundin? Eine Partnerin?«

Monika seufzte. Katjas Bild tauchte ganz rasch vor ihr auf. Wie sie an diesem Tisch saß und eine Buchtel aß, wie ihr der Puderzucker einen Bart auf die Oberlippe zeichnete. »Nein, nein, leider nicht. Da ist zwar eine Frau, die …«

»… die?« Maria hob die Augenbraue. »Die, was?«

»Die ich sehr begehre, aber die nicht zu erreichen ist für mich.«

»Weil sie verheiratet und hetero ist.«

»Nein, weil sie eine Nutte, eine Hure, ein Callgirl ist und nichts mehr mit mir zu tun haben will. Sie ist so ein wunderbarer Mensch.«

»Wow!!!« Maria setzte sich kerzengerade auf. »Du wirst jetzt nicht drum herumkommen, mir die ganze Geschichte zu erzählen.«

»Du bist also schockiert? Eine lesbische Schwester, damit hast du wohl nicht gerechnet.«

»Das schockiert mich nicht. Es erstaunt mich bloß. Aber dass du von einer Prostituierten schwärmst, das finde ich schon mehr als ungewöhnlich. Da muss sich ja eine außerordentliche Geschichte dahinter verbergen.«

»Musst du heute noch nach Hause fahren?«

»Nein, muss ich nicht. Darf ich bei dir übernachten? Mit dir tratschen, bis wir einschlafen? Ich will Details!«

Monika hatte sich erhoben, war zum Herd gegangen und schob den Germteigstrudel ins Backrohr, stellte den Temperaturregler auf hundertsechzig Grad und die Uhr auf fünfzig Minuten. Dann setzte sie sich wieder zu Maria. »Warum, Maria, können wir plötzlich wieder so gut miteinander reden, miteinander auskommen? Was ist anders als in den letzten Jahren, als vor wenigen Monaten?«

»Es war das Telefonat. Du hast so natürlich und locker geklungen. Da hab ich gespürt, dass die Animositäten Vergangenheit waren.«

»Weil du so einen warmen Klang in deiner Stimme gehabt hast. Den hattest du nicht immer.« Monika füllte die Proseccogläser nochmals voll. »Prost, mein kleines Schwesterlein! Sagte ich das heute schon?« Sie lachte.

»Prost, meine liebe große Lesbenschwester.«

»Wie das klingt. Das gefällt dir wohl.« Monikas Lachen wurde lauter, und Maria kicherte nun auch hemmungslos vor sich hin.

Um drei Uhr in der Früh konnten beide die Augen nicht mehr offenhalten und warfen sich in Monikas breites Doppelbett. Jedoch nicht, ohne vorher noch mit einem weiteren Glas Prosecco auf die erneuerte »Schwesternschaft« angestoßen zu haben.

Katjas Schwägerin Carla öffnete die Tür. An ihr vorbei stürmten drei kleine Mädchen auf Katja zu. »Tante Katja, Tante Katja, endlich bist du wieder einmal bei uns. Bitte fahr nicht gleich wieder fort. Du hast versprochen, mit uns im Wald zu spielen.«

Katja beugte sich zu den drei kleinen Damen mit den goldblonden Locken hinunter, nahm sie alle drei fest in den Arm und drückte ihnen einen Kuss auf die Wangen. Die kleine Susi mit ihren fünf Jahren hatte sie besonders ins Herz geschlossen, was nicht bedeutete, dass sie Emmi und Tanja, ihre älteren Schwestern, weniger liebte. Doch die Kleine war ihr so zugetan, da hatte sogar ihre Mutter für einige Zeit Sendepause, wie Carla das selbst einmal formuliert hatte. Susi weihte Katja in alle ihre Geheimnisse ein, und Katja war immer wieder erstaunt, wie vielfältig die Gefühlswelt des jungen Mädchens war. Vor allem bewunderte sie Susis Antennen für Stimmungen und Gefühle ihrer Schwestern und ihrer Eltern. Alles das legte sie Katja stets offen dar, wenn sie einmal eine Zeit allein waren. Susi schaffte es auch immer wieder, die Übrigen loszuwerden und Katja für sich zu haben. Und sei es bloß beim Schlafengehen. Normalerweise gingen alle drei Schwestern gemeinsam zu Bett. War jedoch Katja im Haus und passte auf die kleinen Mädchen auf, so war Susi immer sehr früh müde und musste ins Bett. Das ging nicht ohne Begleitung. Ihre Schwestern wollten natürlich nichts vom Zubettgehen wissen. Von Müdigkeit allerdings war bei der kleinen Susi in Wahrheit gar keine Rede. Sie legte sich zwar ins Bett, doch Katja musste bestimmt mindestens eine Stunde bei ihr bleiben und wurde über alles Mögliche ausgefragt, und vor allem bekam sie einen ausführlichen Bericht zur Lage der Familie von Katjas Bruder Emil.

Carla war es nur mit Mühe gelungen, Katja für einen kurzen Kaffeetratsch von ihren Töchtern loszubekommen. Sie erzählte von dem Kurzurlaub, den sie mit Emil in Barcelona geplant hatte, und dass sie vorhätten, Urlaube dieser Art zur Gewohnheit zu machen.

»Natürlich brauchen wir in den nächsten Jahren einen Babysitter für die Zeit, wenn wir unterwegs sind.«

»Also, Carla, wenn es sich irgendwie machen lässt, werde ich für diese Tage gerne die drei Damen übernehmen. Wissen die drei denn überhaupt schon, dass ihre Tante sie für die nächsten Tage betreuen wird?«

»Nein, das ist die Überraschung für den Abend. Seit Monaten liegen sie mir schon im Ohr, dass ich doch einmal versuchen sollte, dich für länger als einen Abend hierzubehalten. Emma erzählt immer lang und breit von ihren Schulfreundinnen, die auch von Tanten und Onkeln übers Wochenende betreut werden und wie urcool das ist.«

»Na, hoffentlich finden die drei das jetzt auch urcool, wenn ich auf sie aufpasse.«

»Da kannst du Gift drauf nehmen. Hoffentlich wollen sie uns am Sonntag auch wieder zurück.« Carla lachte und holte noch zwei Tassen Kaffee von der Espressomaschine. Zwei Stück Kuchen schnitt sie noch ab, reichte eines davon Katja und biss genüsslich in das andere. Sie lächelte. »Barcelona soll so eine schöne Stadt sein …«

Als die Glocke an der Haustür läutete, war im Nu alles andere vergessen, und die drei Mädchen stürmten in den Flur. Emil und Carla schleppten ihre schweren Koffer eben herein, und Emil kehrte ganz rasch zum Auto zurück, um noch einige Plastiktaschen zu holen, die mit Mitbringseln gefüllt waren. Carla war von ihren Töchtern beinahe umgeworfen worden, und als Emil endlich aus seinen Schuhen gestiegen war, wurde er von den jungen Mädchen heimgesucht. Katja sah vom Hintergrund aus dem Treiben zu, und ihr Herz ging auf. Carlas Bedenken, ob sie nach ihrer Rückkehr wohl noch von ihren Mädchen erwünscht sein würde, kamen ihr in den Sinn. Die Grundlosigkeit dieser Zweifel war greifbar. Eltern bleiben eben Eltern, und wenn man sie liebt, so ändert das auch die Zeit nicht. Katja wurde plötzlich von einer unbeschreiblichen Sehnsucht erfasst. Üblicherweise beneidete sie ihren Bruder nicht, doch in diesem Augenblick hätte sie gerne mit ihm getauscht. Eine Familie haben. Kinder. Lärm, wenn man nach Hause kommt. Einen Babysitter organisieren müssen, wenn man weg möchte. Dann müssten Reisen noch viel schöner sein, als sie es ohnehin meist sind.

Susi hatte sich von ihrem Vater losgerissen und war auf Katja zugekommen. »Tante Katja, musst du jetzt wieder nach Hause fahren? Kannst du nicht bei uns bleiben? Mit dir es ist es so lustig. Du kannst so gut mit den Puppen spielen und mit der Eisenbahn. Bitte, bleib bei uns.«

Katja seufzte. Sie ging tief in die Hocke, um Susi gerade ins Gesicht sehen zu können. Was sie sah, war eine unglaubliche Hoffnung und eine Zuneigung, die ihr Herz erweichte. Am liebsten wäre sie wirklich noch geblieben, doch es war nicht zu ändern, dass der Alltag sie wieder einfangen würde, und der war nun eben einmal ein Alltag ohne eigene Familie. Ob das immer so sein würde? Nein, das würde sich sicher einmal ändern. Ein, zwei Jahre, dann würde es so weit sein, dann würde sie nicht mehr allein leben. Das nahm sie sich nun vor. Wenn sie auch gar keine Idee hatte, wie ihre eigene Familie aussehen könnte und wer außer ihr daran beteiligt sein würde.

Kapitel 6

Schweißgebadet wachte Monika auf. Ein Blick auf die Uhr bestätigte das, was sie befürchtet hatte. Nicht einmal halb zwei Uhr in der Früh. Sie konnte einfach nicht schlafen. Erst hatte sie furchtbaren Schüttelfrost, dann wieder Schweißausbrüche. Offenbar wurde sie von Fieberattacken heimgesucht. Seltsame Fieberattacken, wie sie sie zuvor in ihrem Leben noch nie erlebt hatte. Unruhig wälzte sie sich in ihrem Bett hin und her. Sie hatte bereits die üblichen Grippemedikamente genommen, die ihr sonst bei den eher seltenen Krankheitsfällen immer sofort die nötige Linderung verschafft hatten, doch heute, wie auch schon vor drei Tagen, als ihr Ähnliches widerfahren war, war kaum eine Wirkung wahrzunehmen.

Monika richtete sich auf, wankte in die Küche und bereitete sich eine Tasse Tee zu, worauf sie nun ein ungemeines Bedürfnis verspürte. Während der Wasserkocher neben ihr summte und brummte, horchte sie in sich. Bis auf das Fieber und ein seltsames Unwohlgefühl, das aber nicht irgendwo genauer festzumachen war, hatte sie keine weiteren Beschwerden. Kein Kopfschmerz, kein Husten, der Bauch war in Ordnung und auch der Appetit nicht schlecht, und mit den Harnwegen war auch nichts, soweit sie dies selbst diagnostizieren konnte. Sie überlegte kurz, wann dieses seltsame Unwohlsein eigentlich das erste Mal aufgetaucht war. Es muss beim Rückflug von Indien gewesen sein. Da hatte sie sich plötzlich nicht gut gefühlt, hatte aber alles auf die Klimaanlage geschoben, die unbarmherzig die Temperatur auf skandinavisches Niveau heruntergedrückt hatte, wie es ihr damals so spontan eingefallen war. Vor allem nach den drei Wochen in den tropischen Zonen Indiens, die so wunderschön gewesen waren, so voller neuer Eindrücke, da hatte sich diese Kühlung abscheulich angefühlt.

Der Wasserkocher gab ein knackendes Geräusch von sich, als das Wasser endlich kochte. Monika goss den Tee auf und wartete noch einige Minuten, ehe sie den ersten Schluck davon nahm. Gleich um halb acht in der Früh würde sie zu Albin, ihrem Hausarzt, gehen, der würde ihr sicher helfen können. Albin wusste immer einen Rat. Das war schon während der Studentenzeit so, als sie sich in einem kleinen Zirkel niederösterreichischer Studenten in Wien kennengelernt und sich seither nie mehr aus den Augen verloren hatten. Albin war nicht nur ein hervorragender Allgemeinmediziner geworden, der in der Nachbarortschaft schon vor einiger Zeit seine Praxis eröffnet hatte, sondern er war auch ein wunderbarer Psychologe und Beobachter, der Monika bei ihrer Scheidung, die ja nun schon wieder ein paar Monate zurücklag, immer gut beraten hatte. Seither verband die beiden eine wunderbare Freundschaft, die von beiden Seiten aus gut gepflegt wurde. Vor allem gemeinsame Besuche von Kulturveranstaltungen waren zur schönen Gewohnheit geworden – vom Besuch der Wiener Staatsoper bis hin zu Ausflügen zu kleinsten Museen in Niederösterreich war alles schon im Repertoire gewesen.

Monika setzte sich in den Warteraum, die Sprechstundenhilfe hatte bereits alle Formalitäten erledigt und Monika auch gefragt, ob sie vorgezogen werden wollte, war ihr das freundschaftliche Verhältnis zwischen ihrem Chef und Monika doch bestens bekannt. Monika hatte abgelehnt, sie war an diesem Tag nämlich gar nicht in Eile, und außerdem fühlte sie sich zwar ein wenig gerädert, sonst aber bereits viel besser. Die Schüttelfrost- und Schwitzattacken, die sie in der Nacht heimgesucht hatten, waren am frühen Morgen abgeklungen, und so hatte sie noch knappe drei Stunden gut schlafen können.
Etwa eine Stunde hatte Monika warten müssen, ehe Albin Zeit für sie hatte. Es schien ihm ein wenig peinlich zu sein, Monika wehrte jedoch sofort alle Entschuldigungen ab und bekräftigte bloß, dass es für sie kein Problem dargestellt hätte.
Albin nahm also in seinem Sessel direkt vor ihr Platz, wie es so seine Gewohnheit war. Er war für seine Patienten nahezu nie hinter dem Schreibtisch versteckt, das verabscheute er selbst ungemein, nein, er war immer greifbar für seine Patienten. Umgekehrt konnte er sich aus der Nähe schon einen ersten und gleich besseren Eindruck holen, und der war für ihn oft Gold wert.
Der erste Eindruck, den Albin von Monika hatte, war ein guter. Nichts Ungewöhnliches war da zu sehen, außer der etwas ungewöhn-

lichen Schönheit der Frau, die er schon seit jeher bewundert hatte. Früher war er immer zu schüchtern gewesen, um mehr als Freundschaft mit ihr herzustellen, nun wusste er schon seit einiger Zeit, dass es Frauen waren, die sie ansprachen und nicht Männer. Irgendwie bedauerte er das zutiefst, hatte sich aber damit abgefunden und war froh, sie wenigstens als gute Freundin zu haben. Das war nicht so oft möglich, mit einer Frau eine Freundschaft zu pflegen, und es hatte den Vorteil, auch aus anderen Perspektiven die Welt kennenzulernen. Dass die Perspektiven oft sehr verschieden waren, hatte er früher nie wahrhaben wollen, und es war Monikas Verdienst gewesen, ihm da ein wenig die Augen geöffnet zu haben. So war das. Mit Zuneigung betrachtete er Monika und vergaß darüber, irgendetwas zu erzählen.

»Also, Albin, mir ist es in der Nacht nicht besonders gut gegangen. Schüttelfrost, Schweißausbrüche, Schüttelfrost und so weiter. Irgendwie habe ich mich auch unwohl gefühlt. Es ist das zweite Mal innerhalb der letzten Woche, seit ich aus Indien zurückgekommen bin, dass sich das so abgespielt hat.«

»Indien? Genau, du warst ja auf dieser Kulturreise in Indien, die dir deine Schwester so ans Herz gelegt hat. Wie war es denn? Hat es sich ausgezahlt, dorthin zu fahren?«

»Es war eine Traumreise, Albin, und es ist schade, dass du nicht dabei sein konntest. Es hätte dir gefallen, und ehrlich: Mir hätte es mit dir gemeinsam auch noch besser gefallen, obwohl ich ohnehin sehr nette Mitreisende hatte. Bloß der Altersdurchschnitt wurde nur durch mich auf unter fünfundsechzig gedrückt.«

Albin nickte, seine Gedanken waren allerdings beim letzten Satz bereits woandershin gewandert. »Du warst in Indien, also irgendwie in den Tropen, und jetzt bist du zu Hause und wirst von Fieberattacken heimgesucht. Da müssen wir vorsichtig sein.«

Monika war ein wenig alarmiert. »Was heißt das? Was meinst du damit?« In Wahrheit wusste sie genau, was Albin meinte. Ihr selbst war es ja schon in den Sinn gekommen, dass es sich bei dieser Erkrankung um ein »Mitbringsel« aus dem Urlaub handeln könnte. Den Gedanken hatte sie aber gleich wieder beiseitegeschoben, war er ihr doch irgendwie unheimlich.

»Nichts Bestimmtes. Es ist nur so, dass du möglicherweise etwas aus den Tropen mitgeschleppt hast, von Malaria angefangen bis was weiß ich, das sollten wir auf keinen Fall übersehen.«

»Und was machen wir da?«

»Das wird so ablaufen: Ich werde dich ganz normal untersuchen und sehen, ob ich etwas finden kann, und zusätzlich schicke ich dich nach Wien in ein Labor, wo eine Bekannte von mir arbeitet. Sie ist Labormedizinerin und zudem spezialisiert auf Tropenkrankheiten. Das war immer ein Faible von ihr, und das pflegt sie heute noch intensiv. Sie arbeitet dort zwar nur halbtags, aber es sollte kein Problem für mich darstellen, einen Termin für dich bei ihr auszumachen. Du wirst sehen, sie ist nicht nur eine Spezialistin, was Tropenmedizin angeht, sie ist überdies ein ganz lieber und ungemein herzlicher Mensch. Ich denke, sie wird dir sympathisch sein.«

Monika nickte nur. Die Vorstellung, sich in Indien etwas eingefangen zu haben, machte sie nicht gerade froh. So ließ sie alle Untersuchungen von Albin über sich ergehen, der fand aber außer einem leicht geröteten Hals nichts Ungewöhnliches. Monika versuchte, sich nochmals darauf zu konzentrieren, ob etwa der Hals doch ein wenig schmerzte, fühlte aber in Wahrheit nichts Schlimmes. Der Hals kratzte nicht einmal.

Die Tür des Labors war unglaublich schwer und beinahe nicht aufzubringen. Eine Zumutung, wie Monika fand. Ältere Leute mussten da sicher öfters kämpfen, um ins Foyer zu gelangen. Sie monierte das auch gleich an der Rezeption, wo sie eine junge gepflegte blonde Frau freundlich in Empfang genommen hatte. Der starke Wind hätte es nötig gemacht, die Tür so einzustellen, dass sie nicht immer gleich aufgeblasen werden konnte. Bei älteren Leuten würde man schon gerne helfend einspringen. In Wirklichkeit sei das alles kein Problem.

Monika stellte sich vor und teilte mit, dass sie von Herrn Dr. Albin Bergmöller geschickt worden wäre, damit sie von der auf Tropenkrankheiten spezialisierten Ärztin untersucht werden könnte.

»Ah, Sie sind die Patientin, die von Herrn Dr. Bergmöller avisiert worden ist. Frau Dr. Waldenberg ist schon hier. Es wird nur einen Augenblick dauern, dann können Sie zu ihr. Ich melde Sie gleich bei ihr an.« Schon war die junge Dame verschwunden und hatte Monika allein stehen lassen.

»Katja, die Patientin, die dir von Albin geschickt worden ist, ist da. Eine Frau Brenner oder Brandtner oder irgendwie so.«

Katja blickte auf und lächelte. »Birgit, wann wirst du dir endlich einmal einen Patientennamen merken können?«

»Sie kommt ja eh gleich rein zu dir. Da bekommst du ja alles an Unterlagen mit, und spätestens dann weißt du, wie sie wirklich heißt.«

»Hast recht. Schick sie gleich rein. Ich hab jetzt ohnehin gut Zeit für sie. Vielleicht ist es ein interessanter Fall.«

»Na dann.« Birgit war wieder davon und schon bei Monika.

»Sie müssen nicht warten. Sie können gleich zu Frau Dr. Waldenberg hinein. Bitte gleich hier um die Ecke«, sie zeigte über ihre rechte Schulter, »und dann das erste Zimmer links.«

Monika nickte nur, machte sich auf den Weg und klopfte an der Tür zu besagtem Zimmer.

»Herein.«

Monika öffnete die Tür, trat ein und fiel aus allen Wolken. Hatte sie eine Halluzination? War das eine Doppelgängerin? Hatte sie wieder eine plötzliche Fieberattacke, die ihre Sinne trübte? Doch gleich wurde ihr bewusst, dass dies nicht der Fall war. Die Reaktion der Frau hinter dem kleinen Schreibtisch sagte alles. Sie war zusammengezuckt, als sie Monika zu Gesicht bekam, die Farbe war aus dem Gesicht gewichen, völlig bleich und zitternd hatte sie sich erhoben und war auf Monika zugekommen.

»Du? Du bist die Patientin, die in Indien gewesen ist?«

»Katja! Was machst du denn hier?«

»Monika, ich hab … ich bin … das ist sozusagen mein bürgerlicher Beruf, in dem du mich vor dir hast. Hab ich dir davon nichts erzählt?«

»Wann denn? Wann hättest du mir davon erzählen sollen? Und hättest du mir davon überhaupt erzählt, selbst wenn die Zeit dafür vorhanden gewesen wäre?«

Katja, die Monika eigentlich in den Arm nehmen wollte, hielt inne. »Da hast du vermutlich nicht ganz unrecht.« Sie atmete einmal kräftig durch. »Aber so ist es. Ich bin Laborärztin. Laborärztin, Spezialistin für Tropenkrankheiten und Callgirl, Nutte, Hure, Prostituierte, wie auch immer.«

»Katja, nicht.« Monika hatte Katjas Hand genommen. »Ich mache dir doch keine Vorwürfe. Warum auch. Ich bin nur aus allen Wolken gefallen, als ich dich hier sitzen sah. Erst dachte ich an eine Doppelgängerin oder so etwas. Doch deine Reaktion hat mir gleich gezeigt, dass du es bist. In Fleisch und Blut.« Ein Lächeln huschte über Monikas Gesicht, und dies ließ auch Katjas Züge augenblicklich entspannt wirken.

»Also, was führt dich denn heute wirklich zu mir?«

Ein intensives Gespräch entwickelte sich. Monika musste genauestens von der Reise erzählen. Dabei ging es Katja aber nicht um die Schönheiten des Landes oder um die Kulturschätze, die es zu bestaunen gab. Sie interessierte sich vielmehr für das Wetter, das Essen, die Wohngelegenheiten und vieles mehr. Durchfallepisoden wurden ebenso besprochen wie die prophylaktischen Maßnahmen, die Albin ihr empfohlen hatte und an die sich Monika sklavisch gehalten hatte. Nach dem langen Gespräch bat Katja Monika – es schien ihr ein wenig peinlich zu sein –, sich auszuziehen, damit sie sich die Haut ansehen könnte und um auch sonst noch ein paar einfache Untersuchungen anzuschließen.

Sie begutachtete Monika von Kopf bis Fuß und konnte nicht umhin, neben der medizinischen Inspektion, die sie professionell durchführte, auch die Schönheit der Frau ihr gegenüber zu bewundern.

Als Monika wieder angekleidet vor ihr Platz nahm, atmete Katja nochmals kräftig durch. »Also, so, wie sich mir die Sache darstellt, ist bei dir nicht unbedingt von einer Tropenkrankheit auszugehen. Wir werden dir aber eine Menge Blut abzapfen, um einige serologische Untersuchungen durchzuführen. Sollte sich das mit dem Fieber nochmals einstellen, was ich persönlich nicht glaube, so geh gleich zu Albin. Auch wenn du Stuhlunregelmäßigkeiten bemerkst oder sonstige ungewöhnliche Dinge eintreten, so zögere nicht, dich mit ihm in Verbindung zu setzen. Wie ich gehört habe, seid ihr beide ja befreundet.« Sie hielt inne und sah Monika unverwandt an.

Monika hatte nicht gleich mitbekommen, dass sie so betrachtet wurde, Hitze stieg in ihr hoch, als sie es dann bemerkte. »Ja, ja, das sind wir«, beeilte sie sich zu antworten, »Albin und ich, wir kennen einander schon aus der Studentenzeit. Er ist so ein lieber Kerl.«

»Das ist wahr. Ich kenne ihn übrigens auch seit der Studentenzeit. Wäre leicht möglich gewesen, dass wir uns schon damals einmal über den Weg gelaufen. wären« Ein Ton des Bedauerns schwang hierbei mit. Katja räusperte sich laut. »In ein paar Tagen werden alle Befunde fertig sein. Die Stuhlproben, die du vorbeibringen musst, werden dann noch etwas mehr Zeit in Anspruch nehmen, doch spätestens in vierzehn Tagen sollte alles klar sein und hoffentlich Entwarnung gegeben werden können. Dann möchte ich gerne noch ein kurzes Abschlussgespräch mit dir führen, wenn du die schriftlichen Befunde abholen kommst. Ist dir das Prozedere so recht?«

Monika sah Katja jetzt mit ernster Miene an. »Ja, das ist in Ordnung so. Hoffentlich steckt nichts Ernstes dahinter. Wenngleich … Na, es geht mir ja nicht so schlecht.«

»Und so soll es bleiben. Man sollte nur nichts übersehen. Das ist alles.«

Monika sah zu Boden, schien nachzudenken, doch in Wahrheit war ihr Kopf völlig leer. Zum dritten Mal war sie dieser Frau nun begegnet. In den unterschiedlichsten Lebenslagen. Was sollte das? Das konnte doch kein Zufall sein, und wenn ja, was waren das für seltsame Zufälle? Plötzlich sah sie auf. »Dann kann ich jetzt gehen?«

»Ja, ja, kannst du. Nur …«

»Nur was?« Monika blickte erstaunt zu Katja, die nun in Gedanken versunken zu sein schien.

»Ach nichts. Alles Weitere, was du jetzt im Labor noch zu tun hast, wirst du gemeinsam mit Birgit machen, der blonden jungen Dame, die dich in Empfang genommen hat.«

Ein wenig enttäuscht erhob sich Monika und machte einen Schritt auf Katja zu, die sich ebenfalls erhoben hatte. Sie umarmten sich ganz flüchtig, dann verließ Monika auch schon fluchtartig den Raum.

Vierzehn Tage waren vergangen, seit Monika das erste Mal das Labor in Wien betreten hatte. Nun mühte sie sich wieder einmal mit der schweren Eingangstür ab, um die schriftlichen Befunde abzuholen.

Birgit, die Laborantin, hatte ihr bereits am Telefon mitgeteilt, dass außer einer banalen Virusinfektion, die sie sich irgendwo auf der Welt zugezogen haben könnte, nichts zu finden gewesen wäre. Frau Dr. Waldenberg habe schon alles durchgesehen und wisse Bescheid. Sie würde sie dennoch gern zu einem Abschlussgespräch sehen wollen. Monika möge doch in zwei Tagen am Vormittag vorbeikommen.

Monika war in dem Augenblick, als Birgit das gesagt hatte, gar nicht mehr in der Stimmung, mit Katja zu sprechen. Worüber auch? Die Tropenreise war Vergangenheit. Fieberepisoden waren nicht mehr aufgetreten, und auch sonst gab es nichts, was sie mit Katja hätte besprechen müssen. Na ja, natürlich gäbe es das eine oder andere, doch das konnte so sicher nicht ausgesprochen werden, und dafür hätte Katja sicherlich kein Ohr. Hätte sie sich sonst so versteckt vor ihr, als sie versucht hatte, Kontakt aufzunehmen?

»Kann ich die Befunde nicht schon morgen am Vormittag abholen? Da bin ich nämlich zufällig in Wien.« Das war sogar wahr, denn Monika musste eine Baustelle begutachten, die sie in den nächsten Monaten betreuen sollte. »Und da ja nichts zu finden war, ist doch ein Gespräch mit Frau Dr. Waldenberg nicht mehr nötig.«

»Da ist was Wahres dran«, lautete Birgits lapidare Antwort. Und so sagte sie es auch eine halbe Stunde später Katja, als diese anrief und nachfragte, ob der Termin mit Frau Brunner so in Ordnung gehen würde, wie sie sich das vorgestellt hätte. Als Birgit ihr mitteilte, dass der Abholtermin vorverlegt worden war, geriet Katja in Panik. Sie wollte Monika unbedingt noch sehen, zum Abschluss des Ganzen, so wie ausgemacht.

»Gut, ist recht so. Ich werde morgen am Vormittag ausnahmsweise ohnehin im Labor sein. Dann kannst du sie mir noch vorbeischicken.«

»Du bist morgen bei uns? Das wusste ich gar nicht. Ist aber gar nicht schlecht, ich habe ein paar Dinge mit dir zu besprechen.«

Katja beendete rasch das Gespräch und überlegte, wie sie den kommenden Tag nun organisieren sollte. Eigentlich hatte sie um zwei Uhr einen Termin in Eisenstadt. Davor musste sie noch etwas für den Geburtstag von Susi, ihrer Nichte, besorgen. Terminlich würde die Sache mit Eisenstadt sicherlich in Ordnung gehen, doch aus dem Einkauf würde wohl nichts werden. Folglich musste das gleich geschehen. Geschwind zog sie sich ihre Jeans und einen Schlabberpulli über und machte sich auf den Weg. Erst im Lift zog sie sich den Mantel an und war kurz darauf zielstrebig zu einem Laden unterwegs, der sicher das haben würde, was sie sich bereits vor Wochen für Susi ausgedacht hatte.

Monika ärgerte sich noch einmal flüchtig über die Eingangstür. Nun gut, oft würde sie diese nicht mehr bezwingen müssen. Im Foyer war

… war niemand. Das war noch nie der Fall gewesen, seit sie das erste Mal hergekommen war. Und es blieb auch nicht lange so. Birgit hechtete ums Eck.

»Guten Tag, Frau Brunner. Warten Sie schon lange? Tut mir leid, ich war nur mal eben austreten, und zurzeit ist außer mir niemand da«, sie zuckte ein wenig verschwörerisch mit den Achseln.

Nachdem Birgit geendet hatte, stieg ein Gefühl des Bedauerns in Monika hoch. Hätte sie Katjas Angebot zu einem Gespräch doch annehmen sollen? Wäre das klug gewesen?

»Ganz allein? Wie können Sie ganz allein den Laden hier schaukeln?«

»Na, ganz allein bin ich nicht. Frau Dr. Waldenberg ist ausnahmsweise hier bei mir, und meine zwei Kolleginnen werden in einer halben Stunde auch schon da sein …«

»Frau Dr. Waldenberg ist hier? Wirklich?«

»Ja, ich hätte es nicht gesagt, wenn es nicht so wäre.« Birgit klang ein wenig beleidigt.

»Entschuldigen Sie, Birgit, ich zweifle nicht daran, was Sie sagen. Aber hatten Sie am Telefon nicht nebenbei erwähnt, dass Frau Dr. Waldenberg erst morgen wieder zu sprechen sei?«

»Das wäre eigentlich auch so gewesen. Frau Dr. Waldenberg ist heute nur ausnahmsweise gekommen. Gott sei Dank, muss ich sagen, sie hat mir heute schon sehr helfen können.« Birgit sah Monika nun unverwandt an. »Wollen Sie sie vielleicht doch sprechen? Möchten Sie kurz bei ihr vorbeisehen? Soll ich nachfragen, ob das möglich ist?«

»Ja, ja«, kam es ein wenig zögerlich, »wenn es möglich wäre.«

Birgit war wie der Blitz verschwunden und kurz darauf auch schon wieder aufgetaucht. »Sie wissen, wohin Sie müssen. Dasselbe Zimmer wie beim ersten Mal. Gehen Sie ruhig, sie erwartet Sie bereits.«

In der Tat hatte Katja auf Monika gewartet. Dabei kam sie sich vor wie ein Teenager, weil sie nicht die geringste Idee hatte, was sie Monika sagen sollte. Es war keine Tropenkrankheit zu diagnostizieren gewesen, erfreulicherweise, was sonst also sollten sie besprechen? Nichts. Sie konnte ihr doch nicht so einfach mitteilen, dass sie öfters von ihr träumte, sie begehrte und für die allerschönste Frau der Welt hielt.

Derart in Gedanken saß Katja an ihrem aufgeräumten Schreibtisch und sah auf ein kleines Aquarell an der Wand, das sie vor Jahren von der Mutter einer Patientin geschenkt bekommen hatte, nachdem es ihr gelungen war, eine seltene Virusinfektion bei der jungen Patientin nachzuweisen. Diese war zwar von selbst ausgeheilt, war aber doch hartnäckig gewesen und hatte Anlass zur Sorge gegeben. Katja liebte das kleine Kunstwerk. Beinahe hätte sie das leise Klopfen an der Tür überhört, das Eintreten von Monika überraschte sie dann aber wirklich, denn diese kam einfach in den Raum, ohne auf eine Aufforderung zu warten. Dann trat sie sogleich auf Katja zu, die sich nun steif vom Schreibtisch erhob.

»Hallo Monika. Wie geht es dir? Du siehst gut aus.« Katja hätte sich selbst ohrfeigen können über den Ton, mit dem sie die banalen Begrüßungssätze ausgesprochen hatte. Es klang so förmlich, was es keinesfalls hätte tun dürfen. Gleichzeitig bot sie Monika den Stuhl an, der gegenüber von ihrem Schreibtisch stand, und setzte sich wieder steif in ihren Luxusschreibtischsessel, nur um gleich wieder aufzuspringen. Der Kontrast zwischen den Sitzgelegenheiten war so groß, dass es beinahe peinlich war. Schließlich wollte sie nicht die Distanz zu einem Patienten wahren. In diesem Fall wäre das natürlich durchaus angebracht gewesen, doch diese Situation hier unterschied sich gänzlich davon. Oder? Sie ging einmal um Monika herum, die wortlos auf dem Stuhl Platz genommen hatte. Katja war zu ihrem großen Wandregal gegangen, nahm ein Buch heraus, stellte es wieder hinein, ging zu ihrem Tisch und stützte sich dort auf.

Monika, die sich das Schauspiel erst geduldig angesehen hatte, wurde zunehmend verunsichert, als sie Katja so aufgestützt stehen sah. Hatte diese am Ende doch noch etwas Schlimmes entdeckt? Wollte sie ihr etwas mitteilen, das man nicht so leicht aussprechen konnte?

In Wahrheit stimmte das sogar. Es war eben nicht auszusprechen für Katja, dass sie Monika gerne wiedersehen wollte. Und zwar nicht nur einmal für ein nettes Abendessen oder Ähnliches. Nein, regelmäßig wollte sie sie sehen, besser gesagt immer. Immer.

»Immer.«

»Wie bitte?« Monika konnte mit dem äußerst kurzen Statement nichts anfangen.

Katja geriet in Panik. Was hatte sie da gesagt? Sie hatte ihren

Gedanken ausgesprochen. »Immer, also immer sollte man ein kurzes Abschlussgespräch führen«, versuchte sie die Kurve zu kratzen, »darum bin ich froh, dass wir uns nochmals kurz zusammensetzen und alles abschließen können.«

Aha, alles abschließen, ging es Monika durch den Kopf, *es ist also alles nur professionell. Ich bin ja so dumm. Was hast du dir auch erwartetet, Monika? Dass sie dir um den Hals fällt und dir ihre Liebe erklärt? Mein Gott, wie naiv du bist!*

Sie sah Katja kalt an. »Ja, wir können jetzt alles abschließen. Es wurde ja nichts gefunden. Ich habe doch keine Tropenkrankheit, oder?«

»Nein, nein … Gewiss nicht. Du kannst dich da auf mich verlassen. Wir hätten es herausgefunden, wenn es etwas Ernstes gegeben hätte.«

»Danke, dass du dich so um mich gekümmert hast.«

»Nichts zu danken. Wir betreuen alle unsere Patienten und Patientinnen mit äußerster Sorgfalt.« *Ach Gott, was rede ich da für einen Blödsinn! Katja, kannst du heute nie den richtigen Ton und die richtigen Worte finden?*

»Ja, das Labor macht einen sehr professionellen Eindruck. Gefällt mir. Ich habe mich gut betreut gefühlt. Haben die Laborantinnen so etwas wie eine Kaffeekasse?«

Katja stand etwas auf der Leitung. Sie war krampfhaft bemüht, das Gespräch in die richtige Richtung zu lenken, doch sie hatte keine Ahnung, wie sie das bewerkstelligen sollte. »Möchtest du einen Kaffee?«

»Nein, gar nicht. Ich wollte bloß wissen, ob man den Laborantinnen für ihre Arbeit ein Trinkgeld geben kann. Oder ist das verpönt bei euch?«

Katja hatte keine Ahnung. Darüber hatte sie noch nie nachgedacht. Trinkgeld würden sie wohl annehmen, die jungen Damen, da war sie sich sicher. »Da musst du Birgit fragen, die weiß sicher Bescheid.«

»Na, dann werde ich jetzt wieder gehen.« Monika klopfte leicht mit der linken Hand auf die Schreibtischplatte und erhob sich.

Katjas Panik, die sie nun seit Minuten lähmte, verstärkte sich. Wie konnte man unverfänglich ein Wiedersehen arrangieren? Ihr wollte nichts einfallen. »Ja, ja, du kannst wieder gehen. Solltest du wieder in die Tropen wollen oder nach einem Tropenaufenthalt Probleme haben, so wende dich vertrauensvoll an unser Labor.«

»Soll ich nicht mehr zu Albin gehen, wenn es um Prophylaxe geht oder ich irgendwelche Probleme habe?«

»Doch! Natürlich. Aber wenn es sein muss, dann kann er dich jederzeit wieder zu uns schicken.«

Monika hatte Katjas Unsicherheiten bald gespürt. Offenbar war es ihr peinlich, mit ihr noch so ein Gespräch führen zu müssen. Vermutlich war das eine Art von Pflichtabschlussgespräch, bei dem in Wahrheit gar nichts zu sagen war und das man sich in ihrem speziellen Fall auch hätte sparen können. Von ihr aus auf alle Fälle. Und peinlich war es Katja offenbar deswegen, da Monika sie ja auch unter anderen Umständen kennengelernt hatte. Wie wundervoll war das damals gewesen! Warum ließ sich das nicht wiederholen und für alle Zukunft fortsetzen?

»Ja, Albin wird mich sicher wieder hierher schicken, sollte es notwendig sein.« Sie streckte Katja die Hand entgegen, die diese flüchtig ergriff. Sie machte noch einen kleinen Schritt auf Monika zu, doch der Stuhl zwischen ihnen verhinderte eine Umarmung. Monika seufzte beinahe unhörbar, machte auf dem Absatz kehrt und stürmte aus dem Zimmer. Tief enttäuscht. Fast wäre sie wortlos an Birgit vorbeigerauscht, doch die grüßte freundlich, und da fiel Monika das mit der Kaffeekasse wieder ein. Sie hinterließ ein großzügiges Trinkgeld und war kurz darauf verschwunden. Die Eingangstür war diesmal kein beachtenswertes Hindernis gewesen.

Katja saß in ihrem Bürosessel, in den sie sich hatte fallen lassen, als Monika den Raum verlassen hatte. Sie weinte, und dicke Tränen flossen über ihre Wangen. Erst nach einer halben Stunde hatte sie sich so weit beruhigt, dass sie wieder einigermaßen klare Gedanken fassen konnte. Von Monika würde sie sich fernhalten müssen. Wenn ihr das nicht gelänge, so könnte dies ihr Leben vollends aus den Fugen bringen. Aber Monika schien auch nicht wirklich weiter an ihr interessiert zu sein. Zumindest hatte sie nichts von Sehnsucht in ihr erkennen können. Enttäuscht machte sie sich auf den Weg nach Hause.

Birgit hielt ihr die Tür auf, als sie mit ihrer Tasche in der Hand auf dem Weg zu ihrem Auto war. »So eine nette Frau, diese Frau Brunner. Und so eine Schönheit. Findest du nicht auch, Katja?« Birgit konnte nicht wissen, dass sie in Katjas Wunden bohrte.

»Ja, äußerst lieb und wunderschön … wunderschön.« Schon war Katja draußen auf der Straße und ließ Birgit zurück, die erstaunt ihre Augenbrauen hob.

Kapitel 7

Astrid gab einfach keine Ruhe. Wieder rief sie an, fing irgendein belangloses Thema an, um sogleich auf den Punkt zu kommen.

»Katja, du musst mich dahin begleiten. Es wird dir sicher gefallen, es ist einfach völlig verrückt, was da abläuft.«

Katja stöhnte. Sie kannte Astrids Schwester, die wieder einmal ein völlig abgefahrenes »Hausfest«, so harmlos klang das, geplant hatte. Hätte Astrid ihr nicht vor knapp einem halben Jahr schon einmal von einem solchen Fest erzählt, und hätte sie die verrückte Alcina nicht bereits selbst kennengelernt, so wäre ihre abwehrende Haltung sicher nicht so stark gewesen. Doch Alcina war in vielerlei Hinsicht wirklich verrückt. Wenn sie ihre Pinsel in Händen hielt, dann schien sie völlig geordnet zu sein. Dann war sie konzentriert, folgte ihrer Intuition und schuf wunderbare Werke. Wenn sie sich allerdings nicht dem künstlerischen Schaffen widmete, so fiel ihr viel, viel Unsinn ein. Beispielsweise organisierte sie mit ihren zahllosen Freundinnen irgendwelche Protestveranstaltungen gegen irgendwelche Institutionen, die meistens zufällig in ihr Visier geraten waren. Das konnte manchmal schon mit kurzen Aufenthalten hinter Gittern enden, und Astrid hatte schon des Öfteren ihre kleine Schwester aus dem Knast abholen müssen. Und ihre Freundinnen, die meisten davon Künstlerinnen oder alte Schulfreundinnen, hatten stets irgendeinen Blödsinn, so empfand es Astrid zumindest, im Kopf, von dem meist gar niemand etwas wissen sollte.

»Bitte, Katja, lass mich nicht allein dorthin in die Höhle der Löwinnen gehen, allein halte ich es nicht aus.«

»Wieso heißt deine Schwester eigentlich Alcina? Ist ja ein schöner Name, aber doch äußerst selten.«

»Alcina ist eine Zauberin, eine mächtige Zauberin, keine Hexe, kommt in irgendeinem Theaterstück oder in irgendeiner Oper vor, so genau weiß ich das nicht. Meine Mutter hat diese Alcina jedenfalls so bewundert, dass sie eines ihrer Kinder unbedingt auf diesen Namen taufen lassen wollte. Ich hätte schon Alcina heißen sollen, doch der alte Pfarrer und der alte Standesbeamte legten damals beide ihr Veto ein, sodass meine Mutter ein paar Jahre warten musste …« Astrid atmete kräftig durch, bevor sie weitersprach: »Aber hey, du lenkst schon wieder ab, Katja. Das kannst du wirklich gut.«

Katja lachte. »Also gut, ich geh mit dir mit. Gibt es einen Dresscode? Du hast mir erzählt, die Feste deiner Schwester stünden immer unter einem Motto.«

»Pilze.«

»Was heißt *Pilze*? Es ist doch gar keine Pilzzeit jetzt im Frühjahr. Müssen wir uns als Fliegenpilze verkleiden? Oder werden wir uns mit Pilzgiften in eine andere Welt hinüberkatapultieren?«

»Blödsinn. Wie kommst du denn auf solche Ideen?«

»Aufgrund deiner Erzählungen, meine liebe Astrid.«

Astrid erläuterte noch ausführlich, was sie von der »Pilzparty« wusste, und drängte Katja, doch gemeinsam zu Alcinas Haus nach Niederösterreich zu fahren. Das lehnte Katja jedoch beharrlich ab, sie wollte unbedingt selbst bestimmen können, wann sie wieder nach Hause fahren konnte.

Katja läutete an Astrids Tür. Sie hatte es mit Mühe geschafft, pünktlich zu sein. Carmen hatte sie am Vorabend noch hektisch angerufen, um ihr einen Termin für den Tag aufzuhalsen. Sie sollte einen Herrn aus Trient zu einer Ausstellung begleiten, auf die er auf keinen Fall alleine gehen wollte, doch er brauchte jemanden mit exzellenten Italienischkenntnissen, und die besaß, soweit Carmen es wusste, nur Katja. Diese hatte nämlich zwei Jahre lang in Trient beim »Centro per i servizi sanitari« gearbeitet. Eine ihrer ersten Anstellungen nach der Facharztausbildung und durch und durch eine schöne Erinnerung. Sie war damals so naiv gewesen, sich für die Stelle zu bewerben, denn sie war dem Irrtum aufgesessen, Trento, wie die Stadt auf Italienisch heißt, gehöre zu Südtirol und berge mithin nur ein sehr kleines Sprachproblem. Da sich außer ihr niemand für die Stelle beworben hatte – wer wollte schon als Laborarzt oder Laborärztin mit speziellen Kenntnissen in der Tropenmedizin nach Trient –, war sie angenommen worden. Nach der Ankunft in Trient war ihr bald klar geworden, dass die

Grenze der Zweisprachigkeit einige Kilometer weiter im Norden lag und dass sie ihr ganzes Schulitalienisch auspacken musste, um über die Runden kommen zu können. Nun sprach sie perfekt Italienisch, und es hatte sie gereizt, einen Italiener begleiten zu können, noch dazu einen aus Trient.

Giorgio Brisancone war ein bezaubernder junger Mann gewesen. Sie hatten vereinbart, sich auf ein Frühstück in einem Wiener Innenstadtcafé zu treffen, wo er sie auf die Ausstellung vorbereiten wollte. Giorgio sprach ausgezeichnet deutsch, doch Katja bestand darauf, mit ihm italienisch zu sprechen. Nach anfänglicher Skepsis war er ganz begeistert von ihren Kenntnissen und vor allem auch davon, dass sie mehr oder minder mit einer Dialektfärbung sprach, die auch die seine war. Da erst eröffnete sie ihm, dass sie zwei Jahre in Trient gearbeitet hatte. Giorgio war neugierig wie ein kleines Kind gewesen. Katja musste genauestens erzählen, wie das damals gewesen war, beinahe hätten sie die Zeit übersehen, und so waren sie relativ spät zur Ausstellung gekommen. Katja dachte bei Ausstellung erst an etwas Kulturelles, doch das war nicht der Fall gewesen. Es handelte sich um eine Industrieausstellung, eigentlich eher klein, doch die Geräte und Maschinen waren offenbar Hightech-Wunderdinge. Zumindest hatte Giorgio ihr dies so erläutert. Sie musste auch gar nichts darüber wissen, sollte nur nichts anrühren und bloß den Anschein erwecken, verliebt an seinem Arm zu hängen. Keine schwierige Übung für Katja.

»Katja, haben Sie ein Problem damit, den Eindruck zu erwecken, dass wir sehr intim miteinander verkehren?« Giorgio war wieder in die deutsche Sprache zurückgekehrt.

»So intim Sie das wollen. Dann sollten wir aber auch per du sein, sonst wirkt das irgendwie nicht ganz echt. Finden Sie nicht auch?«

»Okay, ich bin Giorgio«, er reichte ihr nochmals die Hand über den Tisch, »soll ich dir erzählen, warum wir dieses Spiel überhaupt abziehen?«

»Ich bin zwar nicht besonders neugierig, aber ein wenig Hintergrundwissen wäre nicht schlecht.«

Giorgio war wieder ins Italienische abgedriftet und erklärte Katja, dass zwei Damen das Problem wären. Zwei Damen von zwei Konkurrenzfirmen, die beide ein Auge auf ihn geworfen hätten. Es wäre zwar allgemein bekannt in der Branche, einer kleinen, aber sehr exklusiven

Branche, dass er ein hartgesottener Junggeselle wäre, aber das hätte weder Fiona Mazzarini noch Elsbeth Jünger davon abhalten können, sich an ihn heranzumachen. Erst hätte er gedacht, es ginge bloß darum, seine kleine Firma zu inhalieren, wie er sich ausdrückte, doch es wären persönliche Interessen gewesen, das wäre ihm schnell klar geworden. Und um das zu neutralisieren, denn heute ginge es um beinharte Geschäfte, hätte er beschlossen, mit Freundin aufzutauchen.

Katja läutete ein zweites Mal an Astrids Tür. Nichts rührte sich. War sie schon gefahren? Das konnte doch nicht sein. Sie hatten fix ausgemacht, im Konvoi zu fahren, damit sie gemeinsam die Höhle der Löwin, besser gesagt die Höhle der Pilzkönigin betreten könnten. Ihre Gedanken wanderten nochmals zu Giorgio ab. Er war ein perfekter Gentleman gewesen, und sie hatte auch bald verstanden, dass Fiona und Elsbeth, selbst zwei Klassefrauen, hinter ihm her waren. Die Enttäuschung in den Gesichtern der beiden Frauen, als sie Katja gewahr wurden, war greifbar gewesen, und Giorgio hatte sie in einer ruhigen Minute gefragt, ob sie das bemerkt hätte. Es war nicht zu übersehen gewesen.

Beim dritten Mal reagierte Astrid dann doch auf das Läuten. Sie holte Katja hoch in ihre Wohnung. Splitternackt öffnete sie die Tür, bloß ein schlampig zu einer Art Turban gewickeltes Handtuch auf den frisch gewaschenen Haaren war als eine Art Kleidungsstück auf dem Kopf zu sehen. Astrids Figur war nicht die allerbeste, ihre Beine vielleicht ein wenig zu fest, doch der Busen war ansehnlich. Und Katja bestaunte das wunderschöne Tattoo, das sich vom Rücken her unter der rechten Brust nach unten auf den Bauch zog und in den blank epilierten Schamlippen auslief. Das hatte Katja noch nie zu Gesicht bekommen.

»Wow!«, war auch die erstaunte Reaktion, die Katja von sich gab, »Astrid, du trägst ja ein Kunstwerk auf deiner Haut herum. Hast du nicht Angst, dass es dir gestohlen wird?«

Astrid drehte sich einmal im Kreis, sodass Katja das Werk zur Gänze bewundern konnte. »Was sagst du dazu?« In ihrer Stimme schwang Stolz mit.

»Fantastisch sieht das aus. Ich finde, es passt toll zu dir, und irgendwie bringt es deinen Busen wunderbar zur Geltung, obwohl der gar nicht tätowiert ist. Wann ist es denn fertig geworden?«

»Vor drei Wochen sind die letzten Korrekturstiche gemacht worden. Es bleibt jetzt so, wie es ist.«

Katja war näher an Astrid herangetreten, sie nickte zustimmend. Das letzte Mal, als sie Astrid nackt gesehen hatte, war vor beinahe neun Monaten gewesen. Damals hatte ihr Astrid die Ohren vollgeheult, als sie gemeinsam in der Sauna gesessen waren. Wie unzufrieden sie mit ihrer Figur wäre, dass sie sich überhaupt nicht mehr attraktiv fände und so weiter und so fort. Irgendwie war Katja dann der Kragen geplatzt, und sie hatte Astrid die Leviten gelesen. Sie sollte nicht lamentieren, sondern etwas tun. Sport treiben, ihren Körper hegen und pflegen, denn der wäre an und für sich schon in Ordnung.

»Astrid, du wirkst wirklich gut trainiert, das sieht man schon ganz deutlich. Endlich sind auch deine Beine einmal glatt, und der Schamhaarbusch ist abrasiert. Sieht doch gleich ganz anders aus.«

»Ich bin nicht rasiert, sondern ich habe mich epilieren lassen. Roberta hat das gemacht, die Dermatologin, die neben mir ihre Praxis hat. Sie hat schon vor Jahren angefangen, dauerhafte Enthaarungen anzubieten und damit viel Geld zu verdienen. Als du damals in der Sauna derart Klartext mit mir gesprochen hast, bin ich am nächsten Tag zu ihr und habe mich komplett epilieren lassen. Das war das Erste, was ich geändert habe. War zwar zeitaufwendig, doch meine Haut ist bestens dafür geeignet, und da wächst sicher nichts mehr nach. Es ist herrlich, und ich kann es nur empfehlen. Und am selben Tag bin ich ins Fitnessstudio gegangen und habe mich dort angemeldet. Seither hat sich schon einiges getan. Das Tattoo hat mir Nora, eine Bekannte, na, man kann durchaus sagen, eine Freundin, aus dem Fitnessstudio gestochen. Sie ist selbst über und über mit Kunstwerken übersät. Nach dem Training haben wir immer gemeinsam die Sauna besucht und uns ein wenig angefreundet, und da hat sie mich in die mir bis dahin völlig fremde Welt der Tattoos eingeführt. Wie findest du das Motiv?«

»Das Motiv ist wunderschön, die Blumen sind so schön angeordnet und die Schmetterlinge so toll eingefügt. Und wie kunstvoll das ausgeführt ist, da bekomme ich gleich selbst Lust, mich einmal verzieren zu lassen.«

»Danke.« Astrid wirkte kurz ein wenig verlegen. Offenbar hatte ihr noch niemand so ein Kompliment gemacht.

Astrids Beziehungsprobleme waren das Nächste, was Katja angehen wollte, das hatte sie sich schon vor einigen Wochen vorgenommen. So eine tolle Frau und noch immer Single, noch dazu unfreiwillig, das musste doch zu ändern sein. »Vielleicht möchtest du dir nun doch etwas anziehen. Wir sollten uns langsam auf den Weg machen.«

Jetzt erst fiel Astrids Blick auf Katjas Kleid. »Hast du dir dieses Kleid extra für den Anlass gekauft?« Sie klang ungläubig.

»Ach Quatsch«, lautete Katjas Antwort. Sie sah an sich herunter. »Ich habe das Kleid schon lange. Es hat so wunderbare warme Herbstfarbtöne. Deswegen habe ich es mir bereits vor etwa zwei Jahren gekauft, und damals ist mir ehrlich gesagt entgangen, dass das Muster, das da grob zu sehen ist, Pilze darstellt. Passend für heute, nicht wahr?«

»So was kann ich nicht bieten, ich muss ganz gewöhnlich gekleidet antanzen.« Astrid lachte und schüttelte den Kopf.

»Warum schüttelst du den Kopf? Weißt du schon Details vom heutigen Abend?«

Astrid wusste nichts. Und gerade das rief das Kopfschütteln hervor. Alcina hatte nämlich die Gewohnheit, ihre Schwester immer ein, zwei Tage vor dem Event ein wenig vorzuwarnen. Diesmal aber nicht, und Astrid schwante Böses.

»Hast du schon einmal Zauberpilze probiert? Magic Mushrooms?«, fragte Katja nun.

»Bist du verrückt? Ich nehme keine Drogen!« Astrid sah Katja entsetzt an. »Du etwa?«

»Ich auch nicht. Eine meiner Lebensdevisen lautet: Verlier nie die Kontrolle!« Sie hatte es ausgesprochen, als ihr Monikas lächelndes Gesicht vor ihrem inneren Auge erschien. Von Monika, bei der sie die Kontrolle verloren hatte und bei der sie wieder und wieder die Kontrolle verlieren würde, da war sie sich ganz sicher.

Eine Stunde später waren sie bei Alcina angelangt. Vor dem Haus stand ein zwei Meter großer, kunstvoll bemalter Fliegenpilz, auf dem ein Transparent befestigt war, das alle Gäste herzlich willkommen hieß. Astrid stöhnte, Katja jedoch fand es nicht so schlimm. Im Windfang wurden die zwei von Vroni, Alcinas bester Freundin, in Beschlag genommen. Sie bekamen jeweils Fragebögen in die Hand gedrückt, die sie ausfüllen mussten. Ohne vollständig ausgefüllte Fragebögen gäbe es keinen Eintritt. Astrid stöhnte hemmungslos. Sie hatte gewusst, dass das nicht ihr Abend sein würde. Fragebögen und Tests hasste sie wie die Pest. Doch Vroni war unbarmherzig, und da Katja mit Eifer bei der Sache war, fasste sie sich ein Herz und begann ebenfalls mit der Beantwortung der Fragen. Es waren gar nicht wenige. Erst wurde das allgemeine Wissen über Pilze abgefragt, und Astrid konnte nicht viel beantworten, anders war das bei Katja, die nur einen Pilz nicht kannte und nichts dazu sagen konnte. Wie es sich später herausstellen sollte, gab es so einen Pilz auch gar nicht. Er war erfunden gewesen. Umso erstaunlicher war dann bei der Auflösung des Tests, dass beinahe ein Viertel der Gäste zu wissen glaubte, was sich dahinter verbarg und dass sich die Antworten sehr ähnlich waren.

Im zweiten Teil der Befragung ging es um persönliche Erfahrungen mit Pilzen:

»Hast du schon jemals einen Pilz gegessen? Ja. Nein.«

»Ich fliege – mit Lufthansa; – durch die Prüfung; – nie; – immer mit dem Kahlkopf.«

»Schimmelpilze gehören: aufs Brot; dem Pferd; zum Gorgonzola; mir nicht.«

Astrid stöhnte nochmals laut, als sie all diese schwachsinnigen Fragen beantwortet hatte und gemeinsam mit Katja die Testblätter an Vroni aushändigte. Katja schmunzelte lediglich. Da waren einige recht witzige Fragen dabei gewesen, und sie freute sich schon auf die statistische Auswertung, die ihnen Vroni versprach, als sie sie dann endlich ins Haus eintreten ließ.

Der Abend wurde, ganz entgegen Katjas Erwartung, ein ganz besonders amüsanter und kurzweiliger. Die künstlerische Ausgestaltung des Hauses musste Alcina Wochen von Arbeit und auch Unsummen an Geld gekostet haben, doch das war es ihr offenbar wert gewesen. Gekocht hatte sie ebenfalls mit großem Eifer und in nicht zu geringem Ausmaß. Es gab Pilzgerichte aller Art. Von der Steinpilzsuppe über Pilzragouts bis hin zu ultrakleinen Pilzminipizzas und vielem mehr. Die Krönung des Abends war dann eine Schimmelkäseplatte gewesen, die keine Wünsche offenließ. Es war kaum zu überblicken, wie viele unterschiedliche Sorten da aufgetischt waren. Letztlich bedauerte es Katja, nicht zumindest von allen Sorten gekostet zu haben, doch das war einfach nicht möglich gewesen. Katja hätte es auch nicht gewundert, wenn es irgendwelche Pilzdrogen gegeben hätte, doch die waren nicht im Angebot gewesen. Alkoholische Getränke allerdings waren offeriert worden, und zwar die allerfeinsten Weißweine. Alcina hatte beim Öffnen der Weinflaschen immer wieder darauf hingewiesen, dass ohne Hefepilze keine guten Tropfen zu kredenzen wären …

Als sich Katja um zwei Uhr in der Früh von der illustren Gesellschaft verabschiedete, war Astrid bereits längst nach Hause gefahren. Im Gegensatz zu Katja hatte sie dem Abend nicht viel abgewinnen können und fühlte sich wieder einmal darin bestätigt, dass ihre Schwester und ihre schrägen Freundinnen einfach nicht ganz dicht waren. Katja fand das nicht so schlimm, außerdem waren bei den restlichen gut dreißig Gästen einige ganz »normale« Leute dabei, mit denen man sich bestens und völlig entspannt unterhalten konnte. Und da war eine große schlanke junge Frau, Eva, ein wenig schüchtern, sehr zurückhaltend, doch mit einer erotischen Ausstrahlung, die Katja den ganzen Abend immer wieder auf sie starren ließ. Dabei kam es Katja vor, dass die Ähnlichkeiten zu Monika immer augenscheinlicher wurden, je länger sie sie betrachtete. Katja hatte sich sogar eine Weile recht gut mit ihr unterhalten, die Unterhaltung wurde aber durch einen kleinen dicklichen Studenten unterbrochen, offenbar war das der Freund der jungen Dame. Der verliebte Blick, mit dem sie ihn bedachte, und die unbändige Freude, die beide nicht unterdrücken konnten, als sie sich zu Gesicht bekamen, machten die Sache klar. Simon, so wurde er Katja vorgestellt, hatte den ganzen Abend an einer Versuchsreihe im Labor arbeiten müssen, war dann aber mit dem Auto seines Vaters hierher gebraust, um seinen Schatz nicht allein zu lassen, »inmitten all der Giftpilze«. So hatte er es ausgedrückt. Katja war enttäuscht gewesen, dass Eva nicht für sie greifbar war, gleichzeitig aber auch beruhigt. Sie hätte eine Beziehung zu einer Frau, die solche Ähnlichkeiten mit Monika hatte, nicht ertragen können. Dennoch konnte sie es sich nicht verkneifen, sich vorzustellen, wie sich Eva in einem gewaltigen Orgasmus unter ihren Händen wand.

Katja verließ das Fest gemeinsam mit Simon und Eva. Zum Abschied drückte sie Eva noch einen auf alle Fälle viel zu dicken Kuss auf die Lippen, und als diese erstaunt die Lippen ein wenig öffnete, ließ Katja für einen Bruchteil einer Sekunde lang ihre Zunge in den Mund der völlig perplexen jungen Frau gleiten. Eva bebte kurz, hatte sich jedoch sofort wieder im Griff und fasste bloß ganz fest Katjas Hand. Simon bekam von all dem nichts mit. Vroni machte sich über ihn her. Sie hatte zu viel von den mit der Hefe vergorenen Getränken zu sich genommen und war drauf und dran, Simon im Windfang zu vernaschen. Er wehrte dies mit einer unglaublichen Liebenswürdigkeit ab, sodass Katja im selben Augenblick klar wurde, was Eva an ihm fand. Er mochte vielleicht nicht gerade ein Adonis sein, doch mit Frauen verstand er es, auf die charmanteste Art umzugehen. Plötzlich drückte Eva Katja nochmals die Lippen auf die ihren und öffnete ganz gezielt den Mund, diesmal nicht perplex, sondern in bewusster Erwartung. Katja enttäuschte sie nicht und küsste sie diesmal ein wenig länger. Niemandem fiel das auf. Eva war knallrot angelaufen und zitterte, als sie sich von Katja löste. Sie lächelte ein wenig unsicher, packte Simon am Arm und zog ihn Richtung Auto.

Ein paar Minuten später konnte sich Katja auch von Vroni losreißen und startete ihren Wagen. Sie war froh, nach Hause zu kommen, froh auch darüber, auf die vielen guten Weine verzichtet zu haben und nun nüchtern die Fahrt antreten zu können.

Um halb drei in der Nacht waren die Straßen in diesem dünn besiedelten Teil Niederösterreichs menschenleer. Ein kräftiger Wind blies einzelne dürre Blätter über die Fahrbahn und ließ sie auf dem Asphalt der Straße tanzen. Katja hatte das Fernlicht eingeschaltet und rollte eher gemächlich durch die Landschaft. In Gedanken war sie wieder bei Eva. Bei diesem offenbar neugierigen Kuss. Das junge Ding wäre einer Nacht mit einer Frau sicher nicht abgeneigt. Vielleicht bloß aus Neugierde, möglicherweise aber auch aus einfacher Lust auf das weibliche Geschlecht. Katja würde sie sicher nicht von der Bettkante stoßen. Als sich dieser Gedanke in Katjas Kopf setzte, drang aus der Tiefe allerdings ein ganz anderer hervor. Ein Gedanke an Monika, an die wunderbare Monika. Augenblicklich keimte ein Gefühl des schlechten Gewissens in Katja auf und schnürte ihr den Hals zu. Sie räusperte sich. »Katja, du bist so blöd. Es ist ja nicht zu glauben, wie blöd du bist«, so begann ein lautes Selbstgespräch im Auto, untermalt von schöner melodiöser Musik, ausgestrahlt von einem Regionalsender der Gegend, den Katja ganz zufällig eingestellt hatte.

»Du hast ein schlechtes Gewissen Monika gegenüber, wenn du erotische Gedanken an eine andere Frau verschwendest. Das ist ja krank. Krank. Krank.« Sie schüttelte den Kopf. »Nur weil deine Gedanken nicht mehr loskommen von dieser Frau, bedeutet das lange nicht, dass da irgendeine Verbindung wäre zwischen dir und ihr. Da ist nichts. Nichts. Gar nichts.« Das Gefühl des schlechten Gewissens wurde von einer Traurigkeit abgelöst, die eben diese Gewissheit hervorrief. »Da arbeite ich seit Jahren als Nutte, halte mich von allen Gefühlen und Emotionen fern, und dann das. Benehme mich wie ein Teenager. Finde nicht einmal den Mut, mich bei ihr zu melden, und dann bin ich noch so bescheuert, mich verleugnen zu lassen, wenn sie einen Schritt auf mich zu macht. Gott, ach Gott!« Sie trommelte auf das Lenkrad. »Dann kommt sie auch noch zu mir als Patientin, und ich bin nicht in der Lage, irgendetwas Konstruktives oder Gescheites von mir zu geben, um zumindest in Kontakt mit ihr bleiben und vielleicht ganz langsam eine Beziehung aufbauen zu können. Katja, du hast das wirklich stümperhaft verschissen. Von abgebrühter erwachsener Frau ist da wirklich rein gar nichts zu merken.«

Die Allee, die kerzengerade durch die Ebene führte, wurde von den Scheinwerfern unglaublich weit ausgeleuchtet, und trotz Selbstbeflegelung sah sie in der Ferne etwas, was nicht dorthin zu passen schien. Da war ein Auto am Straßenrand, seltsam hingestellt direkt an einem der dicken Bäume, und die Beifahrertür stand weit offen. Katja bremste unbewusst und rollte im Schritttempo an die Stelle heran. Eine lange Bremsspur führte über den Asphalt aufs Bankett und von dort zum Baum.

Das muss ein Unfall gewesen sein. In Katjas Gehirn legte sich ein Schalter um. Lange hatte sie als Notärztin bei der Rettung gearbeitet und wusste daher bestens, was zu tun war. In Bruchteilen einer Sekunde hatte sie ausgemacht, dass sich niemand auf der Straße in weiterer Gefahr befand. Sie rangierte ein wenig und stellte ihr Fahrzeug sicher an den Rand, schaltete die Warnblinkanlage ein und richtete die Scheinwerfer des Wagens auf das Unfallauto. Sie schnappte ihr Handy, holte ihren kleinen Notfallkoffer vom Rücksitz, den sie stets bei sich hatte, und stieg aus dem Wagen. Rein intuitiv betätigte sie an ihrem Schlüsselbund die Fernbedienung, woraufhin sich das Fahrzeug verriegelte. Suchend ging sie in Richtung Unfallfahrzeug, blickte in den Fahrgastraum, doch zu ihrem Erstaunen war dort niemand. Sie schaute rund ums Auto, konnte niemanden entdecken, und bemerkte dann blitzschnell, dass dieser Wagen niemals den Baum, an dem er stand, berührt hatte. Panik kam in ihr hoch. Was war hier los?

Und nochmals reagierte sie blitzschnell, als sie hinter sich eine Stimme hörte: »Du dumme Pute, was sperrst du dein Auto ab, du blöde Kuh ...«

Ein mittelgroßer Mann, eine Kapuze tief ins Gesicht gezogen, kam auf sie zu, mit gezücktem Messer. »Her mit dem Schlüssel!«, rief er, stürzte sich gleichzeitig auf sie und, Katja war einen Augenblick wie gelähmt, stach auf sie ein. Unbewusst hatte sie den rechten Arm gehoben, um den Angriff abzuwehren, und der Schmerz des Stiches, der ihre Mittelhand traf, weckte wieder ihre Sinne und vor allem ihren Zorn. Nochmals stach er zu, wieder wehrte Katja den Stich mit der Hand ab, wieder wurde sie getroffen. Sie spürte, wie das Blut die Haut entlanglief.

Mit der linken Hand griff sie in ihre Jackentasche, Handy und Koffer hatte sie schon längst fallengelassen, und zog den Schlüssel heraus. »Da ist der Schlüssel, nehmen Sie ihn doch!«

Der Mann dachte aber nicht mehr an den Schlüssel, sondern holte zum nächsten Hieb aus. Wieder traf er Katjas rechte Hand, aber diesmal bekam er Katjas Autoschlüssel ins Gesicht, genau auf den Mund. Seine Oberlippe platzte auf und fing an, stark zu bluten. Das brachte ihn nun völlig in Rage, und er ging wie wild auf Katja los. Möglicherweise war jedoch genau dieser Zorn, der sich in ihm aufbaute, Katjas letzte Chance gewesen. Er versuchte immer wieder, sie mit dem Messer zu treffen, fluchte wie wild, erreichte aber sein Ziel nicht. Katja, völlig angespannt, wich immer weiter zurück, wollte wieder auf die Straße zurück, von der sie der Verbrecher gedrängt hatte, und sah in einem Bruchteil eines Augenblicks ihre Chance, als ihr Kontrahent erneut den Arm zum Zustechen ausholte. Mit aller Kraft versetzte sie ihm mit ihrer spitzen Stiefelette, die Spitze war noch dazu mit einer Metallkappe überzogen, einen Tritt in den Unterleib. Ansatzlos ging er zu Boden, ließ das Messer fallen und erbrach sich. Einen kurzen Augenblick blieb Katja regungslos stehen. Der Mann krümmte sich vor ihr und übergab sich nochmals. Er brauchte Hilfe, dieser Gedanke drängte sich in ihr auf, doch nicht von ihr, sicher nicht von ihr.

Sie stürzte zu ihrem Auto, raste davon, die Gangschaltung war mit der rechten Hand kaum zu betätigen, auch wenn sie im Augenblick keinen Schmerz fühlte. In das nächste Krankenhaus war es nicht weit, das wusste sie. Sie hatte dort einmal einen Vortrag gehalten. In knapp fünfzehn Minuten war sie vor dem Eingangstor, sprang blutüberströmt aus dem Wagen und rannte zum Pförtner, der binnen einer Minute fünf Leute herbeizauberte, die Katja in Empfang nahmen und die Erstversorgung durchführten.

Eine Stunde später, die Frau von der Kriminalpolizei war gerade gegangen, kam ein großer kräftiger Mann in Blue Jeans, T-Shirt und Turnschuhen zu ihr in den Ambulanzraum, wo sie mit zwei Schwestern wartete. Es war der Oberarzt. Riesige Hände. Grobe, von Aknenarben durchzogene Gesichtszüge. Lange, zu einem Rossschwanz zusammengebundene, graumelierte Haare. Ein wilder, furchteinflößender Kerl. Sein Spezialgebiet war die Handchirurgie. Mit ernstem Gesicht sah er sie an. Doch gleich darauf wurden seine Züge weich.

»Wie geht es Ihnen, Frau Kollegin?«

Katja seufzte, sagte aber nichts.

»Winfried Maier mein Name, ich habe ganz vergessen, mich vorzustellen. Ich bin hier im Haus zuständig für Verletzungen an den Händen. Frau Doktor, ich habe mir alles angesehen, was wir an Bildern von Ihrer Hand haben, und habe mir von den jungen Kollegen schildern lassen, was sie herausgefunden haben. Mag sein, dass Sie sogar noch ein wenig Glück gehabt haben mit den Verletzungen, die Ihnen der Irre zugefügt hat, doch ich sage Ihnen gleich eines: Für mich allein ist die Sache eine Nummer zu groß. Sie müssen unverzüglich nach Wien.«

Katja, deren rechte Hand nun immer mehr zu schmerzen begann, warf den Kopf zurück und wollte etwas erwidern. Die Vorstellung, in einem anderen Krankenhaus erneut die vielen Untersuchungen über sich ergehen lassen zu müssen, war alles andere als erbaulich.

Doch Herr Maier winkte gleich ab. »Sie brauchen keine Angst zu haben, dass Sie irgendwo abgestellt werden und warten müssen. Sehen Sie, ich habe schon alles arrangiert. Ich habe einen Freund, der ist eine wahre Koryphäe auf dem Gebiet der Handchirurgie, ich habe selbst bei ihm gelernt. Er hat auch frei heute, so wie ich«, er deutete auf seine wenig nach Oberarzt aussehende Kleidung, »und da ich ihn gleich erreicht habe, ist er auch schon auf dem Weg in die Klinik, richtet alles her, und wir können anfangen, wenn wir bei ihm sind.«

»Was heißt wir?«

»Ich begleite Sie. Hubert, also Herr Professor Undahl, und ich werden Sie gemeinsam operieren. Es wird eine mehrstündige OP werden. Vielleicht bleibt es auch nicht bei dieser einen. Das könnte durchaus sein. Kommen Sie. Der Krankentransporter steht schon bereit.«

Monika saß beim Frühstück und blätterte in Ruhe in der Tageszeitung, die vor ihr lag. Das Abo war ein Relikt aus ihrer Ehezeit. Ihr Mann konnte ohne dieses Revolverblatt seinen Tag nicht beginnen. Monika hatte die Art und Weise der Berichterstattung, vor allem der politischen, immer gehasst. In letzter Zeit schaute sie allerdings immer öfter in die bereits frühmorgens ins Haus flatternde Zeitung. Der Politikteil wurde rasch überblättert, der war immer noch nicht auszuhalten, doch die Lokalnachrichten waren in den letzten Monaten immer weniger reißerisch geworden und besaßen nun bereits wahren Informationscharakter. Und der Kulturteil war überraschend stark, wie auch der Sportteil. Monika schlürfte ihren heißen Tee, blätterte weiter und stieß auf einen doch etwas reißerisch aufgemachten Artikel. »Mutige Ärztin entmannt Verbrecher bei Überfall!«, lautete die Schlagzeile. Dann wurde ausgiebig über einen Überfall auf eine ehemalige Notärztin, Dr. Katarina W., bei einem fingierten Autounfall berichtet, vor allem aber über die Art und Weise, wie sie sich, bereits schwer mit einem Messer an der Hand verletzt, zur Wehr gesetzt hatte und mit ihrer metallbesetzten Stifelettenspitze einen solch gewaltigen Treffer im Unterleib des Angreifers landete, dass diesem nichts anderes übrig blieb, als in ein Krankenhaus, weitab des Geschehens, zu fahren und sich behandeln zu lassen. Der linke Hoden musste dabei entfernt werden, da war nichts mehr zu machen gewesen. Auch wenn er über den Hergang der Verletzung falsche Angaben gemacht hatte, wurde er trotzdem noch am selben Tag ausgeforscht und im Krankenbett festgenommen.

In aller Ausführlichkeit wurde noch über den Ablauf des Überfalls berichtet, sehr plakativ, sehr schaurig. Monika konnte es sich nicht verkneifen, die Ärztin zu bewundern, die offenbar nicht die Nerven verloren hatte und blitzschnell reagieren konnte. Monika runzelte die

Stirn, trank einen weiteren Schluck von ihrem herrlichen heißen Tee. Sie hätte das ganz sicher nicht so geschafft, da war sie sich sicher. Versonnen blätterte sie weiter und hatte den Bericht über das Verbrechen von vor zwei Nächten auch schon wieder vergessen.

Kapitel 8

Katja wachte mit dröhnendem Kopf im Krankenzimmer der großen Unfallklinik auf. Genau acht Wochen waren seit dem Überfall vergangen. Am Vortag war noch ein großer operativer Eingriff an der Hand über die Bühne gegangen. Katja hatte im Vorfeld versucht, sich gegen den Eingriff zu wehren, doch die Kollegen Maier und Undahl waren nicht zu erweichen gewesen. Es hatte sich zwischenzeitlich ein recht freundschaftliches Verhältnis zwischen Katja und den beiden Chirurgenfreaks, so bezeichnete Katja die beiden Dritten gegenüber, entwickelt, und vor allem Winfried hatte ihr die Leviten gelesen, als sie sich weigern wollte, nochmals so eine Operationstortur über sich ergehen zu lassen.

»Du willst doch nicht den Rest deines Lebens als Krüppel durch die Gegend rennen, Katja. Sei doch vernünftig. Wir richten dich wieder her. Hubert und ich, wir sind uns einig, dass wir dringend noch etwas machen müssen. Du musst den Daumen wieder besser den anderen Fingern gegenüberstellen können. Das wird ohne Operation nicht gehen. Und auch sonst werden wir noch ein paar Kleinigkeiten richten. Außerdem wird Frau Kollegin Schlenck von der plastischen Chirurgie, du kennst sie ja schon, ihr habt ja bereits miteinander gesprochen, die Narben an der Haut korrigieren. Sie ist eine Künstlerin auf ihrem Gebiet, und du wirst nicht nur wieder eine voll funktionstüchtige Hand haben, sie wird noch dazu auch wieder gut aussehen. Also sag jetzt endlich Ja!«

Katja sah Winfried ein wenig erstaunt an. Er hatte einen sehr bestimmenden Ton angenommen. »Also gut, ja. Ja! Hast ja recht. Ich lass euch ran an meine Hand. Sei nicht so streng mit mir.«

»Ich glaube, manchmal brauchst du das ein wenig.«

So war alles geplant worden, endlich war auch alles überstanden, zumindest hoffte Katja das, als sie mit ihrem Brummschädel im völlig stillen Einzelzimmer lag und an die Decke starrte. Das Brummen im

Kopf ließ sich bestimmt abstellen, also läutete sie nach der Krankenschwester. Die war auch gleich da und sah nach dem Rechten. Eine Tablette gegen die Kopfschmerzen hatte sie bereits dabei, als sie eintrat, wahrscheinlich hatte sie irgendwie geahnt, dass eine solche erforderlich sein würde. Katja schlug das Angebot der Krankenschwester, dass sie irgendetwas zu essen besorgen könnte, aus und wollte eigentlich nur noch ein, zwei Stunden weiterschlafen. Diese zwei Stunden Schlaf waren dann letztlich genau das, was sie gebraucht hatte. Wie verwandelt wachte sie auf. Gut gelaunt und ohne jegliche Schmerzen. Sie wunderte sich selbst darüber, dass die Hand nicht schmerzte, aber es war nun einmal so, und Katja war sehr froh darüber.

Als sich dann die Tür am Nachmittag nach einem zaghaften Anklopfen öffnete, war die Freude noch größer. Vroni und Alcina standen da, und hinter ihnen, beinahe einen Kopf größer als die beiden eher kleinen Damen, befand sich Eva mit ganz ernstem Gesicht. Vroni und Alcina waren bereits am zweiten Tag nach dem Überfall bei Katja aufgetaucht. Sie hatten ein wirklich schlechtes Gewissen, weil der Überfall nach ihrem Fest passiert war. Das war natürlich völlig absurd, und Katja hatte es ihnen auch gleich eindringlich gesagt, immerhin war es aber auch das erste Mal, dass Katja wieder ein Lachen über die Lippen kam, als sie die Gesichter der beiden sah. Und die beiden waren neben Astrid und der Familie ihres Bruders die treuesten Besucher. Heute hatten sie Eva zum Mitkommen animiert. Als diese sah, wie enthusiastisch Katja sie und ihre Begleiterinnen herbeiwinkte, entspannte sie sich sichtlich.

Vroni und Alcina blieben an diesem Tag nur ganz kurz, versprachen jedoch, am nächsten Tag wiederzukommen. Eva blieb. Katja hatte ihr zwar gleich zu verstehen gegeben, dass sie sich nicht bei ihr aufhalten müsste, wenn sie dies nicht wollte, doch Eva hatte abgewinkt und gemeint, sie hätte viel Zeit. Simon wäre von ihr vor etwa einer halben Stunde ins Labor begleitet worden, und aus dem würde er vor Mitternacht wohl nicht wieder herauskommen.

»Katja, schmeiß mich einfach raus, wenn es dir zu viel wird mit mir.« Eva stand etwas verlegen neben Katjas Bett, die, von zwei Polstern gestützt, aufrecht und doch entspannt dasaß. Stille kehrte ein.

»Küss mich, Eva.« Katja hatte nicht nachgedacht, was sie sagen sollte oder wollte. Es war ihr einfach so herausgerutscht.

Eva beugte sich ganz, ganz langsam zu ihr hinunter, spitzte ihren

Mund, und als sich ihre Lippen trafen, entspannte sie sich, öffnete ihren Mund, fasste Katjas Gesicht mit beiden Händen und küsste sie sanft, aber leidenschaftlich. Ein wunderbares Spiel der Zungen entwickelte sich, keine der beiden wollte es enden lassen, und so dauerte der Kuss wahrscheinlich einige Minuten. Ein Klopfen an der Tür beendete ihn. Es war die Raumpflegerin, die den Abfallkorb leeren wollte. Dieser indes war bereits leer, also zog sie wieder ab, doch der Kuss war vorbei.

»Schön, dass du gekommen bist, Eva.«

»O Gott.«

»Was *o Gott*?«

»Ich bin erregt.« Eva war mit der Wahrheit herausgerückt. »Entschuldige bitte, wenn ich so offen spreche, aber ich zerrinne gerade eben.«

Katja lachte kurz auf. »Was sagst du denn da?«

Eva warf den Kopf herum. »Ach, ich weiß auch nicht …«

»Was weißt du nicht?«

»Ich weiß nicht, ob ich dich noch einmal küssen soll.«

»Na, wenn du dich das fragst, solltest du es auf jeden Fall noch einmal tun.«

Eva kam ganz nahe an Katja heran, küsste sie nochmals flüchtig. Ein Hauch von Nervosität hatte sie erfasst.

Gleich darauf saß Eva ein wenig aufgekratzt neben Katja auf der Bettkante. »Deswegen bin ich eigentlich nicht zu dir gekommen. Ehrlich.« Sie blickte wieder ein wenig verlegen drein. »Ich weiß nicht, ob das richtig war, was wir da gemacht haben.«

»Wir haben nichts Schlimmes gemacht. Deine Küsse waren das schönste Geschenk, das ich bekommen habe, seit ich hier im Krankenhaus bin. Bitte hab deswegen kein schlechtes Gewissen. Ich will auch deine Beziehung zu Simon in gar keiner Art und Weise stören oder gar zerstören. Doch bereits bei unserem ersten Kuss habe ich gespürt, dass du einmal von einer Frau richtig geküsst werden willst. Und das hast du nun erlebt.«

»Du hast das gespürt?« Erstaunt sah Eva in Katjas schmunzelndes Gesicht. »Es stimmt tatsächlich, was du sagst. Seit einem Jahr spukt der Gedanke in mir herum. Seit ich einen Film gesehen habe, gemeinsam mit Simon. Zwei Frauen hatten eine Beziehung zueinander, eine ganz zärtliche. Damals hatte mich Simon gefragt, ob ich mir vorstellen könnte, auch einmal mit einer Frau Zärtlichkeiten dieser Art auszutauschen. Ich habe die Frage damals kategorisch verneint, doch der Gedanke daran hat mich seither nicht mehr losgelassen. Und jetzt das.«

»Schon schön, oder?«

»Sehr schön.«

Die Tür zu Katjas Zimmer wurde ohne Klopfen aufgerissen, und dann stand auch schon, ziemlich abgerissen bekleidet, Winfried Maier, einer der Chirurgenfreaks, vor dem Bett. »Hallo Katja, ich wollte nur kurz nach dir sehen, gleich bin ich wieder weg. Ah, du hast Besuch.« Diesen hatte er aber noch keines Blickes gewürdigt, was sich allerdings gleich ändern sollte.

»Onkel Winni, was machst du denn hier? Das ist doch das falsche Krankenhaus. Seit wann arbeitest du hier?«

»Evi! Wie kommst du hierher?«

»Katja ist eine gute Bekannte … eine Freundin von mir.« Sie lächelte Katja kurz verschmitzt zu. »Wir pflegen eine recht enge Beziehung.«

»Busenfreundinnen«, entfuhr es ihm.

»Ja, so ähnlich, also richtige Busenfreundinnen sind wir noch nicht, aber auf dem besten Weg dorthin.« Wieder lächelte sie Katja verstohlen zu, welche sich nun an Winfried wandte.

»Wir kennen uns seit dem Fest, nach dessen Ende ich in deine Obhut musste.«

»Na, dann geht es ja bei euch recht schnell, Busenfreundinnen zu werden.« Dies hatte er ganz lapidar festgestellt und war in Gedanken schon viel weiter. So war ihm das auffällige Nicken der beiden Frauen vollkommen entgangen.

Im Gegensatz zu seiner Nichte galt sein Interesse Katjas rechter Hand, besser gesagt der Wiederherstellung derselben. Und er hatte viele gute Neuigkeiten zu berichten. Lang und breit schilderte er, wie sie bei der Operation vorgegangen waren.

»Also, das wird wieder eine voll funktionstüchtige und auch eine schöne Hand, das kann ich dir jetzt schon sagen, wenn auch die Reha ein wenig zäh sein wird und nicht ganz schmerzfrei und auch nicht ohne Frust abgehen wird.« So schloss er seinen Monolog, stürzte sich auf seine Nichte und drückte ihr ein Küsschen auf die Stirn. »Grüß

Mama und Papa bitte ganz lieb von mir, natürlich auch deine Brüder, wenn du sie sehen solltest. Ich muss jetzt weiter und komme erst in vier Tagen wieder vorbei.« Er winkte Katja nochmals zu. »Hubert kümmert sich um dich, Katja!«, rief er noch durch die halb offene Tür und war verschwunden.

Kurz trat wieder Stille ein.

»Busenfreundinnen! Eva, du hast es ja faustdick hinter den Ohren.«

»Glaubst du, er hat etwas mitbekommen?«

»Winfried? Niemals! Der ist ein Mann. Glaub mir, der hätte es nicht mitbekommen, wenn ich sonst was mit dir angestellt hätte, während er da war.«

»Und warum hast du das dann nicht gemacht?« Eva lachte aufgekratzt.

»Du bist wohl ein kleiner Nimmersatt?«

»Vermutlich.« Eva beugte sich über Katja und küsste sie nochmals flüchtig, sanft, diesmal war es bloß ein Hauch. Der dritte Kuss innerhalb eines Krankenbesuchs. Ein persönlicher Rekord, wie sie es Katja etwas später mitteilte.

Der restliche Tag mit Eva verlief außerordentlich vergnüglich, wenn auch frei von weiteren Intimitäten. Eva war eine lebenslustige junge Frau, erzählte von ihrem Beruf als angehende Buchhändlerin, vor allem aber von ihrem Onkel Winni, den sie offenbar sehr gern hatte und von dem sie allerlei kuriose Geschichten zu erzählen wusste. Vor allem während des Studiums musste er ein schräger Vogel gewesen sein, der sich schon auch einmal mit Polizisten anlegte, wenn er das für nötig hielt, und dann von seiner älteren Schwester, Evas Mutter, wieder ausgelöst werden musste. Schlagartig habe er sein Leben umgekrempelt, als er seine Ausbildungsstelle für die Unfallchirurgie bekommen hatte. Seither wäre er das Lämmlein in der Familie, immer korrekt, immer mit Eifer bei der Sache, jedoch nicht ohne für den nötigen Ausgleich in der Freizeit zu sorgen. Und den fand er beim Fischen in seinem eigenen Fischwasser, das er seit Jahren gepachtet hatte, und beim Klarinettenspiel. Da wäre er, so meinte es Eva jedenfalls, nicht so besonders begabt, aber dafür mit umso mehr Eifer bei der Sache. Doch mittlerweile ließe sich ganz gut anhören, was er da so spiele.

Nicht einmal einen Kilometer Luftlinie vom Krankenhaus entfernt, saß am selben Tag Monika in einem Café und wartete auf eine junge Frau, mit der sie hier ihre erste Verabredung haben sollte. Sie waren über eine Partnervermittlung im Internet aufeinandergestoßen, hatten Kontakt aufgenommen und seit drei Wochen einen intensiven E-Mail-Verkehr gepflegt. Ulrike, so hieß die Dame, war eine angehende Ärztin, ein paar Jahre jünger als Monika, wirkte auf den Bildern von sich, die sie per E-Mail an Monika gesandt hatte, ein wenig älter, jedoch nicht so, dass es irgendwie gestört hätte. Die Bilder waren auch nicht sehr aussagekräftig, wie Monika fand, und so war sie neugierig, wie die junge Frau in Wirklichkeit aussehen würde. Der Inhalt ihrer E-Mails machte Monika auf alle Fälle Hoffnung, dass sich da eine Beziehung gründen lassen könnte. Die Unterhaltung auf elektronischem Wege hatte sich flott entwickelt, war spritzig und witzig gewesen, und doch war herauszulesen gewesen, dass auch Ulrike auf der Suche nach einer dauerhaften Partnerschaft war.

Monika war keine fünf Minuten an ihrem Tisch gesessen, der Cappuccino, den sie bestellt hatte, war noch gar nicht serviert worden, da stand Ulrike auch schon vor ihr. Mit ernster, unsicherer Miene. Sie wirkte viel, viel hübscher als auf den Fotos und auch wesentlich jünger. Monika hatte sich erhoben und schüttelte Ulrike die Hand. Die Kellnerin servierte gerade Monikas Kaffee, und Ulrike orderte bei dieser Gelegenheit einen Cappuccino.

Einen kurzen Augenblick saßen sich die beiden Damen wortlos gegenüber und musterten einander. Offenbar gefiel ihnen jeweils auch das, was sie da zu Gesicht bekamen.

»Monika, du bist eine wunderschöne Frau«, entfuhr es Ulrike. Sie hatte lange überlegt, was sie bei einem Treffen mit Monika sagen sollte. Das, was eben aus ihrem Mund gesprudelt war, hatte sich nicht unter ihren Überlegungen befunden.

»Du auch«, antwortete Monika mit einem Lächeln. Sie entspannte sich, als sie merkte, dass Ulrike ganz spontan loslegte und nicht mit aufgesetzten Floskeln daherkam, was sie wahrscheinlich gleich in die Flucht geschlagen hätte.

»Schön, dass wir über eine E-Mail-Bekanntschaft hinausgekommen sind. Vielleicht wird es auch mehr. Was meinst du?«

»Ja, warum nicht?« Monika hatte augenblicklich Schmetterlinge im Bauch, doch in dem Moment, als sie diese fühlte, tauchte plötzlich Katjas Bild vor ihr auf, und die Schmetterlinge im Bauch verwandelten sich schlagartig in eine leichte Übelkeit, gewürzt mit einer Prise schlechten Gewissens. *Monika, lass den Schwachsinn mit Katja und befrei dich von diesen völlig unangebrachten Gewissensbissen!*, schalt sie sich selbst, doch es wollte ihr nicht recht gelingen.

Es entspann sich ein lockeres Gespräch mit Ulrike, doch diese merkte bald, dass irgendetwas in Monikas Kopf herumgeisterte und sie daher nicht hundertprozentig bei der Sache war.

Und dieses unbestimmte Etwas drängte sich zwischen Ulrike und Monika, sodass beide sich bald eingestehen mussten, dass sie zwar einer netten hübschen Frau gegenübersaßen, eine Beziehung aber wahrscheinlich nicht entstehen würde. *Schade!*, ging es ihnen beinahe gleichzeitig durch den Kopf. Für eine lose Freundschaft würden sie sich wohl auch nicht eignen.

Nach einer knappen Stunde blickte Ulrike das erste Mal auf die Uhr. »Du, ich habe noch einen Termin bei meinem zukünftigen Chef. Ich muss wieder los. Ich schreibe dir am Abend eine Mail, dann können wir Weiteres ausmachen. Ist dir das recht?«

»Ja, ich muss auch wieder nach Niederösterreich. Mein Job ruft.« Monika lächelte ein wenig gequält.

Weit nach Mitternacht und nochmals am darauffolgenden Vormittag checkte Monika ihre Mails. Eine neue Nachricht von Ulrike war nicht eingegangen – sie hatte auch nicht wirklich damit gerechnet.

Die kommenden Tage waren für Monika dennoch deprimierend. Würde sie jemals eine Frau finden, die sie lieben könnte? Eine Frau, die auch sie lieben würde? Ihre Versuche in den vergangenen drei Monaten waren alle nicht von Erfolg gekrönt gewesen. Nichts hatte sich ergeben. Sie hatte auf Inserate in Frauenmagazinen geantwortet, allerdings nie eine Antwort erhalten. Sie war in einschlägige Lokale in Wien gegangen, wo es zwar sicher genug Frauen gab, die man hätte ansprechen können und die Monika von sich aus auch angesprochen hatten. Für Monika war aber außer Smalltalk nichts drin gewesen. Sie konnte sich nicht vorstellen, für sich in so einem Ambiente eine Partnerin zu finden. Dabei war am Ambiente selbst nichts auszusetzen, und die Frauen schienen großteils durchaus attraktiv zu sein, auch nett und sexy. Die Wand, die zwischen ihnen und Monika ganz unsichtbar aufgerichtet war, konnte aber weder sie noch eine der Frauen einreißen.

Wenige Tage später fühlte Monika beinahe so etwas wie Selbstmitleid, als sie sich diese Situation nochmals vor Augen führte. Und Selbstmitleid war das Letzte, das sie wollte. Das musste sogleich geändert werden.

Beherzt griff sie zum Telefon und hatte auch schon Carmen vom Begleitservice am Apparat.

»Guten Tag, Frau Brunner. Was kann ich heute für sie tun?«

»Guten Tag, Carmen. Ich möchte Katja in den nächsten Tagen buchen. Und wenn es in den nächsten Tagen nicht geht, dann eben für den nächsten möglichen Termin.« Heute würde sie sich nicht mit irgendwelchen Ausreden abspeisen lassen. Gespannt wartete sie auf eine Antwort.

»Es tut mir leid, doch das geht leider nicht. Ich weiß nicht, wann Katja wieder freie Termine hat.«

»Carmen, mit Ausreden bin ich heute nicht zufriedenzustellen. Wenn Katja noch über Ihren Begleitservice zu buchen ist, so möchte ich das tun. Und zwar jetzt. Wenn sie allerdings nicht mehr für Sie arbeitet, dann möchte ich gerne wissen, für welche Agentur sie nun tätig ist. Haben Sie verstanden?« Monikas Stimme klang scharf.

Carmen seufzte hörbar. »Frau Brunner, sie arbeitet tatsächlich noch für unseren Begleitservice, und dennoch kann ich Ihnen nicht weiterhelfen. So leid es mir tut. Ehrlich.«

»Was soll das? Wollen Sie mich nicht verstehen? Sie notieren mich für den nächsten freien Termin bei Katja. Ist das so schwer? Sie können mir auch später Bescheid geben, wenn Sie nicht genau wissen, wann das sein sollte.«

»Vielleicht ist das erst in einem halben Jahr.« Carmen klang zögerlich, ein wenig verunsichert. »Ich notiere Sie aber auf alle Fälle.«

»Was treiben Sie denn da für ein seltsames Spiel mit mir?«

»Das ist kein Spiel. Ich kann Ihnen leider nicht mehr sagen, als dass ich Sie jetzt auf Katjas Plan vermerkt habe und dass wir Sie informieren, wenn es etwas über den möglichen Termin zu sagen gibt.«

Monika schüttelte ungehalten den Kopf. Sie zischte noch »Na, dann eben bis zum nächsten Mal, Carmen«, und legte zornig auf.

Kapitel 9

Zwei Monate später wählte Monika erneut die Nummer des Begleitservice. Sie hatte sie im Handy gespeichert und musste nicht lange danach suchen. Carmen war sehr freundlich zu ihr, merkte sofort an, dass sie in Katjas Plan vermerkt sei, dass aber sonst noch keine Neuigkeiten zu berichten wären. Monika hatte versucht, noch ein wenig nachzubohren, doch sie hatte keine weiteren Informationen aus Carmen herauspressen können. Frustriert hatte sie das Handy auf den Tisch geknallt, um doch gleich wieder danach zu greifen.

»Waren Sie wieder in den Tropen?«, lautete die erste Frage, die Birgit, die Laborantin, stellte, nachdem sie mitbekommen hatte, wer am Apparat war.

»Nein, wie kommen Sie denn auf den Gedanken?« Monika war so fixiert darauf, ein Gespräch mit Katja führen zu wollen, und sie hätte sich selbst dafür ohrfeigen können, dass ihr die Idee mit dem Anruf im Labor erst jetzt gekommen war. Im selben Moment war ihr aber auch schon klar, woher Birgits Frage rührte. Sie war eben beim einzigen Zusammentreffen eine Patientin mit einer potenziellen Tropenkrankheit gewesen. »Nein, nein«, fügte sie rasch an, »ich möchte bloß mit Frau Dr. Waldenberg sprechen.«

»Die ist noch nicht wieder zurück.«

»Wie, noch nicht wieder zurück?«

»Was ich so weiß, ist sie noch nicht so weit. Es wird noch ein wenig dauern, bis sie wieder hergestellt ist.«

»Wieder hergestellt?«

»Ja, bis eben alles wieder ausgeheilt ist. Aber es soll ohne bleibende Schäden sein, so hat es mir mein Chef jedenfalls vor ein paar Wochen mitgeteilt.«

»Birgit, können Sie bitte Klartext mit mir reden? Ich weiß nämlich nicht wirklich, wovon Sie da sprechen.«

»Ach herrje! Wirklich nicht? Das stand doch in allen Zeitungen!

›Überfall auf Ärztin bei fingiertem Unfall‹ – der Täter wurde dabei halb kastriert und die Ärztin sehr schwer an der rechten Hand verletzt. Und die besagte Ärztin ist unsere Katja, ich meine natürlich unsere Frau Dr. Waldenberg.«

»Das wusste ich gar nicht«, erwiderte Monika tonlos, und sie entsann sich des Zeitungsartikels, den sie damals kurz überflogen hatte. Dr. Katarina W., so war ihr Name angegeben gewesen, ehemalige Notärztin. Der Name war falsch geschrieben gewesen, und Monika hatte auch nicht gewusst, dass Katja einmal Notärztin gewesen war. Vielleicht hätte sie mit ein paar Informationen mehr erkennen können, wer tatsächlich involviert gewesen war. In diesem Augenblick wurde ihr auch Carmens Reaktion verständlich. »Bitte erzählen Sie mir in Kurzversion, wie sich alles abgespielt hat, und sagen Sie mir, wo sie sich zurzeit aufhält.«

In knappen Worten schilderte Birgit, was sie von der Sache wusste. Das war offenbar nicht wenig, und durch die unglaublich präzise Art, sich auszudrücken, war Monika in wenigen Minuten bestens informiert. Übelkeit war in ihr hochgekommen, und sie hatte kurz gedacht, sie müsste das Gespräch unterbrechen und auf die Toilette stürzen, um sich zu übergeben. Diesem Drang allerdings konnte sie widerstehen, und als sie am Ende der Schilderung erfuhr, dass Katja noch für wenige Wochen in Reha in einem Sanatorium in einer kleinen Stadt im Westen Niederösterreichs war, legte sich die Übelkeit auch wieder schlagartig. Sie bedankte sich bei Birgit, hatte bereits ihren Terminkalender aufgeschlagen und war in Überlegungen versunken, wie sie es anstellen könnte, die nächste Zeit im Westen Niederösterreichs zu verbringen.

Es sollte kein wirkliches Problem darstellen, merkte sie sogleich. Sie informierte ihren Bruder sowie die engsten Mitarbeiter und dachte rasch darüber nach, was sie alles brauchen würde, wenn sie ihr Büro verlegen wollte.

Zwei Stunden später war im Büro alles erledigt. Nun stand sie zu Hause in ihrem begehbaren Wandschrank und wählte bereits die Kleidungsstücke für die Reise aus. Dabei wollte sie nicht sparen. Das Auto war groß genug, die Büroausrüstung ließ reichlich Platz übrig, sodass es nicht schwierig war, auch noch den Rest des Gepäcks unterzubringen.

Die Fahrt von zu Hause in die Stadt mit dem Sanatorium war dann äußerst belastend für Monika. Es war indes nicht etwa der recht starke Verkehr, der sie in Anspruch nahm. Nein, es war dieses Wechselbad der Gefühle. Die Ungewissheit, ob sie Katja überhaupt empfangen wollte. Die Angst, eine Abfuhr zu bekommen. Die Freude, endlich wieder das geliebte Gesicht zu sehen. Der Zorn über das Verbrechen. Die Vorstellung, dass das alles auch nicht so glimpflich hätte ausgehen können. Das Sehnen, das tief aus ihrem Bauch nach oben drang. Wie in einer Mischmaschine wurden diese Gedanken und Gefühle durcheinandergewirbelt, kamen hoch, verschwanden wieder, tauchten schon wieder auf, einmal kürzer, einmal länger.

Als sie das Auto vor dem Sanatorium parkte, war sie nervöser als bei ihrer Erstkommunion, und das war bis dato stets die Messlatte für Nervosität für sie gewesen. Das Sanatorium wirkte von außen riesig und auch irgendwie bedrohlich. So trat sie ein wenig verunsichert ein und sah sich um. Von einer Rezeption war hier nichts zu bemerken, einen großen Wegweiser gab es allerdings, und der zeigte nicht nur an, wie man auf dem kürzesten Weg zum Empfang kommen konnte, sondern auch, wo sich die Zimmer der Patienten befanden, natürlich ohne Hinweis auf die einzelnen Patienten. Sie würde Katja ohne Nachfragen also nicht finden …

Katja hatte ihre Haare nach dem Föhnen nochmals durchgebürstet. Die Locken waren heute gar nicht zu bändigen. Letztlich war nichts zu machen gewesen, und so hatte sie es aufgegeben. Ganz so schlecht sah die wilde Frisur gar nicht aus. Überdies war es auch völlig egal, wie die Locken fielen, es interessierte ohnehin niemanden. Wieder erfasste das Gefühl der Bedrückung, das eben erst in der heißen Dusche verschwunden war, Katja vom Rücken her ganz langsam, breitete sich über Bauch und Brust auf Beine und Arme aus und lähmte sie auf diese unglaublich unangenehme Art, wie sie sie in den letzten drei Wochen kennengelernt und die dazu geführt hatte, dass sie in zehn Minuten einen Termin mit dem Psychotherapeuten des Sanatoriums hatte. Wenigstens war sie einmal in »zivil« unterwegs und nicht in Sport- oder Badebekleidung, die sonst zur üblichen Begleitung bei ihren Bemühungen zur Wiederherstellung der Bewegungsfunktionen ihrer Hand geworden waren. Sie hatte sich für ein Kleid entschieden. Das erste Mal, dass sie ein Kleid trug seit vielen Wochen. Es fühlte sich gut an, luftig, vielleicht war es ein wenig zu dünn für das Wetter an diesem Tag, an diesem grauen, öden Tag, doch auch das war ihr letztlich egal. Die meiste Zeit müsste sie sich ohnehin im Zimmer des Psychologen aufhalten, und der würde doch für eine angenehme Atmosphäre sorgen. Zumindest hoffte sie das. Was sie sich sonst noch vom Psychologen erhoffte, war nicht viel. Eigentlich war sie sehr skeptisch, was diese Art der Therapie anbelangte. Die Behandlung ihrer Hand war etwas ganz anderes. Hier waren die Fortschritte von Tag zu Tag, von Woche zu Woche zu erkennen. Vor allem die Funktion des Daumens war schon so wunderbar verbessert, dass sie einwandfrei greifen konnte, und das nutzte sie auch außerhalb des Therapieprogramms weidlich aus, verwendete die Hand mit Freude und Genuss. Und das war auch etwas, das sie an sich selbst gar nicht verstehen konnte: Warum war sie so deprimiert, wenn die Fortschritte mit der Hand so sichtbar waren? Sie fühlte sich irgendwie undankbar dafür, und das wiederum bereitete ihr ein schlechtes Gewissen. Natürlich hatte auch die Einsamkeit hier im Sanatorium mit der Stimmung zu tun und, das war nicht zu leugnen, die ständigen Gedanken an Monika, die nicht abzuschütteln waren. Denen gab sie sich zwar in Wahrheit gerne hin, doch die Unerfüllbarkeit der Träume steigerte nicht eben das seelische Wohlbefinden.

So verließ sie ihr Zimmer, versperrte sorgsam die Tür und ließ ihren Blick kaum eine Sekunde lang in Richtung Ausgang wandern, um sich dann in die entgegengesetzte Richtung zum Psychologen zu begeben. Sie war keine zwei Schritte gegangen, als sie kehrtmachte. Die große Frau, die beim Wegweiser stand und diesen offenbar ohne Erfolg studierte, das konnte nur eine Person sein. Doch wie kam diese hierher? Als sie loslief, hatte eine Art von Euphorie die Bedrückung im Nu verschwinden lassen. Dieser Psychotherapeut würde sie nie zu Gesicht bekommen. Ihre Therapeutin, ihre ganz spezielle Therapeutin, das wusste sie ganz genau, war gerade eben angekommen.

»Monika!!!«

Monika drehte sich um und ging ganz langsam auf Katja zu. Was würde die wohl sagen, wenn sie hier ungebeten auftauchte? Die Antwort kam mit raschen Sprüngen auf sie zu.

»Monika! Du bist es wirklich! Ist das schön, dich zu sehen. Was machst du hier?«

Monika war noch immer ein wenig unsicher. »Hallo Katja. Ich bin hier, um dich zu besuchen. Ich habe gestern am Vormittag von dem Überfall, den Operationen und der Rehabilitation hier erfahren, und da bin ich heute gleich in der Früh losgefahren. Meine Güte. Wie geht es dir denn?«

Auf diese Frage bekam Monika nicht gleich eine Antwort. Katja umarmte sie, schmiegte sich an sie und hielt sie ganz fest. Monika wusste nicht, wie ihr geschah. Alles Mögliche hatte sie sich vorgestellt, wie denn das Wiedersehen aussehen könnte. Am ehesten hatte sie mit einem raschen Rauswurf gerechnet. Eine derartige Begrüßung jedoch war in keiner der vielen Überlegungen vorgekommen, die sie sich bei der Fahrt in das Sanatorium vor Augen geführt hatte. Ein Gefühl unbändiger Freude stieg in ihr hoch, gleichzeitig war ihr zum Weinen, und so klammerte sie sich auch an Katja fest, die noch immer keine Anstalten machte, sie loszulassen, und die nun begonnen hatte, zarte Küsschen auf Monikas Hals zu verteilen. Alle Unsicherheiten schienen für Monika wie weggeblasen. Sie ächzte, die Tränen stiegen in ihr hoch, und sie drängte sich noch viel fester an Katja. Sie hatte es ja immer gewusst. Immer gewusst, seit dem Zeitpunkt, als Katja mit den Buchteln in der Hand ihr Haus verlassen hatte. Das war keine simple Sache zwischen einer Nutte und einer Kundin, nein, da hatten sich, wenn auch auf wirklich ungewöhnliche und unübliche Art, zwei Menschen getroffen, die nicht nur auf eine schnelle Nummer im Bett zueinander gefunden hatten, sondern die schlicht und einfach füreinander geschaffen waren.

Katja ließ plötzlich von ihr ab, hielt sie aber fest an der Schulter und sah ihr in die Augen. »O Gott, das wollte ich schon seit Monaten. Seit Monaten, Monika. Dich in meine Arme nehmen und dich festhalten. Seit dem Tag, als ich dein Haus verlassen habe.«

Monika war wie vom Donner gerührt. »Wirklich? Aber warum bist du denn nicht zu mir gekommen? Ich hätte dich mit offenen Armen empfangen.«

»Monika«, Katja machte eine kurze Pause, »ich konnte es einfach nicht. Frag mich nicht, wieso.«

Monika zog Katja wieder zu sich. Ganz vorsichtig legte sie nun ihre Lippen auf die von Katja und gab ihr einen kurzen Hauch von einem Kuss. »O Gott!«, waren dann ihre einzigen Worte, als sie sich wieder von Katjas Lippen gelöst hatte.

»O Gott!«, war auch von Katja zu vernehmen, die kräftig durchatmete und Monika nochmals einen flüchtigen Kuss auf den Mund drückte. »Erinnerst du dich an die Oper?«

»Eugen Onegin?«

»Ja, Eugen Onegin.«

»Ich habe nach der Pause von der Vorstellung nichts mehr mitbekommen und bin zu Hause weinend eingeschlafen.«

Ein Schmerz durchzuckte Katja. »Du hast geweint?« Hatte sie sich nicht vorgenommen, dass Monika niemals mehr ihretwegen weinen sollte? Wie hatte sie das nur vergessen können? Warum hatte sie es bei all ihren Überlegungen nie in Betracht gezogen, nicht doch wieder Kontakt zu Monika aufzunehmen?

»Ja, ich habe geweint. Stundenlang.«

»Und ich habe mir damals in der Oper nichts sehnlicher gewünscht, als dich zu küssen, dich mit Küssen zu überhäufen. Als du mir dann auch noch gesagt hast, dass es dir gar nicht gut ginge, da hätte ich dich am liebsten in die Arme genommen und dich aus der Oper geführt, zu mir nach Hause gebracht und dir alles Gute zukommen lassen, das ich dir nur hätte geben können.«

»Ja?« Monika blickte nun plötzlich äußerst verliebt in Katjas Gesicht. »Vielleicht kann ich dafür nun dir alles Gute zukommen lassen, was mir möglich ist. Wenn du das möchtest.«

»Wie meinst du das?«

»Na, brauchst du denn keine mentale Unterstützung bei deinen Rehabilitationsbemühungen?«

»Doch! Aber wie stellst du dir das vor?«

»Ich bleibe hier, miete mir ein Zimmer in einer Pension oder in einem Hotel in der Nachbarschaft und bin jederzeit für dich da, so lange du mich brauchst.«

»Aber das wird noch gute drei Wochen dauern.«

»Und wenn es vier Wochen sind, dann sind es eben vier.«

»Ja … aber … du kannst doch nicht so einfach von deiner Arbeit wegbleiben.«

»Keine Angst, das Büro habe ich mit. Computer, Bildschirme, Zeichenbretter, alles, was ich benötige, ist bereits sorgsam eingepackt in meinem Minivan mitgekommen.«

Katja schluckte. Ihre Freude steigerte sich ins Unermessliche. »Ja, bleib bei mir. Bitte. Ich muss so viel arbeiten an und mit meiner Hand, da wäre es wunderbar, wenn ich jemanden, was heißt jemanden, wenn ich dich bei mir haben könnte. Wir können jede freie Minute miteinander verbringen …« Es sprudelte nur so aus Katja heraus. Dabei wusste sie nicht, ob sie gleich konkrete Pläne für die kommenden Tage machen oder Monika vorerst die ganze Geschichte ihrer Verletzung erzählen sollte, die sie hierher gebracht hatte. So wurde es ein wildes Durcheinander, das erst durch ein gelöstes Lachen von Monika unterbrochen wurde, die meinte, dass man sich doch erst einmal gemütlich irgendwo hinsetzen sollte, um zu plaudern und Pläne zu schmieden.

So kamen die Damen zu einem späten Frühstück, das sie weit über die Mittagszeit hinaus zelebrierten und das sicher noch länger gedauert hätte, wären da nicht die Nachmittagssitzungen für die Reha gewesen, die Katja auf keinen Fall versäumen wollte. Monika ließ sich bis ins Detail erzählen, wie der Überfall abgelaufen war, was und wie Katja dabei gedacht und empfunden hatte. Diese Details ließen eine leichte Übelkeit in Monika hochsteigen und einen großen Zorn auf den Verbrecher, der ja Gott sei Dank aufgrund seiner Verletzung bald ausgeforscht und hinter Gitter gebracht werden konnte.

Schließlich schwieg Katja eine Weile, sah unbestimmt in die Ferne, ehe sich ein Lächeln auf ihrem Gesicht zeigte und sie nach einem kurzen Kopfschütteln Monikas Hände in die ihren nahm. Das war nun etwas, was sie in der Form mit ihr noch nie gemacht hatte. Monika wurde warm ums Herz.

»Ja, Monika, so war das. Äußerlich ist alles verheilt, bloß im Inneren«, sie deutete auf Hand und Herz, »da ist noch ein wenig zu tun.« Sie lächelte Monika breit an. »Und du wirst mir bei den letzten Schritten sicher eine große Hilfe sein.«

»Katja …«, Monika schaute Katja tief in die Augen und genoss die Massage ihrer Hände, die Katja ihr mit den ihren zukommen ließ, »Katja, ich … ich … es ist so schön, dich zu sehen … bei dir zu sein.«

Katjas Lächeln wurde noch um eine Nuance breiter. »Wie willst du das denn wirklich machen? Wie willst du das alles unter einen Hut bringen? Bei mir zu sein und gleichzeitig zu arbeiten? Soweit ich weiß, arbeitest du doch für deinen Bruder. Was wird der dazu sagen, wenn du hier und für ihn nicht greifbar bist?«

Monika setzte sich auf. »Also, das habe ich alles vollständig durchgeplant. Ich muss nur für zwei Kundinnen persönlich zu sprechen sein. Zum einen geht es um ein Einfamilienhaus. Im Notfall muss ich da in ein Dorf im Herzen Niederösterreichs. Das wären gut zwei Stunden Fahrt, also keine wirkliche Weltreise. Alles andere ist in den nächsten Wochen reine Büroarbeit, und die ist, wie ich schon sagte, für mich überall machbar, wenn nur das Equipment stimmt.«

»Da wirst du aber ein großes Zimmer brauchen, damit das funktioniert.«

»Ja, sicher. Aber nicht nur …«, sie machte eine Pause, »aber nicht nur für meine Utensilien …«, wieder folgte eine kurze Pause, ehe sie beinahe tonlos fortfuhr, »sondern auch für dich, wenn du zu mir kommen magst … Wenn dir das recht ist.«

Katja rutschte ganz nach vorne auf den Tisch, fasste nochmals Monikas Hände, die sie losgelassen hatte, als Monika mit ihren Ausführungen begonnen hatte. »Gerne werde ich zu dir kommen. Monika, ich will dich richtig kennenlernen, und ich möchte, dass du mich kennenlernst.«

»Ich weiß, dass du Schokolade und Buchteln mit Powidl magst.«

»Stimmt. Das ist ja schon was, aber noch nicht wirklich viel.«

Beide schwiegen und sahen sich lange Zeit tief in die Augen. Im Augenblick musste nichts weiter gesagt werden, das spürten beide.

»Wenn du zur Therapie gehst, suche ich mir ein Quartier in der Stadt. Können wir gemeinsam zu Abend essen?« Monika hatte nach einer Weile das Schweigen gebrochen.

»Natürlich können wir das. Was spricht denn dagegen?«

»Ich weiß ja nicht, welchen Reglements du hier unterworfen bist.« Monika zuckte ein wenig unsicher mit der Schulter.

»Ich habe alle Freiheiten. Ich soll nur immer meine Therapiestunden wahrnehmen, dazwischen brav üben, dann aber wieder auch einmal Ruhe geben. Wo ich mich aufhalte, wo ich esse, wann ich esse, mit wem ich unterwegs bin, wo ich übernachte, das alles bleibt mir überlassen.«

Wo ich übernachte, bleibt mir überlassen – das Gesagte hatte sich schlagartig in Monikas Kopf festgesetzt, so weit hatte sie bis zu diesem Zeitpunkt nicht zu denken gewagt. Hitze stieg in ihr hoch, und ein Ziehen im Bauch machte sich bemerkbar, das sich nach oben in die Brust zog und sie kurz am Sprechen hinderte.

»Glaubst du mir nicht?« Katja lächelte Monika an. »Ich bin hier nicht gefangen. Und natürlich werde ich brav weiterarbeiten an meiner Hand, wenn du da bist, vielleicht mit noch mehr Eifer, ganz sicher mit viel mehr Freude und Optimismus. Es wird ohne Zweifel anders werden für mich in den letzten Wochen, die ich hier sein muss. Viel besser.« Sie hob ihre Hände vor Monikas Augen und machte die seltsamsten Bewegungen, ließ die Finger durch die Luft fliegen, immer im Gleichklang von linker und rechter Hand. »Was sagst du? Ist nicht so schlecht, oder?«

»Fantastisch. Was kannst du denn eigentlich noch nicht so gut?«

»Ganz feine Greiffunktionen gehen noch nicht wirklich gut, wie auch feines Arbeiten mit Pinzetten oder Zangen, und die Kraft und das Gefühl bei so mancher Bewegung sind noch nicht optimal.« Sie wiegte den Kopf. »Aber du hättest sehen sollen, was ich am ersten Tag meines Aufenthalts hier nicht konnte.«

Monika fiel plötzlich ein, dass sie Katjas Hände bereits berührt hatte, und da war ihr gar nichts aufgefallen. Nun streckte sie ihre Hände ein weiteres Mal über den Tisch. »Kannst du mir deine Hände geben? Ich möchte sie mir ansehen. Oder stört dich das?«

Katja streckte sie ihr entgegen, mit jenem Lächeln im Gesicht, das schon die längste Zeit ihre Züge erhellte. Doch es erlosch, als Monika mit unglaublicher Vorsicht und mit unbeschreiblicher Zärtlichkeit die Hände nahm, sie mit ihren Fingern abtastete und angestrengt alles betrachtete, was da zu sehen war. Katja gab sich dem Erforschen ihrer Hände hin, ließ ihren Blick in Monikas Gesicht schweifen und betrachtete ganz unbemerkt – Monika war so konzentriert – die ebenmäßigen Züge, die wunderbare Haut, die gesamte Schönheit der Frau, der sie immer mehr zu verfallen schien, wie ihr selbst in den Sinn kam. Da saß nicht nur eine wunderschöne Frau, hier saß eine schöne Seele, das konnte sie spüren. Sie fühlte sich so angezogen wie noch nie in ihrem Leben zuvor. Dass ihr das je widerfahren würde, nicht in ihren kühnsten Teenagerträumen hatte sie sich dies mit einem anderen Menschen so vorgestellt. Und schon gar nicht hatte sie je davon geträumt, dass es eine Frau sein würde, die in der Lage wäre, sie derart in ihren Bann zu ziehen.

»Katja? Katja! Wo bist du nur mit deinen Gedanken?«

Katja erschrak kurz. Jetzt erst merkte sie, dass Monika mit ihr gesprochen hatte. »Entschuldige, ich hab dir nicht zugehört, ich war in Gedanken.«

»In welchen Gedanken? Wo genau warst du?« Monika war wirklich interessiert, hob eine Braue und sah Katja neugierig ins Gesicht.

»Bei dir.« Katja schluckte und machte eine kurze Pause, ehe sie fortfuhr: »Ich war bei dir. Ja, bei dir. Monika, ich hab dir schon einmal gesagt, dass du eine wunderschöne Frau bist. Das ist schon eine Zeit her … Und du hast auch eine schöne Seele.« Wieder schwieg sie kurz. »Eine wunderschöne Seele. Ich kann das sehen.«

Jetzt war Monika auch ganz ernst geworden, eine tiefe Stille und innere Ruhe umfingen sie.

Es war zum Verzweifeln. Monika verließ das dritte und letzte größere Hotel der Stadt und hatte noch immer nicht annähernd das gefunden, was sie für die nächsten Wochen suchte. Die Hotelzimmer waren alle zu klein, um darin auch wirklich arbeiten zu können. Sie brauchte so etwas wie einen großen Schreibtisch oder zumindest einen größeren Tisch, auf dem es sich auch zeichnen ließ. Am besten wären natürlich ein großer Schreibtisch und ein großer Arbeitstisch gewesen, doch davon konnte überhaupt nicht die Rede sein. Eine der angebotenen Suiten, die allerteuerste in der ganzen Stadt, wäre die einzige Notlösung, die noch infrage kommen würde, so schien es Monika zumindest. Die Dame an der Rezeption bemühte sich sehr und meinte, man könnte doch ein wenig umräumen und vielleicht noch einen weiteren kleinen Tisch unterbringen. Der Preis für diese Suite pro Nacht, wenn auch mit Frühstück, und die nicht optimale Raumeinteilung hatten Monika wieder auf die Straße gebracht.

Sie sah sich um, ging dann schnurstracks auf eine recht elegante, nicht mehr ganz junge Frau in einem Dirndlkleid zu und sprach diese an. Wenn es sich um eine Einheimische handeln sollte, so könnte sie in dieser Angelegenheit etwas wissen.

»Entschuldigen Sie, dass ich Sie einfach so anspreche, aber ich bin auf der Suche nach einem Zimmer, einem größeren Zimmer, außerhalb der bekannten Hotels, das nicht nur zum Übernachten, sondern auch fürs Arbeiten geeignet ist. Sind Sie aus der Stadt hier?«

Die Frau sah Monika mit leicht geneigtem Kopf an, hob ihren rechten Zeigefinger und deutete kurz damit auf ihre Brust. »Bei mir bekommen Sie ein Zimmer. Ich habe hier eine Pension im Ort. Ist nur eine kleine Pension, sozusagen eine Beigabe zu meinem Restaurant, der eigenen Fleischerei und zu meiner Käserei.«

»Sie haben eine eigene Käserei?« Monika war erstaunt, für einen kurzen Augenblick vergaß sie ihre Sorgen mit dem Zimmer. Vor Jahren hatte sie als Architektin für einen großen Bauern eine Käserei konzipiert, der auf Eigenproduktion und Eigenvermarktung umgestiegen war. Damals war ihr das alles völlig fremd gewesen, und sie musste sich einige Nächte und ganze Wochenenden um die Ohren schlagen, damit sie mit der Sache auch nur am Rande vertraut war. Doch das Projekt lief so gut, dass sie alles viel, viel rascher über die Bühne bringen konnten und der Bauer äußerst zufrieden mit ihr gewesen war. Auch heute noch, wenn sie durch den Ort fuhr, blieb sie stehen und besorgte sich irgendeinen Käse, meist ein Stück der neuesten Kreation des Bauern, und immer wurde sie noch mit großer Freude aufgenommen, und zum erstandenen Käse wurde dann das eine oder andere hinzugefügt.

»Ja, eine eigene Käserei«, kam die Antwort, nicht ohne Stolz, wie zu vernehmen war, »ist viel Arbeit, bringt aber auch viel Geld ein, wenn man es richtig macht.«

»Darf ich sie sehen?«

»Die Zimmer? Sicher. Kommen Sie.«

»Ja, ja, die Zimmer auch, aber vor allem die Käserei.«

»Wieso interessiert Sie das jetzt so? Kommen Sie, ich bin auf dem Weg nach Hause, begleiten Sie mich doch gleich.« Bevor sie sich in Bewegung setzte, streckte sie die Hand aus: »Gertrud Brenner mein Name.«

»Monika Brunner. Nett, Sie kennenzulernen.«

So machten sich die beiden Damen auf den Weg, und Monika schilderte ihre Erfahrungen in Sachen Käserei.

»Sie werden lachen, aber Ihre Käserei, besser gesagt, die, die Sie konzipiert haben, stand Pate für die unsere. Sie werden einiges wiedererkennen. Es gibt nicht so viele mittelgroße Käsereien, die über den Status eines Hobbys hinausgehen und dennoch nicht zu den großen industriellen Produktionsstätten zählen …«

Das Gespräch endete erst, als sie das Restaurant betraten, in eine kleine Nische gelangten, die offenbar die Rezeption der Pension darstellte, und die Dame ein großes Buch aufschlug.

Da erst kam Monika ihr Problem mit den Räumlichkeiten in den Sinn, und so schilderte sie kurz, welche Ansprüche sie hatte.

»Sie suchen kein Zimmer in einem Hotel oder in einer Pension, Sie suchen eine Wohnung mit Büro für einen Monat – das werden Sie hier nicht so einfach und ganz sicher nicht kurzfristig finden …«, Frau Brenner hob den Zeigefinger an ihre nun fest aufeinandergepressten Lippen, »… außer bei mir, wenn ich es mir so recht überlege.«

»Ja?« Monika war erstaunt und gleichzeitig hoffnungsfroh erregt.

»Ja, ich habe etwas Passendes für Sie. Es ist zwar nicht der Luxus pur, aber sicher nicht das schlechteste Quartier, das man sich vorstellen kann. Ich habe vor zwei Jahren einen Käsereimeister eingestellt, nachdem mein Mann gestorben war, und für den habe ich neben der Käserei eine Art Wohnung mit Büro eingerichtet, da er nicht aus der Gegend war. In der Zwischenzeit hat er eine Einheimische geheiratet und ist zu ihr ins Haus gezogen. Die Wohnung steht daher seit Monaten leer, und ich habe auch noch keine Ahnung, was ich mit ihr anfangen soll.«

»Könnte ich da gleich einziehen?«

»Also ich weiß nicht, was dagegen sprechen sollte. Ich denke, ich müsste sie ein wenig putzen lassen, obgleich mein Käsemeister sie mir in vorbildlichem Zustand zurückgegeben hat. Und ich müsste erst sehen, ob mit Möbeln und Einrichtungsgegenständen in Küche und Bad alles in Ordnung ist. Aber anschließend könnten Sie sie sicher beziehen. Wäre das was für Sie?«

»Das wäre allerdings etwas für mich. Sie sagten etwas von Büro?«

»Ja, da ist ein großer Raum dabei. Der ist sicher in Ordnung, das hab ich noch im Kopf, den kann man als Büro nutzen. Ist alles drin, vom Schreibtisch über Ablagen und Kästen bis hin zu einem kleinen Konferenztisch. Kommen Sie! Machen Sie sich ein Bild!«

Monika hatte aus irgendeinem Grund eine kalte, unfreundliche und schlecht ausgestattete Wohnung erwartet, doch sie wurde eines Besseren belehrt. Alles war mit Liebe eingerichtet, eher konservativ, aber gemütlich. Und das Büro war zwar nicht besonders groß, allerdings genau richtig für das, was Monika vorhatte. Und die positive Überraschung kam überhaupt erst dann, als es um die Miete ging. Monika hatte sich ausbedungen, in der benachbarten Pension frühstücken zu können, dafür würde sie gerne extra bezahlen. Und sie wollte nicht einmal in der ganzen Zeit einen Putzlappen anfassen müssen. Das sollte ebenfalls vom Personal der Pension übernommen werden.

Frau Brenner war damit einverstanden, nickte kurz, legte dann den Kopf zur Seite und rechnete offenbar im Kopf alles durch. »Also, ich würde sagen, tausend Euro. Tausend Euro, alles inklusive, für den gesamten Zeitraum, da ist auch das Frühstück dabei.«

»Das ist ja toll, Frau Brenner, das hätte ich im Hotel für eine Woche bezahlt. Danke! Ich nehme gerne an. Und ich ziehe gleich ein. Wenn morgen ganz normal gereinigt wird, so reicht mir das.« Monika hielt kurz inne. »Sagen Sie, stört es Sie, wenn ich in den nächsten Wochen nicht ganz allein hier wohne?«

»Was für eine Frage! Sie haben die Wohnung gemietet, und in der Zeit können Sie machen, was Sie wollen. Nur … bitte bauen Sie nicht komplett um, zumindest nicht ohne den Rat einer erfahrenen Architektin«, sie schmunzelte kurz, zwinkerte Monika zu, »und fackeln Sie sie bitte nicht ab. Obwohl, das wäre dann ja eine Versicherungssache.«

»Wissen Sie, meine Freundin ist hier zur Rehabilitation in der Klinik, und da es um die Wiederherstellung der Funktion ihrer rechten Hand geht, unterliegt sie nach den Therapieeinheiten keinen weiteren Beschränkungen …«

»Sie müssen mir rein gar nichts erklären, Sie sind doch eine erwachsene Frau. Sie machen sicher das Richtige.« Sie musterte Monika eine Weile. »Da bin ich mir ganz sicher«, fügte sie plötzlich an. »Ich lasse ihnen sofort das Bett überziehen und Handtücher bereitlegen. In zehn Minuten ist alles erledigt.«

So war es dann auch. Monika holte ihr Auto und schaffte ihr Gepäck sowie die Arbeitsutensilien in die Wohnung, und da war bereits alles hergerichtet. Ein junges Mädchen wischte nochmals Bad und WC sauber, ein zweites machte sich flott über die Küche her, wo aber eigentlich gar nichts zu tun war. Eine Viertelstunde später waren die beiden Mädchen auch schon wieder auf dem Weg, nicht ohne von Monika ein mehr als fürstliches Trinkgeld erhalten zu haben.

Monika ließ sich auf das Bett fallen. *Mhm, das ist ja ein herrliches Bett*, kam es ihr in den Sinn. Und dann kam ihr noch viel mehr in den Sinn. Sie ließ den ganzen Tag Revue passieren. Dass er so verlaufen könnte, das hatte sie sich nicht vorgestellt. Ein lautes Jauchzen entfuhr ihr. Sie schwang sich aus dem Bett, schlüpfte aus der Kleidung und war auch schon in der Dusche. Ein kurzer Blick auf ihre Armbanduhr hatte sie daran erinnert, dass es Zeit war, sich herzurichten. Sie wollte Katja abholen und zum gemeinsamen Abendessen ausführen. Wo das stattfinden sollte, war ihr in der Zwischenzeit auch klar geworden: im Restaurant von Frau Brenner, im Nachbarhaus, also lediglich ein paar Schritte von der Wohnung entfernt. Eigene Fleischerei, eigene Käserei. Das versprach einiges.

Monika setzte sich in einen der großen Ledersessel, die im Foyer der Klinik in großer Zahl aufgestellt waren. Offenbar war es nicht so selten, dass hier jemand warten musste. Katja war noch nicht aufgetaucht, auch wenn es schon halb acht war und sie eigentlich sieben Uhr ausgemacht hatten. Monika wartete geduldig, hatte sich eine Illustrierte geschnappt und las einen Artikel über Zahnwechsel bei Hunden, ein Thema, das so fern ihrer Interessen war wie kaum ein zweites. Die Autorin, eine junge Tierärztin, hatte es jedoch geschafft, alles so amüsant darzulegen, dass man sich ein Schmunzeln nicht verkneifen konnte, auch wenn man keinen Hund und schon gar keinen im Zahnwechsel besaß. Vertieft in diese Illustrierte, hatte sie nicht bemerkt, dass Katja von hinten an sie herangetreten war und sie musterte. Monikas Rock war ein wenig hochgerutscht und ließ mehr von den Beinen sehen, als geplant war. Ein schöner Anblick, wie Katja fand. Langsam beugte sie sich nach unten, hielt Monika ganz rasch die Augen zu und drückte einen Kuss auf ihre Stirn.

»Katja!«

»Erraten! Hallo Monika. Schön, dich zu sehen.«

Monika hatte sich mit Elan aus dem Sessel erhoben und umarmte Katja kurz, aber fest. »Guten Abend, Frau Doktor Waldenberg. Wie geht es Ihnen? Waren Ihre Übungen und sonstigen Therapien erfolgreich? Waren Sie wohl auch brav und haben fleißig überall mitgemacht?«

»Wie das klingt, wenn du Frau Doktor Waldenberg zu mir sagst. So ungewohnt. Beinahe niemand nennt mich so.«

»Weshalb denn nicht? So heißt du doch.«

»Ja, schon. Aber wenn ich als Callgirl und Begleiterin arbeite, bin ich immer nur Katja, und im bürgerlichen Beruf sagen im Labor auch alle Katja zu mir. Nur ganz selten, wenn ich mit Patienten zu tun habe, werde ich Dr. Waldenberg genannt.«

»Magst du es etwa nicht, wenn man dich so nennt?« Monika wirkte ein wenig verunsichert.

»Nein, nein, ganz im Gegenteil, es klingt gut in meinen Ohren, eben ein wenig ungewohnt, doch so ungemein seriös. Findest du nicht auch?«

Monika lächelte nun sanft. Sie betrachtete Katja, die sich für den Abend elegant hergerichtet hatte und einfach unwiderstehlich anziehend auf Monika wirkte. »Genau, seriös klingt das«, erwiderte sie ein wenig verträumt.

Katja packte sie nun fest an der Hand. »Wo wollen wir heute zu Abend essen?«

»Gleich gegenüber von meiner Wohnung gibt es ein nettes Restaurant. Ich denke, das hat einiges zu bieten …«

»Welche Wohnung? Wovon sprichst du?« Erstaunen machte sich in Katjas Gesicht breit.

Monika packte Katja an der Hand und zog sie mit sich fort. »Komm, ich zeig dir alles. Ich war erfolgreich. Es war zwar reiner Zufall, aber ich habe das gefunden, was ich für die nächsten paar Wochen brauche. Ich denke, dir wird es auch gefallen. Und das mit dem Restaurant ist auch so, wie ich es gesagt habe.«

Katja hatte sich bei Monika eingehakt und erzählte mit ganz offensichtlicher Freude von ihren Therapiestunden am Nachmittag. Monika hatte sich das furchtbar langweilig vorgestellt, doch die Tätigkeit der Physiotherapeuten war nicht nur trockene Arbeit. Einige der Damen und Herren mussten reichlich Humor besitzen und in der Lage sein, der zähen Tätigkeit doch ein wenig Würze zu verleihen, sodass es auch hin und wieder etwas zu lachen gab. Katjas gute Stimmung hatte sich sofort auf Monika übertragen, und so waren sie im Restaurant angelangt.

Frau Brenner hatte sie persönlich in Empfang genommen, ihnen einen wunderschönen Platz empfohlen und auch gleich ein paar Anregungen zu Speisen und Getränken gegeben.

Beide waren hungrig in die gemütliche, etwas rustikale Gaststube gekommen, und ein großer Hunger war wahrlich angebracht im Restaurant von Frau Brenner. Der Koch hatte keine ungewöhnlichen Kreationen auf die Karte gesetzt, doch wie er die Speisen zubereitete und wie liebevoll sie gestaltet waren, war schon etwas Besonderes. Monika und Katja ließen es sich schmecken, und das gute Essen förderte die heitere Stimmung, die bereits beim Fußmarsch ins Restaurant zu spüren gewesen war.

Der Abend war dann wie im Flug vergangen. Die beiden Frauen hatten sich über so viele verschiedene Dinge unerhalten, der Gesprächsstoff war schier unerschöpflich. Hauptsächlich allerdings wurde Monika von Katja ausgefragt, man konnte sagen gelöchert, was ihren Beruf anging. Nun nippte Katja an einem Espresso, und Monika schwenkte in Gedanken ihr Rotweinglas.

»Katja, ich freue mich unwahrscheinlich, dass es dir so gut geht. Du strahlst so viel Fröhlichkeit aus, und man kann deine heitere, gute Stimmung fast greifen. Ich weiß nicht, ob ich in deiner Situation so gelöst und ausgeglichen sein könnte.«

»Das bin ich auch erst seit heute.«

»Wie meinst du das?«

»Wie ich es sage. Ich war heute auf dem Weg zum Psychotherapeuten, bloß bin ich dort nicht angekommen, weil mir etwas, besser gesagt jemand, dazwischengekommen ist.«

»Willst du damit sagen …«

»Genau das will ich sagen. Erst seit du hier bist, geht es mir gut, und die Traurigkeit, die unglaubliche Melancholie, die mich erfasst hat, ist wie weggeblasen.«

»Aber ich habe doch gar nichts gemacht!«

»Nichts gemacht? Du bist einfach gekommen. Einfach aufgetaucht. Niemals hätte ich hier mit dir gerechnet. Nicht einmal in meinen kühnsten Träumen.«

»Ehrlicherweise habe ich nicht mit so einem Empfang gerechnet. Ich habe befürchtet, dass du mich gar nicht sehen willst oder dass du mich sofort wieder rauswirfst. Es hätte mich auch nicht wirklich gewundert. Ich dachte nämlich, dass du es als aufdringlich auffassen könntest, wenn ich hier so ungebeten hereinplatze.«

Katja schüttelte den Kopf. »*Ungebeten hereinplatze!* Mein Gott, wenn du wüsstest, wie oft ich mir in den letzten Wochen gewünscht habe, dich zu sehen, mit dir zu plaudern, einfach nur Zeit mit dir zu verbringen.«

»Und warum hast du nicht Kontakt zu mir aufgenommen?«

»Ja, warum eigentlich nicht?« Katjas Blick verlor sich in der Ferne. Tonlos fuhr sie fort: »Warum eigentlich nicht? Warum bin ich, was dich angeht, nie sicher, was ich tun soll? Warum habe ich versucht, mich aus deinem Leben fernzuhalten? Warum? Ich weiß es nicht.«

»Du wolltest dich aus meinem Leben fernhalten? Aus welchem Grund?«

»Ich kann dir das nicht genau erklären. Ich hatte einfach Scheu. Ich wollte dir auf keinen Fall irgendwie wehtun.«

Monika richtete sich erstaunt auf. »Wehtun?«

»Ja, ich habe mir vorgenommen, dir nie wehtun zu wollen. Ich habe mir das fix vorgenommen an dem Tag, an dem ich bei dir war und du mir gesagt hast, dass du die eine Hälfte der Buchteln mit Powidl gefüllt hast.«

»Was? Katja, was eröffnest du mir da für Dinge? Wie bist du damals auf diese Gedanken gekommen?«

»Ich hatte damals plötzlich deine Tränen im Supermarkt vor Augen, als wir das allererste Mal aufeinandergetroffen … aufeinandergeprallt sind.«

»Aber ich … ich habe deinetwegen in der Vergangenheit schon viel geweint.«

Katja seufzte. »Ich weiß das, und ich kann dir gar nicht sagen, wie sehr mich das schmerzt, wie unglaublich leid mir das tut. Ich glaube, mein Problem ist, dass ich nicht weiß, wie ich es anstellen soll, dir nicht wehzutun.«

Monika lächelte. »Kompliziert ausgedrückt. Aber ich verstehe, was du meinst. Tja, das wird wohl in der Zukunft nicht leicht für dich sein. Ich glaube aber, dass du mir sicher mehr damit wehtun würdest, wenn du nichts mit mir zu tun haben wolltest, als wenn du bei mir bist und irgendetwas tust, was mir vielleicht nicht so gefällt.«

Katja seufzte neuerlich. »So leicht bist du wahrscheinlich nicht mehr aus meinem Leben zu verbannen.«

»Du sollst mich auch nicht daraus verbannen. Wieso auch.«

»Monika, ich weiß nicht, ob dir meine Art zu leben gefällt, ob du damit so einfach klarkommen kannst.«

»Na ja, jetzt bist du erst einmal für ein paar Wochen hier im Sanatorium und wirst deine Hand wieder in Schuss bringen. Dabei werde ich dich unterstützen. Und da bleibt uns viel Zeit, uns näher kennenzulernen. Vielleicht bleibt nach den Wochen hier auch nur eine lockere Freundschaft über und wir können ganz gute Freundinnen sein …«

»Sicher nicht.«

»Wieso nicht?«

»Weil … weil … ich kann das nicht so einfach ausdrücken, doch eine lockere Freundschaft mit dir kann ich mir beim besten Willen nicht vorstellen.«

Hitze stieg in Monika hoch. Es war ihr gar nicht gleich bewusst geworden, was Katja da gesagt hatte, doch ihr Körper hatte bereits darauf reagiert. »Was … was kannst du dir denn vorstellen?«, flüsterte Monika nun beinahe.

»Ehrlich, das weiß ich nicht. Ich kann darüber nicht einmal nachdenken. Ich habe mir bisher die Gedanken daran immer verboten, wenn sie hochgekommen sind.«

»Aber du hattest diese Gedanken schon? Öfters?«

»Öfters.«

Monika streckte ihre Hände aus und fasste nach denen von Katja. Sie drückte sie liebevoll, sagte nichts, strahlte Katja bloß an.

Katja lächelte sanft und nahm Monikas Hände ganz fest in die ihrigen. »Ich sollte langsam zurück ins Sanatorium. Morgen wird wieder ein anstrengender Tag für mich.«

Monikas Strahlen blieb unverändert. »Ja, natürlich, wir sollten gehen. Morgen sehen wir uns wieder. Wenn es nur schon wieder morgen wäre.«

Katja hatte sich bei Monika eingehakt. Der kleine Spaziergang zum Sanatorium war eine Wohltat. Kein Wort war gefallen, die Kühle der Nacht hatte Katja ganz nahe an Monika heranrücken lassen. Bald, viel zu bald, wie Katja fand, waren sie im Foyer des Sanatoriums angelangt. Monika hatte sich von Katja gelöst und stand ein wenig unsicher vor ihr.

»Gute Nacht, Monika. Danke, dass du gekommen bist.«

Monika nahm Katja in die Arme und schwieg. Katja schmiegte sich fest an Monika und atmete tief deren wunderbaren Duft ein.

Ganz plötzlich drückte Katja Monika einen sanften Kuss auf die Lippen. Der Kuss brannte. Es war ein herrliches Brennen, eines, das nicht aufhören sollte. Und es steigerte sich noch, als ein zweiter sanfter Kuss ihre Lippen streifte. Monika war wie gelähmt, und ein Gefühl unbändiger Sehnsucht wallte in ihr auf. Sie riss sich los und lächelte verlegen.

»Gute Nacht, Katja, schlaf gut.«

»Gute Nacht!« Katja drehte sich um, lief davon, blieb im hell erleuchteten Gang vor ihrer Tür noch einmal stehen, winkte wild, sperrte auf und war verschwunden.

Monika blieb noch zwei, drei Minuten wie angewurzelt stehen und verließ dann das Sanatorium – ein wenig verwirrt, aber auch irgendwie glücklich. Sie schlenderte in der Dunkelheit zurück in ihre Wohnung. Stille umfing sie dort, doch die durchbrach sie gleich mit wunderschöner Musik, die sie aus ihrer kleinen HiFi-Anlage erklingen ließ. Diese Anlage war das Erste, das sie ausgepackt hatte. Die unvergleichlich schöne Stimme von Elīna Garanča war mit Belcanto-Arien zu vernehmen, nicht das erste Mal an diesem Tag, hatte Monika sie doch schon gehört, bevor sie zu Katja ins Sanatorium gegangen war. Doch um wie viel schöner klangen sie nun! Sie ließ sich auf das Bett fallen, und der vergangene Tag lief wie im Zeitraffer nochmals vor ihr ab.

Im Liegen entledigte sie sich ihrer Kleidung, hüpfte dann noch kurz ins Bad, um gleich wieder im Bett zu verschwinden. Mit einem Lächeln und Katjas Gesicht vor Augen schlief sie ein.

Zur selben Zeit lag auch Katja schon im Bett. Ihr Zimmer war ihr noch nie so freundlich vorgekommen wie an diesem Abend. Es war wirklich großzügig eingerichtet, mit viel Geschmack. Ja, das war ihr noch nie aufgefallen. Sie sah die Dinge nun einfach anders. Monika. Monika hatte alle Wolken beiseitegefegt. Mit ihrer Wärme, mit ihrer inneren Schönheit, die äußere nicht zu vergessen. Der Lichtblick in ihrem Leben. Wie gerne würde sie sich nun an sie schmiegen, sie küssen, sie verwöhnen. Katja blickte auf ihre rechte Hand. Die Narben, die nicht zu übersehen waren, ließen Katja das erste Mal nicht die gewohnte Übelkeit spüren, wenn sie sie betrachtete. Nein, auch das war anders geworden. Ohne diese Narben wäre Monika wohl nie bei ihr aufgetaucht. Katja schüttelte den Kopf. Welch ein seltsamer Gedanke das doch war. Sollte sie dankbar dafür sein, dass nun Narben ihre Hand zierten? Absurd und doch wieder nicht. Jedenfalls störten sie plötzlich gar nicht mehr. Entstellend waren sie ohnehin nicht. Die Chirurgen hatten in stundenlanger Arbeit wirklich ihr Bestes gegeben. Katja spielte mit den Fingern, machte Greif- und Streckübungen und war das erste Mal stolz auf ihre zähe Arbeit mit den Physiotherapeuten. Bald würde sie die Hand perfekt bewegen können. Vielleicht sollte sie doch noch mit dem Klavierspiel beginnen, wie sie es schon seit Langem vorhatte. Ein Vorhaben, das sie schon seit Jahren vor sich her schob. *Wem soll ich vorspielen?*, das war immer die Frage, die sich aufdrängte und die dann als Ausrede diente, doch nicht nach einem Klavierlehrer Ausschau zu halten. Jetzt war da jemand. Monika könnte sie sicher vorspielen. Sie würde sich besonders anstrengen und sich bemühen, schön und richtig zu spielen. Genau das würde sie machen. Sie knetete nochmals ihre rechte Hand mit der linken. Kein Schmerz, kein Gefühl des Taubseins war zu spüren. So fiel sie in einen ruhigen Schlaf.

Wach wurde sie nach einem wundersamen Traum: Wie selbstverständlich sperrte sie die Tür zu Monikas Haus auf. Offenbar wohnte auch sie dort. Klavierklänge umfingen sie, und damit stieg ein unglaubliches Glücksgefühl in ihr auf. Sie stürmte in das große Wohnzimmer, in dem ein weißer Flügel stand, an dem Monika saß und spielte. Sie sah auf zu Katja, hörte aber nicht auf zu spielen, lächelte bloß. Katja drückte ihr einen Kuss auf die Wange.
»Heute spiele noch ich für dich, Katja, aber ab morgen bist du dran mit dem Klavierspiel.« Monika hatte aufgehört zu spielen.
»Rück auf die Seite, ich bin schon so weit. Ich bin heute schon bereit, dir etwas Schönes vorzuspielen.« Katja nahm am Klavier Platz, und ihre Finger liefen geschmeidig über die Tasten. Ein Hochgefühl stellte sich ein, als sie Monika begeistert neben sich nicken sah. Und in diesem Hochgefühl schlug sie die Augen auf.

Das Hochgefühl wich den gesamten Vormittag nicht. Sie war im Bad und anschließend im Gymnastikraum gewesen und hatte mit Eifer die vorgeschriebenen Übungen absolviert. Sie freute sich auch schon auf die Arbeit mit Clara und Ella, ihren Lieblingstherapeutinnen am Nachmittag. Ella hatte sicher wieder ungewöhnliche Geschichten aus ihrem Leben, vor allem aus ihrem Liebesleben, zu erzählen. Das tat sie schon seit längerer Zeit. Aus völlig unerklärlichen Gründen hatte sie die Distanz zu Katja aufgegeben und war seither sehr freundschaftlich mit ihr umgegangen. Nicht aufdringlich, allerdings auch nicht zurückhaltend, vor allem jedoch mit unendlich viel Humor. Das hatte die Arbeit mit ihr ungemein erleichtert, gar nicht zu sprechen von ihren fachlichen Qualitäten. Sie war eine Meisterin auf dem Gebiet der Physiotherapie. Davor würde sie aber bei der geheimnisvollen Clara sein, und darauf war ihre Vorfreude wie immer besonders groß.

Die lange Mittagspause sollte sie auf alle Fälle mit Monika verbringen können. Sie hatte sich nach der Gymnastik ins Zimmer gestürzt, geduscht, die Haare geföhnt und war anschließend in ein schönes Kleid geschlüpft. Die Sonnenbrille steckte sie sich ins Haar, die Handtasche war rasch unter den Arm geklemmt, und schon war sie unterwegs zu Monika.

Nichts rührte sich nach dem Drücken des Klingelknopfes. Katja stand vor der Wohnungstür und lauschte nach irgendeinem Lebenszeichen. Nichts. Enttäuschung kam in ihr hoch. Sie läutete nochmals. Als sich wieder nichts tat, klopfte sie fest an die Tür.

Im Nu sprang diese auf, und Monika stand vor ihr.

»Katja, schön, dass du da bist. Komm doch rein.«

»Hallo Monika«, Katja ging an Monika vorbei in den Vorraum und entledigte sich ihrer Tasche, »den ganzen Tag über habe ich mich schon gefreut auf diesen Augenblick.«

Monika kam auf sie zu und nahm sie in die Arme. Ganz zärtlich drückte sie Katja einen Kuss auf die Lippen. Einen brennenden Kuss, und dieses Brennen zog sich über ihren ganzen Körper bis in ihre Mitte, die augenblicklich zerfloss. Eine ungemeine Erregung erfasste sie. Sie öffnete den Mund und stieß fordernd die Zunge in Katjas Mund. Katja, für einen Bruchteil einer Sekunde perplex, wurde augenblicklich von einer Welle der Begierde hinweggespült. Gierig erwiderte sie den Kuss, zog Monika ganz fest an sich und konnte nicht aufhören, sie zu küssen. Nach einer Ewigkeit ließen sie voneinander ab. Atemlos. Schweigend. Monika nahm Katja an der Hand und führte sie ins Schlafzimmer. Wortlos öffnete sie Katjas Kleid, streifte es ab, gleich darauf BH und die restliche Wäsche. So warf sie sie aufs Bett und stürzte sich auf sie. Über und über wurde Katja mit Küssen bedeckt. Nichts wurde ausgelassen, vom Scheitel bis zur Sohle. Am Ende tauchte sie mit Zärtlichkeit in Katjas Vulva ein, öffnete die Schamlippen mit ihrer Zunge. Ächzend spreizte Katja ihre Beine so weit sie konnte, presste sich gegen Monikas Mund, zerfloss unter den Berührungen und kam mit einem lauten Schrei.

Ich habe wieder die Kontrolle über mich verloren, ging es Katja durch den Kopf. Doch diesmal war der Gedanke nicht von Panik begleitet, sondern bereitete ihr ein seltsames Wohlbehagen. Sie umfasste Monika, zog sie zu sich und presste sie an ihre Brust. Das tat so gut.

»Was machst du nur mit mir?«

»Mir war nach einem Überfall auf dich zumute. Entschuldige bitte.«

Katja ließ Monika los, setzte sich auf und machte eine übertrieben böse Miene. »Gerade eben noch einmal. Doch sollte das wieder vorkommen, kann ich es nicht ungesühnt lassen. Ist dir das klar, meine Liebe?« Sie lächelte Monika nun ins Gesicht, stürzte sich auf sie und begann sie zu kitzeln.

Damit war einer von Monikas wunden Punkten getroffen. Sie war äußerst kitzlig, vor allem, wenn sie ganz unvermutet gekitzelt wurde. Konnte sie sich auf Berührungen von Vornherein einstellen, so verschwand diese Empfindlichkeit beinahe vollständig, und sie empfand die gleichen Berührungen dann als besonders wohlig. Nun aber hatte sie gar nicht damit gerechnet und war Katja hilflos ausgeliefert. Ihrer Geliebten war das nicht entgangen, und sie nutzte dies schamlos aus. Monika wand sich unter ihr, versuchte wie wild auszukommen, doch Katja hatte sie nun gut im Griff. Und ganz plötzlich, wieder völlig unvermutet für Monika, hatte sie eine Hand unter deren Rock gleiten lassen. Augenblicklich erstarb das Lachen, und auch die wilden Bewegungen endeten. Monika stöhnte laut, ein Finger war sanft in ihre Vagina eingedrungen. Sie empfing nun die sanften Berührungen, auf die sie in den vergangenen Monaten so sehnsüchtig gewartet hatte. Eine Ewigkeit war vergangen, wie es ihr nun schien, dass sie Katja das erste Mal gespürt hatte.

Katja, selbst ja schon nackt, entkleidete ihre Liebhaberin, ohne mit den Liebkosungen aufzuhören.

Monika ließ alles über sich ergehen, ihre Erregung stieg von Sekunde zu Sekunde, von Minute zu Minute, dann waren alle Ventile geöffnet, und sie ließ sich in eine nie gekannte Lust fallen, stärker als alles, was sie bisher erlebt hatte, selbst mit Katja erlebt hatte.

Nach einer Zeit unbeschreiblicher gegenseitiger Hingabe lagen die beiden Frauen eng nebeneinander auf dem Rücken, hielten sich fest an der Hand und atmeten schwer.

Völlig unvermittelt stimmte Monika ein Lied an. Leise, aber mit warmer Stimme ließ sie es erklingen. Katja hatte es noch nie gehört. Wohlig entspannt genoss sie die Klänge, bis Monika endete.

»Das war sehr schön. Du hast eine schöne Stimme. Hattest du mal Gesangsunterricht?«

»Das mit dem Singen ist eine lange Geschichte. Meine Musiklehrerin in der Schule hat mich bekniet, ich solle das machen, solle doch unbedingt Gesangsunterricht nehmen, doch ich war so von der bildenden Kunst eingenommen, da hatte damals das Singen keinen Platz. Vielleicht sollte ich es in Zukunft wieder viel mehr pflegen.« Sie machte eine kurze Pause und begann wieder leise zu singen. Scheinbar mitten im Lied hörte sie auch wieder auf. Gedankenverloren sah sie zur Decke hinauf. »Es war der blanke Horror, dich nicht um zu haben.« Dieser Satz war nur so aus ihr hervorgebrochen.

Katja hatte sich nun auf die Seite gedreht, auf den Ellenbogen gestützt und strich mit ihrem Zeigefinger der linken Hand gedankenverloren über Monikas Wange. »War es wirklich so schrecklich für dich, nicht bei mir zu sein?«

»Jetzt im Nachhinein betrachtet war es schlicht die Hölle. Ich meine das ernst.« Monika gab sich den zärtlichen Berührungen hin. Sanft ließ sie nun ihrerseits ihre Finger über Katjas Haut gleiten.

»Und weshalb ist das so?«

»Weil ich mir eben nicht mehr vorstellen kann, wie ich es ohne dich habe aushalten können.«

Katja schwieg einen kurzen Augenblick, konzentrierte sich auf die halb geöffneten Lippen, umkreiste sie sanft. Monikas Mund öffnete sich leicht, doch da entschwand der Finger auch schon wieder auf die Wange und liebkoste diese liebevoll. »Mir geht es ähnlich.« Tonlos, beinahe unhörbar hatte sie dies gesagt.

Doch Monika hatte es nicht überhört. Jetzt richtete sie sich auf. »Wirklich? Erzähl mir, wie es dir geht. Bitte. Erzähl mir, was in dir vorgeht. Was du denkst. Wie du fühlst. Ich möchte es so gerne von dir hören.« Monika ließ sich wieder auf den Rücken fallen und sah Katja erwartungsvoll an.

»Wo soll ich anfangen?«

»Dort, wo du aufgehört hast.«

Katja strich gleich wieder sanft über Monikas Gesicht. Plötzlich erfasste sie Stolz, dass sie fähig war, derart viel Zärtlichkeit und Gefühl in diese Berührung zu legen. Dann schüttelte sie den Kopf. »Das meine ich nicht, Monika. Ich sehe schon, dass dir die kleinen Verwöhneinheiten gut gefallen und dass ich damit weitermachen soll.« Sie ließ ihre Hand nun auf Monikas Brust gleiten. »Aus Gerechtigkeitsgründen glaube ich, dass nicht nur dein Gesicht auf seine Kosten kommen sollte.« Sie beugte sich über Monika, drückte zahlreiche Küsschen auf Gesicht und Brust, liebkoste sie mit unglaublicher Hingabe. Monika stöhnte, gab sich Katja weiter vollkommen hin.

»Wo soll ich nun anfangen, Monika? Anfangen mit dem Erzählen?«

»Irgendwo. Dort, wo du meinst, dass du es mir zuerst mitteilen willst ... Ah ... Bitte, Katja, hör nicht auf. Hör nicht auf.«

»Ich will dir jetzt von dir erzählen, Monika. Klingt seltsam, was?«

»Von mir?«

»Ja, von dir.« Katja hielt kurz inne und sah Monika tief in die Augen. »Ich möchte dir schildern, wie es mir ging, als ich dich das erste Mal gesehen habe. Es war übrigens Zorn. Zorn, weil du mir mit deinem Wagen wehgetan hast, damals im Supermarkt. Erinnerst du dich?«

»Ganz genau. Ich konnte nur gar nichts dafür. Ein kleiner Junge hatte meinen Einkaufswagen an dein Bein gestoßen.«

»Ja, ja, genau. Und dann sind Tränen aus deinen Augen getreten und ganz langsam über die Wangen geflossen.« Katja hob ihre Hand und strich mit der Spitze ihres Zeigefingers ganz langsam und ungemein sanft von Monikas Unterlid die Wange nach unten und dann die Oberlippe entlang zum Kinn, um dann mit dem Handrücken wieder die Wange nach oben zu streichen. »Diese Tränen haben mir die Augen geöffnet. Da habe ich nämlich erst bemerkt, wer da vor mir steht. Ich glaube, das war auch der Augenblick, in dem du mich gefangen genommen hast.« Sie machte eine kurze Pause, strich noch immer sanft über Monikas Wange, ganz versonnen. »Natürlich hast du da selbst gar nichts gemacht, was mich hätte fangen können. Nein, es war einfach passiert. Weißt du übrigens, dass ich dir vom Parkplatz des Supermarktes aus bis zu deinem Haus gefolgt bin? Ich weiß nicht, warum ich das damals gemacht habe, heute noch habe ich keinerlei Erklärung dafür.

Ich mache das sonst niemals. Niemals. Damals aber schon. Ich weiß auch gar nicht, was ich erwartet habe. Du warst so traurig.«

Monika richtete sich erstaunt auf. »Was erzählst du da für Dinge, Katja? Du bist mir gefolgt? Zu meinem Haus? Und wie hast du wissen können, dass ich damals traurig war?«

Katja schluckte. »Verzeih, Monika, ich wollte dich damals in keiner Weise belästigen. Das lag mir fern. Doch du hast mich irgendwie magisch angezogen, ganz im Unterbewussten. Dass du traurig warst, das konnte ein Blinder mit dem Taststock sehen.«

Monika lächelte, eine Welle der Zuneigung hatte sie eben überrollt. »Ich weiß nicht, was ich dir da verzeihen soll. Offenbar hast du mich ja tatsächlich nicht belästigt. Das alles habe ich damals gar nicht so richtig mitbekommen.«

»Der Hammer war jedoch, dass du mich über den Begleitservice gebucht hast. Explizit mich gebucht hast. Ich weiß bis heute nicht, wie das geschehen konnte. Vielleicht war das ein Wink des Schicksals.«

Monika lachte kurz auf. »Nein, keineswegs. Ein Kollege, ein guter Freund, mit dem ich sehr offen über alles Mögliche sprechen kann, seit ich in meine Scheidung hineingerutscht bin, der hat dich mir empfohlen. Ganz offenbar hast du ihm einmal einen schönen Abend bereitet, und er hat nur gemeint, dass du die richtige Frau für mich wärst … für gewisse Stunden.« Jetzt strich sie über Katjas Wange. »Nicht nur für gewisse Stunden, wie mir nun scheint.«

»Wie auch immer. Ich war wie vom Donner gerührt, als ich vor deiner Haustür stand. Weißt du, als ich in Wien losfuhr, habe ich mir gar nichts gedacht über meine Kundin. Es war zwar ein wenig ungewöhnlich, dass gerade ich von einer Frau gebucht worden bin, dafür haben wir üblicherweise zwei Kolleginnen, die das viel öfter, na ja, viel öfter ist vielleicht übertrieben, aber eben doch ein wenig öfter machen als ich. Nicht einmal beim Namen der kleinen Ortschaft hat es bei mir geläutet. Auch nicht, als mich das Navi zielsicher in die Richtung deiner Gasse geführt hat. Erst als ich unmittelbar in der Gasse, dann unmittelbar vor deinem Haus gewesen bin und es eigentlich kein Irrtum mehr sein konnte, da war die Verblüffung riesig. Erst wollte ich gleich umdrehen. Dann aber war da eine Neugierde, ob du es wirklich wärst, die mich da ins Haus bestellt hatte. Du hast ja eine Ewigkeit lang nicht aufgemacht. Beinahe hätte mich der Mut verlassen.«

»Dich hätte beinahe der Mut verlassen? Mich hätte beinahe der Mut verlassen! Ich stand im Haus, vor der Haustür, konnte dich durch die kleinen in der Tür eingelassenen Gläser sehen und habe erst aufgemacht, als du dich umgewandt hast und offenbar gehen wolltest. Da habe ich mich zusammengerissen und geöffnet.«

»Gott sei Dank.«

Monika stutzte kurz. »Ja, Gott sei Dank«, pflichtete sie dann bei.

»Noch niemand zuvor – und du warst bei Gott nicht eine meiner ersten Kunden oder Kundinnen in meiner Callgirlkarriere –, also niemand zuvor hat da jemals für mich irgendetwas gekocht. Nicht, dass ich irgendwann hätte hungern müssen. Aber es war immer irgendetwas eingekauftes, im Restaurant bestelltes oder sonst wie beschafftes Essen, das da kredenzt worden ist. Und dann kommst du mit der herrlichen Suppe und vor allem mit den herrlichen Buchteln daher. Unglaublich war das. Noch dazu waren sie zum Teil mit Powidl gefüllt. Das war dann schon etwas ganz Besonderes.«

»Ja, da habe ich den richtigen Geschmack getroffen.«

»Hast du. Doch das war ja nur die Beilage, Monika. Das Ärgste, wenn man so sagen kann, war aber, dass du dich mir dann mit so einer Natürlichkeit, will nicht sagen, so einer Naivität hingegeben hast, die mich beinahe verrückt hat werden lassen. Zum Schluss hast du dann so frei von irgendwelchen Erfahrungen diesbezüglich, aber mit so viel Einfühlungsvermögen die Initiative übernommen, dass ich das erste Mal in meiner Callgirltätigkeit die Kontrolle über mich verloren habe.«

»Ja? War das so?«

»Es war so. So und nicht anders. Es ist nicht so, dass ich sonst völlig unterkühlt bleibe, wenn ich mit Männern oder Frauen schlafe, doch ich komme nicht so leicht zu einem Orgasmus. Und wenn mich einmal einer hinwegfegt, dann bin ich innerhalb weniger Minuten wieder ganz Chefin des Geschehens. Das ist mir unglaublich wichtig. Bei dir allerdings habe ich all meine Routine, meine Vorsätze, meine selbst aufgestellten Regeln über Bord geworfen.« Katja schaute Monika versonnen an. »Wie macht man das, dass Buchteln so luftig werden?«

Monika hob kurz ihren Kopf, hielt Katjas Hand fest auf ihrer Brust. »Du erinnerst dich also nicht nur an unser Abenteuer im Bett, sondern auch an die Buchteln?«

»An alles. Ich kann alles wie im Film vor mir ablaufen lassen. Schon hundertmal hab ich das gemacht.«

»Wirklich, schon hundertmal? Katja!«

»Ja, immer wenn es mir nicht so gut gegangen ist, dann habe ich mir sozusagen den Film abgerufen. Das hat eigentlich immer geholfen. Bloß in den letzten Wochen hier im Sanatorium hat die Wirkung nachgelassen.« Sie seufzte.

Monika war plötzlich völlig aus dem Häuschen. Was tat sich da vor ihr auf? Nun nahm sie Katjas Hand fest in ihre und setzte sich auf. Tränen liefen in Strömen über ihre Wangen. »Was erzählst du mir da? Wir, wir … Katja, wir hätten die ganze Zeit über zusammen sein können. Hättest du mich doch angerufen. Ich habe ein paarmal versucht, dich zu kontaktieren. Immer wurde ich vertröstet.«

»Ich konnte das nicht. Ich hätte es nie gewagt, von mir aus Kontakt zu dir zu suchen.«

Monikas Tränen waren nun versiegt. »Nicht gewagt? Wieso hättest du das nicht gewagt? Ich hätte doch nicht gebissen. Was hat dich denn wirklich abgehalten?«

Katja stöhnte. »Ganz genau kann ich das nicht erklären. Ich gehöre sicher nicht zu den scheuen, zurückhaltenden Menschen auf diesem Planeten, doch wenn es um dich geht, legt sich ein Schalter bei mir um. Du machst aus mir einen unsicheren Teenager, der nicht weiß, wie er sich verhalten soll.« Sie schwieg. Monika nahm sanft Katjas rechte Hand und streichelte sie gedankenverloren. »Erinnerst du dich an unser Abschlussgespräch im Labor«, fuhr Katja fort, »damals, als du so unvermutet ein weiteres Mal in mein Leben getreten bist? Für mich warst du völlig unerreichbar, das hat mich so verunsichert, ich wusste gar nicht, was ich sagen sollte.«

»Das Abschlussgespräch im Labor … Natürlich kann ich mich daran erinnern. Wie sollte ich das auch vergessen können. Es verlief so enttäuschend.«

»Du warst enttäuscht? Enttäuscht, du? O Gott, hätte ich das damals gewusst. Ich habe anschließend an das Gespräch beinahe eine Stunde lang geweint, weil ich … weil ich so enttäuscht war. Ich hatte dich doch zu mir kommen lassen, um irgendwie mit dir in Kontakt bleiben zu können. Ich wollte dich nicht aus den Augen verlieren. Einen Weg, mit dir zusammen sein zu können, den wollte ich finden. Mir ist nur leider gar nichts eingefallen. Und von dir sind in diese Richtung keine Signale gekommen. Da habe ich dann beschlossen, mich ganz von dir fernzuhalten.«

Eine Träne bahnte sich ihren Weg über Monikas Wange. »Es gibt also gar keine Routineabschlussgespräche in eurem Labor?«

»Nein. Wozu denn auch? Wenn es etwas zu besprechen gibt, dann tun wir das jederzeit, sonst werden die schriftlichen Befunde übergeben oder an die behandelnden Ärzte gesandt. So läuft es. Das Gespräch mit dir hatte mit Medizin nichts zu tun, zumindest hätte es damit nichts zu tun haben sollen. Es ist ja völlig falsch gelaufen, ich habe einfach nicht die richtigen Worte gefunden. Ich hätte mich damals schon dafür ohrfeigen können. Ehrlich.«

Monika strich Katja langsam übers Haar, ließ die Hand in ihren Nacken gleiten und massierte diesen gedankenverloren. »Was ist es, besser gesagt, was war es, das dich von mir ferngehalten hat, das dich so unsicher gemacht hat?«

»Es gibt sicher mehrere Gründe, zwei Hauptgründe habe ich aber schon herausgefunden.«

»Und die wären?« Jetzt war Monika neugierig geworden.

»Der erste Grund ist sicher, dass ich eine Nutte bin. Monika, ich bin ein Callgirl, eine Hure, eine Prostituierte, eine Nutte eben. Und Nutten bauen keine Beziehungen zu Kunden oder Kundinnen auf. Das wollen die nämlich ganz sicher nicht. Neunundneunzig Prozent wollen das nicht. Ich bin eine Nutte, Monika.« Katja sah Monika verunsichert an, die nun ihre Massage von Katjas Nacken verstärkt hatte.

»Ich weiß, was eine Nutte, Prostituierte, Hure, wie auch immer, ist. Und ich weiß auch, dass du eine Nutte bist. Das hast du mir auch schon oft genug gesagt.«

»Siehst du …«

»Lass mich ausreden, Katja! Ich weiß das alles. Ich habe dich nämlich als Nutte zu mir bestellt. Hast du das vergessen? Hast du vergessen, wie alles begonnen hat? Wer im Begleitservice angerufen und explizit nach dir gefragt hat? Ich war das. Ich war das. Ich war die Freierin, die dich geordert hat. Ich bin eine Frau, die zu Nutten geht, die sich Nutten bestellt, Huren, Callgirls, Prostituierte. Katja, ich gehöre zur seltenen Spezies von Frauen, die mit einer Hure geschlafen hat.«

»Ja, aber …«

»Ich bin noch nicht fertig! Ich war das, Katja. Ich habe für Sex bezahlt. Nur einmal, das gebe ich zu. Aber ich hätte es noch hundert Mal gemacht, wenn es darum gegangen wäre, dich wieder sehen, hören, fühlen und riechen zu können, mit dir wieder plaudern und gemeinsam essen zu können. Carmen hat mir öfters angeboten, doch mit einer Kollegin von dir, einer sehr netten, wie sie immer betont hat, einen Abend zu verbringen. Aber das konnte und wollte ich nicht.«

»Heißt das …«

»Genau das heißt es. Es heißt, dass ich schon beim ersten Zusammensein mit dir nicht mehr die Nutte, das Callgirl, die Hure oder Prostituierte in dir gesehen habe, sondern Katja, so wie ich dich jetzt bei mir habe. Katja, die so viel Zärtlichkeit zu vergeben hat und so viel Nähe und so viel Liebe. Ich spüre das, ich kann das sehen. Ich kann das sehen, das waren deine Worte, als du mir ein wunderbares Kompliment gemacht hast, das ist erst ein paar Stunden her.«

»Du hast eine schöne Seele …«

»Ja, das waren deine Worte. Für mich, Katja, ist deine Seele genauso schön, nein, noch viel schöner als meine, auch wenn du als Nutte, Callgirl etc., ich will das nun nicht mehr alles immer aufzählen, gearbeitet hast oder auch wieder arbeiten wirst. Hast du mich verstanden?«

»Ich habe schon mit vielen Männern und einigen Frauen geschlafen.«

»Und ich habe, nachdem wir beide uns schon kennengelernt hatten, versucht, eine Beziehung zu einer anderen, irgendeiner anderen Frau aufzubauen, war schon mit einem Mann verheiratet und hatte beim Geschlechtsverkehr mit ihm regelmäßig einen Orgasmus, zumindest am Anfang der Beziehung.«

»Da besteht aber schon ein Unterschied zwischen deinen und meinen Beziehungen.«

»Ich will damit auch nur sagen, dass ich keine naive Jungfrau bin. Ich weiß, wer du bist, Katja. Es ist kein Geheimnis für mich.«

Katja fasste nun Monika an der Hüfte und warf sie herum. »O Gott, wie wird das mit uns nur weitergehen?«

Am darauffolgenden Morgen wurde Katja von Monika sanft geweckt. Sie brachte ihr eine Tasse Kaffee ans Bett, und dessen wunderbarer Duft war es dann, der Katja tatsächlich munter werden ließ. Sie streckte sich, die Decke glitt nach unten und ließ ihre Brüste hervorschauen. Monika war das nicht entgangen, und sie konnte nicht umhin, die Brustwarzen sanft mit der Spitze ihres Zeigefingers zu berühren. Katja sog scharf die Luft ein, warf die Decke nun ganz zur Seite und lag dann nackt auf dem Rücken da. Daran konnte man einfach nicht vorbeisehen.

»Guten Morgen, liebe Katja, ich habe dir einen heißen Kaffee gebracht. Möchtest du sonst noch etwas?« Monikas Zeigefinger umkreiste Katjas Brustwarze.

»Guten Morgen, Liebling. Was für eine Art, mich aufzuwecken! Was für ein Frühstück! Komm, lass dich küssen.« Sie erhob sich rasch, erwischte Monikas Mund flüchtig mit ihren Lippen und beugte sich dann über den Kaffee, den Monika am Nachtkästchen abgestellt hatte. »Herrlich!« Sie nippte vorsichtig an der Tasse, stellte sie wieder ab und ließ sich auf den Rücken fallen.

»Wann musst du im Sanatorium sein?«

»Um halb zehn. Wie spät ist es denn jetzt?«

»O Gott, ich dachte, du musst so um acht dort sein. Jetzt ist es erst halb sieben. Entschuldige, dass ich dich so früh geweckt habe.«

Katja lächelte bloß, zog Monikas Hand wieder auf ihre Brust, die dort gleich wusste, was von ihr erwartet wurde. »Von mir aus hättest du mich auch bereits um sechs wecken können. Ich denke, es wird uns nicht langweilig werden, bis ich gehen muss.«

So war es dann auch. Beinahe wäre Katja sogar zu spät aus dem Haus gekommen. Nur schwer hatte sie sich trennen können, wusste sie doch, dass sie sich erst am Abend wiedersehen würden. Sie hatten ausgemacht, dass Monika etwas kochen würde. Mit dem gemeinsamen Abendessen zu Hause würden sie den anstrengenden Tag ausklingen lassen.

Auf dem Weg zur Reha fiel Katja das erste Mal ein Juweliergeschäft auf, das gar nicht weit vom Sanatorium gelegen war. Trotz Eile blickte Katja kurz in die Auslage, und sogleich fielen ihr Sammelarmbänder ins Auge, die sie das erste Mal bei Carmen bemerkt hatte, die gleich drei davon trug und die sie immer wieder anders gestaltete. An Katja selbst war diese Art von Schmuck bisher völlig vorübergegangen. Wem hätte sie so etwas auch schenken können? Dergleichen war doch nur Schmuck für jemanden, dem man immer wieder einmal etwas zukommen lassen wollte. Und da war bislang nun auch wirklich niemand gewesen, den Katja in so einer Form hätte beschenken können oder wollen. Das wurde ihr plötzlich ganz schmerzhaft bewusst. Und gleichzeitig wusste sie, dass sie am Nachmittag in der kurzen Pause, die sich zwischen den Schwimmübungen und den Bewegungsübungen mit Clara ergeben würde, hier im Geschäft Geschenke besorgen würde. Nun kam ihr Clara in den Sinn. Ihre Übungen mit der geheimnisvollen Clara, der kleinen zarten, scheuen Blonden, die im Dienst immer Strumpfhalter trug, mit ihren kaum fünfundzwanzig Jahren, das hatte Katja am ersten Tag bemerkt, seither immer darauf geachtet und war nie »enttäuscht« worden. Eigentlich wollte sie Clara schon darauf ansprechen, hatte es dann aber immer sein lassen, heute würde sie es aber sicher tun. Und sie würde ihr ein kleines Geschenk vom Juwelier mitbringen. Darauf hatte sie nun plötzlich Lust.

Die Verkäuferin im Juweliergeschäft war sicher bereits weit über sechzig gewesen. Grauhaarig, ein wenig gebeugt, aber voller Elan, mit funkelnden Augen und trotz des Alters irgendwie modern wirkend, wie es Katja schien. Sie wusste alles über den Sammelschmuck zu erzählen, was es diesbezüglich zu erzählen gab, und dann präsentierte sie Katja die zahllosen Einzelstücke, die wohl aufgereiht auf Samttabletts zu bestaunen waren. Katja entschied sich, für Monika und für sich selbst ein Silberband mit Goldschließe und jeweils ein goldenes Herz zu besorgen, als Einstieg, wie es Katja in den Sinn kam. Am Abend würde sie es Monika überreichen. Für Clara hatte sie ein violettes Lederarmband ausgesucht, mit Silberschließe und mit zwei Anhängern, einer davon ein stilisiertes Korsett, der zweite eine Katze. Irgendwann hatte Clara davon gesprochen, dass ihre Katze ihr Ein und Alles wäre. Und so hatte sie sich ganz rasch für Claras Geschenk entscheiden können, warum, wusste sie sich selbst nicht zu erklären.

Clara wartete bereits auf sie. Das war bis zu diesem Zeitpunkt ganz selten vorgekommen. Üblicherweise war es Katja, die die eine oder andere Minute Geduld haben musste. An diesem Nachmittag allerdings saß die junge Blondine bereits auf ihrem Sessel, den Blick irgendwie weit in die Ferne gerichtet. Sie hatte eine Dose Bitter Lemon in der Hand und saugte genüsslich am Strohhalm. Das Arbeitskleid war ein wenig hochgerutscht, doch vom Abschluss der Strümpfe war nichts zu erspähen, hingegen zeichneten sich die Strumpfhalter deutlich am Oberschenkel ab. Heute waren es offenbar ganz breite. Dass es hier Unterschiede gab, war Katja auch nicht entgangen.

Katja begrüßte Clara und hielt ihr gleich das kleine Päckchen vor die Augen.

»Hallo Clara, ich habe hier ein kleines Geschenk für Sie. Ich hoffe, es gefällt Ihnen. Wenn nicht, können Sie es natürlich gerne weitergeben.«

Clara blickte sie erstaunt an. »Womit habe ich das denn verdient?«

»Sie arbeiten so mit Herz, das musste einmal belohnt werden, und außerdem war mir heute einfach danach, Sie zu beschenken.«

Während der wenigen Worte hatte Clara das Päckchen schon geöffnet und hielt das Armband in der Hand. »Das ist ja wunderschön! Meine Güte, was haben Sie denn da für mich ausgesucht!« Eine tiefe Röte durchzog ihr Gesicht. »Eine Katze und ein Korsett! Woher wussten Sie das?« Ihre Röte vertiefte sich zusehends. »Die elfte Regel.«

Katja verstand gar nichts. »Wie, die elfte Regel? Was soll das bedeuten? Mir sagt das gar nichts.«

»Entschuldigen Sie. Das können Sie ja nicht wissen. Darf ich es Ihnen zeigen?«

»Was denn? Was soll ich denn ansehen?«

Clara hatte sich erhoben, öffnete das durchgeknöpfte Arbeitskleid für einen kurzen Augenblick ein klein wenig. Die tiefe Röte war verschwunden, ein schelmisches Lächeln erhellte nun ihr Gesicht. »Verzeihen Sie, dass ich das so mache, dass ich mich vor Ihnen entblöße, aber … aber …«

Katja starrte ungläubig auf die Frau vor ihr. Der oberste Saum eines weißen Seidenkorsetts war zum Vorschein gekommen. Katja schluckte, das hatte sie nicht geahnt, als sie die Schmuckstücke ausgesucht hatte. »Wunderschön, es ist wunderschön, Clara. Aber was … was ist die elfte Regel?

Aus Claras Gesicht strahlte nun ungemeine Freude. »Ich lebe nach Regeln, die mir meine Freundin«, sie griff jetzt nach dem Armband und streichelte die kleine Katze, »also meine Katze, so nenne ich sie, mir so auferlegt. Das ist ein Spiel, das wir seit langer Zeit pflegen. Es … es …«

Katja hob die Brauen, als Claras Stimme erstarb. »Ja? Erzählen Sie bitte. Es interessiert mich, wie Sie leben. Sie sind so geheimnisvoll. Lassen Sie mich ein wenig in Ihre Welt blicken. Natürlich nur, wenn Sie das auch wollen«, setzte sie rasch nach.

Claras Finger glitt über das Armband und dann immer wieder zwischen der Katze und dem Korsett hin und her. »Es ist eben ein Spiel, uns macht es jedenfalls Spaß. Dabei unterliege ich einigen Regeln. Die elfte Regel besagt jedenfalls zurzeit, dass ich im Alltag immer ein Korsett zu tragen habe, wenn es die Umstände erlauben.«

Katja war völlig fassungslos. Das hatte sie hier an diesem Ort, der irgendwie Biederkeit pur für sie darstellte, niemals erwartet. Eine junge Frau, die, wenn man es genau nahm, doch eine etwas seltsame Beziehung zu ihrer Freundin pflegte. »Sind Sie eine Sklavin?«, entfuhr es Katja. »Entschuldigen Sie, wenn ich so direkt frage, aber ich habe nicht damit gerechnet, hier eine Frau kennenzulernen, die ein Leben nach auferlegten Regeln, nach ungewöhnlichen Regeln lebt.«

Clara lachte laut auf. »Aber nein! Ich bin keine Sklavin. Es ist ein Spiel, und das soll es auch bleiben. Und wir machen das mit Freude. Immer. Ich weiß nicht, ob Sie das als heterosexuelle Frau nachvollziehen können.« Sie zuckte kurz mit den Achseln und sah Katja ein wenig unsicher an. »Ich weiß nicht, ob man das überhaupt verstehen kann, aber wir zwei sind eben so.«

Katja gluckste kurz. »Sie führen … äh, wie soll ich das sagen, Sie führen schon ein ungewöhnliches, man kann sagen, geheimnisvolles Leben.« Katja sah auf die nun wieder lachende junge Dame. Sie strahlte pure Fröhlichkeit aus.

»Ich führe kein geheimnisvolles Leben. Ich mache kein Hehl daraus, wie ich lebe. Ich lasse es bloß auch nicht so heraushängen wie etwa ein Exhibitionist.«

Katja nickte nahezu unmerklich. »Ich will Ihnen jetzt auch etwas sagen.« Katja richtete sich auf. »Würden Sie vermuten, wenn Sie mich so sehen, dass sich hinter der Laborärztin, welche ich ja bin, ein Callgirl verbirgt? Nein, nicht verbirgt, ich verberge es nicht. Ich trage es bloß nicht herum wie eine Werbetafel. Ich bin ein Callgirl, und das für mein Leben gern. Schon seit Jahren. Und von heterosexuell kann man in meinem Fall auch nicht wirklich sprechen.« Sie blickte Clara fragend an. »Überraschung?«

Claras Lachen verwandelte sich in pures Staunen. »Wow! Überraschung pur. Was heißt Überraschung? Nicht im Traum hätte ich daran gedacht. Und was genau hat Sie jetzt dazu bewegt, mir das zu erzählen?«

»Ach, Sie haben sich mir immer so geheimnisvoll präsentiert, zumindest war das mein Eindruck. Und nun waren Sie so offen zu mir, da wollte ich einfach nicht zurückstehen.«

»Entschuldigen Sie.«

Katja hatte Claras Hand genommen und lächelte sie breit an. »Da gibt es nichts zu entschuldigen. Ich habe ja schließlich meinen Teil dazu beigetragen. Sie sind eine wunderbare junge Frau, das ist mir gleich aufgefallen, als ich Sie das erste Mal gesehen habe. Bleiben Sie so, wie Sie sind. Ihre Katze ist wirklich zu beneiden.«

Eine tiefe Röte überzog nun wieder Claras Gesicht. »Sollten wir nicht mit der Therapie weitermachen?«

»Das ist eine gute Idee. Arbeiten wir weiter.«

Katja schlüpfte aus der Jacke ihres Trainingsanzugs, und auch Clara hatte bald den letzten Knopf ihres Kleides geschlossen. Bevor sie jedoch mit der Arbeit begann, legte sie sich das Armband um, beugte sich blitzschnell zu Katja, hauchte ihr ein Küsschen auf die Wange und flüsterte »Danke!« in ihr Ohr.

Monika hatte das Geschirr aus der Küche ins Esszimmer getragen, während Katja eine Flasche Rotwein öffnete. Die Gläser waren gefüllt, als Monika mit Salz und Pfeffer ins Zimmer kam und Platz nahm. Auf dem Tisch lag ein schön gestaltetes Päckchen.

»Für mich?« Monika sah Katja fragend an, griff aber bereits danach und bestaunte erst einmal das kunstvolle Äußere. »Was ist da drinnen? Katja, was hast du mitgebracht?«

»Eine Kleinigkeit, aber sie kommt von Herzen. Ich denke, du könntest Freude damit haben. Mach doch auf, dann siehst du, was es ist.«

Monika ließ sich nicht zweimal bitten und hielt das Armband auch schon in Händen. »Danke, Katja, das ist wunderschön. Ich kenne solche Bänder, man kann sie vielfältig gestalten, mehr oder weniger mit Anhängern oder sonstigem Zubehör ergänzen. Es erinnert mich an ein Bettelarmband, wie ich es als Kind hatte. Das ist leider verloren gegangen. Irgendwann war es weg, ich habe bittere Tränen geweint, als ich es bemerkt habe.«

»Es gefällt dir also?«

»Das Band ist wunderschön, und das Herz … das Herz, ich weiß gar nicht, was ich dazu sagen soll. Du solltest auch so eines haben.«

Ein zartes Lächeln huschte über Katjas Gesicht. »Hab ich schon. Ich habe für uns beide das Gleiche besorgt. Ich wollte einfach etwas haben, das du auch besitzt, eine schöne Gemeinsamkeit mit dir.« Sie holte ein kleines Seidensäckchen aus ihrer Handtasche, öffnete es und ließ ihr Armband herausgleiten. »Voilà! Das gleiche Band.«

Blitzschnell hatte es Monika in die Hand genommen. »Komm, gib mir deinen Arm, lass es mich dir anlegen.« Schon war die Schließe mit einem kurzen Knacken eingerastet. »So, das war's.« Sie schaute kurz auf und sah Katja mit hochgezogener Augenbraue an. »Wie sollen wir die beiden Bänder auseinanderhalten?«

»Gar nicht. Meines ist deines und deines ist meines.« Katja beugte sich vor und küsste Monika sanft auf den Mund.

»Siehst du das so?«, hauchte Monika.

»Genau so.« Katja war aufgestanden, um sich gleich wieder auf Monikas Schoß niederzulassen. Sie legte ihre Arme auf Monikas Schultern und blickte sie zärtlich an.

»Was ist?«

»Ja, was ist? Das ist die Frage. Monika, was ist zwischen uns beiden? Hast du dich das eigentlich schon einmal gefragt?«

»Vor dieser Frage, lach mich bitte nicht aus, Liebes, habe ich immer noch ein wenig Scheu, doch die Antwort kenne ich ganz genau.«

Katja drückte ihre Arme fester auf Monikas Schultern. »Das musst du mir jetzt aber erklären, so einfach ist das für mich nicht zu verstehen.«

»Wie soll ich dir das jetzt in kurzen Worten sagen?« Sie sah Katja tief in die Augen, beugte sich eine Handbreit weit nach vorne. »Doch, ich kann das.« Noch eine Handbreit weiter nach vorne gebeugt, sprach sie es dann aus, tonlos und kaum zu hören: »Die Antwort ist: Ich liebe dich. Katja, ich liebe dich.«

Katjas Herz pochte, Freude machte sich in ihr breit, doch in die Brust und in den Bauch schlich sich ein dumpfer Schmerz. So lange in ihrem Leben hatte es gedauert, dass ihr jemand diese Worte ehrlich und ganz sicher ohne Hintergedanken gesagt hatte. Sehr schmerzlich wurde ihr dies bewusst. Tränen bahnten sich ihren Weg über die Wangen. »Und ich liebe dich, Monika. So sehr. Seit dem ersten Augenblick, in dem ich dich bewusst wahrgenommen habe. Das weiß ich jetzt ganz genau. Jetzt weiß ich es.«

»Meine Katja, mein Liebling, komm in meine Arme.«

Katja umarmte Monika und weinte bitterlich. Monika strich ihr sanft über den Rücken, ließ sie einfach weinen, ließ auch einige Tränen über ihre eigenen Wangen kullern und war so glücklich wie nie zuvor.

»Monika, glaubst du mir, wenn ich dir sage, dass du meine erste große Liebe bist?«

Monika löste sich aus der Umarmung und sah Katja erstaunt an. Diese wischte sich eben mit dem Handrücken die letzten Tränen von den Wangen.

»Ja? Wie meinst du das?«

»Wie ich es sage. Niemals hatte ich als Teenager einen Freund und schon gar kein Mädchen, dem ich irgendwelche Liebesschwüre zuflüstern hätte können oder die sie mir zugeflüstert hätten. Nicht, dass mir Jungs nicht nachgelaufen wären, nein, aber ich habe immer alles abgeblockt. Und im Studium habe ich bald angefangen, als Callgirl zu arbeiten.«

»Hattest du während der Studentenzeit etwa keine Affären?«

Katja lachte auf. »Doch, doch. Ich hatte sogar reichlich Affären. Aber schon als Callgirl. Nur eine richtige Beziehung, so mit Händchenhalten und allem Drum und Dran, das war nie drin.« Sie fixierte Monika mit dem Blick. »Nie.«

»Meine Güte, Katja, da müssen wir ja einiges nachholen. Das ist die schönste Aufgabe, die sich mir seit Jahren stellt.«

»Findest du das nicht schlimm?«

»Was soll daran schlimm sein? Soll es schlimm sein, dass du noch nie eine richtige Beziehung hattest?« Sie stupste mit dem Zeigefinger ganz leicht auf Katjas Nasenspitze. »Ich hatte auch noch nie eine richtige Beziehung, die mit Männern kann ich nämlich nicht mehr zu den richtigen zählen.«

»Aber du hattest sicher schon viele Momente, in denen du Schmetterlinge im Bauch hattest, oder? Hast öfter nur schlecht schlafen können, weil du nicht wusstest, ob dein Angebeteter dich wohl auch mögen würde. Ist es nicht so?«

Monika blickte in die Ferne und lächelte. »Ja, ja, manchmal war das so. Aber in Wirklichkeit war ich nie besonders aus auf Beziehungen. Wenn ich so zurückdenke, war es eher so, dass ich mich an meine Freundinnen angehängt habe, die männermordend, ja, so kann man das bezeichnen, durch die Gegend gezogen sind. Und vielleicht hat mir damals meine Zurückhaltung den einen oder anderen netten Verehrer beschert.«

»Ha! Deine Zurückhaltung. Die sicher nicht. Glaub mir, Monika, bei dir war das sicher deine Schönheit, die dir ja offenbar selbst gar nicht so bewusst ist, und deine unglaublich liebe Art, die du hast, die ja unvergleichlich …«

»Du siehst mich ja nur durch die rosarote Brille, Katja!« Monika hatte Katja unterbrochen und küsste sie nun sanft, und die Unterbrechung war Katja jetzt gar nicht unangenehm.

Trrrrrr… Das penetrant laute Geräusch einer Eieruhr ließ beide Frauen in die Höhe fahren.

»O Gott, ich muss in die Küche, die Lasagne müsste fertig sein, und ich hab noch nicht einmal den Salat dazu hergerichtet, und der Käse ist auch nicht gerieben!«

»Na, dann ans Werk!« Katja packte Monika am Arm, zog sie mit sich fort, nicht ohne ihr vorher noch einen Kuss auf die Wange gedrückt zu haben.

Nachdem sie sich die vorzüglich gelungene Lasagne hatten schmecken lassen und beinahe eine ganze Flasche eines ausgezeichneten burgenländischen Rotweins geleert war, blieben sie einfach am Esstisch sitzen und plauderten miteinander. Monika erzählte von ihrer Arbeit, die zurzeit eher mühsame Detailarbeit als kreatives Werken war und viel Geduld erforderte. Und sie erwähnte auch, dass sie in den kommenden Tagen doch einmal ins Büro würde fahren müssen. Ein paar dringende Besprechungen mit ihrem Bruder ließen sich nicht so einfach am Telefon durchführen, da müssten sie schon gemeinsam in die Unterlagen sehen können.

»Musst du wirklich fahren?« Katja war die Frage herausgerutscht, und schon in diesem Augenblick kam ihr in den Sinn, dass das wie die Frage eines kleinen Kindes klang, dessen Mutter es vor eine vollendete Tatsache stellte.

Und genau so war dies bei Monika angekommen, die ein verliebtes Lächeln über den Tisch sandte. »Natürlich müsste das nicht sein. In Wahrheit ist es völlig überflüssig, aber mein Bruder ist bei jedem Telefonat, das wir heute geführt haben, immer unrunder geworden, und ich musste mir anhören, dass ich bezahlten Urlaub mache, mich vor allem im Büro drücke und überhaupt nicht mehr bei der Sache sei.« Sie schüttelte den Kopf. »Wenn der wüsste, wie viel ich heute gearbeitet habe, was ich alles fertig gebracht habe, bloß, mein Brüderlein scheint ein wenig den Boden unter den Füßen zu verlieren und nicht mehr ganz genau erkennen können, was echte Arbeit wirklich bedeutet, so abgehoben, wie er in der letzten Zeit ist.« Wieder folgte ein Kopfschütteln, und dann ließ sich ein tiefer Seufzer vernehmen. Monika wandte den Blick zu Katja. »Ich verspreche, so bald wie möglich wieder hier zu sein.«

»Entschuldige, ich möchte keinen Druck auf dich ausüben, es ist nur so …«

»… dass du es gern hast, wenn ich hier bin«, beendete Monika den Satz, »und ich bin froh, wenn ich bei dir sein kann.« Sie beugte sich vor. »Mein Gott, ich liebe dich, Katja, ich liebe dich so sehr.«

Katja hatte sich nun auch vorgebeugt, hatte Monikas Hand ergriffen und flüsterte: »Ich liebe dich, meine Monika, ich hab dich ganz lieb.«

Stille breitete sich im Raum aus. Monika schenkte den letzten Rest vom Rotwein ein, und nochmals ließen sie die Gläser klingen.

»Auf uns!«

»Auf uns!«

»Und nun erzähl du, Katja, wie war dein Tag?«

»Bis auf eine Ausnahme ohne wesentliche Besonderheiten.«

»Eine Ausnahme?«

»Ja, das muss ich dir erzählen. Begonnen hat das Ganze beim Juwelier, als ich unsere Bänder gekauft habe, da habe ich spontan beschlossen, einer meiner Therapeutinnen, der geheimnisvollen Clara, ein Präsent mitzubringen. Ein Silberarmband mit zwei Anhängern, einem Korsett und einer Katze.«

»Wieso gerade ein Korsett und eine Katze?« Monika war neugierig geworden und lauschte nun interessiert der ganzen Geschichte.

Katja ließ kein Detail aus, und am Ende ihrer Schilderung merkte sie an: »Als sie mir da so von ihrem seltsamen Spiel berichtet hat, habe ich ihr erzählt, dass ich als Callgirl arbeite.«

»Du hast was?« Monika war wie vom Donner gerührt. »Du hast ihr gestanden, dass du als Callgirl tätig bist?« Für den Bruchteil einer Sekunde stieg ein Gefühl der Verständnislosigkeit in ihr auf, das aber sogleich wieder verschwand und einer unbändigen Neugier Platz machte. »Erzähl weiter!«

»Sie war völlig perplex. So kann man das sagen. Mehr nicht. Und anschließend haben wir die Therapie fortgesetzt. Das war es schon.«

»Das war es schon! Wie kann man bloß in solche Situationen geraten? Mir würde so etwas sicher nie passieren.« Monika machte eine kurze Pause. »Ich finde die Geschichte unglaublich und auch ein wenig erregend.«

Jetzt warf Katja ihren Kopf zurück und blickte Monika erstaunt an. Plötzlich kam ihr in den Sinn, dass Monika auf den Bericht auch ganz anders hätte reagieren können. Doch ihre Reaktion war eine völlig unerwartete. »Was erregt dich da jetzt genau?«

»Eigentlich alles. Diese Clara dürfte eine sehr erotisch wirkende junge Frau sein, euer kleines gemeinsames Erlebnis finde ich sehr anregend, wie gesagt, ich würde so etwas nie erleben, in hundert Jahren nicht.«

»Findest du das schlimm? Bist du eifersüchtig?«

»Schlimm? Nein, gar nicht. Eifersüchtig? Auch nicht. Na ja, vielleicht, aber bloß ein klein wenig, und auch nur darauf, dass ich nicht dabei sein konnte … Meine Güte, welche Seiten entdecke ich da nur selbst an mir?«

»Könntest du auch nach Regeln leben, die ich dir auferlege?«

»Du meinst, ich sollte jeden Tag ein Korsett tragen?« Monika wiegte gedankenverloren ihren Kopf. »Ich weiß nicht. Sicher könnte ich das nur, wenn du im Gegenzug dazu auch Regeln einhalten müsstest, die ich dir vorgebe.«

»Ich habe da nicht konkret irgendetwas im Sinn, auch wenn die Vorstellung, dich in einem so schönen Korsett, wie es Clara heute getragen hat, zu sehen, schon etwas für sich hat.« Katja schmunzelte und wusste bereits, wo sie Monika so ein Teil nach Maß schneidern lassen würde. Eine entfernte Cousine von ihr, Theresa, war Korsettmacherin und bekannt für ihre wunderschönen Kreationen.

»Das würde dir gefallen?«

»Sehr.«

»Dann wird sich das wohl eines Tages machen lassen.«

»Du würdest ein Korsett tragen, wenn ich mir das von dir wünschen würde?« Katja hob fragend ihre Augenbraue und sah Monika herausfordernd an.

»Ich würde viel machen, wenn du dir das von mir wünschen würdest. Und in ein schönes Korsett geschnürt zu sein, für einen Tag oder einen Abend eine Wespentaille zu haben, so ab und zu, das wäre sicher nicht nur für dich ein toller Anblick, sondern auch für mich eine durchaus reizvolle Vorstellung. Ich fand feminine Kleidung und Wäsche schon immer attraktiv. Ich trage so etwas gerne.«

»Bist du schon einmal geschnürt gewesen?«

»In ein Korsett oder sonst wie? Wie meinst du das?«

»Na, in erster Linie meine ich schon ein Korsett. Was hast du denn im Sinn?«

»Fesseln.« Monika hatte dies ganz nonchalant von sich gegeben.

Katjas Staunen war nun noch größer geworden. »Hm, ich glaube, wir haben noch vieles an uns zu erforschen. Da tun sich ja Dinge auf, die ich nicht für möglich gehalten hätte.«

»Ja, sicher. Wir kennen einander auch noch nicht so lange. Vergiss das nicht. Und ein paar Geheimnisse werden, besser gesagt, sollten möglicherweise zwischen uns auch bleiben, das ist ganz wichtig. Ein ganz offenes Buch ist langweilig, und Langeweile ist einer Liebesbeziehung nicht unbedingt förderlich.«

»Warst du schon einmal gefesselt oder in einem Korsett eingeschnürt? Das möchte ich jetzt schon konkret von dir wissen«, fragte Katja erneut.

»Weder noch. Aber die Vorstellung ist erregend.« Monika blickte ihre Geliebte ein wenig fragend an. »Ist das jetzt schlimm für dich?«

»Nein, gar nicht. Ich habe auch so meine Fantasien.«

»Von denen musst du mir erzählen. Du musst doch bereits einiges erlebt haben bei deiner Tätigkeit als Callgirl.«

»Weniger abgefahrene Dinge, als du vielleicht denken magst. Meistens beschränken sich die Wünsche auf ganz banale Dinge: gewöhnlicher Geschlechtsverkehr, Analverkehr, Fellatio. Das sind neunundneunzig Prozent der Wünsche. Der restliche Prozentsatz teilt sich hauptsächlich auf Rollenspiele auf, und nur ganz selten musste ich Dinge tun, die etwas außer der Norm waren. Manchen Männern musste ich einen Katheter legen«, sie lachte laut auf, »die ahnten gar nicht, dass ich das gelernt habe, und manche Kunden und auch Kundinnen wollten gefesselt und dann teilweise mit Nadeln behandelt werden.«

»Das mit den Nadeln ist ja auch dein Metier. Bloß das mit dem Fesseln und Verschnüren, hast du das gelernt, oder hast du das einfach so gemacht?«

»Huh, Monika, das mit dem Einfach-Machen beim Fesseln ist viel zu gefährlich. Nein, das habe ich bei einem Stammkunden gelernt, der mich in allen nur möglichen Varianten verschnürt hat. Ab und zu war auch seine Frau mit einbezogen, die ich dann unter seiner Anleitung fesseln musste.« Sie sah in die Ferne, lächelte. »Weißt du, sie hat immer den Eindruck hinterlassen, dass sie das nur widerwillig über sich ergehen lassen würde, doch der Widerwille war vermutlich bloß gut gespielt.«

»Gibt es etwas, das du immer verweigert hast, wenn man es von dir verlangt hat?«

»Ja, sogar sehr viel. Ich habe strikte Limits, und die überschreite ich niemals. Ich will da nichts Konkretes ausbreiten, vielleicht erzähle ich dir irgendwann einmal davon.«

»Ja, ja, alles zu seiner Zeit.« Monika sah Katja nun fragend an. »Sag, gibt es etwas, das dich besonders reizt? Etwas, von dem du selbst träumst, dir diesen Wunsch aber noch nie erfüllt bzw. dich gar nicht herangewagt hast?« Monika hatte bei dieser Frage durchaus noch an etwas Erotisches gedacht und wurde prompt von Katja überrascht:

»Ja, Fallschirmspringen.« Die Antwort kam wie aus der Pistole geschossen.

»Wie bitte?«

»Du hast schon richtig gehört. Es ist tatsächlich so. Bereits seit meiner Kindheit träume ich vom Fallschirmspringen. Ich bewundere diese Menschen, die sich einfach so waghalsig aus einem Flugzeug werfen. Wann immer ich in Film oder Fernsehen Fallschirmspringer sehe, packt mich die Lust dazu.« Sie runzelte die Stirn. »Leider ist die Angst davor noch größer als das Verlangen danach.«

»Hast du denn schon einmal konkret versucht, das Ganze in die Tat umzusetzen?«

Katja zögerte kurz. »Hast du hier einen Internetzugang? Ich möchte dir etwas zeigen.«

»Komm ins Wohnzimmer auf die Couch. Ich hol den Laptop.«

Eine Viertelstunde später hatten sie das Geschirr abgeräumt, eine zweite Flasche Rotwein geöffnet und sich noch einmal zugeprostet. Monika hatte ihren Laptop hochgefahren und das Internet aktiviert.

»Also?« Monika sah Katja neugierig an. »Los geht's.«

Statt sich zum Computer zu neigen, beugte sich Katja zu Monika, nahm sie in den Arm und küsste sie. Sie ließ dabei ihre Hände über den Körper ihrer Liebsten gleiten, und beide gaben sich den wohligen Berührungen hin. Die Kleidung verhinderte dabei ein weiteres erfolgreiches Vordringen der Hände, sodass Monika aufsprang, sich rasch entkleidete und Katja zurief: »Zieh dich auch aus. So ist es viel bequemer.«

Katja stand langsam auf, öffnete Zippverschlüsse und Knöpfe wie in Zeitlupe, streifte alles ab und ließ endlich ihr Höschen nach unten gleiten. »Ist das so recht? Passt das so, meine Liebe?«

»Perfekt.« Monika deutete auf ihren Schoß. »Komm, setz dich hierher, und dann geht es los mit dem Surfen.«

Doch das Surfen im Internet musste noch warten. Sie küssten einander, schmiegten sich aneinander und liebkosten sich auf das Zärtlichste. Alles begleitet von den heißesten Liebesschwüren, wie sie sonst bloß Teenager über die Lippen bringen. Irgendwann, nach einem kurzen Nippen am Weinglas, setzte sich Katja dann doch an den Laptop, und wenige Augenblicke später hatte sie auf einer Website, die offenbar nur Filme übers Fallschirmspringen anbot und voller Werbung für Kleinflugzeuge, Fallschirme und das nötige Zubehör war, ein Video geladen.

Bevor sie es startete, sah sie Monika fragend an: »Bist du erstaunt, dass ich so eine Website gleich auf Anhieb finde?«

Monika schmunzelte. »Ich bin öfter im Internet unterwegs, habe aber noch nie meine Nase in derartig absonderliche Seiten gesteckt.« Sie zwinkerte Katja zu.

»Na, und wo surfst du so herum im Netz?«

Noch immer schmunzelte Monika ein wenig. »Ich will es einmal so sagen: meist ist es tatsächlich die Architektur, also mein Job, der mich dazu zwingt, im Netz zu surfen. Auf der anderen Seite habe ich mir auch schon ein paar Dinge in der weiten Welt der Erotik angesehen, meistens auf Seiten für lesbische Frauen.«

Katja hob ihre Augenbraue. »So, so, dann wirst du ja hoffentlich nicht über den Inhalt dieses Videos schockiert sein. Ich finde das nämlich seltsamerweise anregend oder sogar erregend, wenn man so will. Jedenfalls wird mir im Bauch sofort ganz kribbelig, wenn ich es sehe, obwohl nicht wirklich irgendetwas Erotisches gezeigt wird.«

»Nun leg schon los. Ich habe so gar keine Ahnung, was mich da jetzt erwartet! Ans Fallschirmspringen habe ich in meinem Leben bisher nicht einen einzigen Gedanken verschwendet.«

»Na, dann mal los.« Katja startete das Video.

Es war ein portugiesisches oder brasilianisches Video, wie an der Sprache zu erkennen war, und mit englischen Untertiteln versehen. Eine hübsche junge Dame wurde von einer zweiten in einem nichtssagenden Hangar in Empfang genommen und kurz über ihre Biografie ausgefragt. Dann wurde sie gefragt, ob ihr klar wäre, dass die Verantwortung für das Kommende bei ihr selbst liegen würde. Sie nickte bloß, und kurz darauf war sie in einer ganz anderen Einstellung zu sehen: eng an einen jungen Mann gebunden, stand sie mit entsetztem Gesichtsausdruck an der Öffnung eines Flugzeuges. Sichtlich in großer Höhe, wie aus einem Schwenk mit der Kamera hervorging.

Und schon sprang der junge Mann in die Tiefe, riss die Dame mit sich, trudelte in die Tiefe, begleitet von einem Schrei des Entsetzens, den die Frau ausstieß.

Katja hatte vor Anspannung den Atem angehalten und ließ ihn nun zischend entweichen. »Was sagst du dazu?« Die Frage war gar nicht an Monika gerichtet gewesen, sie war Katja einfach so herausgerutscht.

Wieder war die Kamera auf die Frau gerichtet. Von Entsetzen war nun keine Spur mehr zu bemerken. Aus ihrem Gesicht sprach vielmehr pure Euphorie. Wieder begann sie zu schreien, doch nicht etwa entsetzt oder angstvoll, sondern voller Lust und Freude. Untermalt von südamerikanischen Rhythmen glitt das Paar im Tandem genussvoll zur Erde.

Katjas Finger fingen den Rhythmus auf und trommelten auf Monikas Unterarm. Erst als die Musik leise verklang und die junge Frau, wieder auf der Erde stehend, den Daumen nach oben gerichtet, ausgeblendet wurde, da fasste sich Katja wieder.

»Siehst du, Monika, davon träume ich seit Jahren. Hunderte Videos habe ich zu dem Thema schon angesehen, doch keines kann mit so einer Musik aufwarten wie dieses. Daher ist es für mich die Nummer eins.«

»Das möchte ich auch unbedingt machen!«

Katja hatte nicht ganz verstanden. »Wie? Die Musik?«

»Doch nicht die Musik! Ich möchte auch so einen Fallschirmsprung erleben. Allerdings möchte ich nicht, dass das gefilmt wird, das wäre mir unangenehm, aber ich möchte, dass du dabei bist.« Sie blickte Katja ernst ins Gesicht und wirkte völlig aufgekratzt. »Wirklich, ich will das machen.«

»Wow! Du bringst mich völlig aus dem Konzept. Da gehe ich schon so lange mit dem Gedanken spazieren, mich einmal so einem Abenteuer hinzugeben, kann mich aber einfach nie dazu aufraffen, und dann siehst du mein Video ein einziges Mal und beschließt, das durchzuziehen. Was geht bloß in dir vor?« Ungläubig starrte Katja ihre Geliebte an.

»Es muss … es muss einfach unglaublich sein, so zu fallen. Findest du nicht? Kannst du dir den Adrenalinkick vorstellen, den man dabei bekommt? Das ist bestimmt so ähnlich wie beim Bungeespringen, bloß viel, viel länger anhaltend.«

»Meine Worte! Ach, Monika, wenn ich nur nicht so viel Angst davor hätte.«

»Und ich wüsste überhaupt nicht, wo ich da hingehen sollte.« Monika hatte einen Blick des Bedauerns aufgesetzt.

»Nun, das sollte nicht das Problem sein. Das Vergnügen eines Sprungs hatte ich selbst zwar noch nicht, doch ich habe eine Bekannte, die uns da bestens weiterhelfen könnte. Bekannte ist vielleicht nicht ganz der richtige Ausdruck, es handelt sich nämlich um meine Zahnärztin. Also, wenn es sein soll, kann ich da eines Tages sicherlich etwas arrangieren. Du musst nur damit rechnen, dass da alles ein wenig ruppig zugeht.«

»Ruf sie an. Ich hätte gerne einen fixen Termin.«

Eine halbe Stunde später hatte Katja alles erledigt. Der Termin für den Fallschirmsprung war fixiert worden: in einundsechzig Tagen, wie Monika bereits ausgerechnet hatte. Es sollte ein Tandemsprung mit dem Ehemann der Zahnärztin werden, der auch die Sprungschule am

Flugfeld Süd, also gar nicht so weit von Monikas Wohnhaus entfernt, leitete.

Katja hatte alles arrangiert, und Monika war nur daneben gesessen und hatte angestrengt versucht, dem Telefonat zu folgen. Als ihr Katja dann alles nochmals darlegte, nickte sie bloß, umarmte Katja, flüsterte ihr ein leises »Danke« ins Ohr und fiel dann über ihre Geliebte her.

Als Katja am nächsten Morgen aufwachte, war das Bett neben ihr leer. Und kalt, wie sie spüren konnte, als sie mit dem Arm tastend darüber fuhr. Ein Blick auf die Uhr bestätigte ihr, dass noch keine Zeit zum Aufstehen war. Ihre Therapiesitzungen am Vormittag begannen an diesem Tag spät, und das Schwimmen zuvor, das sie eingeplant hatte, würde lange genug dauern, wenn sie Monikas Haus erst in eineinhalb Stunden verlassen würde. Sie horchte, ob irgendetwas zu vernehmen wäre. Nichts. Totenstille. Schwungvoll stand sie auf und machte sich auf die Suche nach Monika. *Vielleicht ist sie einkaufen gegangen*, ging es Katja durch den Kopf, doch schon wurde sie Monika gewahr. Diese saß am Zeichentisch und arbeitete. Offenbar ganz konzentriert. Sie hatte Katja überhaupt nicht bemerkt und werkelte eifrig vor sich hin. Katja schlich sich näher heran und konnte nicht umhin, ihre Liebe, ja, so empfand sie es von Minute zu Minute mehr, beim Arbeiten zu beobachten. Monika, wenig sexy mit einem Jogginganzug bekleidet, war flink mit Lineal und Bleistift unterwegs. Immer wieder musste der Radiergummi sein Werk verrichten, und für Sekunden blickte sie auch starr aufs Zeichenbrett, ehe sie wieder ruck, zuck weitermachte. Zwischendurch beugte sie sich hin und wieder zur Seite und arbeitete offenbar freihändig mit dem Stift auf einem anderen Blatt Papier. Katja lächelte. Sie hatte Monika wohl beim kreativen Schaffen beobachtet. Sie überlegte, ob sie sie überhaupt stören sollte, und entschied sich dann dafür, sich doch bemerkbar zu machen. Leise klopfte sie an die offene Tür und erntete dafür ein strahlendes Lächeln.

»Beim Arbeiten erwischt!« Katja war mit wenigen Sprüngen bei Monika. »Ich habe dich schon eine Weile beobachtet. Das wirkt sexy, wenn du so vor dich hin arbeitest.«

»Blödsinn!« Monika lachte, schüttelte den Kopf und deutete auf ihren Anzug: »Gib zu, es sind bloß die engen Latexsachen, die ich trage, die dich so anmachen.«

»Du hast mich wieder mal durchschaut.« Katja hatte sich auf Monikas Schoß fallen lassen und gab ihr einen Gutenmorgenkuss. Dann wanderte ihr Blick auf den Tisch. »Hast du das alles heute gemacht?« Sie deutete mit der Hand auf Handskizzen, Pläne, alles sorgsam aufgelegt. »Was ist das?«

Monika lächelte breit. »Etwas gewaltig Erotisches. Ein Tankstellenzubau.«

»Ich wusste ja schon, dass du pervers bist, aber damit habe ich nun doch nicht gerechnet. Tankstellenzubauten. Igitt!« Katja nahm Monikas Kopf in ihre Hände und küsste sie zärtlich. »Tankstellenzubauten«, flüsterte sie ganz leise, als sie kurz losließ, um gleich wieder in einem Kuss zu versinken.

»Ich gestehe«, seufzte Monika nach einiger Zeit. Sie hatte sich zurückgelehnt und betrachtete Katja.

»So, meine Liebe, jetzt erzähl aber mal wirklich, was du da gemacht hast. Es interessiert mich, wie du arbeitest. Ich konnte das noch nie miterleben. Zeig mir, wie du das angehst.«

»Ich muss in den nächsten Tagen drei Vorschläge für einen Tankstellenumbau vorlegen. Ein Kunde möchte seine gewöhnliche Tankstelle in eine Art Shoppingtempel mit Café und allem Drum und Dran verwandeln. Die drei Vorschläge habe ich alle schon fertig und wollte sie heute wegschicken, doch beim Aufwachen ist mir eine vierte Version, meines Erachtens die beste, in den Sinn gekommen. Und die bringe ich jetzt rasch zu Papier. Eine Stunde habe ich noch zu tun, dann ist alles fertig. Vier Versionen sind besser als drei. Was der Mann dann nimmt, ist mir eigentlich egal. So sehr stehe ich auch wieder nicht auf Tankstellen.«

Katja blickte Monika ungläubig an. »Du denkst beim Aufwachen an Tankstellenumbauten? Ist das wahr? Sollte ich da etwa eifersüchtig werden?«

Monika seufzte, und eine Welle der Zuneigung erfasste sie, spülte sie beinahe hinweg. Wie lange hatte sie von einer ähnlichen Situation geträumt. Mehrmals hatte sie schon alle Hoffnungen aufgegeben, und jetzt das. Da saß der Traum ihres Lebens auf ihrem Schoß und wunderte sich darüber, dass sie mit Gedanken an architektonische Probleme munter wurde. Einfach herrlich. »Weißt du, Katja, ich habe bei allen möglichen Gelegenheiten Ideen, was meine Arbeit angeht.

Davon lebt ein kreativer Mensch. Ich gebe zu, dass mir schon so manches auf der Toilette in den Sinn gekommen ist, das heute als wunderbares Gebäude in der Gegend herumsteht.«

»Ist das auch so, wenn wir miteinander schlafen?«

Monika lachte. »Sicher nicht. Wenn das einmal der Fall sein sollte, so werde ich dir das gleich mitteilen, und dann werden wir gemeinsam am Bauplan feilen. Einverstanden?«

»Ein Erotikhaus bauen. Mit dir gemeinsam. Ja ... Das kann ich mir gut vorstellen.« Katja beugte sich über die losen Blätter. »Los, erklär mir, was das ist.«

Monika ging in der kommenden Viertelstunde voll in ihrem Metier auf. Mit Eifer erläuterte sie Katja alles, was es auf den Papieren zu sehen gab. Katja hörte aufmerksam zu und war erstaunt, wie viel Kreativität auch in einer so trockenen Angelegenheit wie einem Tankstellenumbau steckte. Und sie bewunderte Monika ob ihrer Gestaltungskraft. Gestaltungskraft, das war der Ausdruck, der sich mehrmals in der kurzen Zeit in ihr aufdrängte.

»Alles so weit klar?« Monika hatte einen unglaublich verliebten Blick aufgesetzt.

»Alles klar.« Katja wurde ganz ernst. »Monika, versprich mir, dass du mich immer wieder einmal in deine Welt, in deine kreative Welt eintreten lässt. Ich muss nicht immer über alles Bescheid wissen, aber von Zeit zu Zeit möchte ich in deine Welt mitgenommen werden.«

Monika strich Katja sanft über die Stirn. »Das Gleiche gilt für dich. Ich möchte hin und wieder auch Einblick haben in deine Belange. Das bezieht sich aber nicht nur auf deine Tätigkeit als Laborärztin.« Sie machte eine kurze Pause. »Das gilt auch für deine Tätigkeit als Callgirl.«

Mehrmals, seit sie die erste Nacht in dieser Wohnung gemeinsam mit ihrer Liebsten verbracht hatte, waren Gedanken an Katjas »Hauptberuf« in Monika hochgekommen. Ganz wohl war ihr dabei nicht gewesen. Bisher hatte sie es immer als gegeben akzeptiert, dass Katja ein Callgirl war. Doch sollte und konnte das nun so bleiben? Kaum eine Viertelstunde vor Katjas Auftauchen hier im Büro hatte sie für sich den Entschluss gefasst. Sie würde die Entscheidung Katja überlassen. Ohne Wenn und Aber. *Wenn ich mich in ein Callgirl verlieben kann, so werde ich auch mit einem Callgirl leben können.* Dies war ihr letzter Gedanke dazu gewesen. Ob sie das auch so würde leben können, würde wohl erst die Zukunft zeigen.

Der Ernst in Katjas Gesicht hatte sich nun noch deutlich vertieft. »Wirst du das überhaupt ertragen können, dass ich wieder als Nutte arbeiten werde, wenn das alles vorbei ist hier?«

»Na, du wirst das ja wohl nicht aufgeben wollen, oder?« Der Satz war ihr leichter über die Lippen gekommen, als sie es sich je hätte vorstellen können.

Katjas Gesicht erhellte sich. Seit Monika aufgetaucht war, stellte sich auch ihr diese Frage in ruhigen Minuten, vor allem während der Therapiesitzungen, immer wieder. Sollte sie das Callgirldasein aufgeben oder nicht? Eigentlich wollte sie weitermachen, sehnte sich sogar schon ein wenig danach, und das schuf ihr den Hauch eines schlechten Gewissens. »Ja, da hast du recht. Eigentlich möchte ich es nicht aufgeben … Es sei denn …«

»Ja? Es sei denn? Was? Du denkst doch nicht im Ernst daran, aus deiner Welt auszusteigen, nur weil wir zusammen sind, ein Paar sind.«

»Ein Paar sind …« Katja hauchte es beinahe lautlos heraus. »Ein Paar sind … Wie schön das klingt. Ja, Monika, wir sind ein Paar. So ist das. Für mich auf alle Fälle.« Die Worte hatte sie laut ausgesprochen, gesagt hatte sie diese jedoch vielmehr für sich selbst.

Monika nahm sie fest in den Arm, Tränen liefen ihr über die Wangen. Diesmal waren es Freudentränen, und das Glücksgefühl, das sie durchflutete, war unbeschreiblich. Eine kleine Ewigkeit schwiegen die beiden, ehe Monika sich wieder aus der Umarmung löste. »Also, Katja, ich will nicht, dass du meinetwegen das Leben als Callgirl aufgibst. Ist das klar?«

»Ist das nicht eine unerträgliche Vorstellung für dich, dass ich mit Männern oder auch mit anderen Frauen schlafe? Ich empfinde das dann nämlich nicht immer als unangenehm.«

Monika setzte ein verschmitztes Lächeln auf. »Das, mein Liebling, glaub ich dir sofort. Das kann ich sogar persönlich bestätigen. Und ein für alle Mal: Ich habe nichts dagegen, dass du das machst. Das gehört zu dir. Du sollst das so lange machen, bis *du* die Sache beendest, und nicht ich werde bestimmen, wann Schluss damit ist.«

»Das ist dein Ernst. Ich sehe das. Aber weißt du, wir müssen in das alles erst hineinwachsen. Es könnte doch anders sein, wenn wir zusammenleben und ich am Abend weg muss und dann nach einigen Stunden durchgefickt nach Hause komme. Ob das dann so frei von Komplikationen sein wird?«

»*Durchgefickt.*« Monika lachte auf. »Katja, ich habe dich noch nie so sprechen gehört. Aber das ist schon in Ordnung.« Sie schüttelte den Kopf. »Durchgefickt.«

Katja gluckste. »Ist so, Monika. Manche Männer haben nichts anderes im Sinn, als eine Nutte so lange zu ficken, bis sie einen Orgasmus bekommt. So gelingt das natürlich nie, aber du glaubst nicht, wie lange es manche dann doch durchhalten. Oft hilft dann nur die Gnade des vorgetäuschten Orgasmus, um den armen Mann aus seiner Stresssituation zu bringen. Und danach fühle ich mich durchgefickt.«

»O Gott! Das wirft aber kein gutes Licht auf die Männer.«

»Versteh mich nicht falsch. Das ist keine Beurteilung von Männern. Männer sind so unterschiedlich wie Eiskristalle. Nur im ersten Augenblick sind sie sich ähnlich, doch in Wahrheit ist jeder Mann anders als alle anderen.«

»Da spricht die Philosophin.«

Katja hob eine Braue. »Nein, das hat nichts mit Philosophie zu tun. Es ist so. Es mag verschiedene Typen von Männern geben, das ist sicher richtig, doch den Mann an sich gibt es nicht. Ich kenne so viele Männer, glaub mir das, keiner hat sich verhalten wie ein anderer. Und wenn sie mit mir schlafen, so sind ihre Bedürfnisse zwar über weite Strecken ähnlich, doch wie sie das alles erleben, das unterscheidet sich von Mann zu Mann.« Sie machte eine Pause. »Weißt du, ich hab dir ja schon erzählt, dass ich gar nicht so selten einen Orgasmus bekomme bei meiner Callgirltätigkeit, doch oft bin ich überrascht, welcher Mann mich dann letztlich dazu bringt.«

»Und? Wovon hängt das dann ab?« Monika war neugierig geworden. Es war das erste Mal, dass Katja ihr wirklich Einblick in diesen Teil ihres Lebens gab. »Du machst mich neugierig. Davon hast du mir noch nie erzählt.«

»Erzählen können«, korrigierte Katja. »Wann hätte ich dir je davon berichten sollen?«

Monika rückte näher. »Hast ja recht. Weiter jetzt!«

»Na gut. Also«, Katja lachte auf, »es hängt nicht von der Größe des Penis ab. Ich habe schon richtige Kaliber in mir gehabt, die mich so unglaublich kalt gelassen haben, es ist kaum zu beschreiben. Andererseits kommen da irgendwelche Durchschnittstypen daher, haben irgendeinen eher unterdurchschnittlichen Pimmel, fangen alles irgendwie linkisch an, denken gar nicht wirklich daran, mich unbedingt befriedigen zu wollen, das trauen sie sich nämlich niemals zu, und dann passiert es. Wham! Die haben es heraus, sich richtig zu bewegen, sind zärtlich und dennoch forsch, berühren mich ungeplant an der richtigen Stelle, und ich komme im Nu. Manchmal mehrmals. Meist bekommen es die Herren gar nicht wirklich mit. Und wenn ja, dann denken sie in erster Linie an einen vorgespielten Orgasmus. Das macht sie dann noch unsicherer.« Sie nickte kurz stumm. »Bloß, Monika, ich schwöre dir, diesen wirklichen Männern bringe ich dann schon bei, was sie bei mir erreicht haben. Das muss dann auch einmal sein. Glaub mir, die verlassen mich dann wirklich tief befriedigt.«

»Bei mir hast du ja auch die Kontrolle verloren. Nicht?« Monika sah Katja verliebt an.

»Das ist etwas ganz anderes. Selbst wenn ich bei diesen Männern einen Orgasmus erlebe, verliere ich niemals die Kontrolle, niemals!« Sie sah Monika tief in die Augen. »Bei dir war das anders. Völlig anders. Von der ersten Minute an. Schon als ich vor deiner Tür stand, wusste ich, dass sich da möglicherweise Probleme entwickeln könnten.«

»Probleme? Was sagst du da?«

»Liebe Monika, so war das. Probleme. Die gab es ja auch. Nicht wahr? Und jetzt liebe ich mein Problem.«

Monika versetzte Katja einen Klaps auf den Rücken. »Du sagst Problem zu mir. Frechheit!«

Clara sprang auf, als Katja das Zimmer betrat. Wie von der Tarantel gestochen. Katja erschrak sogar ein wenig, doch als Clara mit glühenden Wangen auf sie zukam, mit ausgestrecktem Arm, da wusste sie sofort, worum es da ging. Sie konnte es auch gleich erkennen. Am Sammelarmband hing zwischen Korsett und Katze ein Herz. Es war gleich gestaltet wie das, welches Katja am Arm trug, bloß war es aus Silber und nicht aus Gold.

»Es ist von meiner Katze, sie hat es mir heute beim Frühstück überreicht. Ich habe sie so lieb.« Die Worte sprudelten nur so aus Clara heraus.

Katja lächelte und bewunderte das Band. Es sah wirklich gut aus. Und es war offenbar auch zu Hause bei Clara gut angekommen. »Wunderschön.«

»Ja, das findet meine Katze auch. Frau Waldenberg, also, äh ...«

»Ja?« Katja zog eine Braue nach oben.

»Wir wollen, also meine Katze und ich, wir ... also ... wir möchten Sie gerne zum Essen einladen am Wochenende, wenn es Ihnen recht ist.«

»Clara, Sie müssen sich ...«

»Wir möchten es wirklich.«

»Gut. Gerne.« Katja machte eine kurze Pause. »Darf ich in Begleitung kommen?«

»Natürlich, das versteht sich von selbst. Wenn Sie einen Freund oder eine Freundin mitbringen wollen, so ist uns das nur recht. Darf es Fleisch sein, oder Fisch?«

Katja verstand für einen Bruchteil einer Sekunde nicht ganz. »Äh ... ja, ja, wir essen alles, machen Sie sich bloß nicht zu viele Umstände.«

Kapitel 10

»Ich bin doch nicht deine Marionette.« Stille. »Wenn du dich weiter so aufführst, Gustav, dann kannst du dir dein ganzes Büro bald was weiß ich wohin stecken.« Zorniges Schnauben. »Schrei nicht so! Ich kann dich auch so hören. Meine Güte, du bist so ein Arsch! Komm runter von deinem hohen Ross.« Stille. »Und du kannst mich auch mal!« Krachend landete Monikas Handy auf dem Tisch. »Du Hornochse, du Hornochse!«

Katja, die sich das alles in einer Lautstärke vom Vorzimmer aus anhören hatte können, die in die Kategorie Presslufthammer einzuordnen war, trat erschrocken ein und erspähte Monika aufgestützt am Esstisch. »Hallo Monika.«

Monika drehte ihr das Gesicht zu, und ihre Miene erhellte sich. »Hallo Katja, jetzt habe ich es ihm aber einmal richtig gesagt. Das wurde auch mal Zeit.« Sie schüttelte den Kopf. »Wird aber vermutlich nichts nützen.« Sie seufzte. »Na, wenigstens muss ich erst am kommenden Montag ins Büro, vielleicht hat sich mein Brüderlein bis dahin wieder beruhigt. So ein Vollidiot!«

»So kenne ich dich ja gar nicht.«

»Ist auch nicht alltäglich, dass ich ausraste, das passiert mir nur alle fünf Jahre. Wenn mein lieber Gustav so weitermacht, könnte das in nächster Zeit allerdings öfters der Fall sein.« Sie war aufgestanden, auf Katja zugetreten und hatte diese sanft in die Arme genommen. »So, Schluss jetzt mit den unangenehmen Dingen des Alltags. Jetzt beginnt der schöne Teil des Tages.«

»Das hoffe ich. Mein Tag war von Vornherein schön, und jetzt mit dir wird's vermutlich noch schöner.« Sie strich versonnen über Monikas Haare. »Wie du dich aufregen kannst. Das ist ja wunderbar.«

»Na ja, so stolz bin ich nicht darauf.«

»Ach, ist doch in Ordnung, wenn du mal aus der Haut fährst. Das kann ungemein reinigend wirken.«

»Reinigend vielleicht, letztlich war das Ganze aber vollkommen sinnlos.«

»Wer weiß?« Katja lächelte. »So, ich denke, ich sollte dich auf andere Gedanken bringen. Ach ja, übrigens«, sie hob den Zeigefinger, »ehe ich es vergesse, wir sind am Wochenende bei der geheimnisvollen Clara zum Essen eingeladen.«

»Wir?«

»Ja, wir, ich habe extra nachgefragt.«

Das war der Augenblick, der Monika tatsächlich auf andere Gedanken brachte. »Was wird sie da wohl für Regeln befolgen müssen? Hoffentlich muss sie ein Korsett tragen, ich möchte das auch einmal sehen.«

»Keine Ahnung. Aber wenn du sie einmal im Korsett sehen willst, komm doch in eine Therapiesitzung mit, da kannst du dann auch bewundern, wie sie mit meiner Hand arbeitet, das ist noch interessanter als ihre Regel Nummer fünf oder sechs, hm, wie war das noch mal ... ich hab's schon wieder vergessen.«

Als Monika gemeinsam mit Katja Claras Wohnung betrat, war sie sogleich erst einmal enttäuscht. Clara hatte ganz offensichtlich kein Korsett an. Ein Spitzen-BH zeichnete sich unter einer weißen Bluse ab, und zu dem schlichten Jeansrock trug sie auch keine Strümpfe. Ihre Katze, die sich als Hemma vorstellte, war sehr ähnlich und vollkommen unspektakulär gekleidet, und auch sonst deutete nicht die kleinste Kleinigkeit auf einen ungewöhnlichen Lebensstil der beiden hin.

Es sollte sich allerdings bald herausstellen, dass Hemma, die Katze, eine ausgezeichnete Köchin war, die genau wusste, wie man mit Rindfleisch umgehen musste.

Nach dem Essen trat kurz ein Moment der Stille ein. Diese wurde rasch durch Monika durchbrochen. »Entschuldigen Sie, wenn ich neugierig bin, aber welche Regeln gibt Ihnen Ihr Spiel heute vor, Clara? Katja hat mir das so etwas angedeutet.«

Claras Gesicht zerfloss in einem breiten Lächeln. »Regel zwanzig. Und die besagt, dass es am Samstag keine Regeln gibt. Kurios, was?«

Monikas Neugier war rasch einer Nachdenklichkeit gewichen. »Verstehe, alles muss einmal pausieren, damit es dann auch wieder weitergehen kann. Ist es nicht so?«

Hemma nickte. »Das ist tatsächlich so. Wenn es keine Pausen gibt, nicht alles einmal ruhen kann, so verliert sich der Reiz.«

Katja nahm die neben ihr sitzende Monika in den Arm, drückte ihr einen Kuss auf die Wange. »Sie kümmern sich also um Clara, indem Sie ihr Regeln vorschreiben. Sehe ich das richtig?«

Hemma schüttelte den Kopf. »Kümmern ist nicht das richtige Wort. Wir spielen das einfach so. Schon seit mehreren Jahren. Vieles hat es da schon gegeben, vieles hat sich überlebt, manches ist noch so wie am ersten Tag.«

»Tauschen Sie ab und zu auch die Rollen? Oder ist das eine einseitige Sache?«

»Völlig einseitig.«

Monika und Katja sahen Clara erstaunt an.

»Weshalb denn?«, fragte Katja interessiert.

»Nur Hemma gibt die Regeln vor, und ich versuche, sie zu befolgen. Das ist eine Sache der Fantasie. Mir würde einfach nichts einfallen dazu!«

Hemma nickte. »Es stimmt, was Clara sagt. Ich muss mir die Regeln ausdenken, und das ist vermutlich manchmal schlimmer, als sie zu befolgen.«

»Wie gesagt«, Clara war Hemma ins Wort gefallen, »es ist ein Spiel, das wir hier treiben, und, dass Sie uns nicht missverstehen, es steht nicht im Mittelpunkt unseres Lebens. Wirklich nicht. Doch es sorgt sicher für ein wenig Würze in unserer Beziehung. Stimmt's?« Clara hatte sich an Hemma gewandt, die zustimmend nickte.

»Ist das typisch für das lesbische Leben? Sie sind doch Lesben, oder?« Wieder war es Monika, die ihre Neugier nicht im Zaum halten konnte.

Nun nahm Hemma Clara in den Arm, lachte kurz auf und küsste sie auf den Mund. Dann wandte sie sich an ihre Gäste: »Das typische lesbische Leben! Schon das lesbische Leben an sich gibt es gar nicht – und schon gar nicht das typische.« Sie machte eine kurze Pause, drückte ihrer Clara nochmals einen Hauch von Kuss auf die Wange, ehe sie fortfuhr: »Clara und ich sind seit der Schule ein Paar.«

»Ja, ja«, unterbrach sie Clara, »mit vierzehn sind wir in dieselbe Klasse gekommen. Am Anfang haben wir uns eigentlich nur ignoriert und waren uns gar nicht so sympathisch …«

»Bis wir beim Skikurs in einem Zweibettzimmer gelandet sind.«

Hemma hatte wieder weitergesprochen und wurde gleich von Katja unterbrochen.

»Und dort haben Sie dann die große Liebe zueinander entdeckt.«

Hemma schüttelte den Kopf. »Nein, gar nicht. Ich hatte so starke Halsschmerzen, gegen die wir tagelang gemeinsam angekämpft haben. Allein der Gedanke daran bringt mir den Schmerz zurück. Nach drei Tagen hatten wir das dann im Griff, und das hat uns dann irgendwie zusammengeschweißt. Von Liebe war da noch keine Rede. Die hat sich erst in den kommenden Monaten entwickelt …«

»Und das war keine einfache Sache in so einer kleinen Stadt wie der unseren, wo praktisch jeder jeden kennt.« Clara war wieder am Wort. »Wir hatten an allen Fronten zu kämpfen. Gegen die ganzen Vorurteile in unseren Familien und ein unglaubliches Gespött in der Schule, aber auch außerhalb davon, in Discos und, und, und.« Hemma und Clara waren ganz ernst. »Aber wir haben das alles überstanden. Heute sind wir akzeptiert hier in der Stadt, und wir haben auch keinerlei Probleme mit unseren Familien. Vielleicht ist das so, weil alle sehen, dass wir einander wirklich lieben und sehr intensiv miteinander leben.«

»Wissen die Leute auch von Ihren Regeln?«

»Nicht alle, Frau Waldenberg, aber viele. Ich habe es Ihnen ja schon gesagt: Wir tragen es nicht exhibitionistisch nach außen, verstecken es jedoch auch nicht. Sehen Sie, das ist unsere Form des lesbischen Lebens. Glauben Sie, dass das typisch ist? Ich nicht! Es gibt bloß Frauen, die Lesben sind, lesbische Gefühle hegen, ihre Frauen lieben, mit diesen ihre kleineren oder größeren Schwierigkeiten und Krisen haben, wie sie nun Menschen einmal haben, wenn sie miteinander leben. Aber das lesbische Leben an sich, das ist ein Märchen. Vermutlich gar nicht von Lesben selbst kreiert, aber gar nicht so selten von diesen übernommen. Wirklich gemeinsam haben Lesben vermutlich Probleme, wenn sie offen ihre Neigungen leben: Ablehnung, Anfeindung, Spott und … Unsicherheit. Vielleicht ist das aber auch nur eine Vermutung. In größeren Städten ist das sicher anders.«

»Haben Sie Freundinnen, die auch Lesben sind?«

»Im Nachbarort. Wir sehen uns aber nur selten. Deren Lebensstil ist nicht ganz der unsere. Die sind so stockkonservativ, da gibt es nur Garten, Natur und Haushalt. Einmal im Jahr ist da beinahe genug. Aber sie gehen unglaublich lieb miteinander um.«

Ein kurzes Schweigen trat ein, das Hemma nutzte, um rasch einen großen Schokoladenkuchen auf den Tisch zu stellen. Das Highlight des Abends, wie sich bald herausstellen würde. Dazu servierte sie Kaffee. Clara half ihr dabei, und so saßen die vier gleich wieder am Tisch.

Monika wollte schon wieder das Gespräch fortsetzen, doch der Schokokuchen brachte sie zum Verstummen. Es war nicht das letzte Stück, das sie an diesem Abend genüsslich verspeiste, und auch später brachte er sie immer wieder zum Schweigen, wie auch die drei übrigen Frauen.

»Das ist einfach zu köstlich«, Katja sprach noch mit vollem Mund, »wie macht man so einen Wunderkuchen?«

»Familiengeheimnis. Wird nicht verraten.« Auch Clara hatte ein Stück Kuchen im Mund.

Monika lachte. »Regel siebenhundertzwanzig?«

»Woher wissen Sie das?«

Schokolade soll ja glücklich machen, zumindest in diesem Augenblick schien das die Realität zu sein. Die vier Frauen alberten herum wie Teenager. Die Stimmung war locker, und bald war allen klar, dass dieser Abend nach Wiederholung schrie.

Beim zweiten Stück Kuchen waren alle per Du, und Clara erzählte mit unglaublich viel Humor von ihrer Arbeit in der Reha-Klinik. Katja konnte sich oft nicht halten vor Lachen, kannte sie die Umstände und auch manche Leute, von denen zwar liebevoll, aber sehr prägnant erzählt wurde, doch bestens.

Hemma schilderte blumig ihren ersten Tag in der Bank, bei der sie nun schon seit Jahren arbeitete. Clara hatte sie begleitet, und der Blick des Filialleiters war unbeschreiblich gewesen, als sich die beiden Damen im Foyer mit einem zärtlichen Kuss getrennt hatten. Der Filialleiter war ein junger Typ, der selbst noch ein wenig unsicher war – und ganz unsicher war er am Anfang im Umgang mit Hemma. Der hätte sich dann durch Zufall normalisiert, besser gesagt in einen äußerst angenehmen umgewandelt, als eines Tages eine fremde Frau mit traumhafter Figur in den Schalterraum kam, irgendwelche unerfüllbaren Wünsche äußerte und dann nach Ablehnung durch Hemma und ihren Chef wutentbrannt davonrauschte. »Welch ein Arsch!«, war beiden gleichzeitig herausgerutscht. Sie hatten sich angesehen und losgelacht. »Ein Traum, nicht wahr?«, hatte er noch nachgelegt, und sie hatte lediglich genickt. Das alles hatte nur Sekunden gedauert, doch seither war der Job in der Bank das Angenehmste, was sich Hemma vorstellen konnte, und ihr Filialleiter ein guter Freund geworden. Natürlich hatte sich das ganz allmählich entwickelt, doch möglich war dies durch die Dame mit dem Traumhintern geworden.

Hemma war bei ihren Schilderungen mit dem Blick immer mehr an Monika hängen geblieben. Offenbar war ihr erst jetzt deren unglaubliche Schönheit so richtig bewusst geworden. Dann ließ sie den Blick von Monika zu Katja und wieder zurück gleiten. »Seid ihr beide nun eigentlich auch Lesben? Seid ihr ein Pärchen oder bloß Freundinnen?« Die Fragen hatten sich ihr ganz plötzlich aufgedrängt.

Ein Leuchten erschien auf Monikas Gesicht, und sie hätte nichts mehr sagen müssen. Hemma hatte bereits verstanden. »Wir sind ein Paar. Seit Kurzem erst. Aber wir sind eines.« Sie schmiegte sich an Katja, die sie zärtlich umfasste.

»Seht ihr, das ist schon der Beweis, dass das typische lesbische Leben ein Mythos ist. Ihr führt sicher ein ganz anderes als wir, und dennoch sprüht da die Liebe aus euren Augen. Ihr habt also eure ganz individuelle Liebe«, sie schmunzelte, »euer ganz individuelles Liebesleben, da bin ich mir sicher.« Hemma hatte die Dessertgabel wie einen Taktstock in der Luft kreisen lassen, ehe sie sie wieder in ihrem Kuchenstück versenkte.

Sie waren bis drei Uhr in der Früh bei Clara und Hemma geblieben, hatten den Wecker abgestellt und wollten bis in den späten Sonntagvormittag hinein schlafen. Der späte Vormittag war es dann doch nicht geworden, weil sie durch lautstarke Blasmusik geweckt worden waren. Irgendein Heiliger wurde an diesem Tag geehrt, und die Feierlichkeiten waren überall in der Stadt angekündigt gewesen, von Katja und Monika war das aber ignoriert worden. Der Lärm, so empfanden sie es, ließ sich dann allerdings doch nicht ignorieren.

Katja hatte rasch einen Kaffee zubereitet und war damit wieder zu Monika ins Bett gehuscht. Die war dann – »Ich mach das nur aus Dankbarkeit«, so sagte sie – über Katja hergefallen und liebkoste sie vom Scheitel bis zur Sohle. Bis zur Sohle war nicht ganz korrekt, denn sie war in Katjas Mitte hängen geblieben …

»Was machst du da mit mir?«

Mehr konnte Katja nicht sagen, das hatte Monika verhindert. Eine gute Stunde später lagen die beiden dann verschwitzt, aber entspannt und glücklich aufeinander. Monika streichelte versonnen über Katjas Oberarm, an dem sich die Muskeln nicht zu stark, doch schön abzeichneten. Katja ließ sie gewähren. Sie liebte es, wie Monika sie verwöhnte, und hätte sich diesen Berührungen tagelang hingeben können, egal, an welcher Stelle des Körpers.

Das schrille Läuten der Glocke an der Wohnungstür ließ sie beide auffahren. Wer konnte das sein? Fragend sahen sie sich an. Nach einer kurzen Pause begann das Geläute schon wieder, diesmal mit noch mehr Beharrlichkeit.

Katja seufzte, schwang sich aus dem Bett und warf sich ein beinahe durchsichtiges Negligé um. »Vermutlich will die Blasmusik eine Spende«, erklärte sie, »ich hol mal mein Portemonnaie.«

»So willst du vor die Blasmusiker treten?«

»Wenn es Frauen sind, wird es ihnen egal sein, wenn es Männer sind, so freuen sie sich sicher über den Anblick.«

»Wie du meinst. Hast nicht ganz unrecht.« Monika ließ sich auf den Rücken zurückfallen. Die Glocke hatte wieder begonnen, unbarmherzig zu läuten.

Katja riss ein wenig ungehalten die Tür auf, und da stand … nicht die Blasmusik, nein, da stand eine wunderschöne junge Frau. Im Bruchteil einer Sekunde bedauerte es Katja, dass sie in diesem Aufzug geöffnet hatte. Und nur einen weiteren Bruchteil einer Sekunde brauchte sie, um zu wissen, wer da vor ihr stand. Die Frau wollte gerade etwas sagen, als ihr Katja bereits das Wort abschnitt: »Sagen Sie nichts! Sie sind Monikas Schwester. Richtig?«

»Stimmt, die bin ich.«

»Monika, deine Schwester ist da!«, brüllte Katja über ihre Schulter in Richtung Schlafzimmer. Das Brüllen wäre gar nicht notwendig gewesen, Monika stand bereits hinter ihr. Sie war neugierig gewesen, hatte sich die dünne Decke umgewickelt und war Katja zur Tür gefolgt.

»Was machst du denn hier, Maria? So eine Freude!« Monika war die Decke entglitten, und sie fiel Maria splitternackt um den Hals. Sie löste sich aber sogleich wieder. »Entschuldige, ich habe dir Katja noch gar nicht vorgestellt.«

Katja und Maria schüttelten einander Hände und konnten sich beide ein verschmitztes Lächeln nicht verkneifen, als Monika sie da so splitternackt miteinander bekannt machte.

»Ich sollte mir wohl besser etwas anziehen«, erklärte Monika, als sie sich ihrer Nacktheit doch bewusst geworden war. »Geht in der Zwischenzeit doch schon mal in die Küche, und dann können wir ja ein spätes Frühstück machen«, sie sah kurz zu Maria, »wenn dir das recht ist?«

»Ja, ja. Sehr sogar. Ich habe Hunger. Hätte ich hier niemanden angetroffen, wäre ich essen gegangen und hätte später nochmals bei euch geläutet. Hab ich euch denn gestört?«

»Sehr!«, entfuhr es Monika und stieß Maria in die Rippen. »Und jetzt ab in die Küche.«

Kurz darauf saßen alle drei am kleinen Tisch und strichen sich Butter auf ihre Brote. Monika berichtete, was sie in die Gegend geführt hatte. Es war eine große Kunstausstellung in einem Schloss in der Nähe der Stadt gewesen, für die sie eigentlich den ganzen Tag vorgesehen hatte. Dort allerdings war sie in der Früh vor verschlossenen Toren gestanden. Ein Rohrbruch hatte in der vergangenen Nacht einen Millionenschaden angerichtet und machte einen Zugang für das Publikum für sicher mehr als eine Woche unmöglich. Nach der ersten Enttäuschung hatte sie dann beschlossen, einfach unangemeldet bei Monika aufzutauchen.

»Ich wusste nicht, dass Sie hier bei Monika wohnen.« Maria hatte sich an Katja gewandt und wurde von Monika sogleich am Weitersprechen gehindert.

»Könntet ihr euch bitte duzen, ich halte das nicht aus, glaube ich, wenn ihr so förmlich miteinander sprecht.« Monika klang ein wenig flehentlich.

»Ja, Frau Architektin.«

»Ja, Frau Diplomingenieurin.«

»Wollt ihr mich verarschen?«

»Möglich«, antwortete Katja leise, beugte sich zu Maria vor, die ihr entgegenkam, und hauchte ihr einen kleinen Kuss auf den Mund.

»Und man muss auch nicht gleich übertreiben!«, fügte Monika hinzu.

»Dir passt aber auch gar nichts«, entfuhr es Maria. Sie beugte sich jetzt nochmals demonstrativ zu Katja und drückte dieser eine weiteren festen Kuss auf den Mund, der ebenso fest erwidert wurde.

»Ich sehe schon, mit euch beiden hab ich's nicht leicht.« Monika schüttelte ein wenig den Kopf und biss herzhaft von ihrem Käsebrot ab.

Bei einem Spaziergang durch die sonnendurchflutete Stadt, in der jahrmarktartiges Treiben herrschte, erzählte Maria von ihrer Arbeit in der neuen Filiale, vor allem davon, dass das Geschäft viel, viel besser angelaufen wäre, als sie es jemals erwartet hätte. Und der Umstieg von Nordrhein-Westfalen auf Niederösterreich sei zu ihrer großen Freude überhaupt kein Problem gewesen.

»Wisst ihr, ich habe praktisch mit keinen Schwierigkeiten zu kämpfen gehabt. Alles ging so reibungslos über die Bühne. Unglaublich.« Sie machte eine kurze Pause. »Da habe ich, nur so als Beispiel, eine Sekretärin gesucht, na ja, schon ein wenig mehr als eine Sekretärin, eher eine Assistentin. Und da kommen zwei Frauen gemeinsam zu mir, eine mit pechschwarzem Haar, die andere wasserstoffblond, um sich zu bewerben. Was nicht gleich zu erkennen war, ist dann aber doch offensichtlich geworden: Es waren Zwillinge, und beide waren gleich gut geeignet. Es war ihnen auch wirklich egal, wen ich nehme, Hauptsache, eine bekommt den Job.«

»Und wen hast du genommen.«

»Lacht nicht, ich habe mich nach der Haarfarbe entschieden. Schlimm, oder? Ich habe die Schwarze genommen.«

»Ach ja?« Katja war erstaunt. »Ich hätte die Blondine genommen. Und du, Monika?«

»Auch die Blondine. Ich stehe auf Blondinen.«

»So?« Katja fuhr sich durch ihre dunklen Locken. »Wie soll ich das denn jetzt verstehen?«

»Wie ich es sage. Mir gefallen Blondinen. Du musst aber deswegen nicht gleich zum Friseur rennen, deine Haarpracht gefällt mir genauso gut.« Sie lächelte Katja verliebt an, sodass diese sie gleich in die Arme hätte nehmen und küssen mögen.

»Also, Monika, wenn du endlich einmal ein eigenes Architekturbüro aufmachen würdest, so wäre die Blondine vielleicht sogar noch zu haben. Ich bin mit ihrer Zwillingsschwester jedenfalls sehr zufrieden.«

Das Stichwort »Architekturbüro« war dann das Thema des restlichen Tages. Monika berichtete Maria von ihren Schwierigkeiten mit Gustav, seiner Unzuverlässigkeit und von seinen Launen. Das mit dem eigenen Büro hätte sich schon ein wenig in ihrem Hinterkopf festgesetzt. Katja und Maria entwickelten einen beinahe missionarischen Eifer, sie davon zu überzeugen, dass das ohnehin der beste Weg in die Zukunft für sie sei. Und Maria, die ja Monikas Haus nun bereits gut kannte, schlug vor, das Büro gleich hier einzurichten.

»Warum ist dein Haus eigentlich so riesengroß?«, wollte Katja nun wissen. »Hattest du vor, viele Kinder zu bekommen, oder was war wirklich der Grund, es so zu bauen, wie es nun dasteht?«

»Kinder wollte ich schon auch, möchte ich eigentlich noch immer, aber die Größe des Hauses kommt auch daher, dass mein verflossener Erwin darin ein Finanzdienstleistungsbüro eröffnen wollte. Gott sei Dank ist daraus nie etwas geworden, vermutlich würde das Haus dann jetzt nicht mir gehören.«

»Dafür braucht man aber abgeschlossene Räumlichkeiten …«

»Und die gibt es auch«, wurde Katja gleich wieder von Monika unterbrochen, »es wird dir nicht aufgefallen sein, aber es existiert ein schmaler Weg um das Haus herum zu einem Hintereingang, und der führt in eine Wohnung, die bestens als Büro geeignet ist. Natürlich ist sie auch mit den übrigen Räumen verbunden, allerdings nur durch den Keller. Der Bereich sollte wirklich für sich abgeschlossen sein.«

»Und was ist jetzt dort?« Katja klang ein wenig erstaunt.

»Gar nichts. Die Räume stehen leer, ich lüfte sie regelmäßig, und das nächste Mal wenn du nicht brav bist, werde ich dich dort bei Wasser und Brot einsperren.«

»Ach ja? Angekettet? Mit einer riesigen Kugel am Bein?«

»Möglich. So ähnlich könnte das schon werden.«

Maria verdrehte die Augen. »O Gott, sind das so eure Fantasien?«

»Die harmlosen, wenn es nach Monika geht.«

Monika packte Katja fest am Arm und umarmte sie. »Deine sind ja auch nicht alle jugendfrei.«

»Könnten wir nochmals auf das Thema Büro zurückkommen?« Maria war ein wenig unwohl bei der Vorstellung, wie sich das Gespräch weiterentwickeln könnte, so gut kannte sie Katja nun auch wieder nicht.

Und das Bürothema wurde dann bis ins Detail ausgereizt. Als sich die drei Frauen nach einem gemeinsamen Abendessen in einem Restaurant beim Dessert wiederfanden, war sich Monika ziemlich sicher, dass es nur mehr eine Frage der Zeit war, bis das Projekt starten würde.

Kapitel 11

Dass dann alles viel schneller in Gang kommen sollte, als sie es je erwartet hätte, konnte sie sich noch nicht vorstellen, als sie einen Tag später ihr Auto vor dem Büro ihres Bruders parkte. Bereits beim Eintreten bemerkte sie, dass eine gereizte Stimmung herrschte. Die Leute grüßten bloß flüchtig oder liefen gar an ihr vorbei. Überall glaubte sie, mürrisches Murmeln zu vernehmen. War das schon immer so gewesen? Das fragte sie sich, als sie in ihr eigenes Büro kam und aus allen Wolken fiel: Es schien, als wäre es zur Rumpelkammer des Hauses geworden. Ihre penible Ordnung war achtlos zerstört worden. Nicht nur, dass man allerlei Akten, Pläne und Modelle einfach hineingestellt hätte, nein, auch ihre eigenen Sachen waren teilweise zu Stapeln zusammengelegt worden.

Zornig hatte sie die Tür gleich wieder zugeworfen und war zu ihrem Bruder gerauscht, der sie mit saurer Miene in Empfang nahm. Das folgende Gespräch hatte Charakteristika eines Duells mit Maschinengewehren. So war die Lautstärke, und so salvenartig wurden die Sätze abgefeuert:

»Hast du den Sauhaufen in meinem Büro verbrochen, Gustav?«

»Dein Büro ist immer ein Sauhaufen.«

»Weil deines ja ein Ausbund der Ordnung ist.«

»Ich arbeite schließlich.«

»Und ich vielleicht nicht?«

»Du hängst doch bloß mit irgendeinem Lover irgendwo herum.«

»Ich hänge nicht herum, sondern arbeite so viel, wie du es wahrscheinlich überhaupt noch nie gemacht hast.«

»Und dazwischen lässt du dich von deinem Lover bumsen.«

»Ich habe keinen Lover, sondern eine richtige Beziehung, und die hindert mich nicht im Geringsten am Arbeiten. Das solltest du vielleicht schon bemerkt haben.«

»Hoffentlich ist der Neue nicht so eine Niete wie dein Ex Erwin.«

»Den du mir seinerzeit ja so ans Herz gelegt hast. ›Er hat so viel Zukunft.‹ Das waren deine Worte.«

»Ist mir eigentlich auch scheißegal, welcher Mann dich fickt.«

»Ich habe keinen Mann, ich habe eine Frau.«

Gustav entglitten für einen Moment die Gesichtszüge. »Das ist doch nicht dein Ernst«, er hatte einen sarkastischen Ton angeschlagen, »willst du sagen, ich hab gerade eine Lesbe vor mir? Eine Lesbe …« Mit scharfem Ton fuhr er fort: »Weißt du eigentlich, was das bedeutet?«

»Was? Was bedeutet es? Na sag schon!«

»Du bist untragbar in meinem Büro. Ich will das nämlich nicht. Hier am Land haben die Leute dafür kein Verständnis.«

»Ah? Pest, Cholera, Lesbe! So siehst du das vermutlich.«

»Liebe Monika, ich bin hier der Chef, vergiss das nicht. Wenn ich sage, dass ich das nicht will, so will ich das nicht. Das könnte geschäftsschädigend sein.«

»Erstens bin ich nicht deine liebe Monika, und was soll daran geschäftsschädigend sein? Glaubst du etwa, dass ich allen Frauen unter den Rock greifen und auf die Brüste starren werde? Nein, nein, das überlasse ich weiter dir. Darin bist schließlich schon du der Meister. Ist ja oft peinlich, dir dabei zusehen zu müssen.«

»Wovon sprichst du?« Gustavs Gesicht überzog sich mit Zornesröte.

»Das ist doch ein offenes Geheimnis, dass du mit allen Frauen hier im Büro außer mir schon im Bett warst oder zumindest ins Bett wolltest. Und wie du Frauen unter den Rock schaust, wenn sie dir gegenübersitzen, das fällt doch jedem Kleinkind auf.«

Monika hatte offenbar einen wunden Punkt getroffen. Die Zornesröte wich nun einer Blässe, und Gustav fuhr ganz leise, aber bestimmt fort: »Genug jetzt. Du bist entlassen. Ich will dich hier nicht mehr sehen. Verschwinde zu deiner Lesbenfreundin. Alle Projekte, die du noch in Arbeit hast, sind ab sofort für dich gestoppt. Bring alle Unterlagen bis morgen Mittag ins Büro. Und gib mir die Schlüssel vom Haus.« Er streckte die Hand aus, als ihn Monika noch ein wenig ungläubig ansah. »Na los!«

Monika hatte sich wieder gefasst. Ihr Zorn war verraucht. Stattdessen verspürte sie etwas Wehmut. So hatte sie sich den Abschied hier nicht vorgestellt, auch wenn ihr beim Gespräch am Vortag mit Maria und Katja kein wirklich gutes Szenario für ihren Abgang hier eingefallen war. Sie holte die Schlüssel aus ihrer Handtasche. »Da, nimm sie. Das wär's dann wohl.«

»Raus!«

Monika war bereits auf dem Weg hinaus, als sie sich in der Tür nochmals kurz umdrehte. Blankes Erstaunen war in Gustavs Gesicht zu lesen. Offenbar hatte er nicht damit gerechnet, dass Monika so rasch aufgeben würde.

Viel früher als geplant war Monika wieder in ihrer Wohnung angekommen. Dort herrschte eine beinahe unerträgliche Stille. Sie brauchte ein wenig Musik, und bald waren die Klänge von Smetanas »Má vlast« zu hören. Es verging keine halbe Stunde, da war auch schon alles an Bürounterlagen geordnet, eingepackt und für den Transport am nächsten Tag vorbereitet. Monika schlüpfte aus den Schuhen, legte sich aufs Bett, angekleidet, nicht zugedeckt, und schlief ein.

So schlafend fand sie auch Katja, als diese am späten Nachmittag nach der letzten Therapiesitzung und einem ausführlichen Gespräch mit Herrn Dr. Braun, dem betreuenden Arzt, nach Hause kam. Zehn Tage sollte sie noch bleiben, dann wäre es genug, hatte der gemeint, und dieser Ausblick, dass die Geschichte hier nun ein Ende finden würde, erfüllte sie mit einem unglaublichen Hochgefühl. Sie beugte sich über ihre Liebste. »Monika«, flüsterte sie, »das ist aber eine Freude, dich schon zu sehen.«

Monika hatte die Worte gar nicht vernommen, doch das sanfte Streicheln an der Wange hatte sie aufgeweckt. Der strahlende Blick, der ihr nun begegnete, ließ ihr Herz höher schlagen. Sie richtete sich auf, zog Katja sanft zu sich und küsste sie flüchtig. »Er hat mich rausgeworfen.«

Katja zuckte zurück. »Was? Wer?«

Monika lachte leise. »Gustav hat mich heute rausgeworfen. Es gab einen Eklat, und dann war ich ruckzuck draußen.« Sie klang amüsiert.

»Das ist dein Ernst, stimmt's?«, hakte Katja besorgt nach.

Monika schwang sich mit Elan aus dem Bett. »Es ist so, wie ich es sage. Du musst auch nicht besorgt sein deswegen. Es geht mir gut.«

»Tatsächlich?« Katja war sich da nicht so sicher. »Das war doch dein Lebensinhalt.«

Jetzt nahm Monika Katja bei den Schultern. »Mein Lebensinhalt hat sich in der letzten Zeit etwas verändert, man kann auch sagen, es hat sich da eine Revolution abgespielt, denn du stehst jetzt im Mittelpunkt meiner Gedanken.« Sie sah Katja verliebt ins etwas skeptisch wirkende Gesicht, ehe sie fortfuhr. »Und glaube mir, was das Berufliche angeht, so mache ich mir gar keine Sorgen. Der gestrige Tag mit all den ausführlichen Überlegungen über ein eigenes Architekturbüro macht mich jetzt einfach sicher. Ich werde das in die Tat umsetzen. Morgen fange ich konkret damit an.«

»Dann wirst du mich morgen verlassen, nehme ich mal an.«

»Das wird so sein müssen. Ist das schlimm für dich?«

»Gar nicht, wenn du am Wochenende wieder hier bist. Übrigens«, Katja hob ihre Hände gen Himmel, »das Ende hier naht. Mein Arzt hat mir beteuert, dass ich in zehn Tagen heimfahren kann.«

»Das ist ja wunderbar!«, entfuhr es Monika, doch sie wurde sogleich wieder ernst. »Und wo ist das? Wo ist dein Zuhause?« Ganz zaghaft hatte sie dies gefragt. Vor dieser Frage hatte sie solche Angst, seit sie das erste Mal mit Katja gemeinsam in diesem Bett aufgewacht war. Damals hatte sich diese in ihre Gedanken und ihr Herz geschlichen.

Ihre Zweifel wurden von Katja hinweggefegt: »Also, wenn ich darf, komme ich zu dir. Ich könnte dir in der ersten Zeit wahrscheinlich gar nicht so eine schlechte Helferin sein.«

Monika packte Katja, hob sie hoch, warf sie aufs Bett und stürzte sich auf sie. »Du würdest zu mir kommen? Mit mir zusammen wohnen wollen? Zusammen leben wollen?« Eine Antwort ließ sie nicht zu, denn sie drückte ihre Lippen zärtlich auf Katjas und verschmolz mit ihr in einem langen Kuss.

Der Kuss ging über in allerlei Zärtlichkeiten, die sie sich zukommen ließen, doch sie schliefen diesmal nicht miteinander, sondern begannen ganz handfeste Pläne zu schmieden. Irgendwann kam dann Katja auf die finanziellen Aspekte zu sprechen.

»Wie willst du dein Büro überhaupt finanzieren?«

»Ich habe recht viel Geld auf der Seite. Das Haus ist lastenfrei, dafür hat mein Ex Erwin in einer schwachen Stunde bei den Scheidungsverhandlungen gesorgt. Sonst führe ich ein bescheidenes Leben, sieh dir bloß meinen alten Van an, ab und zu leiste ich mir ein Callgirl …«, das brachte ihr einen Klaps auf den Hintern ein, »aua! Und sonst ist da nicht so viel. Ein wenig gebe ich für Sport, ein wenig mehr für Kultur aus. Das ist es schon. Basta. Da hat sich doch einiges angesammelt. Und ich habe auch nichts bei irgendwelchen Spekulationen am Finanzmarkt verloren. Gott sei Dank.«

»Dürfte ich mich dennoch als eine Art stille Teilhaberin am Büro beteiligen?«

»Mit Schwarzgeld? Nein, mit Schwarzgeld geht das leider nicht.«

Katja drückte die auf ihr liegende Monika nach oben und sah sie ernst an. »Ich habe kein Schwarzgeld. Ich habe alles deklariert und versteuert.«

»Wirklich? Wie machst du das in deinem Job?«

»Das war gar nicht so kompliziert. In bin eines Tages in mein zuständiges Finanzamt gegangen und habe nach dem Chef gefragt. Es war eine Chefin. Wie ich später von ihr erfahren habe, war es ihr zweiter Tag in dieser Position. Ich stürme also rein zu dieser jungen Dame, bringe rasch mein Anliegen vor und warte dann auf Antwort. ›Sie wollen also Steuern zahlen?‹ Das war ihre Frage, und die klang äußerst unsicher. Ich habe nur genickt, und da ist sie aufgewacht. ›Da werden wir einen gangbaren Weg für Sie finden. Lassen Sie mich nur machen. Gewöhnliche Honorarnoten werden Sie ja nicht beibringen können, nehme ich zumindest an.‹ Wir lachten beide los, und das war es dann auch. Seit der Zeit habe ich alles versteuert. Bei der Sozialversicherung habe ich eine ähnliche Regelung treffen können – ich führe freiberufliche Beratungstätigkeiten aus.« Katja wiegte bedeutungsschwer den Kopf.

Monika prustete los: »Beratungstätigkeiten! Hauptsächlich praktischer Natur, stimmt's?« Sie umfasste Katja und ließ ihre Lippen auf deren bedeckte Brüste sinken. »Könntest du mich denn jetzt ein wenig beraten?«

Katja machte sich ein wenig los, konnte aber nicht verhindern, dass ihre Bluse aufgeknöpft und ein Körbchen des BH aus seiner angedachten Position geschoben wurde. »Was ist nun mit einer Beteiligung? Ich habe so viel Geld auf der Seite, ich glaube, ich könnte dir fünf Büros einrichten.« Sie ächzte kurz auf, als Monika sanft, aber bestimmt in ihre Brustwarze biss. »Bitte!«

»Bitte was?«

»Beides.«
»Soll heißen?«
»Darf ich mich beteiligen? Und mach bitte weiter …«
»Du darfst dich beteiligen … und du darfst genießen.«

Der darauffolgende Dienstag war durch emsige Aktivitäten gekennzeichnet. Diese gingen sehr gezielt und gut geplant vonstatten.

Katjas erster Weg führte sie nochmals zu ihrem Arzt, dem sie mitteilte, dass sie bereits am Wochenende die Behandlungen beenden würde. Am Samstag könnte sie abgeholt werden, und daher wollte sie auf die letzten zwei, drei Tage verzichten. Dr. Braun hatte vollstes Verständnis, sah sich nochmals die Hand an und schüttelte mit einem Lächeln im Gesicht den Kopf.

»Sie haben das, so unglaublich es ist, wieder hinbekommen«, meinte er ein wenig versonnen. »Ich habe mir gestern, nachdem Sie gegangen waren, nochmals Ihren kompletten Akt angesehen. So mit allem Drum und Dran. Mit Fotos von der Erstaufnahme und von später, den ganzen Röntgenaufnahmen und so weiter. Wissen Sie, Sie haben bei all dem Unglück irgendwie auch Glück gehabt. Sie hätten ein Krüppel bleiben können mit Ihrer rechten Hand. Wären Sie ganz am Anfang in die falschen Hände gefallen, dann hätte das zur Katastrophe führen können.« Wieder schüttelte er den Kopf. »So aber sind Sie wirklich wiederhergestellt, und ich freue mich, dass wir Ihnen dabei helfen konnten.«

Im Bruchteil einer Sekunde lief das gesamte Geschehen wieder vor Katjas Auge ab, und ein tiefes Gefühl der Dankbarkeit durchflutete sie. »Herr Dr. Braun, ich kann Ihnen gar nicht sagen, wie glücklich ich über den Ausgang der Sache bin, und auch nicht, wie viel Dankbarkeit ich in mir spüre. Sie haben recht. Alle, mit denen ich diesbezüglich zu tun hatte, waren hundertprozentig bei der Sache und eben glücklicherweise auch fähig, mir tatsächlich zu helfen.« Sie hob die rechte Hand, machte Greifbewegungen und spielte mit den Fingern, ließ sie alle möglichen Figuren durch die Luft zeichnen. »Es ist schön, wenn das alles so funktioniert.« Dann erhob sie ihre linke Hand und machte die gleichen Bewegungen. »Ein netter Nebeneffekt ist, dass ich lernen musste, auch meine linke Hand zu verwenden. Die war früher dermaßen ungeschickt, und das ist sie nun nicht mehr.«

Dr. Braun machte eine ernste Miene. »Der Preis dafür war aber schon sehr hoch. Finden Sie nicht?«

Mit diesem Gespräch war Katjas Rehabilitation eigentlich abgeschlossen, wenn sie auch bis zum Ende der Woche noch alles absolvieren würde, was vorgeschrieben war. Clara, der sie die Neuigkeiten gleich nach dem Gespräch mit Dr. Braun berichten konnte, schien im allerersten Augenblick ein wenig enttäuscht zu sein – etwas, das Katja insgeheim wirklich freute, doch dann sprang sie auf und umarmte Katja, drückte sie fest an sich und hauchte ihr ein Küsschen auf die Wange. Schon davor hatte Katja beschlossen, den Kontakt zu ihr auch in Zukunft zu halten, und diese Art der Anteilnahme bestätigte sie nur noch in diesem Entschluss.

Während Katja in der Klinik war, hatte Monika Frau Brenner aufgesucht und ihr mitgeteilt, dass sie das Quartier mit diesem Tag aufgeben würde. Es war nicht leicht für sie, Frau Brenner zu überzeugen, dass sie das ganze Geld, das sie bereits pauschal für den Aufenthalt in der Wohnung bezahlt hatte, auch wirklich behalten könnte. Sie wollte ihr unbedingt die Hälfte zurückgeben. Irgendwann allerdings fügte sich Frau Brenner, doch es hatte zur Folge, dass Monika am Abend nicht nur mit Gepäck und Hausrat, sondern auch mit einem riesigen Vorrat an Käse, Würsten und Schinken aus Frau Brenners Produktion nach Hause unterwegs war. Das hatte sich Gertrud Brenner dann nämlich nicht nehmen lassen.

Monika war eine gute Stunde zu Hause, hatte endlich kurz Zeit gefunden, sich eine Tasse Tee zuzubereiten, und saß zufrieden auf der Couch. Amüsiert kam ihr der Gedanke, sich in den Augenblick zurückzuversetzen, als sie genau an diesem Platz das letzte Mal bei einer Tasse Tee gesessen war. Das Bild, das sich vor ihrem geistigen Auge aufbaute, war so lebendig und dennoch so fremd. Genau konnte sie sich daran erinnern, welchen Tee sie getrunken hatte, dass sie sich viel zu viel Zucker genommen hatte, weil sie sich beim Löffeln verzählt hatte, und dass ihr eine Laufmasche am linken Strumpf aufgefallen war. Viel greifbarer als diese Bilder waren indes die Gefühle von damals, die nun in Monika hochkamen. Vor allem die unbändige Sehnsucht nach Katja, die damals völlig unerreichbare Katja. Sie hatte die ganze Zeit an sie gedacht und war wütend auf sich selbst gewesen, weil sie dieses Sehnen nicht abstellen konnte. Ganz im Unterbewusstsein griff sie nun zum Handy.

»Hallo Monika, schön dich zu hören. Erzähl. Wie war die Fahrt? Alles in Ordnung im Haus?«

»Hallo Liebes! Ich sitze gemütlich bei einer Tasse Tee und hab gerade ein paar wehmütige Gedanken an Zeiten verschwendet, die noch gar nicht so lange her sind. Da musste ich jetzt einfach deine Stimme hören.«

»Kurzer Bericht gefällig? Also, meine allerliebste Monika geht mir ab. Ich liege hier in meinem Zimmer und lese einen Krimi. Ist gut geschrieben.«

»Stör ich dich?«

»Ja sicher. Wenn du nicht auflegst, wird die Kommissarin den Täter nie überführen können. Na ja, eigentlich ist noch gar kein Verbrechen begangen worden.« Katja gluckste leise vor sich hin.

»Dann will ich dich nicht weiter aufhalten.«

»Nicht schon aufhören! Ich mag noch mit dir telefonieren. Ich will dich einfach nur hören. Sing mir was vor.«

»O Gott, vielleicht Hänschen klein, ging allein oder doch etwas anderes?« Monika lachte leise in sich hinein.

»Nein, eine Opernarie, du hast doch sicher etwas auf Lager, und du kannst so schön singen.« Katja war nun völlig ernst.

Monika begann zu summen. Eine schöne Melodie. Katja kam sie bekannt vor, aber sie wusste nicht, in welche Oper sie gehörte.

»Gefällt dir das? Das ist aus Donizettis Elisir d'amore. Hör zu: Prendi, prendi, per me sei libero …«

Katjas Herz ging auf. Monikas Stimme klang so warm und wohlig, und obwohl die Orchesterbegleitung fehlte, hörte sich der Gesang einfach wunderbar an. »Warum bist du nicht Opernsängerin geworden? Ich bin sicher, du hättest eine wunderbare Karriere machen können«, flüsterte sie, als Monika geendet hatte.

»Ach, Katja, ich glaube, zu einer Opernkarriere gehört viel mehr als eine schöne Stimme. Die Ausbildung dazu ist langwierig, und das Singen allein ist es nicht. Da muss man auch ein Schauspieltalent haben, und das fehlt mir völlig … glaub ich zumindest«, setzte sie etwas zögerlich nach.

Das war Katja nicht entgangen. »Hast du das Ganze denn irgendwann mal versucht? Ausprobieren hättest du es schon sollen, finde ich.«

Monika lachte auf. »Ich habe mir das seinerzeit alles wirklich durch den Kopf gehen lassen, noch dazu, weil meine Musiklehrerin im Gymnasium so gedrängt hat. Sie ist sogar mit mir zu einer bekannten Gesangslehrerin nach Wien zu einem Vorsingen gefahren.«

»Und?«

»Sie hätte mich sofort genommen.«

»Und du hast das ausgeschlagen? Wie konntest du das tun?«

Monikas Handy gab einen Warnton von sich. »Warte, Katja, ich muss mit meinem Telefon ans Ladekabel.« Nach ein paar Sekunden war sie wieder am Apparat. »So, jetzt können wir weiterplaudern. Wo waren wir stehen geblieben? Ach ja, Gesangsunterricht. Es war halt so. Ich habe mir damals mit siebzehn nicht vorstellen können, die ganze Zeit zu singen und am Klavier zu sitzen. Das Klavierspiel wäre neben dem Singen nämlich auch ganz wichtig, so hatte man es mir beim Vorsingen jedenfalls gesagt. Und irgendwie hat diese Gesangslehrerin auch so furchtbar streng gewirkt. Ich bin mir beim Vorsingen und beim Gespräch danach vorgekommen wie so ein Eislaufkind, bei dem man merkt, dass es talentiert ist und aus dem man etwas machen will, koste es, was es wolle.«

»Und warum kannst du dann heute so singen, wie du es eben gemacht hast?«

Monika stimmte die Arie nochmals an, und Katja gab sich der Stimme, zwar etwas verzerrt durch das Telefon, aber dennoch wunderbar, mit Genuss hin.

»… mhm, mhm!«, ein Summen beendete die Vorstellung. »Na, hat es dir gefallen?« Monika klang verliebt, sie hätte ihrer Liebsten stundenlang etwas vorsingen können.

»Das ist doch nicht deine Naturstimme. Du musst das doch irgendwo gelernt haben.«

»Ja, ja, ich habe Gesangsstunden genommen. Viel, viel später. Ich bin der Gesangslehrerin einige Jahre später, es war ziemlich zu Beginn meiner Studentenzeit, nochmals begegnet. Ich war bei einem kleinen Konzert, lauter junge Leute haben musiziert und gesungen, und Frau Geisberger, so heißt die Lehrerin, hat das alles geleitet. In der Pause ist

sie zu mir gekommen und hat mich gefragt, ob ich die sei, die damals die Ausbildung verweigert habe. Ich nicke, da hat sie mich gefragt, ob ich noch singe und ob ich nicht etwas singen möchte.«
»Bei diesem Konzert?« Katja klang völlig erstaunt.
»Ja, bei diesem Konzert. Ich hab das zuerst völlig missverstanden, dachte, irgendwann einmal bei ihr. Darum hab ich gleich zugesagt und ihr erzählt, dass ich mich in letzter Zeit sehr mit Liedern von Mahler beschäftigt habe. Das habe ich tatsächlich gemacht. Ich habe mir Mahler-Lieder von allen nur erdenklichen Interpretinnen angehört und versucht, das nachzusingen. Sie war richtig hellhörig geworden und hat mich nochmals gefragt, ob ich das wirklich machen wolle. Ich dann ganz großspurig: ›Na sicher!‹ Sie hat mich kurz ausgefragt, was ich mir da vorstellen würde, und ich hab ihr völlig blauäugig erklärt, was mir am besten gefällt.«
»Und? Weiter!«
»Sei nicht so ungeduldig, Katja. Also, der zweite Teil des Konzerts hat so etwas Workshop-Artiges an sich gehabt. Frau Geisberger sitzt am Klavier und erläutert, wie sie mit ihren Schützlingen Werke erarbeitet. Das ist alles ganz amüsant, bis zu dem Augenblick, als sie sich erhebt, ganz kurz vorbringt, dass es hier jemanden gäbe, den sie sehr gerne unterrichtet hätte, der das aber seinerzeit abgelehnt hätte. Ich bin wie vor den Kopf gestoßen, als sie mich nach vorne bittet. Und statt sitzen zu bleiben, gehe ich tatsächlich auf die kleine Bühne. Den Leuten hat sie dann erklärt, dass sie sich nun auf eine wunderschöne, natürliche Stimme einstellen sollten.«
»Ist die nicht ganz dicht, die Dame?«
»Das dachte ich in diesem Augenblick auch, aber nach dem Konzert, als alles vorbei war, hat sie gemeint, dass sie sich ohnehin über meine spontane Zusage gewundert hätte. Also, wie auch immer. Zuerst macht sie mit mir ein paar Aufwärmübungen, wie sie es nennt, dann fragt sie mich, ob wir loslegen können, ob ich Noten oder Text brauchen würde. Da hat sich bei mir dann der Schalter umgelegt. In dem Augenblick habe ich mir nur mehr gedacht: ›Das ziehst du jetzt durch‹, habe den Kopf geschüttelt, und schon ging's los. Und ich sage dir, es war geil. Richtig geil. Frau Geisberger hat mich behutsam begleitet, ist mit ungemeinem Gefühl meinem Tempo nachgekommen, es war einfach unglaublich. Und dann herrscht Stille im Saal. Erst denke ich,

das muss ja ordentlich in die Hose gegangen sein. Frau Geisberger sieht mich mit einem trüben Lächeln an, und niemand applaudiert. Niemand. Eine Minute lang. Ich glaube, ich müsse im Boden versinken, und schwöre mir, niemals mehr in der Öffentlichkeit zu singen. Bis dann ein älterer Herr in der zweiten Reihe ›Unglaublich!‹ herauspresst. Dann klatschen zögerlich die ersten Leute, und irgendwann gibt es stürmischen Applaus.«

»Das ist ja so wie bei einer Castingshow im Fernsehen heutzutage, wenn plötzlich tatsächlich eine auftritt, die etwas auf dem Kasten hat.«

»So ähnlich war das dann auch. Ich musste noch etwas singen. Da gab es danach wieder tosenden Applaus. Irgendwie haben mir dann aber die übrigen Künstlerinnen und Künstler leid getan, denen hab ich an dem Abend wirklich die Show gestohlen.«

»Und wie ging es dann weiter?« Katja presste das Telefon fester ans Ohr, hatte ein unglaubliches Bedürfnis, Monika in die Arme zu nehmen und zu küssen. »Hmh!«, entfuhr ihr ein kurzer Seufzer.

»Warum seufzt du? Was ist?«

»Ich hätte dich jetzt gerne bei mir.«

»Ich dich auch.«

»Also, jetzt erzähl schon, wie es weitergegangen ist.«

»Es gibt nicht mehr viel zu erzählen. Nach der Vorstellung haben mich alle angeglotzt wie die heilige Kuh. Und natürlich darf ich nicht vergessen, dass mich die Geisberger nochmals gefragt hat, ob ich nicht bei ihr Unterricht haben wolle. Ich musste ihr natürlich sagen, dass ich Architektur studiere und nicht sehr viel Zeit haben würde und dass ich mir die Sache auch nicht leisten könne. ›Das würde Sie keinen Groschen kosten‹, hat sie meine diesbezüglichen Bedenken gleich hinweggewischt. So habe ich dann begonnen, einmal in der Woche zu ihr zu gehen. Das war meistens am Donnerstag, spät am Abend. Hat oft bis in die Nacht gedauert. Es war herrlich. Ich möchte das nicht missen.«

»Das glaub ich dir. Daher kannst du also so schön singen.« Katja machte eine kurze Pause. »Spielst du auch Klavier?«

»Ja, nicht so toll, aber auch nicht ganz schlecht. Frau Geisberger hat mich immer auch ein wenig dazu gezwungen. Sie hat gesagt, das gehöre einfach als Ergänzung zum Gesang dazu, das schärfe das Ohr. Wieso möchtest du das alles wissen?«

»Weil ich schon mein Leben lang davon träume, Klavier zu spielen.

Ich möchte das heute noch lernen, ich weiß bloß nicht, ob das nach der Verletzung der Hand noch gehen wird.«

»Ach Katja, Probieren geht über Studieren. Nimm dir doch ein paar Stunden. Und üben kannst du zu Hause bei uns. Ich habe einen Flügel in Erwins ehemaligem Zimmer.«

»Bei uns … bei uns … zu Hause bei uns. Das klingt nicht schlecht in meinen Ohren.«

»Finde ich auch. Du, sollten wir das Telefonat nicht endlich mal beenden? So liebend gern ich auch mit dir rede, aber ich habe schon ein heißes Ohr.«

»Schade, dass ich es nicht kühlen kann! Aber du hast natürlich recht.«

Kurz darauf hatten sie tatsächlich aufgelegt. Monika versank in einem stillen glücklichen Lächeln. Sie hätte im Augenblick noch viel zu tun gehabt, doch das alles konnte nun noch ein paar Minuten warten.

Drei Tage später war das neue Architekturbüro bereits gut eingerichtet. Dass es so aussah, wie es aussah, war unter anderem der jungen Assistentin zuzuschreiben, die bereits am Mittwoch ihren Dienst angetreten hatte. Wasserstoffblond, so wie es Maria ihrer Schwester damals geschildert hatte. Und Maria hatte ihr auch empfohlen, diese Assistentin einzustellen, als sie am Dienstagabend bei einem Glas Rotwein beieinandersaßen und Monika ihr genau erklären musste, wie das alles mit Gustav und dem Rauswurf aus der Firma abgelaufen war.

»Meine Güte«, Maria schüttelte ungläubig den Kopf, »der wird sich noch umschauen, wenn er merkt, wer ihm da abhanden gekommen ist.«

»Ach ehrlich, ich mach mir da wirklich keine Sorgen um ihn oder seine Firma. Auch wenn er bei Projekten selbst meist nicht viel weiterbringt, eines kann er perfekt: Leute auftreiben, die für ihn arbeiten und auch in seinem Sinne arbeiten. Glaub mir, der kann sicher binnen weniger Tage Ersatz für mich finden. Und niemand ist unersetzbar in unserem Metier, das weiß ich schon lange.«

»Stell dein Licht nicht unter den Scheffel.«

»Das tue ich auch gar nicht. Ich weiß schon, was ich kann und dass ich sicher nicht die schlechteste Architektin bin. Nur, Gustav ist das in drei, vier Tagen scheißegal.«

»Willst du allein arbeiten am Anfang, oder wirst du jemanden brauchen? Du wirst jemanden brauchen«, gab sich Maria gleich die Antwort, »und ich weiß auch schon, wer deine Assistentin wird: Petra, die Zwillingsschwester von meiner Perle Paula.«

»Glaubst du, die ist noch zu haben?«

»Das glaube ich nicht nur, das weiß ich ganz bestimmt. Paula hat mir erst heute gesteckt, dass ihre Schwester noch auf der Suche nach einer passenden Stelle ist.«

So saß nun Petra gegenüber von Monika und betrachtete zufrieden das Werk. »Monika, das schaut schon sehr gut aus. Zwar noch irgendwie improvisiert, dennoch professionell. Du bist wirklich eine Meisterin in diesen Dingen.«

Monika hatte Petra bereits am Vortag das Du angeboten, und die hatte es mit Stolz angenommen. Es war Monika auf die Nerven gegangen, immer als Frau Brunner tituliert zu werden. Sie fand das unnötig und vor allem eine Zeitverschwendung.

»Petra, dazu hast du schon deinen Teil beigetragen.«

Es war Petra gewesen, die es geschafft hatte, ihren Onkel zu überreden, sein altes Büro des Pleite gegangenen Installateurbetriebs plündern zu dürfen. Das Büro und die dazugehörige neuwertige Einrichtung waren das Einzige gewesen, was von seinem Traum geblieben war. Er hatte sogar mitgeholfen, die Sachen zu transportieren und ins neue Büro zu tragen. Als er die Sachen dann dort stehen sah, ging sein Herz ein wenig auf. Das Gefühl, dass nun wieder alles mit Leben erfüllt würde, hatte dazu geführt. Er entschuldigte sich noch vielmals, dass er keine Büromaschinen wie Drucker, Computer und Ähnliches mehr hatte, die waren alle der Konkursmasse anheimgefallen. Spontan wollte er die Dinge dann auch verschenken, doch Monika hatte dies nicht zugelassen.

»Wissen Sie, Herr Schvagr, ich weiß genau, was die Dinge wert sind, das gehört zu meinem Job, und vielleicht werden die Sachen nicht ewig bei mir stehen und verwendet werden, aber Sie können sie mir nicht schenken, die sind viel zu wertvoll. Wenn Sie das Geld selbst nicht behalten wollen, so geben Sie doch die Hälfte Ihrer Nichte Petra, die kann es sicher gut gebrauchen.«

Er wiegte sanft den Kopf. »Die Idee hat was.«

Und so war Petra zu einem gar nicht so kleinen Betrag gekommen. Den wollte sie mit Paula teilen, das war gleich fix. Ihr verdankte sie den Job und den unerwarteten Geldsegen.

Monika werkelte an der neuen Espressomaschine, eine Tasse würde sie nun noch vertragen können. Kaum war der Lärm der Maschine verklungen, vernahm sie ein Läuten an der Tür. Monika stürmte aus dem Büro, war doch die Taste für die Glocke noch direkt neben der des Wohnhauses gelegen und sollte erst in den nächsten Tagen vom Elektriker an die richtige Stelle verlegt werden. Monika hatte keine Lust, von Kunden in ihrem Wohnbereich herausgeläutet zu werden, andererseits sollten keine potenziellen neuen Klienten dadurch verscheucht werden, dass sie nicht ins Büro finden konnten. Dieses war ja nur über den Weg hinter dem Haus zu erreichen und für sich allein gar nicht zu erkennen.

Als Monika vor dem Haus ankam, stand dort Karen Scott. Monika versetzte es einen leichten Stich ins Herz. So lange hatte sie mit Karen und ihrer Frau Hebe schon an deren Einfamilienhaus geplant, getüftelt, gezeichnet und bemustert, doch das war ja nun alles vorbei. Es war ein sehr schönes Projekt gewesen und die Frauen so sympathisch, sie waren ihr irgendwie ans Herz gewachsen.

»Guten Tag, Frau Scott.«

»Guten Tag, Frau Brunner. Wie sieht es mit unserem Projekt aus?«

»Leider ist es nicht mehr unseres. Sie müssen sich an das Büro meines Bruders wenden. Ich arbeite dort nicht mehr.«

»Das weiß ich, weil ich gerade von dort komme. Ich habe von dem Rauswurf gehört, der Dialog zwischen Ihnen und Ihrem Bruder ist mir wortwörtlich nähergebracht worden. Helga, der gute Geist des Büros Ihres Bruders, ist ganz aus dem Häuschen und hat mir alles brühwarm erzählt.«

Monikas Mundwinkel zuckte. Auf die Idee, dass das alles von jemandem mitbekommen worden sein könnte, war sie nicht gekommen. Das war ihr jetzt ein wenig peinlich. »Es war kein besonders schöner Disput.«

Karen hob ihre Augenbraue, und ein sanftes Lächeln erhellte ihre Züge. »Sie lieben eine Frau? Warum haben Sie das nie erwähnt?«

Monika war völlig perplex. »Wieso hätte ich das tun sollen? Ich kann Sie doch nicht mit meinen privaten Angelegenheiten konfrontieren. Aber es stimmt, Ihnen kann ich das gerne sagen: Ich liebe eine Frau. Sehr sogar.« Der Nachsatz kam etwas verzögert und sehr leise, doch gleich fuhr sie mit fester Stimme fort: »Sie wissen also auch, dass ich von allen Aufgaben entbunden worden bin und dass ich hier von vorne anfange, sozusagen versuche, auf eigenen Beinen zu stehen.«

»Dann könnte es sein, dass Hebe und ich Ihre ersten Kundinnen sind. Ich habe alles erledigt bei Ihrem Bruder, habe ihm den Auftrag entzogen, ihn ausbezahlt, die Unterlagen kopieren lassen, und die habe ich jetzt im Auto, damit Sie daran weiterarbeiten können.«

Monika strahlte. »Wirklich?«

»Wirklich. Aber ich sage Ihnen gleich: Hebe und mir sind wieder ein paar Sachen eingefallen, die wir definitiv ändern wollen. Hoffentlich lassen sie sich auch so verwirklichen, wie wir uns das vorstellen.«

Monika hakte sich bei Karen ein, was dieser kurz einen erstaunten Blick abrang, doch dann gingen die beiden Frauen Arm in Arm ins neue Büro.

Die Arbeit konnte beginnen.

Und es blieb nicht der einzige Auftrag an diesem Tag. Monikas Freund und Exkollege Roland hatte knapp eine Stunde später angerufen. Er hatte ganz leise gesprochen, beinahe geflüstert: Der Umbau von vier Bäckereifilialen in Cafés mit angeschlossener Bäckerei beziehungsweise Konditorei würde anstehen. Es wäre ein Mann da gewesen, sehr entschlossen und offenbar mit reichlich Geld ausgestattet. Der wäre vertröstet worden und sei darüber gar nicht froh gewesen. Roland hätte er mehr so aus Gewohnheit heraus, wie es erschienen war, eine Visitenkarte in die Hand gedrückt. »Vielleicht können Sie die Sache beschleunigen!« Das wären seine Worte gewesen, und da wäre ihm sofort das neue Büro eingefallen. Überarbeitet könne man dort ja noch nicht sein, hatte er mit hörbarem Grinsen geschlossen.

Eine halbe Stunde später hatte Monika den Mann am Telefon und am späten Nachmittag nach einer kurzen Besprechung den Auftrag an Land gezogen. Würde das so weitergehen?

Es ging so weiter. Am späten Abend saßen Monika und Petra fix und fertig als auch stumm im Büro bei einer Flasche Rotwein, die Monika zur Feier des Tages geköpft hatte. Monika hatte Petra überreden können, gleich bei ihr im Haus zu übernachten und auf die

Heimfahrt zu verzichten. Petra hatte gar nicht lange darüber nachdenken müssen. Die Vorstellung, noch eine knappe halbe Stunde nach Hause zu fahren, war nicht gerade erbaulich, und da sie sich ohnehin schon am Vortag einigermaßen häuslich eingerichtet hatte mit Reservewäsche, Kleidung und allem, was Bad und Pflege anbelangte, war damit auch keinerlei Problem verbunden. Monika hatte ihr bereits bei der ersten Besprechung klar mitgeteilt, dass schon die eine oder andere lange Nacht auf sie warten könnte. Die Zeit würde sie ihr dabei sicher abgelten, und auch finanziell sollte es zu spüren sein.

Noch immer hatten sie kein Wort gewechselt, Monika hatte bloß nachgeschenkt und Petra lautlos zugeprostet. Die Blondine war ein Volltreffer. Das war schon jetzt klar.

Das Läuten der Türglocke riss die beiden aus ihrer Lethargie, und sie sahen sich fragend an. Das wurde ihnen auch gleich bewusst, und so kicherten sie gemeinsam los. Das Läuten verstummte, um kurz darauf gleich wieder loszulegen.

»Ich schau mal, wer sich da um diese Zeit hierher zu uns verirrt hat.« Monika hatte sich erhoben und war bereits auf dem Weg. Es hatte leicht zu regnen begonnen, und so zog sie sich ihre Jacke über den Kopf, als sie hinter dem Haus in Richtung Straße eilte. *Das mit dem Eingang hier, das muss sich noch ändern, bald ändern*, kam ihr in den Sinn, und sie wurde das erste Mal an diesem Tag etwas missmutig.

Die aufkeimende schlechte Laune verflog jedoch in dem Augenblick, als sie Roland zu Gesicht bekam. Dieser hatte einen winzig kleinen Regenschirm aufgespannt, der gerade einmal seinen Kopf schützte, die Schultern aber freiließ. Ein kurioser Anblick, wie Monika fand. Und Roland schloss den Schirm auch sogleich, als Monika auf ihn zustürzte, ihn umarmte und ins neue Büro führte.

Monika stellte Petra und Roland einander vor und zeigte ihm kurz die Räumlichkeiten.

»Also schon die erste Nachtschicht bei euch nach so kurzer Zeit. Das geht ja flott los, was?«

»So ist es!« Monika war ein wenig stolz.

»Da wäre doch noch Platz für einen zweiten Architekten, wie ich das so sehe.«

»Soll das eine Anfrage um einen Job werden?«
»Möglich.«
»Du machst wohl Witze, Roland.«
»Eher nicht.«
»Was soll das heißen?«
»Monika, ich hätte mehrere kleinere und auch größere Aufträge an der Angel. Ich hätte sie sicher an deinen Bruder weitergereicht, aber so …«
»Wie kommst du dazu? Wie machst du das?«
»Das rührt aus der Studentenzeit. Ich war da in so einer Clique, heute würde ich eher sagen, in einem Geheimbund. Wir haben alles gemeinsam gemacht und uns fix vorgenommen, uns gegenseitig alle möglichen Informationen zukommen zu lassen. Und zwar ohne dass daraus Verpflichtungen entstehen sollten. Das funktioniert heute noch, und ich bekomme immer rasch Informationen dahin gehend, was sich in unserem Einzugsgebiet so tut. Aus mehreren Quellen übrigens. Unter uns gesagt, habe ich deinem Bruder so schon das eine oder andere Projekt zugeschanzt, das ich mir dann des Öfteren selbst unter den Nagel gerissen habe, weil ich einfach Spaß daran hatte.«
Monika sah Roland schief an. »Ist das wahr? Hast du ihm nie etwas davon gesagt?«
»Du kennst doch Gustav besser als ich. Wenn der das Gefühl hat, auf Almosen seiner Untergebenen angewiesen zu sein, so verzichtet der doch lieber auf einen Auftrag, als sich dafür zu bedanken.«
Monika sah Petra an, die der Unterredung ein wenig ungläubig gelauscht hatte, und nickte. »So ist er, mein Bruder. Wirst ihn auch noch irgendwann kennenlernen …«
»Also, hast du Interesse?«
»Woran?«
Roland atmete tief aus. »An den Aufträgen.«
»Und ich dachte, am Architekten.«
»Könnte sein, dass du jemanden brauchen wirst, wenn du annimmst.«
»Gut, dann nehme ich die Aufträge und den Architekten.«
»Ja?« Jetzt war Roland unsicher geworden. »Ernst oder Verarschung?«
»Ernst.«

Roland wirbelte herum, packte Monika, hob sie hoch und drehte sich mit ihr im Kreis. »Ja!«

»Petra, hol doch bitte noch ein Rotweinglas.« Monika, ein wenig schwindlig, hatte ein breites Grinsen aufgesetzt.

Es war doch spät geworden. Katja lenkte ihren Wagen in die Sackgasse, in der Monikas Haus stand. Ein Navi brauchte sie nun nicht mehr. Sie wusste ganz genau, wie man dorthin gelangen konnte. Ihr Herz hüpfte vor Freude, als sie vor dem Haus parkte, ausstieg und an der Tür läutete. Sie musste keine fünf Sekunden warten, bis sie eingelassen wurde.

Monika stand vor ihr. Bekleidet mit einem wadenlangen lachsfarbenen Seidenmantel, ein großes weißes Handtuch wie einen Turban um den Kopf gebunden und mit einem Schlüssel in der Hand, den sie Katja vors Gesicht hielt.

»Willkommen, Katja. Willkommen in unserem Haus.«

Katja nahm den Schlüssel in die Hand, lächelte Monika an und huschte vorbei an ihr ins Innere. »Jetzt wirst du mich aber nicht mehr los.«

Sie ließ die kleine Tasche fallen, die sie in der Hand gehabt hatte, und umarmte Monika. Mit Schwung drehten sich die beiden um die eigene Achse, tanzten durch die große Diele, bis sie irgendwo anstießen, da hielt Monika Katja plötzlich fest, drängte sie mit Kraft an die Wand und küsste sie.

Nach dem Kuss ein wenig außer Atem, standen Katja und Monika wenig später noch immer eng umschlungen beieinander.

»Wir gehen essen. Gleich hier im Ort. Wir haben ein vorzügliches Restaurant, dort habe ich schon einen Tisch reserviert, und wir werden einen kleinen Spaziergang dorthin unternehmen. Ist dir das recht?«

Die Luft war kühl und frisch. Der Regen der vergangenen Stunden hatte dafür gesorgt. Katja und Monika atmeten ein paarmal tief durch und genossen die frische Luft, während sie Arm in Arm langsam zum Restaurant schlenderten.

Katja zog Monika ein wenig fester an sich. »Wenn man uns so anschaut, könnte man sicher denken, wir wären ein altes Paar.«

»Alt?«

»Na, eben nicht zwei alte Leute, nein, ein Paar, das schon lange zusammen ist.«

Monika sah amüsiert in Katjas Gesicht, das bei der trüben Beleuchtung kaum zu erkennen war. »Kommt dir das so vor? Ist das eine schlimme Vorstellung für dich?«

»Nein! Gar nicht. Ganz im Gegenteil. Ehrlicherweise würde ich mir nichts mehr wünschen, als mit dir gemeinsam genau diesen Weg wieder zu gehen, wenn wir steinalt, grau und gebrechlich sind und einander immer noch so lieben wie heute.«

»Ja?« Rührung stieg in Monika hoch. »Wie meinst du das genau?« Monika wusste sehr wohl, was Katja hatte sagen wollen, sie hatte gleichwohl das Bedürfnis, es nochmals detailliert zu hören.

»Ich wünsche mir das eben so sehr. Natürlich weiß ich nicht, was die Zukunft bringen wird, woher auch.« Sie schwieg einen Augenblick. »Aber ... aber die Vorstellung, dass wir gemeinsam alt werden, so mit allem Drum und Dran, das hat was. Das würde ich gerne erleben.«

»Und wie stellst du dir das vor?« Monika konnte sich das selbst ganz genau vorstellen, bekam jedoch noch immer nicht genug von Katjas Überlegungen.

»Na, hast du keine Fantasien in diese Richtung? In Richtung Zukunft?« Die Gegenfrage war nicht unerwartet gekommen.

»Doch, doch, aber jetzt bist du dran mit dem Schildern deiner Zukunftsvisionen.«

»Visionen ist vielleicht zu viel gesagt. Aber wenn du möchtest, erzähle ich dir eine kurze Geschichte, die sich genau so einmal abspielen wird. In näherer oder fernerer Zukunft, das weiß ich nicht. Willst du sie hören?«

»Ja, ich bin schon ganz neugierig.«

»Wir gehen gemeinsam durch den Wald. Es ist unser Wald, dem Gefühl nach zumindest. Die Luft ist so frisch wie jetzt, bloß um einiges wärmer. Die Sonne steht am späten Nachmittagshimmel, bricht durch die Wolken, die vor einer Stunde noch einen Regenguss gespeist haben.«

»Klingt poetisch ...«

»Du darfst mich jetzt nicht unterbrechen, Monika, sonst ist meine Vision weg.«

»Entschuldige.«

»Nichts passiert, bin noch dran. Ja, wo war ich? Ach ja. Die Sonne leuchtet durch die Bäume, wirft wunderbare Muster auf den Waldboden, leuchtende Muster. Wir suchen nach Pilzen. Es sind aber keine zu finden an diesem Tag. Wir verstehen das beide nicht, sind ein wenig enttäuscht. Da zeigst du auf eine Waldlichtung, nimmst mich an der Hand und ziehst mich dorthin. Auch dort strahlen Lichtmuster, und die werden zerteilt durch ein dichtes Himbeergestrüpp. Und auf den zerzausten Ästen der Himbeeren finden sich Hunderte, was sage ich, Tausende tiefrote Früchte. Du pflückst ein paar davon, steckst sie mir in den Mund. Ein unglaubliches Aroma entfaltet sich, und auf dieses setzt du einen zarten Kuss, einen Kuss, der alles noch, noch …«

»Katja!« Monika war stehen geblieben. »Was hast du für Geschichten im Kopf?« Sie umarmte sie, küsste sie wild, gierig, beinahe ein wenig fiebrig. »Meine Katja. Ich liebe dich.«

»Und ich liebe dich. Du bist meine große Liebe. Genau das bist du.«

Später, schon ziemlich gesättigt und sehr zufrieden mit der Leistung des Kochs, saßen die beiden Frauen an ihrem Tisch und studierten die Dessertkarte. Lange brauchten sie nicht für eine Entscheidung: heiße Himbeeren mit Vanilleeis war ihnen nahezu gleichzeitig aufgefallen. Monika konnte es sich dann nicht verkneifen, Katja von ihrem Teller aus zu füttern. Katja ließ sich genießerisch die Früchte auf der Zunge zergehen, dann sprang sie auf, stürzte sich auf Katja und küsste sie. Das sorgte für Kichern am Tisch, nachdem sie sich wieder gesetzt hatte, und für erstaunte Blicke an einigen Nachbartischen. Die waren ihnen zum Teil nicht entgangen, gaben Anlass, noch mehr herumzualbern, sodass sie, nach einer kleinen Flasche einer süßen, schweren Beerenauslese zum Abschluss, gut gelaunt den Marsch nach Hause antraten.

Von Müdigkeit war nichts zu spüren, als sie zu Hause ankamen. Dennoch führte sie der Weg direkt ins Schlafzimmer. Katja entkleidete sich rasch und begann dann, Monika ganz langsam auszuziehen. Sie schmiegte sich dabei zärtlich von hinten an und flüsterte ihrer Liebsten ins Ohr: »*Sie müssen nichts können, nichts tun, nichts wissen, Sie sollen nur genießen und mir sagen, wenn Ihnen etwas besonders gut gefällt.* Habe ich dir das so oder so ähnlich nicht schon einmal zugeflüstert?« Sanft strich sie mit den Fingerspitzen über Monikas Haut. Monika ächzte, als Katja sie einmal hier, einmal da flüchtig berührte.

»Na, hab ich das schon einmal so gesagt?«

Monika lehnte sich schwer an Katja. »Ja, das hast du. So oder so ähnlich, ich erinnere mich …«

»Ist das angenehm so?«

»Ja.«

»Sehr?«

»Sehr.«

Rasch streifte Katja Monikas restliche Kleidung ab, ließ sich aufs Bett sinken und zog Monika auf sich. Dies war der Beginn eines einmal zärtlichen, einmal wilden Liebesspiels, das die halbe Nacht beanspruchte und erst spät von wohligem Schlaf abgelöst wurde.

Beim Frühstück am folgenden Tag war Katja schließlich tatsächlich bei Monika eingezogen. Gleich nach dem Aufstehen und nach einem starken Espresso führte Monika ihre Geliebte durchs Haus. Es schien Katja noch größer zu sein, als sie es sich in ihrer Fantasie ausgemalt hatte. Zwei Zimmer im ersten Stock waren komplett ausgeräumt worden. Offenbar erst vor Kurzem, denn man konnte noch gut am Parkettboden sehen, wie Möbel platziert gewesen sein mussten. Das größere Zimmer hatte eine eigene Terrasse, gut geschützt und nicht einsehbar von außen. Die ersten Sonnenstrahlen leuchteten darauf und ließen sie sehr einladend erscheinen.

»Was hast du vor mit den beiden Zimmern? Wollen wir sie gemeinsam einrichten und uns ein richtiges Liebesnest bauen?«

Monika hatte nicht gleich verstanden, was Katja damit meinte. Sie brauchte zwei, drei Sekunden, bis sie merkte, dass Katja irgendetwas falsch verstanden haben musste. »Ja, Liebesnest ist gut. Ich komme gerne her in dieses Liebesnest, wenn du mir Einlass gewährst.«

»Wie? Soll das heißen …«

»Natürlich soll es das heißen. Das soll hier im Haus dein eigenes Reich werden. Ich habe auch ein Zimmer hier nebenan für mich, für meinen Kram, für mein Nähkästchen, wenn man so will. Und noch eine Tür weiter, komm mit, ich zeig dir das gleich, ist Erwins ehemaliges Zimmer, in dem nun der Flügel steht.« Sie hatte die Tür geöffnet und ließ Katja eintreten.

»Unglaublich!«, entfuhr es Katja. »Das Haus hat ja die Dimension eines kleinen Hotels.«

»Und hier«, Monika strahlte, »hier ist der Musiksalon, in dem du dein Klavierspiel in Zukunft verfeinern wirst, während ich dir dabei zuhöre.«

Katja fasste nach ihrer rechten Hand, knetete sie. Kein Schmerz, kein taubes Gefühl. Sie spielte mit den Fingern, alles war so wie früher. Nein, genau genommen hatten die ganzen Bemühungen im Sanatorium und auch schon davor dazu geführt, dass die Beweglichkeit und die Feinmotorik beider Hände deutlich besser waren als jemals zuvor. Sie hatte vor dem Überfall niemals darauf geachtet. Warum auch? Wenn etwas selbstverständlich ist, kümmert man sich dann darum? Die meisten Menschen taten das nicht, und Katja war da nicht anders. Oft lernt man etwas erst wirklich zu schätzen, wenn man es verloren hat. Das war in diesem Augenblick tief in Katjas Bewusstsein eingedrungen. »Heute am Vormittag kümmere ich mich um einen Klavierlehrer. Ich will damit nicht mehr warten. Nicht einen Tag.«

»Darf ich dir etwas vorspielen? Möchtest du etwas hören?« Monika hatte die Antwort nicht abgewartet, saß bereits am Flügel und ließ die Finger über die Tastatur laufen. »Damit hat mich meine Gesangslehrerin immer gequält. Bis zur Perfektion hat sie das getrieben mit mir.« Plötzlich änderte sich das Spiel. Eine wunderschöne Melodie erklang, Katja kam sie bekannt vor, aber sie konnte sie nicht einordnen.

»Das klingt doch besser, ist aber viel einfacher zu spielen als das von vorhin. Meinst du nicht auch?«

Katja nickte nur.

Wieder ließ Monika die Finger in ganz regelmäßigen Läufen über die Tastatur gleiten. »Doch das sollte man immer wieder üben, dann bekommt man das Gefühl für das Instrument. Mir hat man das jedenfalls erfolgreich eingeredet.« Sie lachte Katja ins Gesicht. »Soll ich dir am Abend etwas vorsingen? Ich kann mich selbst am Klavier begleiten.«

Wieder nickte Katja nur.

Abrupt beendete Monika das Klavierspiel. »Also, jetzt kennst du das ganze Haus. Es soll ab nun unseres sein. Wirklich. Wirst du das schaffen, dich hier nicht als Gast zu fühlen?«

Katja hatte ihre Sprache wieder gefunden und lächelte Monika verschmitzt an. »Ich denke schon, dass das geht. Wir testen das gleich mal. Ich werde dir ein Frühstück zaubern, und du liest mir aus der Zeitung vor. Einverstanden?«

Katja arbeitete flott und sicher. Woher sie so genau wissen konnte, wo alle Utensilien verborgen waren, kam Monika etwas erstaunlich vor. Nur ein, zwei Mal musste sie etwas länger suchen, bis sie fündig wurde, niemals jedoch musste sie Monika fragen. Die berichtete von den Neuigkeiten, die in der Zeitung zu erfahren waren. Katja gab hin und wieder einen kurzen Kommentar ab, sonst schwieg sie. Sorgsam hatte sie den Frühstückstisch gedeckt, die Speisen aufgelegt und flott das Gebäck aus dem Backrohr gezogen.

Monika legte kurz den Kopf zur Seite und dachte angestrengt nach. »In diesem Haus hat mir noch nie jemand das Frühstück gemacht. Noch nie. Also wirklich, das hat was!«

»Nicht einmal Erwin?«

»Der hätte mir nicht einmal einen Kaffee gemacht. Er war so. Eigentlich traurig. Findest du nicht auch?«

Katja zuckte mit den Achseln, reichte Monika ein klitzekleines Stück Brot mit Schinken darauf. »Hier, eine kleine Kostprobe.«

Monika ging das Herz auf. Warum hatte sie nicht schon vor Jahren so einen Menschen finden können? Weil eben alles seine Zeit hat und braucht! Die Antwort kam mit der Frage.

»Komm, es ist angerichtet.«

Die beiden Frauen ließen sich Zeit mit dem Frühstück. Petra rief einmal kurz an, doch auch das war nur eine kurze Unterbrechung. Ansonsten genossen sie das reichhaltige Frühstück und widmeten sich den vielen Themen, die es zu besprechen galt.

Katja erzählte von den Telefonaten, die sie am Vortag auf der Fahrt vom Sanatorium nach Hause, genau so hatte sie es ausgedrückt, geführt hatte. Mit Dr. Franz Rohr, ihrem Chef vom Labor. Der wäre unendlich erleichtert gewesen, erleichtert darüber, dass die Probleme mit den Diensteinteilungen nun vorbei sein sollten, und überdies offenbar ganz ehrlich darüber, dass das mit Katjas Verletzungen letztlich doch glimpflich abgegangen war, wenn auch mit Schmerzen und Mühen. Per E-Mail hatte er Katja eine halbe Stunde später die Diensteinteilung zukommen lassen.

Monika war gleich um ihren altmodischen Standkalender gelaufen, der Basis ihrer eigenen Zeiteinteilung.

»Das wird der zentrale Punkt unserer Zeitplanung sein. Bist du damit einverstanden? Wir werden es ja nicht immer leicht haben, unsere Termine zu koordinieren.«

»Darf ich den wirklich verwenden?« Katja nahm den Kalender in die Hand und drehte ihn herum. Es war ein billiges Werbegeschenk des Kaminkehrers, doch ein intimes Stück von Monika, so empfand es Katja zumindest. »Willst du das wirklich?«

Monika sah Katja ein wenig erstaunt an. »Dürfen? Du *sollst* ihn verwenden. Es ist unser Kalender. Möchtest du deine Termine denn nicht hier festhalten? Es müssen ja keine Details eingetragen werden.«

»Darum geht es nicht. Ich will mich bloß nicht überall hineindrängen.«

Monika packte Katja fest an den Schultern. »Ich will aber, dass du überall in meinem Leben präsent bist. Auch in diesem Kalender. Bitte.«

»Gib her«, ein sanftes Lächeln umspielte Katjas Lippen, »ich trag meine Dienstzeiten im Labor ein, und noch einiges mehr.« Und im Zuge dessen erzählte Katja, nun ein wenig nervös, von dem zweiten Telefonat, das sie im Auto geführt hatte. Von dem Telefonat mit Anna, der Chefin des Begleitservices. Die wäre auch hocherfreut gewesen und hatte sie gleich ordentlich eingeteilt, so, wie wenn sie nie fort gewesen wäre. Der erste Termin sollte gleich heute am Abend stattfinden. Lustigerweise oder seltsamerweise, je nachdem, wie man es betrachten wollte, wäre es derselbe Italiener, den sie am Tag des Überfalls begleiten hatte müssen.

»Das ist eine reine Begleitung mit Smalltalk, sonst nichts. Er wird nicht mit mir schlafen wollen.«

»Katja.« Monika sah ihr fest in die Augen, schwieg kurz. Ihr Vorsatz zum Thema Callgirl, den sie gefasst hatte, war ihr in den Sinn gekommen. »Nun ist es so weit. Du wirst wieder als Callgirl arbeiten, und ich werde dazu nicht Nein sagen. Sollte der Italiener also doch auf die

Idee kommen, mit dir ins Bett zu wollen, so mach deine Entscheidung darüber nicht von mir abhängig.« Sie lachte kurz auf. »Ich kann mir nicht vorstellen, dass ein Italiener, dem man die Gelegenheit dazu gibt, nicht mit dir schlafen will.«

»Übermorgen am Abend ist es ohnehin so weit. Einer meiner alten Stammkunden freut sich schon auf ein Treffen mit mir. Und der wird sicher stundenlang mit mir herummachen.«

Monika lächelte. »Du wirst also durchgefickt nach Hause kommen. Durchgefickt, das war dein Ausdruck dafür, wenn ich mich richtig erinnere.«

Katja lächelte und nahm Monikas Hand. »Ja, er wird mich durchficken nach Strich und Faden. Er ist einer von den Typen, von denen ich dir erzählt habe. Hast du tatsächlich kein Problem damit?« Katjas Frage klang doch ein wenig unsicher.

»Er darf dir nicht wehtun.« Das hatte nun sehr bestimmt geklungen, sollte aber bloß Monikas Unsicherheit überdecken, die sich, Vorsatz hin, Vorsatz her, in ihr eingestellt hatte.

Jetzt lachte Katja laut auf. »Nein, sicher nicht, da pass ich schon auf, immerhin bin ich ja eine Professionelle.«

Monika gab ihr einen leichten Schubs auf den Arm. »Ach Katja.«

»Was ist?«

»Ein wenig seltsam ist die Situation schon, aber ich möchte, dass wir das durchziehen wie besprochen. Du entscheidest, wie du die Sache angehst.« Sie sah ihr in die Augen. »Ein für alle Mal. Ich will das so.«

»Du willst also, dass ich durchgefickt nach Hause komme.«

Das brachte ihr einen weiteren Schubs auf den Arm ein. »Nein, ich will, dass du Freude an der Sache hast und mir berichtest, wenn du ein nettes Erlebnis hattest. So etwas wird es ja wohl auch geben.«

»Ja, sicher. Ich hab dir ja schon lang und breit erzählt, was sich da so alles abspielen kann.« Sie machte eine kurze Pause. »Bis hin zu einem Orgasmus, den ich erleben kann, von Fall zu Fall ...« Sie hatte ganz leise gesprochen. »Sag, ist das nicht die schlimmste Vorstellung für dich, dass ich heimkomme und vielleicht so vor einer Stunde oder gar nur einer halben einen Orgasmus hatte, möglicherweise auch einen zweiten?«

»Wie wär's dann mit einem dritten?« Monika lächelte verschmitzt. »So nach einem ausgiebigen Bad und sanfter Pflege. Was spricht dagegen, den Alltag noch ein wenig beiseitezuschieben?«

Nun erntete Monika einen Klaps auf ihrem Oberarm. »Na gut, wir entscheiden das in der Situation.«

Kapitel 12

Tatsächlich lief dann der Alltag für beide Frauen mit voller Wucht an.

Katja war ohne große Erwartungen ins Labor gekommen und dachte, die übliche Routinearbeit ausführen zu müssen, doch so war das dann nicht. Selbst in der, wie es Katja schien, kurzen Zeit ihrer Abwesenheit hatte sich viel getan. Franz und Birgit mussten sie an zwei neuen Geräten einschulen. Kein Problem für Katja, merkte sie doch gleich, dass dadurch die Arbeit eher erleichtert wurde und sie ihr Angebot an Untersuchungen erweitern konnten. Franz erwartete sich eine deutliche Umsatzsteigerung, und Katja konnte dem nur beipflichten.

Darüber hinaus hatte sie auch schon einige Abende im Dienste des Begleitservices verbracht. Der Wiedereinstieg mit Giorgio Brisancone war wunderbar verlaufen. Sie war erneut als Schutzschild für die Abwehr einer der bereits bekannten Verehrerinnen benötigt worden. Abgespielt hatte sich alles in einem Hotel, und Katja war am Ende beinahe versucht gewesen, ihm anzubieten, mit ihm ins Bett zu gehen. Nachdem er ihr aber voller Dankbarkeit für die erwiesene Arbeit sogleich mitteilte, sie vermutlich noch einige Male in dieser Funktion buchen zu wollen, ließ sie es bleiben. Und im Gegensatz zu Monikas Ansicht, ein Italiener würde sich doch die Gelegenheit nicht entgehen lassen, wenn sie sich eröffnet, machte er keine Anstalten diesbezüglich. Die Erklärung hierfür bekam Katja ganz zufällig geliefert: Als sie nach einer kurzen Verzögerung, sie hatte sich noch frisch gemacht und es sich nicht verkneifen können, Monika anzurufen, das Hotel verlassen wollte, sah sie Giorgio an der Hotelbar sitzen. Und zwar nicht allein. Eine elegante Frau saß bei ihm und drückte ihm sanft einen Kuss auf die Wange, der ebenso sanft erwidert wurde. Dabei wandte sie das Gesicht zu Katja. Es war eine sehr schöne Frau, allerdings mindestens zwanzig Jahre älter als Giorgio. Katja lächelte und hoffte insgeheim, eine gute Vertretung für diese Dame in den offiziellen Angelegenheiten zu sein.

Am folgenden Tag kam sie dann tatsächlich mit dem Gefühl nach Hause, richtig durchgefickt worden zu sein. Schon lange hatte kein Mann mehr mit ihr geschlafen, und so fragte sie sich, wie es denn werden würde. Nach einer Minute wusste sie es: wie immer. Der Mann, ein Chemielehrer an einem Gymnasium, hämmerte an ihr herum – der Ausdruck »hämmern« hatte sich irgendwie in ihren Kopf geschlichen, als er mit ihr schlief, und sie musste sich zusammenreißen, nicht zu lachen. Es war aber tatsächlich so verlaufen, wie sie es sich ausgemalt hatte. Gut, sie kannte den Mann ja auch schon. Ein vorgetäuschter Orgasmus vonseiten Katjas und ein dadurch hervorgerufener lautstarker aufseiten des Kunden bereiteten der Sache dann ein Ende. Nach dem Lustgewinn legte sich, auch das kannte Katja bereits, bei dem Herrn Lehrer ein Schalter um, und er war der liebenswürdigste Mensch. Obendrein humorvoll und bester Laune. Das gemeinsame Abendessen machte Katja dann jedenfalls wirklich viel Spaß.

Katja kam nach diesem Abendessen ein wenig nervös nach Hause. Schon in der Diele kam ihr Monika entgegen.
»Durchgefickt?«
Katja nickte. »Richtig durchgefickt.«
Monika umfing sie zärtlich und küsste sie. »Na, dann werde ich meine Liebe nach so einem harten Arbeitstag doch noch etwas verwöhnen müssen. Ist dir das recht?«
Katja hatte mit einem Mal unbändige Lust, Monika zu spüren, sich an sie zu lehnen, sie in den Arm nehmen zu können. »Das ist mir sehr recht«, hauchte sie, »lassen wir den Abend gemütlich ausklingen.«
Monika hatte verstanden. Einem Glas Wein folgte ein gemeinsames Bad in der großen Wanne bei Kerzenschein und Musik. Musik erklang ebenfalls, als Monika später im Bett ihre Liebste mit unglaublicher Zärtlichkeit einfach nur in die Arme nahm. Sonst nichts. Da erkannte Katja mit Freude, dass Monika es wirklich so lebte, wie sie es ausgedrückt hatte. Katjas Körper entspannte sich, und sie gab sich mit Genuss der Umarmung hin.

Petra und Roland saßen am Samstagnachmittag im Büro. Es war Rolands zweiter Arbeitstag und währte bereits recht lang. Das störte ihn aber nicht im Geringsten. Die Umstände seines raschen Abgangs aus Gustavs Büro steckten ihm noch in den Knochen.

»Entschuldige, Roland, dass bei uns noch nicht alles so perfekt ist. Ich habe es noch nicht geschafft, ein System nach meinen Vorstellungen in den Laden zu bringen.« Roland hatte etwas gesucht, war nicht fündig geworden, und auch Petra hatte ihm nicht gleich helfen können. »Hier hast du den Ordner.«

»Du brauchst dich dafür nicht zu entschuldigen. Für die kurze Zeit, die dieses Büro läuft, ist ohnehin alles in bester Ordnung. Dafür kann ich dir nur gratulieren.«

»Findest du es schon ganz gut?«

»Na, da kann ich dir Sachen erzählen aus dem alten Büro …« Er machte eine kurze Pause. »Schwamm drüber.« Ein trauriger Ausdruck legte sich über sein Gesicht.

Petra sah in mitfühlend an. »Magst du erzählen, wie es dazu gekommen ist, dass du, zwei Tage, nachdem du es Monikas Bruder mitgeteilt hast, schon bei uns zu arbeiten begonnen hast? Gibt es nicht so etwas wie Kündigungsfristen oder Resturlaub? Das ist doch nicht normal so.«

»Da hast du wohl recht. Also, das war so …« Roland konnte sich endlich alles von der Seele reden. Es war ihm ein Bedürfnis, dies zu tun. Und er erzählte ohne Selbstmitleid, ohne Vorwürfe zu erheben. Schilderte einfach die unangenehme Situation, die sich wie von selbst entwickelt hatte.

Petra hörte ihm lange zu, betrachtete ihn unumwunden und musste sich, nachdem er seine Erzählung beendet hatte, eingestehen, dass hier ein äußerst attraktiver Mann vor ihr saß. Zwar etwa acht Jahre älter als sie selbst, doch der erste Mann in ihrem Leben, der sich deutlich von den Jünglingen unterschied, mit denen sie bis zu diesem Zeitpunkt ihre kürzeren oder längeren Verhältnisse hatte. Ihr Herz machte plötzlich einen Satz. Hier taten sich ja völlig neue Aspekte für die Arbeit auf! Roland würde in Zukunft mehr als nur gut betreut werden. Überstunden wären sicher so noch leichter zu tragen. Ganz sicher. Sie lächelte.

»Warum lächelst du?« Roland war ein wenig verwirrt, dass sein Bericht Petra zum Lächeln gebracht hatte.

»Du bist einfach ein ganz toller Mann!« Petra war das herausgerutscht und selbst gar nicht aufgefallen. »Über so eine Sache ohne Vorwürfe und ohne Selbstmitleid sprechen zu können, das spricht für sich.«

»Wem soll ich etwas vorwerfen? Was soll Selbstmitleid schon helfen?« Jetzt lächelte er, und Petras Satz kam ihm ins Bewusstsein. »So ein toller Mann bin ich auch wieder nicht.«

»Das finde ich schon.« Petra war rot geworden, sie spürte das, und es war ihr plötzlich furchtbar peinlich.

Roland bemerkte dies, und in jenem Augenblick sah er Petra das erste Mal mit anderen Augen. *Was ist das für ein liebes Mädel!*, ging es ihm spontan durch den Kopf, er sagte aber nichts und sah sie nur genauso unumwunden an, wie sie es vor wenigen Augenblicken bei ihm getan hatte.

»Sollten wir nicht eine Eröffnungsparty schmeißen?« Petra hatte das Thema gewechselt. Die Idee mit der Party war ihr einfach in den Sinn gekommen, doch Roland konnte der Idee sofort etwas abgewinnen.

So war eigentlich alles durchgeplant und besprochen, als Katja und Monika ins Büro kamen. Sie hatten für die beiden Kuchen mitgebracht. Selbst wollten sie sich gleich ans Werk machen, war doch einiges an langweiliger Knochenarbeit zu verrichten, die acht Hände viel leichter fertigbringen konnten als vier.

Daraus wurde aber erst viel später etwas. Petra überfiel Monika mit dem fertigen Plan für die Einweihungsfeier. Im ersten Augenblick wollte Monika schon abblocken, doch Katja schien sofort angetan zu sein, was Monika dann doch zuhören ließ.

Eine Stunde später stand alles fest. An Petras Plan wurde nichts Wesentliches verändert, und die Gästeliste war auch bereits niedergeschrieben.

»Das machen wir! Das machen wir!« Zuletzt war dann Monika am meisten Feuer und Flamme für die Idee.

Die Party begann beinahe mit einer Katastrophe. Petra hatte es strikt abgelehnt, eine Cateringfirma für das Buffet zu beauftragen. Sie wollte alles gemeinsam mit ihrer Schwester Paula herrichten. Überzeugen konnte sie Monika erst mit dem Hinweis darauf, dass sie mit Paula gemeinsam in einem Schnellimbiss gearbeitet hatte, wo sie in

Akkordarbeit Brötchen herrichten mussten, die dann über die Theke gingen oder per Auto in ganz Wien und Umgebung ausgeliefert wurden.

»Wir sind Profis, du wirst sehen. Wir haben auf Dauer nur den Zeitdruck nicht ausgehalten. Und außerdem war uns Kreativität strikt untersagt.« Sie zuckte mit der Achsel. »Das werden wir übrigens nachholen. Paula hat da schon einiges vor.«

Die Kreationen waren wirklich unglaublich. Paula und Petra hatten nicht Unmengen hergestellt, doch sicherlich reichlich, sodass niemand hungrig nach Hause gehen musste. Hergerichtet wurde alles im Wohnhausbereich. Und die Zwillinge werkelten nicht in der Küche, sondern auf dem großen Esstisch. Sie hatten alle Zutaten rasch und nach einer für Außenstehende nicht durchschaubaren Ordnung aufgestellt, und dann ging es los. Katja und Monika konnten sich das Schmunzeln nicht verkneifen. Noch nie hatten sie gesehen, wie schnell man wunderschöne Brötchen herstellen konnte. Und wenn auch die Menge nicht riesig war, so war es dafür die Vielfalt der Kreationen. Katja und Monika mussten einfach das eine oder andere Mal etwas davon probieren und ernteten dafür strenge Blicke.

Beim Transport in die Partyräume, sprich in den Bürobereich, stolperte Paula über die Treppe, fiel auf eine Scherbe der beim Sturz in tausend Stücke zerborstenen Glasplatte und hatte eine große klaffende Wunde am Unterschenkel. Diese blutete stark, sodass der Ort des Geschehens bald wie ein Schlachtfeld aussah.

Maria, die bereits angekommen war, fiel beinahe in Ohnmacht, als sie ihre Paula da so liegen sah. Katja versuchte, die Blutung rasch zum Stehen zu bringen. Das gelang ihr auch, doch es war klar, dass die Wunde genäht werden musste. Ihre Sache sei so etwas nicht, da müsste die Verletzte schon ins Krankenhaus.

Tatsächlich musste sie das aber nicht. Der nächste Gast, der im Haus auftauchte, war in der Lage, das Problem zu lösen. Es war Albin, Monikas Hausarzt. Kaum angekommen, war er schon von Monika bedrängt worden, sich die Sache anzusehen. Als Landarzt müsste er doch mit so einer Sache fertig werden können. Und das wurde er auch.

Mit Ruhe und Besonnenheit ging er ans Werk. Er war es auch, der Paula endlich aus dem Schlachtfeld befreite und sie in den Wohnbereich bringen ließ. Das war noch niemandem eingefallen. Dann holte er zwei Koffer aus seinem Auto und versorgte die Wunde professionell. Vier Jahre in einer unfallchirurgischen Abteilung hatten ihn geprägt. So etwas konnte ihn nicht aus der Ruhe bringen. Maria, der Albin noch gar nicht vorgestellt worden war, bewunderte ihn dafür. So ein zielgerichtetes Arbeiten, das gefiel ihr. Wie ihr der Mann überhaupt gefiel. Ein paar Furchen im Gesicht gaben ihm Charakter und zeigten, dass da kein Jungspund zugegen war. Und als er fertig war, lächelte er Maria an.

»Wie stehen Sie zu unserer Patientin, dass Sie so besorgt sind?«

»Ich bin ihre Chefin, aber da geht es mir nicht um die Arbeitskraft, da geht es mir einfach um die junge Dame selbst.«

»Und wie gehören Sie überhaupt hierher? Wir sind uns nicht vorgestellt worden …«, er hielt kurz inne, »blöde Frage, wenn ich Sie so ansehe: Sie sind Monikas Schwester. Unverkennbar. Auch eine Schönheit. Entschuldigen Sie, dass ich das einfach so sage. Freut mich, dass ich Sie endlich kennenlernen darf.«

»Richtig. Maria. Ich bin Maria. Verstehen Sie mich nicht falsch, aber können wir gleich Du zueinander sagen?«

Albin lachte kurz auf. »Albin. Wirklich erfreut. Natürlich können wir per Du sein. Ist mir nur recht.« Er wollte noch etwas sagen, da rauschte auch schon Monika herbei.

»Darf ich euch bekannt machen? Das hab ich ganz vergessen. Na ja, bei so einer Aufregung.«

»Du bist zu spät dran, liebes Schwesterlein. Das ist bereits erledigt.«

»Ja, man wird hier überhaupt völlig alleingelassen.«

»Armer Albin, verlassener kleiner Bub. Aber jetzt bin ich ja bei dir.« Monika streichelte ihm übers Haar. »Danke übrigens. Vielen, vielen Dank, dass du das gemacht hast für unsere Paula.«

Wieder wollte Albin etwas sagen, kam aber nicht dazu, da wie aus dem Nichts eine Frau aufgetaucht war. Eine attraktive Frau, wie Albin fand.

»Darf ich euch Astrid vorstellen, eine meiner besten Freundinnen.« Katja hatte Astrid vor sich her geschoben. »Maria, kannst du alle ins Büro führen? Monika, dich brauche ich kurz in der Küche.« So wurden rasch Hände geschüttelt, und Maria verschwand schon mit Albin und Astrid ins Büro.

»Komm, hilf mir, Monika.« Katja drückte ihr ein Küsschen auf die

Wange. »Scherben bringen Glück, sagt man. Gott sei Dank ist die Wunde ordentlich versorgt. Das hätte schlimmer ausgehen können.«

»Ja, ja, Albin ist ein fixer Kerl, findest du nicht auch?«

»Und vielleicht findet er jetzt auch einmal die passende Frau für sich.«

Monikas Miene erhellte sich. »Ja, aber klar. Daran habe ich noch gar nicht gedacht. Astrid oder Maria, das wären doch durchaus gute Partien.«

Die kleine Party, von der ganz am Anfang die Rede gewesen war, entwickelte sich zu einem rauschenden Fest. Letztlich waren es doch zu wenig Brötchen gewesen. Petra schüttelte bloß ungläubig den Kopf, als sie sah, wie schnell die Vorräte zur Neige gingen. Geschwind konnte sie mit Rolands Unterstützung gegensteuern und für reichlich Nachschub sorgen.

Im Mittelpunkt der Einweihungsfeier stand lange Monika, der alle zum Schritt in die Selbstständigkeit gratulierten und die sich gemeinsam mit Katja die ganze Zeit über köstlich amüsierte.

Viel später rückten aber drei andere Figuren in den Mittelpunkt, drei, die sich schon von Anfang an zusammengetan hatten und auch nicht mehr voneinander gewichen waren. Nicht, dass sie die übrigen Gäste ignoriert hätten, nein, gar nicht, doch irgendwie hatten sie alles gemeinsam gemacht. Und sie verließen um vier Uhr in der Früh auch gemeinsam das Fest.

Kapitel 13

Birgit klopfte an die Tür von Katjas Arbeitszimmer im Labor und war auch bereits eingetreten. »Katja, bitte ruf Frau Dr. Kohlweg zurück. Sie hat schon dreimal angerufen, doch ich habe sie immer vertrösten müssen, weil du beschäftigt warst. Sie hat irgendwie aufgeregt geklungen.

»Mach ich, mach ich.« Katja kramte ihr Handy aus der Tasche und wählte die vertraute Nummer.

»Kohlweg.«

»Hallo Astrid, ich bin's. Was gibt's? Birgit hat gemeint, du wärst ein wenig aufgeregt.«

»Aufgeregt? Ja. Irgendwie schon. Ich weiß nicht, was ich sagen soll.«

»Astrid, erzähl schon!«

»Wir haben miteinander geschlafen.«

»Schön für dich. Mit wem hast du geschlafen?«

»Na, mit Albin …«

»Monika und ich haben uns das durchaus vorstellen können …«, fuhr Katja dazwischen und wurde auch schon wieder unterbrochen.

»Und mit Maria.«

»Was???«

»Wir haben miteinander geschlafen. Albin, Maria und ich.«

»Seid ihr völlig verrückt geworden? Das ist jetzt aber nicht dein Ernst.«

»Doch. Und wir wollen das heute Nacht wiederholen. Ich wollte das einfach mit dir besprechen. Du bist doch meine Freundin.«

»Natürlich bin ich deine Freundin, aber ich weiß nicht, was ich dir dazu sagen könnte. Ich war noch nie in so einer Situation.«

»Aber du hast doch sicher schon mit Frauen und Männern gemeinsam geschlafen. Ist es nicht so?«

»Hab ich. Auch schon mit mehreren Männern und Frauen. Nicht oft, aber doch schon das eine oder andere Mal. Nur, das waren ganz andere Situationen. Das war immer irgendeine Inszenierung, etwas

Künstliches. Das kannst du nicht vergleichen mit dem, was du da vorhast.«

»Und was wir auch schon gemacht haben. Es war übrigens göttlich.« Katja konnte sich ein Lachen nicht verkneifen. »Na, wenn es so toll war, warum willst du es dann nicht wiederholen?«

»Es ist gar nicht die Frage, ob ich will, denn wir werden das heute sicher wiederholen, und, ich kann dir das ja so sagen, mir treibt es schon beim Gedanken daran die Nässe in den Schoß. Ich weiß gar nicht, was mit mir los ist.«

»Das heißt, du hast auch Maria berührt?«

»Das heißt es. Wie stellst du dir das denn sonst vor? Wie hätte das gehen sollen, wenn ich sie nicht auch berührt hätte? Und sie hat auch mich berührt. Und wie! Und Albin erst. Huh!«

»Was willst du dann von mir?«

»Ich habe Angst, dass, wenn der Rausch, in dem wir schweben, vorbei ist, der große Katzenjammer auf uns wartet.«

»Das kann sein, wird vermutlich so sein, na ja … Letztlich muss es aber nicht sein.«

»Meinst du? Siehst du eine Möglichkeit, dass das auch gut gehen könnte?«

»Zumindest sind da drei erwachsene Menschen beteiligt, von denen ich weiß, dass sie früher einmal zu verstandesgemäßem Handeln fähig waren, wenngleich sie das jetzt offenbar nicht mehr pflegen. Und da sollte doch einiges möglich sein. Hast du dir schon überlegt, was du willst? Du solltest dir erst einmal die bestehenden Alternativen zu Gemüte führen, dir deinen Kopf darüber zerbrechen. Und dann rede mit Albin und Maria. Das wird sich nicht vermeiden lassen. Ein offenes Gespräch. Da muss nicht alles in die Brüche gehen. Nicht zwanghaft.«

»Sagst du das nur so, oder glaubst du wirklich daran?«

»Wenn du mir vor eineinhalb Jahren gesagt hättest, dass ich einmal mit einer Frau zusammenleben würde, bis über beide Ohren in sie verliebt sein würde, dann hätte ich dich für verrückt gehalten, völlig verrückt. Aber jetzt? Jetzt sieht mein Leben anders aus. Ganz anders. Und ich liebe es, ich liebe Monika. Liebe sie über alles. Also, was meinst du? Sollte nicht auch eine Dreierbeziehung funktionieren können? Es gibt dafür keine Regeln, Astrid. Die Regeln für das Zusammenleben werden immer von den beteiligten Partnern bestimmt.«

»Ja, bei Zweierbeziehungen ist das sicher so. Doch bei einer Dreierbeziehung?«

»Was soll da so anders sein? Wer soll denn da die Regeln aufstellen, wenn nicht die Partner selbst? Der Pfarrer in der Kirche ist dafür nicht zuständig, und eine offizielle Dreierhochzeit habe ich auch noch nie gesehen. Doch das heißt nichts. Inoffiziell gibt es das dafür ganz sicher nicht so selten.«

»Kennst du da jemanden?«

»Nein, nicht persönlich.«

»Wie kannst du das dann behaupten, was du gerade gesagt hast?«

»Weil ich davon schon gehört habe, darüber mit mir schon diskutiert wurde, weil ich mir selbst Gedanken machen kann. Wie du übrigens auch. Astrid, schalte dein Gehirn jetzt bloß nicht aus. Genieße die Situation, mach was draus. Lass die Beziehung wachsen und reifen. Vielleicht löst sich ohnehin alles irgendwie von selbst auf.«

Astrid atmete kräftig durch. »Na gut. Du meinst also nicht, dass ich das heute am Abend unbedingt sausen lassen sollte … Na gut.«

»Wenn ich das gesagt hätte, würdest du bestimmt trotzdem dorthin gehen. Hab ich nicht recht?«

»Ja, hast du. Doch es hat einfach gut getan, zu hören, dass das nicht so verdammenswert ist, was wir da machen.«

Katja seufzte. »Ach Astrid, genieß es einfach, lass dich fallen, du hast dir ein Abenteuer wirklich einmal verdient. Dass es gleich ein so großes ist, soll dich nicht abschrecken.«

»Albin und Maria sind beide so zärtlich und liebevoll zu mir. Unglaublich liebevoll.« Astrid sprach nicht weiter, und auch Katja hatte nichts zu sagen.

»Mach's gut«, sagte Katja nach einiger Zeit leise.

»Mach ich«, flüsterte Astrid, ehe sie auflegte.

»Wow!!!«, entfuhr es Katja. Was würde Monika wohl dazu sagen? Am Abend würde sie es wissen.

Monika war bereits im ersten Augenblick außer sich, als sie die Neuigkeiten erfuhr. Die längste Zeit konnte sie sich nicht mehr beruhigen. Wie hatte das nur passieren können? Ihr kleines Schwesterlein! Wie konnte sich die nur auf so etwas einlassen? Und der seriöse Albin! War der völlig von Sinnen? Zu Astrid konnte sie nicht viel sagen, deren

Standpunkt, wenn es einen solchen überhaupt gab, hatte ihr Katja bereits dargelegt. Am ärgsten fand sie, dass die drei vermutlich gerade in diesem Augenblick wieder das Bett teilten. Je länger sie aber mit Katja die Situation analysierte, desto ruhiger wurde sie. Am Ende saßen sie beide schmunzelnd auf der Couch und stellten sich bildlich vor, wie das alles beim ersten Mal vor sich gegangen sein könnte, und noch bildlicher malten sie sich aus, wie es zu diesem Zeitpunkt nur wenige Kilometer entfernt wohl zugehen würde. Auf ein klares Bild kamen sie dabei nicht. Manchmal reicht eben die Fantasie nicht aus, um sich die Realität vorzustellen.

Die Fantasie wurde auch nicht dadurch beflügelt, dass eher spät am Abend, so etwa um halb elf, Monikas Handy läutete. Der Klingelton verriet Monika sogleich, wer am anderen Ende der Leitung war: Maria, ihre Schwester.

»Hallo Maria. Was gibt's so spät?«

»Ich nehme an, du kennst die Neuigkeiten schon.«

»Kann man so sagen.«

Maria atmete kräftig durch. »Das ist alles nicht ganz so einfach, weißt du. Es hat uns ein wenig überrollt.«

»Überrollt?«

»Ja, überrollt. Manchmal gelangt man in Situationen, denen man sich nicht entziehen kann.«

»Schicksalhafte Begegnungen.« Das hatte ein wenig sarkastisch geklungen.

»Monika«, Maria klang beinahe ein wenig traurig, »bitte keinen Sarkasmus. Wir werden euch brauchen und möchten euch daher einladen. Irgendwann in den nächsten Tagen, wenn ihr einmal Zeit habt.«

»Entschuldige, Maria, ich wollte dich nicht verletzen, bloß, Katja und ich, wir sind etwas mehr als verwundert über das, was wir so von Astrid wissen. Aber wenn du meinst, dass es euch helfen könnte, wenn wir uns treffen: Wir haben morgen und übermorgen keine Termine im Kalender. Wir könnten daher so ab sieben am Abend bei … ja, wo sollen wir denn eigentlich auftauchen?«

»Bei uns.«

»Bei euch. Und wo ist bei euch?«

»Na, in Albins Haus.«

»Das verstehst du also unter ›bei uns‹?«

»Ja, ich hab dir doch gesagt, dass es uns überrollt hat.«

»Und da musstet ihr gleich miteinander schlafen. Ab ins Bett, sozusagen.«

»Monika! Ja, wir sind im Bett gelandet. Wir haben das eben am Abend auch gemacht und werden das heute sicher nochmals tun und auch an den kommenden Tagen, in den kommenden Wochen.«

»Beruhige dich. Ich will euch ja nichts verbieten, aber das alles kommt mir so überstürzt vor.«

»Überstürzt mag das schon scheinen, doch es ist einfach wunderbar. Und es wäre nie passiert, wenn wir euch, also Katja und dich, nicht als Vorbilder hätten.«

»Wie bitte? Was haben wir denn damit zu tun? Ihr habt euch vielleicht bei der Einstandsparty kennengelernt, aber sonst sind wir an eurem komplizierten Verhältnis nicht beteiligt.«

»Aber wir sehen euch ein wenig als Vorbild.«

»Wie das? Das verstehe ich nicht.«

»Na, ihr habt irgendwie keine Berührungsängste. Ihr seid so offen miteinander. Ihr habt den Mut, nicht nach gängigen Konventionen zu leben.«

Monika entspannte sich und lächelte. Da war etwas Wahres dran. »Maria, ehrlich, ich gönne euch das Vergnügen zu dritt, bloß …«, sie machte eine kurze Pause, atmete kräftig durch, »glaubst du, dass das Verhältnis Zukunft haben kann?«

»Wir wollen es versuchen. Ich bin jedenfalls in beide verliebt. Verliebt ist zu wenig, ich liebe sie beide. Das ist mein Ernst. Astrid und Albin scheint es ebenso zu gehen.«

»Das bedeutet aber, dass du auch eine Frau liebst. Ist dir das klar?«

»Na, da habe ich ja meine große Schwester als leuchtendes Vorbild. Ich kann dich übrigens jetzt um einiges besser verstehen.«

Monika lachte auf. Katja, die neben ihr eine Zeitschrift gelesen hatte, sah auf und fragte durch Gesten an, ob sie ein Glas Wein bringen solle. Monika nickte, ehe sie Maria antwortete: »Nun, ist ja gar nicht so schlecht. Oder?«

»Ich will nichts Konkretes verraten, dafür ist mir das zu wertvoll, aber es hat etwas. Und in der Kombination ist es unerreicht.«

»Wenn das so ist, müsst ihr eben einen gemeinsamen Weg für euch finden.«

»Das haben wir vor, und dazu gehört ganz am Anfang, dass wir euch beide einladen wollen. Es ist uns ein Bedürfnis.«

»Ich bringe einen Mohnstrudel aus Germteig mit. Ist das recht? Also morgen oder übermorgen?«

Es war kurz still, ehe Maria antwortete. »Morgen ist uns sehr recht. Wir freuen uns auf euren Besuch. Und ich im Speziellen auch auf den Mohnstrudel, liebe große Schwester. Schlaft gut.«

Nochmals konnte sich Monika ein kurzes Lachen nicht verkneifen. »Ihr auch, ihr auch.«

Maria hatte bereits aufgelegt.

»Sie wollen uns unbedingt morgen zu sich einladen. Das ist übrigens bei Albin. Scheint das gemeinsame Heim für die drei zu werden.« Monika stutzte kurz. »Katja, ich glaub, die haben sich wirklich ineinander verliebt. Das ist mehr als purer Sex. Da bin ich mir fast sicher.«

Katja umfasste Monika. »Das wäre zwar ungewöhnlich, aber warum sollte das nicht auch einmal funktionieren? Standardehen mit einem Mann und einer Frau haben ja auch keine Funktionsgarantie, sonst gäbe es nicht eine Scheidungsrate von mehr als fünfzig Prozent in unserer Region.«

Monika hob ihr Weinglas und prostete Katja zu. »Auf die drei! Es sind ja alle drei wirklich ganz, ganz liebe Menschen.«

Astrid öffnete die Tür, drückte Monika und Katja jeweils Küsschen auf die Wange. Nervös, wie Katja fand. Sie kannte ihre Freundin bereits seit so langer Zeit, doch so ein Zucken um die Mundwinkel hatte sie bei ihr noch nie gesehen. In der Diele nahm sie Albin in Empfang. Gleichsam nervös. Mit gespielter Lockerheit, doch das kam nicht an.

Monika zwinkerte Katja zu, als sie ins große Wohnzimmer gelotst wurden. Maria war nirgends zu entdecken.

»Wo ist eure Maria?« Monika war das »eure« einfach so in den Satz reingerutscht. Ihr war es nicht aufgefallen, den Übrigen allerdings schon, Albin und Astrid hatten kurz gezuckt, so, wie wenn man sie gemeinsam kurz unter Strom gesetzt hätte.

»Sie ist gleich da. Sie musste nochmals kurz in ihr Büro. Das war aber schon vor einiger Zeit. Wir erwarten sie in ein paar Minuten.« Der Satz war nicht fertig gesprochen, da hörte man bereits Rumoren in der Diele.

»Ah, sind schon alle da!«, war von draußen zu hören, »ich dachte, ich schaff es noch vor den Turteltäubchen.« Mit einem Strahlen im Gesicht schwebte sie in den Raum. Und das war der Augenblick, an dem sich Astrid und Albin plötzlich entspannten und nun auch übers ganze Gesicht strahlten. Katja und Monika war das nicht entgangen, man konnte es nicht übersehen.

Küsschen für Monika und Katja und dann ganz zärtliche, beinahe gehauchte Küsse für Albin und Astrid. Das war wieder beim besten Willen nicht zu übersehen und vor allem nicht irgendwie gespielt, inszeniert, aufgesetzt, nein, das war echt.

»Ich sehe keinen Mohnstrudel. Hattest du keine Zeit dafür, Monika?«

»Doch, Albin hat ihn schon in Sicherheit gebracht. Er ist noch warm. Ich bin mir sicher, er entspricht genau deinen Erwartungen.«

»Dann ist der Abend ja gerettet.« Maria blickte in die Runde. »Möchte jemand einen Prosecco? Ich glaube, wir haben etwas zu begießen.«

Astrid und Albin hatten in kaum zwei Minuten die Gläser gefüllt und ausgeteilt. Albin wollte schon etwas sagen, doch Katja war einfach schneller, schnitt ihm das Wort ab, ehe er es noch erheben konnte.

»Auf euch drei. Auf euer Experiment. Monika und ich haben so viel darüber diskutiert in der kurzen Zeit, seit wir es andeutungsweise von euch erfahren haben. Am Anfang waren wir entsetzt, doch jetzt sehen wir das anders. Viel Glück!«

»Ich wünsche euch auch viel Glück«, fuhr Monika nahtlos fort, »irgendwie sind wir ein wenig stolz darauf, dass ihr euch bei uns kennengelernt habt und dass, wie das Maria gestern so schön am Telefon gesagt hat, wir euch den Mut gegeben haben, den Anfang mit eurer Beziehung zu wagen. Nochmals viel Glück!«

»Mir fällt ein Stein vom Herzen!«, sagte Albin.

»Mir auch.«

»Mir auch.« Die Damen stimmten dem zu, mit ganz offensichtlicher Erleichterung.

»Was habt ihr befürchtet?« Katja war jetzt neugierig geworden. »Die Exkommunizierung? Von uns, die wir ja auch in Sünde leben?«

Astrid seufzte. »Wir wissen selbst nicht genau, wie wir das beurteilen sollen, in was wir da hineingeraten sind. Wir dachten alle drei, dass ihr uns für völlig meschugge halten könntet.«

»Na, wahrscheinlich seid ihr das auch«, lautete Monikas kurzer Kommentar, »aber wir sind doch vermutlich die Letzten, die über euch den Stab brechen würden. Das wäre nicht unsere Art, und außerdem, und da kann ich wohl auch für Katja sprechen, dafür haben wir euch alle drei doch viel zu gern ... euch Wahnsinnige!«, setzte sie nach einem kurzen Augenblick noch nach.

Katja lachte los, und alle stimmten ein. Die Angelegenheit war klar abgesteckt, niemand hatte mehr mit vagen Ängsten zu kämpfen, zumindest an diesem Abend. Den Rest würde die Zukunft weisen, dessen waren sich alle bewusst.

Maria hatte bald das Kommando über den restlichen Abend übernommen. Sie hatte ihren Laptop hervorgeholt, war kurz im Internet umhergesurft, was bereits Verwunderung hervorrufen wollte, wäre sie nicht gleich mit ein paar Vorschlägen und Anliegen gekommen: gemeinsame Ausflüge, Besuche von Open-Air-Veranstaltungen im immer näher dem Ende zu rückenden Sommer und so weiter und so fort. Entweder war sie unglaublich geschickt darin, schnell etwas zu finden, oder alles war irgendwie bereits vorbereitet gewesen. Zweiteres war richtig. Seit Wochen hing Maria schon im Netz, um Kulturveranstaltungen für die nächste Zeit zu suchen, sie konnte ja nicht ahnen, dass das Alleinsein so abrupt enden sollte. Und zu dritt oder gar zu fünft, sie fragte erst ganz zaghaft an, Katjas und Monikas begeistertes Nicken bestätigten sie gleich, also nicht allein auf alle Fälle müsste das ja noch ein viel größerer Genuss sein.

Nach ein, zwei Stunden waren jedenfalls beinahe dreitausend Euro online für Eintrittskarten ausgegeben worden, und Hunger machte sich im Quintett breit.

Gekocht hatten die drei nicht, dafür wären sie viel zu nervös gewesen, wie sie selbst zugaben, aber sie hatten kalte Speisen vorbereitet, die gemeinsam mit hervorragenden Weinen kredenzt wurden.

Die lockere Plauderei, die sich beim Essen entwickelte, wurde nur einmal durch das Läuten eines Handys unterbrochen. Monika wusste erst nicht, dass es sich um Katjas Handy handelte, hatte sie doch diesen Klingelton noch nie gehört. Und Katja hatte gar nicht aufs Display gesehen, sondern gleich das Gespräch angenommen.

»Hallo Anna. Was liegt an, dass du mich so spät anrufst? Ein dringender Termin?« Sie hörte angestrengt zu, nickte nur und sah in die

Runde. Die vier sahen sie stumm an, irgendwie erwartungsvoll. »Gut. Mach ich. Das geht sich eigentlich bestens aus. Den Rest erfahre ich morgen in der Früh von Carmen. Details brauche ich heute noch keine. Schönen Abend noch.« Schon hatte sie aufgelegt. Die Blicke waren noch immer auf sie gerichtet.

»Deine Chefin?« Astrid brach das Schweigen.

»Ja, sie braucht mich morgen dringend für irgendeinen Ultra-VIP.«

»Dann arbeitest du also tatsächlich wieder als Callgirl. Du solltest bald wieder zu mir in die Praxis kommen.« Astrid klang beinahe ein wenig geschäftsmäßig.

»Ja, Frau Doktor.«

»Und wie geht es dir damit, Monika?«

Monika lachte leise auf. »Ach Astrid, irgendwie hat jeder seine Last zu tragen«, dabei zeigte sie demonstrativ auf das Liebestrio, wurde aber gleich wieder ernst. »Nein, ehrlich, Katja und ich haben das schon vor langer Zeit so ausgemacht, wir wussten nur nicht, wie es sein würde, wenn es tatsächlich so weit sein sollte. Jetzt wissen wir es, und es ist kein Problem. Gar keines.« Sie umfasste die neben ihr sitzende Katja und drückte ihr einen Kuss auf die Wange.

Kurz wurde das Thema auf zaghaftes Fragen von Maria und Albin noch erörtert, doch dann kamen andere Dinge auf die Tagesordnung, und es entwickelte sich ein ungestörter Abend mit viel Witz und Humor. Die heitere Stimmung hielt bis weit in die Nacht, hielt noch an, als alle fünf müde in ihren Betten lagen.

Carmen hatte Katja die Adresse durchgegeben und auf Annas Geheiß nochmals daran erinnert, dass unbedingt eleganteste Kleidung erwünscht sei. Treffpunkt sei die Lobby einer Pharmafirma weit draußen am Stadtrand, dann aber würde es in ein Hotel in der City gehen. Und nicht zu vergessen wäre, dass alles bis zum nächsten späten Vormittag gebucht sei.

»Carmen, meinst du, ich kann mir das alles nicht mehr merken?« Katja sagte dies mit einem milden Ton. Sie mochte Carmen schon immer sehr. Es war Sympathie auf den ersten Blick gewesen. Das hatte ihr die Arbeit in den vergangenen Jahren sehr erleichtert.

»Katja, wenn du wüsstest, auf welche Art Anna wegen dieses Herrn auf mich eingeredet hat, dann würde dich gar nichts wundern. Ich weiß gar nicht, was an dem so anders ist als an unseren übrigen Kunden. Das sind doch auch überwiegend sehr honorige Leute. Findest du nicht auch?«

»Vielleicht kam die Empfehlung von ganz prominenter Seite«, versuchte Katja eine Erklärung zu finden. Und lag dabei nicht falsch, wie sie viel später einmal erfahren sollte.

Eigentlich wollte Katja an diesem Tag Monika im Büro helfen. Es wären zwar nur Hilfsarbeiten gewesen, doch sie hatte sich schon so darauf gefreut. Eine Stunde hätte sie noch Zeit, dann wollte sie etwas kochen, für sich und das Architektenteam, das immer hungrige Team, wie ihr schien.

Und so war es dann auch. Der Tisch war nach der Mahlzeit bereits abgeräumt, und Katja machte sich auf ins Bad. Monika war noch bei ihr geblieben, und so plauderten sie munter vor sich hin. Monika kam ein wenig ins Staunen, als sich Katja ein Kleid zurechtlegte. Das kannte sie noch gar nicht. Unglaublich elegant und ganz offenbar unglaublich teuer. Aus der Wäschelade holte sie einen String und eine Guêpière hervor, auch die hatte sie noch nie gesehen.

»Monika, würdest du mir bitte die Haken des Mieders schließen?«

»Gerne, gnädige Frau. Sonst noch Wünsche?«

»Ja, such mir bitte zwei Paar hauchdünne schwarze Strümpfe raus. Die müssen ganz links liegen.«

»Sehr wohl.«

Katja hatte sich eine passende Handtasche genommen und kam auf Monika zu, die ihr die Strümpfe entgegenhielt. »Danke.« Sie nahm sie in die Hand und wollte gerade den ersten Strumpf aufrollen, da fiel es ihr auf. »Du hast die mit den Nähten erwischt. Na, macht nichts. Du musst mir bloß beim Anziehen ein wenig helfen, damit nichts verdreht ist.«

Monika konnte sich ein Schmunzeln nun nicht mehr verkneifen. »Wie Sie wünschen. Ehrlich, Katja, du siehst wundervoll aus in diesen Kleidern. Das darfst du für mich ruhig auch mal tragen.«

»Gefällt dir das? Es sieht nicht nur toll aus, sondern trägt sich auch so. Gut, dass ich das weiß. In Zukunft werde ich dich manchmal mit so schönen Dingen überraschen, dann musst du das aber auch ab und zu für mich machen.«

Monika wiegte ihren Kopf. »Das sollte eigentlich kein Problem darstellen.« Sogleich kamen ihr einige Ideen in den Sinn.

Keine fünf Minuten später stand Katja abfahrbereit in der Tür. »Ich wünsch dir noch einen schönen Tag, und grüß Petra und Roland noch von mir.«

»Und dir wünsche ich einen netten Abend und eine aufregende Nacht.« Sie küsste Katja auf die Wange und drückte die Tür hinter ihr zu. Ein kurzer Blick auf die Uhr sagte ihr, dass es Zeit war, wieder ins Büro zu huschen. Sie hatte einen Termin. Die Leute sollten in fünf Minuten hier sein.

Katja hing im Auto noch Gedanken an Monika nach. Dass dieser neckische Wäsche in der Form, wie sie sie heute trug, so gut gefallen könnte, hatte sie noch nie in Betracht gezogen. Aber warum nicht. Das ließe sich doch ein wenig pflegen, sie liebte so etwas ja selbst sehr. Dann schweiften ihre Gedanken zu Albin, Astrid und Maria ab. Es war so ein schöner Abend gewesen, nachdem man eigentlich umständlich und unsicher die Standpunkte zum Status quo dargelegt hatte.

Ein Ende hatten diese Gedanken erst, als unmittelbar vor dem Eingang des Firmengebäudes ein großer, kräftiger Mann auf sie zutrat und etwas verunsichert fragte: »Sind Sie Katja?«

Das war Dr. Eugen Seidelmeier, der VIP-Kunde. Er hatte ein sympathisches Gesicht. Auf der einen Seite wirkte er ungemein seriös, auf der anderen Seite hatte er irgendetwas Bubenhaftes an sich, und diese Kombination ließ ihn hervorstechen aus allen Leuten, denen Katja an diesem Abend begegnen sollte.

Todmüde parkte Katja um die späte Mittagszeit des kommenden Tages ihren Wagen vor dem Haus. Sie war froh, zu Hause zu sein, und wollte nur kurz Monika im Büro begrüßen und sich dann für ein, zwei Stunden ins Bett legen.

Monika empfing sie mit einem verliebten Blick, ließ kurz alles liegen und stehen und umarmte sie zärtlich. »Du siehst müde aus, Liebling, willst du dich nicht ein wenig ausruhen?«

»Ich bin auch todmüde und werde mich ein wenig aufs Ohr legen. Wann kannst du Schluss machen für heute?«

»Wenn es sein muss, jederzeit. Alles läuft bestens. Es wäre schön, wenn du uns so in etwa drei Stunden ein Bad einlassen könntest. Dann bist du ausgeruht, und ich habe noch einiges weggearbeitet. Wie findest du die Idee?«

»So mit Kerzenlicht, Prosecco und schöner Musik?«

»Ja, ja, so ungefähr.«

»Ich ruf dich an, wenn es so weit ist. Komm, gib mir noch einen Kuss, bevor ich ins Bett verschwinde.« Rasch hatte sie sich ein Küsschen gestohlen und war dahin.

Es waren vier Stunden geworden, ehe Monikas Telefon läutete. »Hallo Monika, ich hab verschlafen. Ich hoffe, du bist mir nicht böse. Jetzt steht das Bad aber bereit für uns zwei. Ich freue mich, wenn du kommst.«

»Du hast so fest geschlafen.«

»Woher weißt du das?«

»Weil ich nach dir gesehen habe. Ich hatte plötzlich Sehnsucht nach dir. Tief und fest hast du geschlafen. Es war übrigens ein sehr erotischer Anblick, den du mir geboten hast.«

»Ja?«

»Du warst irgendwie halb abgedeckt und hast dich sehr neckisch präsentiert. Ich konnte es mir nicht verkneifen, dich zu küssen. Auf deine Brüste, wenn du es wissen willst. Die haben gleich darauf reagiert, du aber gar nicht. Schlafmütze.«

»Dann solltest du dich aber jetzt vielleicht etwas beeilen.«

»Ich fliege …« Monika legte unverzüglich auf und verabschiedete sich im Vorbeigehen bei Roland und Petra. »Ihr beiden seid ja überhaupt nicht mehr aus dem Büro zu bringen. Na, so bleibt wenigstens nichts liegen.« Diese Feststellung hatte sich ihr kurzfristig aufgedrängt. Doch schon war Monika gedanklich wieder bei Katja und der Erwartung, wie der gemeinsame Abend wohl verlaufen könnte.

»Katja! Ich bin hier. Komm, los geht's, ab in die Wanne!« Monika war bestens gelaunt, so ließe sich doch ein langer Abend verbringen. Es war ganz nach ihrem Geschmack, was da auf sie wartete.

Katja hatte sie tatsächlich schon erwartet, empfing sie nun mit zwei Gläsern Prosecco in der Hand. Aus dem Badezimmer ertönte bereits Musik. Véronique Gens, die französische Sopranistin, war zu hören. Katja hatte die Künstlerin früher überhaupt nicht gekannt, doch Monika besaß CDs von ihr, und die Französin war nun eine ihrer Favoritinnen. Wenn sich die beiden zurzeit schöne Musik anhören wollten, so musste es »unsere Véronique«, wie Monika es immer ausdrückte, sein, die sie sogleich verzauberte, in ihren Bann zog und in eine Welt des Musikgenusses führte.

»Ich höre schon, du hast die richtige Wahl bei der Musik getroffen, und der Prosecco schmeckt herrlich. Hast du noch ein Glas für mich?«

»Es ist reichlich Vorrat für uns da. Komm, schlüpf raus aus deinen Sachen, wir verschwinden im Bad. Es ist schon alles vorbereitet.«

Das war auch so. Katja hatte Kerzen an allen nur erdenklichen Stellen im Bad platziert, welche für ein wunderbares Licht sorgten und eine wohlige Stimmung schufen. Die Vorhänge waren zugezogen, das restliche Licht des sonst trüben Abends konnte ruhig draußen bleiben. Gleich neben der Badewanne stand das Beistelltischchen aus dem Esszimmer, das Katja entführt hatte. Darauf befanden sich der Sektkühler mit der Proseccoflasche und eine Platte mit kleinen Köstlichkeiten. Offenbar war nicht nur Petra ein Genie bei der Zubereitung wohlschmeckender kleiner Häppchen.

Als Monika nackt im Bad erschien, ließ Katja ebenfalls ihren dünnen Seidenmantel fallen – und fallen ließen sich auch die beiden Frauen. Nicht in die Badewanne, nein, erst ineinander und auf den dicken weichen Teppich, der den Boden bedeckte, wo sie sich stumm liebten. Katja umspielte mit ihrer Zunge Monikas empfindlichste Stellen, die wiederum fand mit ihren Fingerspitzen die Nervenenden der Geliebten. Sie sprachen kein Wort, ehe sie nicht beide in Lust explodierten und keuchend aufeinander zu liegen kamen.

Sie mussten heißes Wasser nachfüllen, sonst wäre es kein Genuss gewesen, nun tatsächlich in die Wanne zu springen. Und endlich saßen sie nun einander gegenüber, schwiegen wieder, sahen einander an und nippten an ihren Gläsern.

Das Schweigen hatte aber ein Ende, als Monikas große Zehe keck und zielstrebig nach Katjas Klitoris tauchte und dort sanft anklopfte.

»Nimmersatt.«

»Was ist? Die große Zehe wollte nur Guten Tag sagen. Ist das so schlimm?«

»Nur Guten Tag sagen. Natürlich. Hat ja sonst keine Ambitionen.«

Katja stöhnte kurz auf, als Monikas Zehe nun eine sanfte kreisende Bewegung um ihre Klit ausführte. »Es wäre besser, die Zehe würde auf Wiedersehen sagen, sonst kann ich da für nichts garantieren.«

»Du willst sie also wegschicken?« Ein verschmitztes Lächeln lag auf Monikas Gesicht.

»Nein.«

»Also darf sie bleiben.« Wieder ließ sie ihre Zehe um die Klit kreisen, doch diesmal hatte sie den Druck etwas verstärkt.

»Du bist unmöglich. Kannst du sie nicht einfach ruhig liegen lassen?« Wie um das Gegenteil von dem, was sie eben gesagt hatte, auszudrücken, steigerte Katja von sich aus den Druck mit ihrer Klit auf die Zehe, was diese sofort als Signal verstand, weiter Kreise zu ziehen, einmal mit mehr, einmal mit weniger Druck.

Katja sagte jedenfalls in den nächsten Minuten gar nichts mehr, und Monika betrachtete gespannt den Gesichtsausdruck ihrer Geliebten. Ein wunderschönes Schauspiel tat sich da für sie auf. Es endete erst, als sie ihren Fuß zurückzog und Katja sich entspannte. »Was hast du da mit mir gemacht?« Katja atmete kräftig durch.

»Ich hätte mir das stundenlang ansehen können.«

»Stundenlang hätte ich es nicht mehr ausgehalten, du hast mich so schon beinahe übers Limit gebracht. Du Gnadenlose.«

»Entschuldige.«

»Ich weiß nicht, ob ich deine Entschuldigung akzeptieren kann.«

»Dann wirst du irgendwann einmal dafür Rache nehmen müssen.«

»Ja. Ja, das ist ein guter Gedanke, dem kann ich etwas abgewinnen.«

Die Musik war verstummt, Monika hatte sich halb aus der Wanne bewegt, um das gleich wieder zu ändern. Kurz neigte sie sich zu Katja. »Nochmals Véronique Gens? Wenn ja: dieselbe CD oder eine andere?«

»Dieselbe nochmals, bitte, und dann werden wir auch noch heißes Wasser nachfüllen, ich hab noch gar keine Lust, aus der Wanne zu steigen.« Monika brachte den CD-Player und den Warmwasserhahn in Gang und ließ sich dann wieder in die Wanne gleiten.

Völlig entspannt entwickelte sich eine lockere Plauderei. Hauptsächlich lieferte jedoch Monika einen Bericht über ihr Tagwerk ab. »Wir haben heute die Planungen von Hebes und Karens Haus abgeschlossen. Das war eine schwere, nein, nicht schwere, eine langwierige

Geburt. Du müsstest die ersten Entwürfe sehen und das, was letztlich herausgekommen ist. Kein Vergleich.«

»Und? Ist es gelungen?«

»Das sieht man letztlich erst, wenn die Hütte steht. Es ist ein wenig experimentell, wie mir scheint, kein Allerweltshaus, das man in irgendeiner Fertighausausstellung finden kann. Aber mir gefällt der Plan, ich könnte mir so ein Haus auch für uns vorstellen.« Monika erzählte nun ausführlich vom Werdegang dieses Projekts, und Katja, die das Pärchen ja kannte, konnte sich gut vorstellen, wie es zugegangen sein musste. Monika schilderte alles mit solcher Liebe, dass Katja Lust bekam, auch etwas zu planen und zu bauen, sie wusste nur nicht was.

»Wann ist Baubeginn?«, wollte sie am Ende noch wissen.

»Realistisch gesehen, frühestens in acht Wochen. Der Baumeister steht schon fest, und auch die übrigen Gewerke sind bereits weitgehend bestellt, jetzt ist es hauptsächlich eine Sache der Bürokratie. Ich werde übrigens auch die Bauaufsicht übernehmen, und wenn es sich ergibt, nehme ich dich hin und wieder auf die Baustelle mit, damit du sehen kannst, wie so ein Haus wächst und Gestalt annimmt. Natürlich nur, wenn du das auch willst.«

Katja wollte. »Da bin ich gern dabei. Ich finde es faszinierend, wenn du so gestalterisch unterwegs bist. Weißt du, Monika, das ist eines der Dinge, die ich als Manko an meinen Berufen empfinde, sowohl was meine Callgirltätigkeit angeht als auch meinen Labormedizinerjob. Nirgendwo hinterlasse ich etwas Gestalterisches, nichts bleibt übrig, da wird nichts geschaffen.«

Monika gluckste. »Na, als Callgirl wirst du doch hin und wieder kreativ sein müssen. Ist das nicht so?«

»Ja ... schon, aber das ist doch nicht mit einem tatsächlich kreativen Beruf zu vergleichen. Weißt du, ein Stammkunde von mir ist Ofensetzer, offenbar mit Leib und Seele, und der hat mir erzählt, dass er immer furchtbar traurig ist, wenn er einen neuen funktionstüchtigen Ofen an die Besitzer übergeben muss. Dann ist sein Baby, so hat er das genannt, nicht mehr in seiner Obhut, und das schmerzt ihn. Es ist sein Werk. Von der Planung bis zur Fertigstellung. Das gibt dann Wärme und bereitet Freude.« Sie machte eine kurze Pause. »Ich kann dem Gedanken etwas abgewinnen. Ich habe so etwas nicht. Ich schaffe maximal eine flüchtige Befriedigung, etwas Bleibendes hinterlasse ich nicht.«

»So ein befriedigendes Erlebnis kann aber doch auch vielleicht einmal einen guten bleibenden Eindruck hinterlassen.«

»Das ist aber schon eine sehr positive Sicht der Dinge, dazu kann ich mich nur selten hinreißen lassen.«

»Was war überhaupt mit deinem neuen VIP-Kunden, den du gestern und heute zu betreuen hattest? War er nett?«

Katja überlegte ein Weilchen, ehe sie antwortete: »Nett ist nicht der richtige Ausdruck. Eugen, so heißt er, ist ein ungewöhnlicher Mann, sympathisch, wortgewandt, offensichtlich gebildet, dominant und in mancher Hinsicht beinahe kindlich. Auch sein Aussehen ist eine Mischung aus Seriösem und Bubenhaftem. Insgesamt war es ein schönes Erlebnis mit ihm.«

»Ein einmaliges, oder bahnt sich da eine Stammkundschaft an?«

Katja wiegte unsicher den Kopf. »Es ist noch zu früh, das zu sagen. Auf alle Fälle hat er mich schon für ein paar weitere Treffen gebucht. Wir werden sehen.«

»Hat er mit dir geschlafen? Erzähl mir von ihm. Ich will Details.«

Jetzt hatte Katja ihren Fuß in Monikas Mitte gestellt und ließ ihn sanft entlang von Monikas Vulva gleiten. »Was möchtest du denn wissen? Wie er im Bett war oder etwas anderes?«

»Alles möchte ich wissen. Was er von Beruf ist, ob er gut riecht, wie sein Pimmel aussieht, ob er säuft oder raucht, woher er kommt, ob er ledig oder verheiratet ist. Alles, einfach alles.«

»Ich denke, du wirst ihn irgendwann kennenlernen, also kann ich dir schon etwas von ihm erzählen.«

»Wieso sollte ich ihn kennenlernen?«

»Er ist Labormediziner so wie ich, und er weiß, dass ich auch Labormedizinerin bin, ich habe ihm das zu erkennen gegeben.«

Monika richtete sich erstaunt auf. »Du hast mir doch einmal gesagt, dass du das grundsätzlich immer für dich behältst, niemals das eine mit dem anderen vermengst. Und jetzt das. Beim allerersten Mal gibst du das preis.«

»Du hast nicht ganz unrecht. Es ist mir bloß spontan herausgerutscht, und während er mich dann angesehen hat, als käme ich vom Mond, da hätte ich mir am liebsten die Zunge abgebissen. Doch er war es selbst, der das gut fand, dass die Karten diesbezüglich offen aufgelegt wären. Sein Hinweis, dass wir uns ohnehin vermutlich in kürzester Zeit auf Veranstaltungen unserer kleinen Fachgruppe kennengelernt hätten und dann die Überraschung möglicherweise unangenehm hätte sein können, hat mich gleich wieder beruhigt. Da hat er nämlich ganz recht.«

»Und wieso kanntest du ihn dann noch nicht?«

»Weil er erst seit drei Monaten wieder in Wien ist. Er hat große Labors gekauft, alteingesessene Betriebe, das dürfte auch irgendeinen politischen Hintergrund haben, daher auch die Aufregung bei uns im Begleitservice, kamen der erste Anruf und das damit verbundene Angebot doch von oberster politischer Stelle der Republik.«

»Könnte das nicht mit Komplikationen verbunden sein?«

»Was meinst du? Die politischen Verstrickungen?«

»Nein, nicht die. Die berufliche Verstrickung, wenn du so willst.«

»Ganz und gar nicht. Er ist ledig, ungebunden, kommt nach Jahren aus dem Ausland zurück. Was ist da unverfänglicher als eine Beziehung zu einer Kollegin, auch wenn sie nicht in einem seiner Labors arbeitet?«

Dem konnte Monika zustimmen. »Nicht unrichtig. Eigentlich die idealen Voraussetzungen für eine Dauerbeziehung, wenn auch eine geschäftliche.«

Katja nickte und lächelte. »Das sehe ich auch so. Bloß, ich weiß nicht, wie es weitergehen wird. Ehrlicherweise ist mir das auch so etwas von egal, ich kann dir das gar nicht sagen.«

»Du bist mir noch Details schuldig«, bohrte Monika nach.

»Ah ja, du wolltest wissen, wie sein Pimmel aussieht.« Katja lachte plötzlich laut auf. »Das Erste, was mir dazu eingefallen ist, war ein Spruch meiner Schulfreundin Nora, die diesen mit vierzehn ständig auf den Lippen hatte und den wir alle ständig nachbeteten: ›Lang und schmal ist der Frauen Qual, kurz und dick ist der Frauen Glück.‹ Wir hatten damals alle keinerlei Erfahrungen mit Männern, waren alle sicher noch Jungfrauen, aber den Spruch führten wir ständig im Mund. Und als ich Noras ersten Freund einmal beim Nacktbaden in den Auen kennengelernt habe, konnte ich mich vor Lachen nicht halten. Der hatte so einen langen und dünnen Schwanz, dass ich es mir nicht verkneifen konnte, Nora zu fragen, ob ihr Freund sie denn sehr quälen würde. Sie hat das erst überhaupt nicht verstanden, schüttelte dann aber den Kopf, als ich ihr die Sache erklärte, und wir konnten uns dann eine halbe Stunde vor Lachen nicht halten.«

»Und was hat das mit Eugen zu tun?«

»Der hat einen kurzen und doch unglaublich dicken Penis. Keinen Alltagspimmel.«

»Und wie ist er?«

»Eugen weiß damit umzugehen.«

»Hattest du einen Orgasmus?«

»Willst du das nun wirklich wissen?« Katja wirkte ein wenig unsicher. Ihr Mundwinkel zuckte.

»Also ja. Ja oder nein? Sag schon.«

»Doch, ja! Ja, ich hatte einen, nein, in Wahrheit zwei. Eugen hat mehrmals mit mir geschlafen …«

Monikas Miene erhellte sich. »Tatsächlich? Du bist ja unersättlich.« Sie war Katja lachend ins Wort gefallen. Insgeheim wunderte sie sich über sich selbst, dass keinerlei Eifersucht auf den Mann in ihr hochkam.

»Nicht unbedingt unersättlich, so sehe ich mich nicht. Aber die Nacht war lang, Eugen ist ein sympathischer Kerl, keiner der Typen, von denen ich mich durchgefickt fühle, und *er* war ein Nimmersatt. Ich glaube, ich war genau sein Typ. Er hat das auch ein paarmal angedeutet. Zudem ist er sehr lieb und einfühlsam, wenn er mit einem schläft, dabei aber dominant und, wie soll ich das sagen, zielstrebig. Nein, das drückt es nicht aus. Vereinnahmend ist das richtige Wort.«

»Und? Hat er dich auch vereinnahmt? Klingt ja, als wärst du ein wenig verliebt in ihn.«

Katja hob die Braue. »Eifersüchtig?«

»Weiß nicht. Vielleicht ein wenig.«

»Dafür gibt es absolut keinen Grund. Ich bin nicht verliebt in ihn. Ich habe mich noch nie in Kunden verliebt, so lieb die auch gewesen sein mögen. Mit einer Ausnahme. Die sitzt mir gegenüber in der Wanne. Nein, Monika, zur Eifersucht gibt es keinen Anlass. Ich sage dir auch gleich: da müsste schon eine Frau dahinterstecken, wenn es in der Zukunft einmal einen Grund geben sollte für Eifersucht.«

»Ich glaube, ich bin auch nicht auf diesen Eugen eifersüchtig, sondern auf das, was du da alles erleben kannst …«

»Diesbezüglich, meine liebe Monika«, Katja fuhr ihr ins Wort, »bin ich ganz bestimmt eifersüchtiger auf deine Gabe zu gestalten und zu formen, als du es je sein könntest auf meine sicher über weite Strecken eher fragwürdigen Abenteuer als Callgirl. Ganz sicher.«

»Findest du meinen Beruf wirklich so toll?«

»Und wie. Du bist wirklich begabt. Ungerechterweise bist du ja auch noch musikalisch, viel musikalischer als ich, und du kannst so wunderbar singen. Übrigens, wir könnten das Gerät abschalten, und du singst mir etwas vor. Das wäre jetzt was.«

»Möchtest du das?«

»Ich hätte es sonst nicht gesagt.«

Eine Welle der Zuneigung erfasste Monika, und als sie Katjas Mundwinkel beben sah, bemerkte sie, dass es dieser ähnlich ging. Die Stereoanlage war rasch ausgeschaltet, und Monika stimmte ein altes englisches Volkslied an. Schwermütig, aber wunderschön. Sie wollte Katjas Mundwinkel weiter beben sehen, und dies gelang ihr auch.

»Du triffst mich in der Seele«, hauchte Katja, nachdem Monika geendet hatte.

»Das hatte ich vor«, antwortete Monika knapp und stimmte das nächste Lied an. Ein lustiges Lied aus Italien mit flotter Melodie, schwer zu singen, aber eines von Monikas Lieblingsstücken.

»Wie kannst du dir die vielen Texte und Melodien merken? Wie machst du das?« Katja war belustigt und gleichzeitig erstaunt.

Darüber hatte Monika selbst noch nie nachgedacht. Es war ihr noch nie aufgefallen. Doch jetzt, wo Katja fragte, kam ihr das selbst ein wenig ungewöhnlich vor. »Keine Ahnung, wieso das so ist. Ich lese mir den Text einmal, zweimal, dreimal durch, dann hab ich ihn, und dann bleibt er mir. Und mit den Melodien ist es ähnlich.« Sie stimmte einen aktuellen Hit aus dem Radio an, sang ihn bezaubernd nach, und als sie fertig war, meinte sie bloß: »Den Titel hört man zurzeit so oft, da merk ich mir dann einfach alles. Ich kann den in zehn Jahren sicher auch noch singen.«

»Beneidenswert. Da, liebe Monika, da kann man eifersüchtig werden, nicht darauf, dass ich in der Nacht drei, vier Höhepunkte bei einem Freier hatte.«

Dazu sagte Monika nichts, stimmte bloß leise eine Melodie an, eine wunderschöne Melodie, die Katja nicht kannte, noch nie gehört hatte. Als sie verklungen war, stiegen sie aus der Badewanne, trockneten sich rasch ab und sprangen ins Bett, jedoch nicht, ehe Monika im Schlafzimmer eine neue CD eingelegt hatte und die ersten Melodien erklangen.

»Komm, ich will jetzt diese Oper mit dir hören. Ich denke, du kennst sie vermutlich nicht ganz. Die Arie, die ich dir eben vorgesungen habe, kanntest du offenbar nicht. Sie ist aus Bellinis ›I Capuleti e i Montecchi‹. Die will ich mit dir genießen. Nimm mich in die Arme und halte mich fest.«

Irgendwann waren sie eng umschlungen eingeschlafen und erst früh am Morgen wieder aufgewacht.

Kapitel 14

Es waren Monate vergangen seit dem Tag in der kleinen Wohnung, als Katja bei ihrer Zahnärztin angerufen hatte, um einen Termin für den Sprung in die unergründliche Tiefe auszumachen, wie Monika das bevorstehende Ereignis stets bezeichnete. Ursprünglich waren es ja einundsechzig Tage gewesen, so hatte es Monika sofort ausgerechnet gehabt, doch bei allen Überlegungen hatte sie ganz vergessen, dass sie gerade an dem festgelegten Datum bei einer kleinen, indes umso wichtigeren Veranstaltung einen Vortrag halten sollte. Katja hatte den Termin ohne Probleme um vierzehn Tage nach hinten verschieben können. Olaf Karl, so hieß der Ehemann von Katjas Zahnärztin, hatte Zeit. Viel zu viel Zeit, wie ihm selbst schien. Der Terminkalender war nicht gerade zum Bersten voll, wie dies noch vor einem Jahr der Fall gewesen war. Die allgemeine Wirtschaftslage machte sich auch in seinem Betrieb bemerkbar. Grund zur Panik war allerdings nicht gegeben, so schlimm stand es nicht um ihn, und Zahnärzte waren ja immer gefragt, seine Frau würde also auch in Zukunft reichlich Beschäftigung finden und die Familie mithin sicher nicht verhungern. Er würde sich auf alle Fälle schon auf den Sprung freuen, ließ er Monika ausrichten. Und dann war wieder etwas dazwischengekommen, später wieder, doch nun hatte man endlich einen Zeitpunkt festlegen können.

Monika wurde von Tag zu Tag mulmiger im Bauch beim Gedanken auf das, was auf sie zukommen würde. Fünf Tage vor dem Termin hatte Olaf sich nochmals persönlich bei Monika gemeldet. Er legte ihr kurz dar, wie sie sich kleiden sollte. Auch auf das unbedingt erforderliche aktuelle Gesundheitsattest wies er nochmals hin, ehe er den geplanten Ablauf schilderte und dabei ins Schwärmen geriet. Monika hörte gebannt zu. Das mulmige Gefühl im Bauch hatte sich dabei über den Rest des Körpers ausgebreitet. Nach dem Telefonat musste sie erst einmal kräftig durchatmen, ehe sie wieder in der Lage war, irgendetwas Konstruktives zu tun.

»Olaf hat mich heute angerufen.« Monika hatte nicht einmal Hallo gesagt, so aufgekratzt war sie immer noch, als Katja bei ihr auftauchte. »Ich habe schon ein wenig Angst, anders kann ich es nicht sagen.«

»Wir können jederzeit absagen, wenn du das möchtest.«

»Kommt nicht infrage. Los, ich muss das Video noch mal sehen. Kannst du es für mich im Internet aufrufen?«

»Kleiner Vorgeschmack gefällig? Eine kleine Vorspeise in Sachen Adrenalin?«

»Das kann man so sagen. Jetzt, wo der Event naht, drängt sich die Sache immer mehr in meine Gedanken.« Monika schüttelte belustigt den Kopf. »Ich bekomme sie nicht mehr raus. Ach, wenn ich nur schon wieder auf dem Boden angekommen wäre …«

»Du hast ihn ja noch gar nicht verloren unter den Füßen!«

Katja war bereits erfolgreich gewesen. Das bekannte Video lief, Monika gab sich dem mit zwiespältigen Gefühlen hin, ehe das Bild einfror, genau in dem Augenblick, als die Kamera aus dem Flugzeug in die Tiefe schwenkte.

»Freust du dich darauf?«

»Katja! Lass das Video weiterlaufen. Du hast es heraus, in offenen Wunden zu bohren.«

»Wie gesagt: wir können jederzeit absagen.«

»Nochmals, meine Liebe: Das kommt nicht infrage. Gar nicht infrage.«

Am Freitag in der Früh wurde Katja durch zärtliches Streicheln geweckt. Monika, die sonst eher länger schlief als sie selbst, war offenbar schon munter und hatte sich ganz sanft über sie hergemacht. »Katja. Katja, bist du munter?« Das Flüstern war kaum zu vernehmen gewesen. Katja rührte sich jedoch nicht, wartete einfach darauf, was Monika nun anstellen wollte. Diese näherte sich nun immer mehr, Katja konnte bereits den Atem an ihrem Ohr spüren, ehe ein zarter Kuss das Ohrläppchen streifte. »Wach auf, bitte.«

Der Ton so voller Zärtlichkeit und ein zweiter Kuss, der das Ohr streifte, all das bewegte Katja nun doch dazu, sich zu ihrer Liebsten zu drehen. »Guten Morgen, meine Liebe. Warum wird mein Ohr schon so verwöhnt am frühen Morgen?«

»Ich bin so nervös. O Gott, worauf habe ich mich da nur eingelassen! Du bist schuld. Du hast mir das erst möglich gemacht.«

Katja drückte Monika fest an sich. »Sollen wir absagen?« Sie konnte sich nun ein Schmunzeln nicht verkneifen.

»Nein und nochmals nein. Ich will das durchziehen. Gestern, als wir uns das ominöse Video nochmals angesehen haben, da stand mein Entschluss endgültig fest, zuvor habe ich ja schon ein wenig geschwankt.«

Katja und Monika hatten sich beide den Freitag und das gesamte kommende Wochenende freigehalten, und daher hatten die Stunden für Monika bis zur Abfahrt zum Flugfeld um die Mittagszeit so gar nicht vergehen wollen. Immer wieder hatte sie Anstalten gemacht, über Katja herfallen zu wollen. Die Anspannung und Erregung bei Monika waren jedoch nicht auf Katja übergesprungen, die hatte weiterhin alles im Griff. Pünktlich nahmen sie dann den Weg in Richtung Süden in Angriff. Monika war nicht einmal in der Lage gewesen, die Sportkleidung, die sie tragen wollte, aus dem Schrank zu holen. Sie konnte sie einfach nicht finden. Für Katja war es dann ein einziger Griff gewesen, und alles war da. Dies rang ihr ein sanftes Kopfschütteln und ein kurzes Lächeln ab – so kopflos war ihr Monika noch nie begegnet.

Um Punkt zwei Uhr parkte Katja ihren Wagen am Parkplatz der Fallschirmspringschule Süd, wie es ganz offiziell hieß und wie es auch in riesigen Lettern auf einem alten, ein wenig herabgekommen wirkenden Hangar zu lesen war. Der Weg zum Eingang war grob geschottert, und Katja hatte mit ihren extrem hochhackigen Schuhen Probleme beim Gehen. Das war Monika nicht entgangen, und dies war dann auch der Augenblick, in dem sie bemerkte, wie Katja auf das Flugfeld gekommen war: in einem Aufzug, der für einen Empfang beim Bundespräsidenten durchaus angebracht gewesen wäre. Mit einem eleganten Kleid, das bis zur Wade reichte, hauchdünnen Strümpfen, einer passenden Seidenjacke und eben den besagten Schuhen, mit denen sich Katja nun über den Schotter mühte. Der Kontrast zum Hangar war enorm. Monika schüttelte den Kopf und konnte sich ein Lächeln nicht verkneifen. Natürlich gefiel ihr das Outfit, doch hier kam es ihr schon etwas deplatziert vor.

Die Gedanken daran verflogen, als sie an der großen, teilweise verrosteten Eingangstür angelangt waren. Kurz fragte sie sich, ob die Tür überhaupt aufzubringen sein würde, und wenn ja, ob das Quietschen der Angeln zu ertragen wäre. Doch nichts dergleichen geschah. Die Tür ließ sich lautlos und leicht öffnen. Offenbar war sie gut gewartet.

Und genau dieser Eindruck sollte sich während des Aufenthalts noch mehrmals wiederholen: Vieles hier schien alt und verbraucht zu sein, doch der Schein trog. Sicher, taufrisch war die ganze Anlage nicht, doch von verbraucht konnte man nicht sprechen. Der Hauptverantwortliche dafür war es auch, der das Pärchen in Empfang nahm. Yuri Palyutin, ein Russe, den es nach der Wende in den Süden Niederösterreichs verschlagen und der es geschafft hatte, seinen alten Beruf bei der Roten Armee mit seinem Hobby zu verbinden und hier sein eigenes, besser gesagt beinahe sein eigenes Reich zu haben.

»Guten Tag. Sie sind sicher die Damen, die Olaf schon erwartet.« Sein Deutsch war akzentfrei. Katja hatte ihn im Warteraum der Zahnarztpraxis bereits einmal kurz kennengelernt, daran konnte sie sich erinnern, er schien mit ihrem Gesicht allerdings nichts anfangen zu können.

Nach einer kurzen Begrüßung führte er beide in ein großes Büro, vorbei an einem plump wirkenden, scheinbar uralten Flugzeug.

»Museum«, entfuhr es Monika.

Yuri hatte das nicht überhört. »Kein Museum. Mit Olga«, er deutete kurz auf das Flugzeug, »geht es heute nach oben.«

»Dann weiß ich nicht, wovor ich mich mehr fürchten sollte: vor dem Flug rauf oder dem Sturz runter.« Monika hatte das Katja zugeflüstert, doch Yuri schien ein Gehör zu haben wie ein Luchs.

»Sie ist noch nie heruntergefallen.«

»Noch!« Das war jetzt Katja gewesen, die dies beinahe mit einem Seufzen gesagt hatte.

Für weitere philosophische Betrachtungen war aber keine Zeit, weil man im Büro angekommen war, in dem an einem riesigen Tisch, auf dem allerlei Karten ausgebreitet waren, ein drahtiger großer Mann saß.

»Deine Damen sind da, Olaf.« Yuri hatte bereits kehrtgemacht und war wieder auf dem Weg nach draußen.

»Ist Olga startklar?«

»Seit einer Stunde.« Yuri war in der Tür stehen geblieben.

»Bringst du uns hoch?«

»Nein, heute nicht. Das macht Martha. Die ist schon da und hantiert an Olga rum. Ich denke, sie wird gleich bei euch sein.«

Katja kam aus dem Staunen nicht heraus. Martha, das war der Name ihrer Zahnärztin, würde diese fliegende Kiste pilotieren, das war nicht zu glauben. In der Praxis musste es immer der neueste Schnickschnack sein, mit dem sie werkte, und hier nun das. Katja hatte ein nagelneues Flugzeug erwartet und nicht diesen bemalten Schrott.

Mit einem Ruck wurde Katja aus ihren Gedanken gerissen. Martha hatte sie von hinten an den Schultern gepackt. »Hallo Katja, schön, dass wir es nun endlich geschafft haben. Ah, da ist ja unsere Delinquentin.« Sie reichte Monika die Hand. »Martha Karl.«

»Monika Brunner. Guten Tag. Delinquentin! Wie Sie das gesagt haben.«

»Na, haben Sie denn keine Angst?«

»Angst ist nicht mehr ganz ausreichend. Wenn es nicht bald losgeht, bekomme ich Panik oder ergreife die Flucht.«

»Sehen Sie, das habe ich gemeint. Es kommt da etwas auf einen zu, das sicher furchtbar sein wird …«

»Aber Monika macht das doch freiwillig!« Katja war Martha ins Wort gefallen.

»Wirklich?« Martha schmunzelte. Dabei sah sie Katja von oben bis unten an. »Eigentlich habe ich dich hier einmal zum Tandemsprung erwartet und nicht deine Freundin, die du nur begleitest. Willst du anschließend noch auf eine vornehme Veranstaltung?«

Katja warf den Kopf zurück. »Wie kommst du darauf?«

»Ich dachte nur, weil du so elegant gekleidet bist. Das hast du doch nicht für mich gemacht?«

»Nein, nicht für dich. Nur für Monika.«

»Ah!«, rutschte es Monika heraus. »Danke, das ist wirklich lieb von dir.« Dann wandte sie sich an Martha. »Katja ziert sich noch etwas, was den Sprung angeht. Sie will wohl erst mal sehen, ob ich das Ganze schadlos überstehe.«

Katjas Mundwinkel zuckte ein wenig, sie sagte aber nichts. Ein Augenblick der Stille war eingetreten.

Olaf war wortlos auf Monika zugetreten. Er nahm sie an der Hand und führte sie hinaus. Erst als sie allein waren, begann er mit den eigentlichen Vorbereitungen. Monika war er auf Anhieb sympathisch, und das ließ ihren Angstpegel gleich wieder ein wenig sinken.

Nachdem er das Gesundheitsattest genau betrachtet hatte und alle Formalitäten erledigt waren, gab er ihr eine kleine Einschulung. Katja hatte bereits angedeutet, dass das Ganze hier kein einfaches Rauf und Runter sein würde, sondern dass sich Olaf wirklich um seine Schützlinge kümmerte und ihnen einen Crashkurs in Sachen Fallschirmspringen zukommen ließ. So war wieder über eine Stunde vergangen, ehe sie ans Flugzeug kamen, das Martha bereits vor den Hangar gebracht hatte. Jetzt konnte sie auch das erste Mal einen Blick ins Innere werfen. Das wiederum steigerte nicht gerade ihren Mut. Der Passagierraum hatte das Flair eines Viehtransporters. Der Vergleich drängte sich ihr sofort auf.

»Müssen wir mit dieser Kiste hoch?«

Olaf verstand nicht gleich. »Wie sollen wir springen können, wenn wir nicht hochgebracht werden?«

»Ich meinte: mit *dieser*.«

»Ach so! Ja, das ist unsere Olga, unsere zuverlässige Kraft, die uns zu unserem Vergnügen führt.« Er machte eine kurze Pause. »Geführt hat und sicher noch lange führen wird.«

»Ist das nicht ein Oldtimer?«

»Fünfundfünfzig Jahre hat sie auf dem Buckel. Ist aber wie neu. Dafür sorgt Yuri schon.«

»Kann der das?«

Olaf lachte laut auf. »Yuri kann einiges. Das Beste ist aber mit Sicherheit sein Wissen und sein Können, was Olga betrifft. Er ist mit ihr aufgewachsen bei der Roten Armee. Ich glaube, du kannst ihm die Augen zubinden, und er ist immer noch in der Lage, alles feinsäuberlich in Ordnung zu bringen, alles instand zu halten und die kleinsten Fehler zu erkennen.«

»Wie seid ihr zu Olga und natürlich auch zu Yuri gekommen?«

Jetzt umfasste Olaf Monikas Hüfte. »Das erzähle ich dir ein anderes Mal. Jetzt geht's erst mal los.«

Und dann nahm die Sache ihren Lauf. Die Maschine rollte langsam zur Startbahn. Monika sah zur weit offenen Seitentür hinaus und winkte Katja zu, die ebenfalls wild gestikulierte.

Richtig schlimm wurde es erst, als die Maschine abhob. »Was hat mich nur geritten, das anzugehen!« Sie schrie die Worte Olaf zu, der so tat, als hörte er nicht. Die ganze Zeit brüllte sie auf Olaf ein, der aber außer einem müden Lächeln nichts von sich gab.

Wie in Trance ließ sie die allerletzten Vorbereitungen über sich ergehen, sah in die Tiefe, glaubte, sich übergeben zu müssen …

Kurze Zeit später fiel sie, und fiel und fiel …

Genau da passierte es. Die furchtbare Angst wandelte sich von einer Sekunde auf die andere in Euphorie.

Natürlich dachte Monika keinen Augenblick an das Video, welches das hier alles ins Rollen gebracht hatte, nein, doch die Freudenschreie, die sie nun ausstieß, konnten sich sicher mit jenen der Dame im Film messen. Ganz sicher.

Die Jubelstimmung hielt noch lange an. Da waren sie und Olaf schon wieder sicher im Zielgebiet der Schule gelandet, und Katja hatte sie bereits im Arm.

»Katja, so arg! So geil! Huh! Ich kann's gar nicht ausdrücken. Du fällst, fällst … und kannst nichts dagegen machen.«

»Gott sei Dank bist du wieder heil runtergekommen.« Katja atmete kräftig durch. »Ich möchte, dass du das auf alle Fälle noch mal machst.«

Nun sah Monika Katja schief an und prustete los. »Natürlich. Aber ganz sicher nicht mehr ohne dich.«

»Ich … ich weiß nicht …«

»Ich weiß es aber!«

Martha war gelandet und hatte Olga im Hangar geparkt. Als Olaf die beiden Frauen wieder ins Büro verfrachten wollte, war Martha eben mit ihren letzten Checks fertig und übergab Yuri die Maschine.

»Du musst dich zumindest kurz in den Passagierraum der alten Olga setzen, das solltest du dir auf keinen Fall entgehen lassen.« Monika umfasste Katjas Hüfte. »So als kleine Einstimmung.«

»Ich glaube, das geht heute nicht, in meinem Aufzug.«

»Ah ja. Das offizielle Begleitungsoutfit.« Monika lachte. »Das hast du doch nur angezogen, damit du nicht in die Gelegenheit kommen kannst, irgendwo mitzufliegen oder auch noch gar rauszuspringen.«

»Ganz so ist es nicht. Ich habe mich schon auch für dich schön gemacht. Du magst das doch. Oder?«

Monika war stehen geblieben und nahm Katja sanft in die Arme. »Ja, ich mag es sehr, wenn du dich für mich schön machst. Natürlich. Du siehst wunderschön aus. Ich liebe dich.«

»Ein wenig stimmt es natürlich schon, was du gesagt hast. Zumindest im Unterbewusstsein könnte ich da schon ein wenig …«

Monika hinderte sie am Weitersprechen, indem sie ihr einen Kuss auf die Lippen drückte. »Schluss damit. Wir sehen jetzt kurz in die Olga, damit du weißt, was das nächste Mal auf dich zukommt.«

»Also gut, dann zeig mir mal den Bauch der alten Kiste.«

Erst sehr spät in der Nacht konnten sich Katja und Monika entspannt in ihr Bett legen. Sie waren vom Hangar nicht weggekommen. Yuri hatte eine Kleinigkeit zu essen organisiert, und man stieß auf Monikas Jungfernsprung an. Olaf war sehr zufrieden und Martha tatsächlich begeistert, als sie von Katja die ganze Vorgeschichte erzählt bekam.

»Springst du oft ab mit dem Schirm?«, wollte Monika nun von Martha wissen.

»Niemals.« Sie schüttelte den Kopf. Das ist doch der blanke Wahnsinn. Das würde ich nur machen, wenn mir meine Olga unter dem Hintern davontrudeln würde.«

Monika riss erstaunt die Augen auf. »Tatsächlich?«

»So ist es. So habe ich auch Olaf kennengelernt. Bei einem Streit über Sinn und Unsinn des Fallschirmspringens.« Sie kniff Olaf, der neben ihr saß und Katja eben irgendetwas erzählte, in den Arm. »Wir haben sicher zwei, drei Stunden auf Teufel komm raus gestritten, und dann waren wir ein Paar. Ich mache keine Witze. So war das. Der Disput ist übrigens noch immer nicht ganz beendet, flackert aber nur mehr ganz selten auf.«

»Jeder Topf hat seinen eigenen Weg zum Deckel. Das ist tatsächlich so.«

»Kann man so sagen. Und Olaf verdanke ich eigentlich auch, dass ich meine zweitgrößte Liebe gefunden habe. Die muss ich zwar mit Yuri teilen, doch das tut der Sache keinen Abbruch, das ist nämlich meine Olga.«

Die Geschichten wollten an dem Abend kein Ende nehmen. Vor dem

Einschlafen ließen Katja und Monika den Tag dann nochmals kurz Revue passieren. Monika hatte Katjas Hand fest in die ihre genommen.

»Danke, Katja, danke.«

Und dann glitten sie übermüdet in einen sanften, tiefen Schlaf.

Kapitel 15

»Ich glaube, Roland und Petra verbindet mehr als nur die Tätigkeit im Büro.« Monika war mit dieser Feststellung herausgeplatzt, kaum dass Katja ihre Handtasche in der Diele hatte abstellen können.
»Ich dachte, du weißt das.«
»Was hätte ich wissen sollen? Dass die beiden ein Pärchen sind? Ich hatte nicht die geringste Ahnung. Heute haben sie es mir gestanden. Nachdem ich sie beim Küssen erwischt habe.«
Katja umarmte Monika, legte ihr dann die Arme auf die Schultern. »Das war doch so was von offensichtlich. Glaubst du, die haben zufällig immer gemeinsam so viel zu tun gehabt? Das geht doch von dem Tag an, als Roland zu dir ins Büro gekommen ist. Stört dich das etwa?«
Monika dachte kurz nach. »Nein, eigentlich nicht.« Sie zuckte mit den Achseln. »Überhaupt nicht. Warum sollte mich das auch stören?«
»Na siehst du.« Katja drückte ihr ein Küsschen auf die Wange und umfasste nun Monikas Po.
»Das tut wirklich gut nach so viel Arbeit.« Monika drückte ihren Po ein wenig gegen Katjas Hände. »Na ja, eigentlich tut das immer gut. Du kannst ruhig fester zupacken.«
Das ließ sich Katja kein zweites Mal sagen. Seit dem Tag am Flugfeld sah sie Monika mit etwas anderen Augen. Monika hatte sich überwinden können. Hatte die Kontrolle an jemanden anderen abgegeben und konnte das aus vollen Zügen genießen. Davon träumte sie ja auch. Das war es ja. Sich fallenlassen, nicht mehr umdrehen zu können. Ihr ganzes Leben war von Kontrolle geprägt. Nicht dass sie einen Kontrollzwang verspürte, das war es nicht. Doch in all den Jahren, seit sie als Callgirl, natürlich auch als Laborärztin, arbeitete, wollte sie immer alles im Griff haben. Bei Monika hatte sich das erstmals verändert. Und so wollte sie das in Zukunft auch halten. Strikte Grenzen sollte es nur mehr im Beruf geben. Das nahm sie sich fest vor. »Tut das gut?«

Sie fragte nochmals nach und hatte dabei einen ungemein verliebten Ton angestimmt.

Monika entspannte sich. »Tut es.«

»Was ist jetzt mit deinen Mitarbeitern, den heimlichen Liebhabern? Was haben sie dir gesagt?«

»Sie haben allen Ernstes behauptet, sie hätten ihr Verhältnis vor mir geheim gehalten, weil sie nicht wollten, dass ich mich durch sie zurückgesetzt oder benachteiligt fühle. So ein Schwachsinn.« Monika schüttelte energisch den Kopf, schien dann aber nachdenklich zu werden. »Ich glaube ihnen das sogar. Sie haben das so ehrlich gesagt.«

»Na also.«

»Was, *na also*? Findest du das nicht unglaublich doof, was die beiden da veranstaltet haben?«

»Dass sie versucht haben, Rücksicht auf dich zu nehmen? Nein, Monika, das finde ich absolut nicht doof. Die haben sich wenigstens etwas gedacht, trotz aller Verliebtheit, die, sei mir nicht böse, aber schon seit Langem greifbar war. Das konnte doch ein Blinder sehen.«

»Nur ich nicht.« Wieder schüttelte Monika den Kopf. »Bin ich so gefühllos, Katja, gehen an mir solche Dinge immer vorbei? Passiert mir das auch bei dir, dass ich gar nicht bemerke, wenn dich etwas bedrückt oder belastet?«

»Aber nein. Ganz im Gegenteil. Deine Antennen sind feinfühlig. Ich spüre das jeden Tag. Du bist selbst der rücksichtsvollste Mensch. Bloß das mit den beiden hast du offenbar einfach ausgeblendet. Vielleicht wolltest du das auch nicht sehen. Was weiß ich.«

»Sie haben mich jedenfalls gefragt, ob sie nun mit Konsequenzen rechnen müssten, da jetzt alles offen auf dem Tisch liegt.«

»Und?«

»Welche Konsequenzen denn? Das wäre doch absurd. Solche Mitarbeiter bekomme ich nie wieder. Das ist ja ein Glücksfall, dass sie so harmonieren. Das habe ich ihnen auch gesagt, und ich habe ihnen auch klargemacht, dass ich es in Zukunft wissen will, wenn der Haussegen einmal schief hängen sollte.«

Katja zog Monika ins Wohnzimmer, eine riesige Einkaufstasche in der Hand. »Na, das gefällt mir, wenn ihr so miteinander verblieben seid. Komm, ich bring dich auf andere Gedanken. Schau, was ich alles in der Einkaufstasche habe. Eugen musste heute mit mir einkaufen gehen nach unserem Treffen am Vormittag. Er hat sich das nicht nehmen lassen.«

Monika war neugierig geworden und kam aus dem Staunen nicht heraus, als Katja die Tasche auf den großen Couchtisch entleerte: Dessous in allen Farben und Variationen. Exquisite, sicherlich sehr teure Stücke. Die bekanntesten Marken, wie gleich ersichtlich war, und Berge davon.

»Was sagst du dazu?«

»Der ist ja verrückt. Das muss ja mehr als tausend Euro gekostet haben.«

»Mehrere Tausend Euro, das kannst du mir glauben. Soll ich dir die Stücke vorführen?«

Monika blickte erstaunt auf. »Warum nicht? Komm, mach eine Modenschau für mich.«

»Aber gerne doch. Ich geb's ganz offen zu: Ich habe beim Aussuchen und Probieren nur bedingt an Eugen gedacht, ich hatte dich dabei im Kopf. Immer, wenn er wieder mit neuen Stücken angetanzt ist, habe ich mir überlegt, was du wohl zu denen sagen würdest. Ich weiß ja inzwischen, dass dir diese neckischen Dinge gefallen. Natürlich sind so ganz edle Stücke, wie ein Maßkorsett, das du eines Tages von meiner Cousine bekommen wirst, nicht dabei. Das bleibt unerreicht, was sie da herstellen kann, aber die Stücke hier können auch etwas. Und du wirst merken, dass manchmal die Kombination aus feinsten Materialien und bester Verarbeitung mit frivolen Schnitten, so möchte ich das mal ausdrücken, etwas für sich hat.«

»Rede nicht so lang rum, führ mir was vor!«

»Das, was ich unter dem Kleid trage, musste ich gleich anbehalten. Eugen hat nicht locker gelassen und beinahe gebettelt wie ein Kind. Eigentlich wollte ich es vor dem Tragen waschen, aber die Verkäuferin hat gemeint, dass bei dieser Marke nichts zu befürchten wäre, also habe ich mich überreden lassen. Sie hatte den Zippverschluss des Kleides geöffnet. »Tataratata!« Sie war aus dem Kleid geschlüpft und stand in einem Hauch von Nichts vor Monika. »Was sagst du dazu?«

»Ich wollte schon immer so einen BH, der die Brustwarzen frei lässt, ich habe mich bloß nie getraut, einen zu kaufen. Der sieht ja fantastisch aus!«

»Hm, Eugen hat sich erst gar nicht getraut, mich so etwas probieren zu lassen. Das Stück musste ich mir selbst besorgen, besser gesagt, die Verkäuferin hat gemeint, das könnte mir gut passen.«

Monika war aus ihrem Pulli geschlüpft und hatte ihren eigenen BH bereits geöffnet. »Lass mich den auch mal probieren, der müsste mir doch passen.«

»Ich habe den gleichen auch noch in Schwarz.« Katja kramte kurz in den Sachen am Tisch herum und war schon fündig geworden. »Voilà!«

Der BH passte tatsächlich, und so standen die beiden Damen nebeneinander und betrachteten sich im Spiegel.

»Toll sieht das aus. Und wie angenehm sich das trägt. Das hätte ich nicht erwartet. Ich hätte befürchtet, dass da alles ein wenig instabil ist.« Monika bewegte sich in alle Richtungen. »Ist es aber nicht.«

»Als Eugen mich so gesehen hat, ist er sofort mit der Idee gekommen, dass ich mir die Brustwarzen piercen lassen sollte.«

»Und? Wirst du das machen lassen?«

»Bist du völlig verrückt? Das würde ich für einen Kunden nie tun.«

Monika betrachtete sich weiter im Spiegel, legte gedankenverloren ihre Hände auf die Brustwarzen und zwirbelte sie ein wenig. »Würdest du es für mich machen lassen?«

Katja blickte erstaunt zur Seite. »Du willst, dass ich Ringe in den Brustwarzen trage, solche wie in den Schamlippen?«

Monika zuckte kurz mit den Achseln, zwirbelte ein wenig weiter an ihren Brustwarzen. »Ja, so wie in den Schamlippen. Ich würde auch gerne so etwas haben.«

»So etwas? Du meinst, du würdest auch gerne gepierct sein. Warum hast du das noch nie erwähnt?«

Wieder folgte ein kurzes Achselzucken. »Kann ich nicht sagen. Vielleicht hat mir der Mut dazu gefehlt. Aber du weißt ja, dass ich für mein Leben gerne an deinen Ringen herumspiele.«

Das wusste Katja nur allzu gut. Monika war ein Wunder an Einfallsreichtum, was das anbelangte. Wenn sie sich darauf verlegte, Katja Lust zu verschaffen, und das war oft der Fall, dann gehörten zu ihren Ideen immer auch irgendwelche Spielchen mit den Ringen an intimer Stelle. »Astrid kann das. Sie macht das regelmäßig in ihrer Praxis. Du musst nur sagen, was und wann du es willst.«

»Astrid kann das?« Monika war hellhörig geworden. »Dann müssten wir gar nicht in so ein Schmuddelgeschäft gehen?«

»Ich bitte dich! Nein. Astrid ist eine wahre Meisterin.«
»Ruf sie an. Gleich jetzt.«
»Du mit deinen Spontanentscheidungen. Das ist ja wie beim Fallschirmspringen.«
»Worauf soll ich denn deiner Meinung nach warten?«
»Na, soll ich mir nun auch die Brustwarzen stechen lassen, oder nicht?«
»Diese Entscheidung fällst du für dich. Gefallen würde es mir schon, aber ich weiß nicht, ob das für dein Geschäft so einträglich ist. Vermutlich wird es doch ein paar Wochen dauern, bis alles abgeheilt ist. Bei mir ist das etwas anderes. Das ungewöhnlich kühle Frühjahr, das wir zurzeit haben, ist doch die beste Zeit dafür, und bis zum Sommer ist sicher das Ärgste vorbei. Du wirst mich schon pflegen, das nehme ich zumindest stark an.«

Katja hatte ihr Handy gezückt und wartete bereits darauf, dass Astrid abheben würde. »Hallo Maria, schön, dich zu hören. Eigentlich wollte ich Astrid sprechen, hab mich aber anscheinend verwählt.« Sie machte eine kurze Pause, hob angestrengt die Augenbrauen. »Ach ja? Tatsächlich? ... Beide? ... Du Arme! ... Nicht zum Aushalten, das denke ich mir ... Dann geht es ihnen schon besser? ... Beinahe eine Woche! Da verdienst du ja einen Orden ... Haben sich schon daran gewöhnt. Das kann ich mir vorstellen ... Glaubst du, ich kann schon mit Astrid sprechen? ... Gut, ich warte.« Katja nahm ihr Handy zur Brust und flüsterte Monika zu: »Astrid und Albin sind seit einer Woche krank im Bett und haben sich von Maria pflegen lassen. Es muss der Horror gewesen sein. Ich erzähl dir später, was Maria berichtet hat.« Sie nahm ihr Handy wieder ans Ohr und wartete. »Hallo Frau Doktor, selbst einmal krank! Hast dich von einem Laien gesund pflegen lassen müssen ...«

Katja und Astrid telefonierten beinahe eine Stunde lang. Ehe sie mit ihrem Anliegen kommen konnte, musste sich Katja anhören, wie fürsorglich, zärtlich, lieb und wie auch immer sonst noch Maria für sie und Albin gesorgt hätte. Und das wäre kein banaler Infekt gewesen, nein, etwas Schwerwiegenderes, doch jetzt seien sie alle wieder auf dem Weg in die Normalität. Katja tat sich noch immer schwer damit, sich dies vorzustellen, sagte aber nichts dazu. Letztlich gab sich Astrid dann gar nicht überrascht über das Ansinnen, das Katja ihr unterbreitete. Wenn sie den Schmuck hätten, könnten sie in den nächsten

Tagen gerne vorbeikommen. In Albins Haus sei ohnehin alles vorhanden, was sie dafür brauchen würde. Sie hätte gerne auch solche Piercings, selbst wolle sie sich aber nicht stechen und wüsste nicht, wer das machen sollte. Albin könnte nicht in sie hineinstechen, das brächte er nicht übers Herz.

Nach dem Telefonat führte Katja ihrer Geliebten eilig die restlichen Stücke vor. Sie waren tatsächlich alle bezaubernd schön, wenngleich vielfach ein wenig frivol.

»Eugen will, dass ich mich ein wenig frivol kleide, wenn ich bei ihm bin. Er möchte nicht, dass ich billig wirke, aber er möchte, dass es für ihn immer gut erkennbar ist, dass ich eine Nutte bin.«

»Das ist ja eine sehr seltsame Einstellung, findest du nicht?«

»Ja, seltsam. Aber der Kunde ist König, und ich sage dir, von allen meinen Kunden zahlt keiner so viel wie er. Geld spielt bei ihm keine Rolle. Und wenn er auch bestimmend und dominant ist, so bleibt er dennoch ein sehr angenehmer Kunde, der sich immer um mich zu bemühen scheint.«

»So, dass du auch zu deinem Lustgewinn kommst, wenn er mit dir schläft.«

Katja lachte auf. »Aber nein! Nein. Nicht Eugen. Der ist nur auf seine eigene Lust bedacht. Der gehört zu den Typen, die gar nicht wollen, dass ich beim Geschlechtsverkehr zu irgendetwas komme. Aber gerade bei denen komme ich dann manchmal auf meine Rechnung, so auch bei Eugen. Allerdings würde ich ihm das nie sagen, und der hat das auch sicher noch nie bemerkt, dass ich einen Orgasmus mit ihm hatte. Dass ich nicht widerwillig mit ihm ins Bett springe, das wiederum gefällt ihm schon.« Katja seufzte. »Der größte Kampf ist bei ihm immer der Kampf ums Kondom. Jedes Mal bettelt er mich an, dass wir es ohne machen sollen. Er hat mir schon einmal einen Stapel Laborergebnisse von sich selbst mitgebracht von den letzten acht Monaten, aus denen tatsächlich hervorging, dass er kerngesund ist. Nur damit wir das Kondom weglassen. ›Ich will dich ordentlich besamen, so richtig besamen, meinen Samen tief in dir drinnen lassen.‹ Das geht schon beinahe gebetsmühlenartig vor jedem Geschlechtsakt.«

»Hast du dich schon einmal breitschlagen lassen?«

»Ich sag dir was: Von mir aus ziehe ich im Restaurant die transparenteste Bluse an, trage darunter einen BH, der mehr zeigt als verbirgt, lasse die Strapse vorblitzen. All das kann er haben. Ehrlicherweise gefällt mir das selbst ja durchaus auch ab und zu. Aber das mit dem Kondom ist eine andere Sache. Da beißt er bei mir auf Granit. Da gibt es keine Ausnahmen. Nicht, dass ich Angst vor einer Schwangerschaft habe, dafür hab ich ja die Spirale, nein, das ist ein ganz klarer Trennstrich, und der wird nicht gelöscht.«

Monika nickte. »Das ist schon recht so. Behalte das so bei.«

»Er wollte auch, dass ich mich nicht mehr rasiere. Achseln und Vulva …«

»Veto!«

»Lass mich ausreden«, Katja lachte, »das habe ich sofort abgeblasen. Ich bin mir auch sicher, dass er das nur deshalb wollte, weil ich überall am Körper glatt bin. Er wollte mir nur seinen Stempel aufdrücken. In Wahrheit hasst er Körperbehaarung, das habe ich schon mitbekommen. Er scheint den Drang zu haben, Leute zu formen, zu lenken und zu beherrschen.«

»Pass bloß auf, Katja. Das klingt nicht sehr gut. Achte darauf, dass er bei dir keine Grenzen überschreiten kann. Ich will nicht, dass er dir wehtut. Damit meine ich nicht körperlich, sondern seelisch. Weißt du, was ich sagen will?«

Zwei Tage später erschien Katja bei Monika. Roland hatte wieder neue Aufträge an Land ziehen können, weshalb sie bereits um sechs Uhr am Morgen im Büro aufgetaucht war, wo Petra und Roland bereits arbeiteten. Sehr organisiert, wie es schien, sehr konzentriert. Monika hatte sich ein Schmunzeln nicht verkneifen können, klinkte sich aber sogleich in die Aktivitäten ein. Sie gönnten sich nur eine kurze Pause um die Mittagszeit, und eben als Katja ins Büro kam, stand Petra zwar zufrieden, aber auch erschöpft bei ihr und schlug vor, doch irgendeinen Studenten oder sonst wen für die vielen einfachen Arbeiten zu suchen, die so viel Zeit in Anspruch nehmen würden.

»Nehmt doch Nico, Albins Neffen. Der sucht einen Job neben dem Studium. Immerhin studiert er Bauingenieurwesen, ist schon recht fortgeschritten mit seinen Studien, der wäre sicher die passende Kraft für euch. Abgesehen davon ist er ein reizender junger Mann.«

»Wann könnte er beginnen? Weißt du Näheres?« Monika war hellhörig geworden.

»Gestern. Ich weiß das von Astrid. Schon seit Längerem.«

»Und warum hat er nicht bei uns angefragt?«

Katja zuckte mit den Achseln. »Vielleicht können wir das gleich bei Albin besprechen. Astrid wartet auf uns. Kannst du dich losreißen?«

Monika atmete kräftig durch. »Feierabend! Wir gehen alle nach Hause. Vielleicht haben wir morgen schon eine Hilfskraft. Komm, Katja, wir gehen.«

Zweimal mussten sie läuten, ehe Maria öffnete. Sie sah geschafft, doch auch glücklich aus.

»Kommt rein. Die Patienten sind schon wieder einigermaßen auf den Beinen. Gott sei Dank.«

Albin und Astrid wirkten tatsächlich blass. Sie dürften also nicht simuliert haben, kam es Katja in den Sinn. Astrid stürmte auf die beiden Damen zu, wollte sie schon umarmen, besann sich aber und ließ die Begrüßung mit einem zugeworfenen Küsschen bewenden.

»Küssen muss ich euch noch nicht. Wer weiß. Ich denke zwar nicht, dass Albin und ich noch ansteckend sind, riskieren müssen wir aber nichts.«

Monika wandte sich an ihre Schwester: »Wie hast du es geschafft, nicht angesteckt zu werden?«

»Ich war im Gegensatz zu meinen Schätzen von der Ärztezunft bei der Grippeimpfung, und das dürfte mich vor der Ansteckung geschützt haben. Immerhin war es eine echte Grippe, wie meine Spezialisten herausgefunden haben. Die beiden sollten sicher noch ein wenig Ruhe geben, sind aber nicht mehr richtig zu bremsen. Die Praxen werden aber noch einige Tage von ihren Vertretern bedient. Da konnte ich mich durchsetzen.« Sie wirkte zufrieden und warf Albin und Astrid einen verliebten Blick zu.

»Darf ich den beiden Damen die gewünschten Piercings verpassen, Oberschwester Maria?«

»Ausnahmsweise, Frau Dr. Kohlweg, ausnahmsweise.«

Astrid gab Maria einen Klaps auf den Po, fasste Monika an der Hand und zog sie mit sich fort. »Kommt, ab ins Nebenzimmer. Ich habe schon alles vorbereitet. Ist gar nicht schlecht, dass wir so schön Zeit haben für die Verzierung. Katja, ich brauch den Schmuck, den muss ich noch sterilisieren.«

Katja reichte ihr ein Päckchen, und Astrid war schon verschwunden, tauchte aber gleich wieder auf.

»Damit können wir aber nichts anfangen. Ich habe dir doch gesagt, dass ihr am Anfang zumindest Ringe tragen müsst, und auch nicht Ringe aus Gold, sondern aus Titan oder Niobium, aus inerten Materialen eben. Du hast mir Goldstecker und Goldringe gegeben. Die setze ich euch sicher nicht ein. Die könnt ihr euch später einmal selbst einsetzen, wenn alles abgeheilt ist.«

»Sei nicht so streng mit uns.« Katja kramte in ihrer Tasche und holte ein zweites Päckchen hervor. »Hier, das müssten die Ringe sein, wie ich sie auf deinen Auftrag hin besorgt habe.«

Monika, die bereits eine gewisse Nervosität spürte, hatte erst in diesem Augenblick mitbekommen, dass Katja offenbar schon an später gedacht und schönen Goldschmuck besorgt hatte. »Lass sehen! Du hast uns schon Goldschmuck besorgt?« Astrid reichte ihn ihr. »Wunderschön!«, sie zögerte einen Augenblick, »sind das nicht sehr dicke Ringe und Stecker?«

Astrid lachte. »Das habe ich Katja auch so aufgetragen. Die passende Stärke der Ringe und Stecker ist wichtig, weil dies das Gewebe schont. Zu dünne Ringe können einschneiden. Das wäre nicht in eurem Sinn.«

»Das ist ja eine kleine Wissenschaft für sich.«

»In der Tat. Ich habe mich schon vor langer Zeit damit auseinandergesetzt. Und heute gehört das zu den am meisten gewünschten Dingen bei mir in der Praxis.«

»Brustwarzenpiercings?«

»Piercings überhaupt. Nabel, Nase, Ohren, Genitalien, Brustwarzen und so weiter.«

»Wir sind also keine Exoten mit unseren Wünschen?«

Astrid lachte. »Schon lange nicht. Das ist gesellschaftlich akzeptiert. Heute ist es eine Sache des Geschmacks und des persönlichen Kitzels, so würde ich es ausdrücken wollen. Bei Brustwarzen und Genitalien ist es noch das Geheimnis, das man mit sich herumträgt. Das würde mich daran reizen. Wenn ich in der Praxis sitze und alle denken, die seriöse Frau Doktor sei sehr beschäftigt, so würde doch keiner vermuten, dass ich Ringe in meinen kleinen Schamlippen trage.«

»Genauso denke ich auch.« Monika nickte zustimmend. »Bei mir kommt allerdings dazu, dass ich gerne mit Katjas Ringen spiele, und ich hätte gerne, dass sie bei mir auch so herumspielen kann. Ist vielleicht ein wenig eigennützig gedacht …«

»Na, das kann ich gerade noch durchgehen lassen«, mischte sich Katja nun ein. »Astrid, du solltest nun vielleicht doch den Schmuck sterilisieren, andernfalls überlege ich mir den Eingriff noch, weil mich der Mut verlässt.«

»Es wird schmerzlos abgehen. Versprochen.«

»Dann ab mit dir!«

Eine Stunde später war alles erledigt. Monika und Katja waren einigermaßen geschafft. Es war tatsächlich alles schmerzlos vonstatten gegangen, dafür hatte Astrid gesorgt, doch die Aufregung war noch in ihren Gesichtern auszumachen, als sie nun gemeinsam mit Maria und Albin wieder auf der Couch saßen. Die wollten noch wissen, ob Astrid ihr Werk zufriedenstellend ausgeführt hätte.

Albin schüttelte den Kopf und führte dann lang und breit aus, dass er selbst von solchen Verzierungen nicht das Geringste halten würde. Ohrringe gerade noch, alles andere – nein danke. Auch er werde in seiner Praxis ständig mit Anfragen zu Piercings bombardiert, doch da würde er sich strikt weigern, wie ja auch bei Astrid. Viel Geld hätte er damit verdienen können. Doch nein. Eine offene Wunde nähen, das wäre kein Problem für ihn. Da musste man schon mit der Nadel zustechen können. Aber in ein gesundes Ohrläppchen stechen, dafür war er nicht zu haben. Punkt.

»Dann findest du es schlimm, was wir uns von Astrid haben machen lassen?« Katja wirkte seltsam verunsichert, so bestimmt hatte sie Albin noch nie über so etwas doch wenig Weltbewegendes sprechen gehört.

»Aber nein.« Er lachte. »Jedem Tierchen sein Pläsierchen. Ich denke, ihr habt es doch füreinander gemacht. Wenn es euch gefällt, so ist ja nichts dagegen einzuwenden. Wenigstens hat eine Könnerin an euch gearbeitet. Ich möchte ja nicht wissen, was sich da in sogenannten Spezialgeschäften in Sachen Hygiene tut.«

»Wenn ich das nächste Mal bei dir in der Praxis vorbeischaue, dann wirst du den Schmuck begutachten können. Vielleicht änderst du dann deine Meinung.« Monika hatte Albins Arm genommen und den letzten Satz mit liebevollem Ton gesagt.

Albin wiegte skeptisch den Kopf.

Damit war das Thema beendet und ein ganz anderes kam auf. Maria wollte von ihrer Schwester wissen, wie das Architekturbüro denn so laufen würde. Für Monika war das der Augenblick, an dem sie sich ihrer Personalprobleme entsann, und da war dann das Gespräch auf Nico, Albins Neffen, gekommen. Albin hatte ihn auch gleich angerufen, und die Aussicht auf einen einträglichen Job ließ den jungen Mann in einer Viertelstunde auftauchen.

Nico war tatsächlich ein reizender junger Mann, ein wenig scheu auf den ersten Blick, doch er wirkte wach und intelligent. Seinen Job in einem Fitnessstudio hatte er aufgegeben, weil er schlecht bezahlt und zeitmäßig ungemein unflexibel, mithin in Wahrheit unbrauchbar für einen Studenten war. Eine flexible Zeiteinteilung konnte ihm Monika gleich zusichern, und da war von seiner Seite bereits klar, dass er den Job nehmen würde. Er würde am nächsten Tag ins Büro kommen, um sechs Uhr könnte er mit der Arbeit beginnen.

Per Handschlag fixierten sie das Arbeitsverhältnis.

Monika war sich nicht sicher, worüber sie sich mehr freuen sollte: darüber, dass sie den Mut gefunden hatte, sich an ungewöhnlichen Stellen piercen zu lassen, oder darüber, so rasch eine Arbeitskraft fürs Büro gefunden zu haben.

Kapitel 16

Der Sommer war endlich eingezogen. Zwar war nun schon Mitte Juli, doch viele hatten schon gedacht, dass der kühle und feuchte Frühling gleich in den Herbst übergehen würde. Doch wie so oft, wenn man es nicht mehr für möglich hält, kommt es doch ein wenig anders. Ein Hochdruckgebiet hatte sich über Europa ausgebreitet, und alle Wetterdienste sagten eine stabile trockene und heiße Wetterphase voraus. Manche Dienste lehnten sich mit ihren Prognosen etwas weit hinaus und prophezeiten heißes Sommerwetter bis in den September. Das mit dem schönen Wetter sollte sich bewahrheiten, nicht aber das mit der Hitze. Überraschenderweise war dann die Luft den ganzen Sommer über trocken und nicht heiß. Kein einziges Gewitter zog auf, und am Abend konnte man zumindest am Land immer eine Weste gebrauchen, weshalb Monika und Katja kaum einmal auf Strümpfe verzichteten. Ungewöhnlich, wie sie selbst feststellten.

Um die Mittagszeit war die Luft allerdings angenehm warm, sodass sich der Pool im Garten vor Monikas Büro großer Beliebtheit erfreute.

Mit Nicos Eintritt ins Büro hatte sich dort die Situation drastisch entspannt. Monika und Roland konnten sich auf ihre eigentliche Arbeit konzentrieren, während sie von Petra und Nico vom Rest vollständig abgeschirmt wurden. Katja, die wegen der Sommerflaute nur selten ins Labor musste und die auch vom Begleitservice nur wenige Aufträge annahm – Eugen war da ihr Hauptkunde geworden –, versorgte das Büroteam täglich mit einer Mahlzeit auf der Terrasse. Zuvor jedoch gab es, und das war beinahe schon zu einem Ritual geworden, ein ausgelassenes Plantschen im Schwimmbecken.

Eines Mittags standen plötzlich Hebe Donaldson und Karen Scott vor der johlenden Menge im Pool und konnten sich ein Lachen nicht verkneifen, als sie das Herumbalgen und Herumspritzen sahen. Karen schwenkte eine Magnumflasche Sekt und gewann damit gleich die Aufmerksamkeit der Meute.

»Wir haben die Baugenehmigung zugesandt bekommen. Heute war sie in der Post. Trotz der Ferienzeit. Es kann losgehen!«, schrie Hebe erfreut.

Monika hechtete aus dem Pool und begrüßte die beiden Damen im Bikini, nass, wie sie war. »Ich freue mich wirklich. Es ist nun auch Zeit, dass wir anfangen können.« Karen, die Monika unverwandt betrachtete, reichte ihr die Sektflasche. »Ich hole die Gläser. Bin in einem Augenblick wieder hier.«

»Sie geben einen verdammt tollen Anblick ab. Gosh!« Karen konnte sich ihres Eindrucks nicht erwehren und schon gar nicht ihre Meinung dazu hinter dem Berg halten.

»Gosh!«, lautete Hebes einziger Kommentar.

Hebe und Karen blieben auch zum Essen. Sie verbreiteten mit ihrem Baubescheid in der Hand eine derart gute Laune, dass zunächst gar nicht ans Arbeiten zu denken war. Erst um vier Uhr verabschiedeten sich die Überraschungsgäste, und im Büro wurde man wieder aktiv.

Monika war eben aus einer kleinen Besprechung mit Roland, Petra und Nico in das Wohnhaus zurückgekehrt. Das Büro lief ausgezeichnet, und Monika musste ihren Mitarbeitern das einmal mehr ganz klar sagen. Petra hatte sich ja schon von Beginn an als gute Sekretärin herausgestellt, in der Zwischenzeit war sie aber schon viel mehr als das. Irgendwie war sie die Managerin des Betriebes geworden und hielt so Monika und Roland, bestens unterstützt durch Nico, den Rücken frei. Und Roland hatte Monika eben ganz offen angeboten, das Angestelltenverhältnis zu beenden und ihr Partner zu werden. Seine fachliche Kompetenz und sein gestalterisches Gespür als Architekt waren ihr bereits seit der gemeinsamen Zeit bei ihrem Bruder bekannt gewesen, das war ja auch der Grund gewesen, dass sie ihn mit solcher Freude zu sich geholt hatte. Dennoch hatte sie nicht gewusst, dass er ungemein viele Kontakte zu allen möglichen Leuten unterhielt und beim An-Land-Ziehen von Aufträgen ein wahres Genie war. Dementsprechend konnte Monika bei der Annahme von Aufträgen nun bereits etwas wählerischer sein, als sie sich dies zu Anfang ihrer eigenständigen Tätigkeit hatte erlauben können.

Monika legte sich auf die Couch im Wohnzimmer und ließ die kurze Besprechung Revue passieren. Ein Lächeln umspielte ihre Lippen, als sie sich nochmals Petras Reaktion auf das Angebot an Roland vor Augen führte: »Yes!«, war ihr herausgerutscht, und sie hatte die rechte Hand zur Faust geballt.

»Wir sind ein sehr kleines, aber ein sehr gutes Team«, sagte Monika leise zu sich selbst.

»Das finde ich auch!«, ertönte es laut von hinten.

Erschrocken fuhr Monika herum und sah in das lachende Gesicht ihrer Liebsten. »Du hast mich erschreckt. Hallo Liebes.« Sie erhob sich und umarmte Katja.

Die Umarmung wurde zärtlich erwidert und mündete in einen sanften Kuss. »Schön, dass ich noch früher aus dem Labor weg konnte als geplant. Ich bin heute schon ein wenig nervös, und da ist es schön, dich sehen zu können.«

Monika hob die Augenbrauen. »Warum bist du nervös? Ist was?«

»Olaf hat mich angerufen.«

Ein kurzer Stich durchfuhr Monika. »Ach ja, es ist bald wieder so weit. Stimmt's? Vier oder fünf Tage sind es noch.«

»Das war einer der Gründe, warum Olaf mich angerufen hat. Er möchte wissen, ob es uns stört, wenn wir nicht alleine springen. Der Andrang ist zurzeit groß.«

Monika schmunzelte. »Andrang, wie das klingt. Und? Hast du zugestimmt?«

»Habe ich. Wir beide springen gemeinsam am Samstag. Du mit Olaf, ich mit seinem Partner Klaus. Also in fünf Tagen. Ist dir das recht?«

»Sehr sogar. Ich habe mich in den letzten Tagen schon ein paarmal gefragt, ob wir hintereinander mit Olaf springen müssen, oder ob sich da jemand findet, der uns den zweiten Tandemsprung beim selben Flug ermöglicht.«

Katja schüttelte leicht den Kopf. »So weit konnte ich noch nicht denken. Die Angst davor blockiert mir das Gehirn, wenn mir die Sache in den Sinn kommt.« Dann sah sie Monika ein wenig zögernd ins Gesicht. »Noch etwas wollte Olaf, doch da habe ich nicht zusagen können ohne deine Zustimmung.«

»Und das wäre?«

»Na ja, er möchte es von einem seiner Clubkollegen filmen lassen. Eine Freundin von ihm sollte an dem Tag auch ihren ersten Sprung machen, ist aber in Wahrheit strikt dagegen. Der will er das Video vorführen, damit sie sich ein Bild machen kann, und dann geht es ab mit ihr. So ist es zumindest angedacht.«

Monika zuckte mit den Achseln. »Was soll ich dagegen haben?«

»Liebes, ich erinnere mich genau daran, dass du gesagt hast, dass du beim Springen nicht gefilmt werden möchtest.«

»Ach Gott, das war doch nur beim allerersten Mal. Da wusste ich ja nicht, ob ich in die Hose machen würde oder nicht. Aber jetzt …«

Katja atmete kräftig durch und begann zu glucksen. »Du tust ja so, als wärst du ein Profi, was das Fallschirmspringen anbelangt.«

»Einmal ist deutlich mehr als keinmal.« Sie knuffte Katja in die Seite. »Aber man sollte vielleicht doch lieber dich filmen. Wer weiß, dann hätten wir vielleicht monatelang eine äußerst nette Abendbeschäftigung. Möglicherweise besser als jede Comedy.«

Das brachte Monika einen Schlag auf den Arm ein, der dann Auftakt für eine wilde Balgerei wurde.

Am Ende lagen sie sich außer Atem in den Armen.

»Sag ihm zu. Ich werde gerne Filmstar.«

Katja griff zu ihrem Handy. »Na, dann ruf ich doch gleich an.«

»Okay!«

Spät am Abend lagen Monika und Katja nackt im Bett. Sie hatten nur einen kleinen Happen gegessen, hatten beschlossen, mit einem Glas Wein und einem Buch ins Bett zu gehen. Aus dem Lesen war nicht viel geworden. Bald hatte sich eine Plauderei entwickelt über Gott und die Welt. An diesem Abend weniger über die Welt als über Gott.

Und bei dieser Plauderei kamen Katja und Monika wieder auf Abenteuersport und Extremsportarten zu sprechen.

»Warum macht man das? Was glaubst du?« Monika lag auf dem Bauch und ließ sich von Katja wohlig den Rücken massieren.

»Es muss wohl der Kick sein. Die Gefahr muss reizen, das Erreichen von Grenzen, vielleicht auch das Überschreiten der Grenzen. Aber das weißt du ja schon. Ein wenig stolz bin ich schon auf dich. Klingt vielleicht seltsam, dass man da stolz ist, aber es ist so.« Monika hatte ihren

Kopf zu Katja gedreht und sah sie liebevoll an. »Wieso hast du darauf bestanden, dass ich nochmals springe?«

»Wieso fällt dir das gerade jetzt ein?«

Monika richtete sich ein wenig auf und breitete die Arme aus, so, als ob sie fliegen wollte. »Weil wir noch nie darüber gesprochen haben und der zweite Durchgang mit Riesenschritten naht.«

»Ich hab das nicht für mich gemacht, sondern für dich.«

»Und wie soll ich das jetzt verstehen?«

»Ich glaube, dass du das Ganze als einmalige Sache geplant hast, vermutlich, um mich nicht vor den Kopf zu stoßen, wenn du Gefallen daran gefunden hättest. Das war der Grund, warum ich dich gefragt habe, ob du es willst.«

Monika lächelte. »Gefragt habe! Hah! Du hattest einen sehr bestimmenden Ton angeschlagen damals! Von fragen kann da nicht wirklich die Rede sein.«

»Aber du hättest doch nein sagen können. Wir hätten das nicht fortsetzen müssen. Ist es nicht so?«

Monika nickte und schmunzelte. »Schon beim Landen habe ich beschlossen, es sicher nochmals zu tun, ganz sicher nochmals zu tun.«

»Ich freu mich schon so darauf.«

Monika sah Katja ungläubig an. »Das höre ich jetzt eigentlich das erste Mal von dir. Was ist größer? Angst oder Vorfreude?«

»Das, liebe Monika, kann ich dir beim besten Willen nicht sagen. Das schwankt ziemlich.«

»Und ich hab im Augenblick wieder Angst davor. Ich weiß also einigermaßen, was in dir vorgeht.«

Die kommenden Tage vergingen für Katja und Monika wie im Flug. Das hatte einerseits mit viel Arbeit zu tun, andererseits aber auch mit dem Bewusstsein, bald am Flugfeld Süd auftauchen zu müssen. Von Müssen war zwar keine Rede, doch beide hatten die ganze Sache nicht einmal mehr infrage gestellt.

So standen sie frisch geduscht und nackt im Bad und bereiteten sich auf das Kommende vor.

»Was wirst du heute tragen, Monika? Wieder dein Sportoutfit vom letzten Mal?«

»Nein, ich habe uns gestern noch etwas Neues im Sportgeschäft abgeholt. Es war zwar nicht auf Lager, aber ich hab es noch rechtzeitig bekommen. Ist ein wenig als Überraschung für dich gedacht. Knallgelbe Einteiler, in meinen kannst du mir übrigens gleich hinein helfen. Hinterher helfe ich dir. Das sieht einfach verrückt aus, ich finde, dass das genau passend ist für heute. Und er bringt unsere Figur nicht schlecht zur Geltung, das kann ich dir schon verraten.«

»Ah, hinter meinem Rücken stattest du uns mit solchen Dingen aus? Darf ich davon nichts wissen?« Katja lachte und verabreichte Monika einen ganz leichten Klaps auf den Hintern.

»Au, du tust mir weh!«

»Entschuldige, ich hab wohl vergessen, dass du ein empfindliches Hausmütterchen bist.«

»Genau«, gluckste Monika, »komm, machen wir weiter.« Sie holte aus einer Einkaufstasche, die sie mit ins Bad genommen hatte, die ominösen Einteiler, die ein noch viel stärker leuchtendes Gelb aufwiesen, als es sich Katja hatte vorstellen können. »Los geht's. Und nicht wieder so langsam werken wie üblich!«

Es war tatsächlich schon etwas spät, sodass Katja gleich anpackte und Monika im Nu in ihrem neuen Teil steckte. Katja betrachtete ihre Geliebte mit ungläubigem Erstaunen. Monikas Rundungen wurden aufs Beste betont. Für so ein Kleidungsstück musste man schon die passende Figur haben, andernfalls konnte es sehr unvorteilhaft aussehen. »Ist das angenehm?«, wollte Katja wissen.

»Es ist ein unglaubliches Feeling. Die junge Verkäuferin musste mich erst zum Kauf überreden, aber jetzt bin ich froh, dass ich das Stück habe. Wie findest du den Anblick?«

»Unbeschreiblich. Wir werden der Lichtblick des Flugfeldes sein.«

Eine gute Stunde später öffnete Yuri die Tür des alten Hangars.

»Herein mit den Delinquentinnen!« Er schüttelte Katja und Monika flüchtig die Hand und stellte dann gleich Gunhild vor, die Dame, für die das Video produziert werden sollte.

Dieser schien die Situation etwas peinlich zu sein, und sie fragte zweimal nach, ob es wohl tatsächlich in Ordnung wäre, wenn man den Sprung, immerhin sei es ja erst der zweite, filmen würde. Monika kam nicht um den Gedanken herum, dass Gunhild möglicherweise selbst nicht sicher war, ob sie davon überhaupt irgendetwas wissen oder gar sehen wollte oder nicht.

Der Hangar sah völlig gleich aus wie beim ersten Mal, bloß waren heute unglaublich viele Leute anwesend. Der Vergleich mit einem Ameisenhaufen schien Katja ein wenig übertrieben, doch war ihr dies sogleich in den Sinn gekommen.

»Wer springt mit mir und wer mit Klaus?«, wollte Olaf wissen, der sich gleich auf das Paar gestürzt hatte.

»Ich!«, preschte Monika gleich mit der Entscheidung hervor. Katja nickte nur stumm.

Olaf stellte Klaus vor, der Katja in seine Obhut nehmen sollte. Für Monika konnte es eigentlich gleich losgehen, sie war bereit dazu. Doch Katja wurde nun auch die Einschulung zuteil, die eben in diesem Betrieb üblich war. Monika nutzte dies für eine Plauderei mit Yuri, der ihr liebevoll von seiner Olga berichtete. Heute würde er die Herrschaften in luftige Höhen bringen. Martha müsste noch einigen Leuten auf den Zahn fühlen, und das, obwohl doch Samstag war.

Der Flug verlief für Monika diesmal völlig anders. Es war kein Privataufstieg in brauchbare Höhen, nein, sie saßen alle eher zusammengepfercht im Bauch der Olga, der das aber nicht im Geringsten irgendetwas auszumachen schien. Monikas Blick ruhte die ganze Zeit auf Katja. Deren Gesichtsausdruck war undurchdringlich. Offenbar war sie in der Lage, Angstgefühle gut zu verbergen. Monika wollte sich das merken. In ihr konnte man nicht lesen wie in einem offenen Buch. Das änderte sich erst, als sie an der offenen Luke stand, Sekunden vor dem Absprung. Katjas Gesicht spiegelte blankes Entsetzen wider, und das übertrug sich nochmals kurz auf Monika.

Doch wie beim ersten Mal verflog das Entsetzen in Bruchteilen von Sekunden. Die Euphorie hatte sie mit voller Wucht erfasst. Sie hätte stundenlang durch die Luft gleiten können. Es wäre ihr sicher nicht zu viel geworden. Und schon knapp vor der Landung wurde ihr bewusst, dass die Sache möglicherweise einen gewaltigen Suchtfaktor beherbergte. Ob sie sich dieser Sucht in Zukunft würde entziehen können?

Die Antwort lag gleich auf der Hand: »Danke, danke, Monika, dass du das mit mir durchgezogen hast. Meine Güte! Ohne dich hätte ich wahrscheinlich immer noch meine Videos als Ventil für meine Wünsche diesbezüglich. Aber so! So ist das ja etwas ganz anderes. Wow! Aufs nächste Mal!«

So musste Monika nicht viel sagen oder weiter überlegen. Sicher würde es ein nächstes und ein übernächstes Mal geben. Das war absehbar. Und es war eine wirklich gute Aussicht.

Aufgekratzt gingen sie Hand in Hand zum Hangar zurück. Katja atmete schwer, das Erlebte hinterließ offenbar einen unglaublichen und nicht leicht zu tragenden Eindruck.

Dann jedoch passierte es. Katja stolperte an der Tür, fiel unglücklich zu Boden und landete mit dem Po auf einer abgestellten Werkzeugkiste. Auf Yuris Werkzeugkiste. Ein lautes Krachen folgte, dann trat Stille ein.

»Was ist? Noch nie einen Absturz miterlebt?« Katja hatte ihren Humor nicht verloren, hielt sich aber den Hintern, der schrecklich zu schmerzen schien.

Yuri war herbeigestürzt. »Es tut mir leid. Ich stelle die Kiste sonst niemals hierher. So eine dumme Sache. Haben Sie sich verletzt?«

»Ach wo! Das gibt einen blauen Fleck, und der wird mich in der nächsten Zeit an den schönen Tag erinnern.«

Monika, die ganz erschrocken war, konnte es Yuri ansehen, dass er nicht glücklich war mit der Situation. Viel später sollte sie von ihm erfahren, dass für ihn Sicherheitsdenken das Maß aller Dinge war. Und das achtlose Abstellen einer Kiste war da so gar nicht nach seinem Geschmack, auch wenn die Kiste mit dem Sturz selbst gar nichts zu tun gehabt hatte.

»Nun, was sagst du dazu, Gunhild? Können die beiden Frauen nicht stolz sein auf sich und aufeinander?« Gunhilds Freund war nach dem Betrachten des Videos von beiden, natürlich in erster Linie von Monika, die da zu sehen gewesen war, begeistert.

»Ich weiß nicht.« Gunhild löste sich aus ihrer Starre. »Ich glaube, ich möchte jetzt nach Hause.«

»Wolltest du dir nicht noch ein wenig von den Erfahrungen der beiden schildern lassen? Du könntest heute noch springen. Das würde sicher gehen. Ich nehme an, du willst das ja auch.«

Gunhild war tiefrot geworden, stand auf, öffnete den obersten Knopf ihres Shirts und nahm wieder Platz. »Na gut«, seufzte sie, »ziehen wir es auch durch.«

Monika hatte plötzlich ungemeines Mitleid mit der Frau. Die stand offenbar unter Zwang. Schrecklich, wie sie fand. »Hör auf damit. Lass es sein. Das bist nicht du.« Monika hatte ganz leise und eindringlich gesprochen, und Olaf und Katja nickten nur.

Durch Gunhilds Körper ging ein Ruck. »Findest du?« Sie öffnete noch weitere zwei Knöpfe, schien dadurch wieder Luft zu bekommen. »Ja, du hast vollkommen recht. Es ist genug. Aus.« Die Erleichterung war ihr anzumerken.

»Trinken wir zusammen noch einen Kaffee und essen ein Stück Kuchen? Martha hat ihn eben gebracht.« Olafs Blick in die Runde erntete nur Nicken.

Erst spät in der Nacht konnte Martha die kleine illustre Gesellschaft, die sich da gefunden hatte, endlich aus dem Hangar komplimentieren. Hätten sie nicht am nächsten Morgen eine Menge an Terminen gehabt, so wäre das Beisammensein sicher gleich in ein gemeinsames Frühstück übergegangen.

Kapitel 17

Drei Tage später konnte sich Katja wieder ohne wesentliche Vorsichtsmaßnahmen zum gemeinsamen Frühstück an den Tisch setzen. Sie hätten den Kaffee gerne auf der Terrasse getrunken, doch dann war es ihnen im Freien doch zu kühl gewesen. Monika war einsilbig, schien sogar ein wenig bedrückt zu sein. Katja entging dies nicht. Selbst bestens gelaunt, brachte sie dies auch gleich zur Sprache: »Was ist heute mit dir, Liebling? Bist du traurig, weil du dich heute nicht aus einem Flugzeug stürzen kannst?«

Monika stöhnte kurz auf. »Nein, Fallschirmspringen geht mir heute nicht ab.« Es fiel ihr spontan ein, dass sie keinen weiteren Termin festgesetzt hatten. Vielleicht war das auch gut so, man sollte daraus keine Gewohnheit machen. Nach einem tiefen Seufzer fuhr sie fort: »Wenngleich ich den Sprung aus viertausend Metern heute meiner Besprechung am Vormittag vorziehen würde. Da könnte ich wenigstens nach unangenehmem Beginn mit einem Lustgewinn rechnen, so aber wird die Sache vermutlich einfach nur unangenehm sein.«

Katja war hellhörig geworden. »Worum geht es da?«

»Da geht es nicht so sehr ums Worum, sondern vielmehr um die Frage, mit wem. Soll heißen, ich treffe heute in einer Vormittagsbesprechung beruflich das erste Mal auf meinen Bruder.«

»Und das ist unangenehmer als der Schritt aus der Luke?« Katja konnte sich ein Grinsen nicht verkneifen.

»Ja, das ist es. Ich habe gestern eine lapidare Mitteilung per E-Mail bekommen, dass der Architekt des benachbarten Bauprojekts, Herr Gustav Sterckmann, auch anwesend sein wird.«

Katja fasste sanft nach Monikas Hand. »Angesagte Katastrophen finden nicht statt. Komm, iss etwas. Stärk dich für die Konfrontation.«

Monika konnte sich erstmals an diesem Tag ein Lächeln abringen.

Die Straßen in Wien waren an diesem strahlenden Vormittag verstopft. *Wieso sind die Leute nicht in ihren wohlverdienten Ferien und überlassen mir heute die Straße?,* dachte Monika frustriert. Sie hatte es auch bei der dritten Grünphase nicht geschafft, die große Kreuzung über den Wiener Gürtel queren zu können. Insgeheim hatte sie damit gerechnet, überall störungsfrei durchzukommen. Sie war nun heilfroh, dass sie schon so früh losgefahren war. Ihr Vorhaben, in dem Schreibwarengeschäft neben der von ihr betreuten Baustelle groß einzukaufen, musste sie auf alle Fälle aufgeben. Besser gesagt, verschieben. Nachher hätte sie möglicherweise mehr Zeit und Ruhe als vorher. Letzthin wollte sie sich nur einen Bleistift kaufen und war dann aus dem Staunen nicht herausgekommen, wie gut sortiert der Laden hinter der biederen Fassade war. Da waren unter einem Dach Utensilien fürs Büro zu finden, die man sonst nur mühsam in verschiedensten Geschäften oder übers Internet bekommen konnte. Petra hatte ihr eine lange Liste zusammengestellt, was alles benötigt wurde. Dass dann unmittelbar vor dem Geschäftslokal ein Parkplatz frei war, betrachtete Monika als gutes Omen. Irgendwie beschwingt ging sie zum ausgemachten Treffpunkt.

Der Schwung verebbte in dem Augenblick, als sie Gustav zu Gesicht bekam. Mit unbewegter Miene stand er da, sah irgendwie besser aus als üblich. Vielleicht ein wenig schlanker und sportlicher, Monika konnte es nicht sicher ausmachen. Monikas Bauherr wollte die beiden Architekten eben miteinander bekannt machen, da winkte Gustav gleich ab.
»Wir kennen einander. Wir sind Geschwister. Hallo Monika.« Die Worte hatte er todernst gesagt und dabei keine Miene verzogen.
Dem Bauherrn war die Situation sichtlich unangenehm, so eine offen sichtbare Distanz zwischen Geschwistern war ihm fremd. »Dann können wir ja loslegen.«
Monika schilderte, wie sie den Ablauf des eigenen Projekts vorgesehen hatte, merkte hie und da an, wo es möglicherweise zu Berührungspunkten mit Gustavs Arbeiten kommen könnte. Gustav hörte wortlos zu. Anschließend legte er seinen Standpunkt dar, und nun war es Monika, die wie versteinert seinen Ausführungen lauschte.
Letztlich war auch dem Bauherrn sogleich bewusst geworden, dass

sich nirgendwo gravierende Probleme auftun sollten, und so bemühte er sich, dem unangenehmen Spektakel bald ein Ende zu bereiten. Er schüttelte dem Geschwisterpaar die Hand, drehte sich um und verließ, nicht ohne Kopfschütteln, wie es Monika schien, fluchtartig den Ort des Geschehens.

Und auch Monika wollte jetzt nur mehr weg. Ein kurzes »Ciao Gustav« entlockte sie sich, drehte am Absatz um, kam aber nicht weit.

Gustav hatte Monika fest an der Hand genommen. »Monika, bleib da. Ich möchte mit dir reden.«

Ganz kurz wallte Zorn in Monika auf, wich aber sofort einem Erstaunen und einer Neugier. Es war Gustavs Stimme, diese war plötzlich so anders, anders und unbekannt.

»Was willst du?« Monikas Tonfall war mehr als forsch.

»Ich möchte mich bei dir in aller Form entschuldigen.«

»Wieso das?« Mit allem hatte Monika gerechnet, damit jedoch sicher nicht.

»Weil ich nachgedacht habe.«

Du denkst nach?, wäre es Monika beinahe herausgerutscht, doch sie beließ es bei einem leisen »Ja?«.

»Um es klar auszudrücken: Dein Abgang hat mich nicht unberührt gelassen. Dazu gekommen ist noch, dass sich eine Woche später, ja, es war genau eine Woche später, mein Leben drastisch verändert hat.«

»Du bist darauf gekommen, dass du schwul bist.«

Gustav lächelte das erste Mal milde. »Blödsinn. Ich habe eine Frau kennengelernt.«

»Sei mir nicht böse, aber das ist keine besondere Neuigkeit.«

»Es ist aber so, wie ich es sage. Es ist diesmal anders als sonst.«

»Na, dann wird es wahrscheinlich eine Schönheitskönigin aus der Karibik sein.« Kaum hatte sie dies ausgesprochen, fühlte Monika einen kleinen Stich im Herzen. *Warum bin ich nur so abwertend?*, kam es ihr in den Sinn.

Wieder lächelte er milde. »So ist es gar nicht. Regina, so heißt sie, entspricht vermutlich nicht dem gängigen Schönheitsideal der Hochglanzillustrierten, sie ist aber ein wunderbarer Mensch, jung, herzensgut, gescheit, gehört in keiner Weise der Society an, kurz und gut: Sie ist meine Traumfrau. Und sie lässt mich auch über mich selbst und meine Situation nachdenken.«

Jetzt umspielte auch Monikas Lippen ein Lächeln. So hatte sie ihren Bruder noch nie reden hören. »Tut sie das?« Ein liebevoller Ton hatte sich in diese Frage eingeschlichen und ließ Gustav aufblicken.

»Hast du ein wenig Zeit? Ich möchte dir gerne von ihr erzählen. Und ich möchte wissen, wie es dir geht, und auch Maria, unserer kleinen Schwester.«

Monika hakte sich bei ihm ein. Eigentlich hatte sie keine Zeit, die nahm sie sich aber. Es gab wichtige Dinge im Leben, und die konnten nicht wegen ein paar nicht fertig gestellter Skizzen versäumt werden. »Gustav, ich nehme mir jetzt die Zeit. Gehen wir in das Café auf der anderen Straßenseite und plaudern dort in Ruhe. Wäre das was für dich?«

Er nickte bloß und zog sie mit sich.

Petra rief am frühen Nachmittag aufgeregt an. Nicht etwa, weil es Probleme im Büro gegeben hätte, nein, Roland und sie hätten sich nur schon Sorgen um sie gemacht. Da erst war es Monika bewusst geworden, dass sie niemandem Bescheid gegeben hatte.

»Meine Mitarbeiter machen sich Sorgen um mich. Sind jetzt aber beruhigt. Bleiben wir noch ein wenig hier und plaudern?« Vor wenigen Monaten noch hätte Monika ein Vermögen darauf verwettet, dass Gustav so ein Angebot ausgeschlagen hätte.

»Ja, gerne.« Die Antwort kam schnell und ohne ein Aber.

»Dann erzähle ich dir noch ein wenig von unserer Schwester. Möglicherweise wird dich das schockieren, was ich da zu berichten habe, mich hat es am Anfang jedenfalls sehr schockiert.«

»Geht es ihr nicht gut?« Gustav klang besorgt, und nicht das erste Mal, seit sie bei einem kühlen Mineralwasser saßen, wunderte sich Monika über Gustavs erstaunlichen Wandel.

Dieser war im Wesentlichen wohl Regina zuzuschreiben. Lang und breit hatte er über die einfache Verkäuferin in einem Dessousladen berichtet, mittelgroß und nicht gerade die dünnste, aber mit wunderbarem, langem Haar und sonnigem Gesichtsausdruck, bei der er erotische Dessous für eine flüchtige, noch dazu verheiratete Bekannte kaufen wollte. Eigentlich hatte sie ihn gut und fachmännisch beraten, noch dazu mit Herz und mit viel Gefühl für erotische Momente, das Ganze aber zurückhaltend, mit der nötigen Distanz. Irgendwann war Gustav dann überhaupt nicht mehr an den Dessous interessiert gewesen, sondern bloß an dem lieben Menschen, von dem er bedient wurde. Der Laden war nicht gut besucht gewesen, sodass die Plauderei niemanden aufgehalten hatte. Laufkundschaften konnten ein paarmal rasch bedient werden, und gleich war Regina wieder bei Gustav gelandet. Nach einiger Zeit hatte er sich schon bei ihr entschuldigen wollen für die Störung und sich überlegt, wenigstens irgendetwas zu kaufen, damit der Zeitaufwand für sie nicht umsonst gewesen wäre, doch dann hatte sie ihn nicht gehen lassen. Eine Kundin, die für sich Strümpfe in allen Variationen ausgesucht hatte, musste etwas länger bedient werden und ließ sich allerlei Modelle an Reginas Beinen vorführen. Zweimal hatte Gustav noch versucht, sich diskret zu verabschieden, zweimal hatte sie ihn nicht gehen lassen. Das war wohl der Beginn ihrer Beziehung gewesen.

So, wie Gustav über Regina sprach, hatte ihn Monika überhaupt noch nie sprechen hören. Nicht einmal als Kind hatte er je so einen warmen, sanften Ton angeschlagen.

Nun war es aber an Monika, von ihrer gemeinsamen Schwester zu berichten. Und Gustav war im ersten Augenblick tatsächlich schockiert über den Umstand, dass Maria in einer Dreierbeziehung mit einer Frau und einem Mann steckte. Doch er hatte sich bald gefangen und warf immer wieder positive Aspekte in Monikas Schilderungen ein.

»Findest du es letztlich gar nicht so arg?«

Er schüttelte leicht den Kopf. »Ungewöhnlich schon, aber nicht schlimm. Sie werden einen Weg finden müssen, wie sie das schaffen können. Weißt du, Monika, viele Vorbilder haben sie natürlich nicht dabei. Es hat etwas Experimentelles an sich. Bloß, wenn sich die drei gefunden haben, warum sollte es nicht funktionieren?«

Das war der Augenblick, an dem Monika mit mehr herausrückte: »Gustav, ich kann dir noch eines sagen: Am nächsten Wochenende machen die drei ein Fest für Freunde, Bekannte und Verwandte. Ich schätze, es werden mehr als dreißig Leute kommen. Da wollen sie das offiziell bekannt geben und so eine Art öffentliches Treuegelöbnis ablegen, was immer das auch bedeutet. Heiraten können sie ja nicht zu dritt, das geht nicht wirklich. Vielleicht möchtest du auch dabei sein.«

»Nächste Woche hätten wir gut Zeit.« Doch dann schüttelte er den

Kopf. »Nein, wir werden nicht kommen. Ich möchte mich da jetzt nicht hineindrängen. Ich finde, das steht mir nicht zu. Aber, wenn es euch möglich ist, möchte ich dich und Katja und natürlich auch das verliebte Trio zu mir, besser gesagt zu uns einladen auf ein gutes Essen und ein entspanntes Kennenlernen.«

Monika war spontan aufgesprungen und hatte Gustav einen Schmatz auf die Wange gedrückt. »Darf ich das Maria so mitteilen?«

»Das wäre mir recht. Und sag ihr, dass ich ihr alles erdenklich Gute wünsche für ihr Fest und für die Zukunft.«

Kapitel 18

»Ich habe dir Neuigkeiten zu berichten!«

»Und ich habe dir welche zu berichten!«

Monika war auf Katja zugestürzt, fiel ihr in die Arme.

»Monika, du zuerst.«

»Ich hab mich mit Gustav ausgesöhnt. Es ist eine lange Geschichte, du bekommst sie noch detailliert geschildert. Und wir sind bei ihm gemeinsam mit dem Trio zum Essen und Kennenlernen eingeladen. Demnächst an einem Wochenende.« Sie sah nun Katja fragend an, drückte ihr ein Küsschen auf die Nase. »Und jetzt du.«

»Dann war das Treffen doch besser als ein Fallschirmsprung.«

Monika schmunzelte. »Beinahe. Aber sag schon, was gibt es bei dir?«

»Eugen übernimmt zwei weitere Labors, lässt sie von Grund auf renovieren, und ich soll die Leitung der beiden übernehmen. Wie findest du das?«

»Na, das klingt nicht so übel. Du wechselst sozusagen die geschäftliche Beziehung zu Eugen.«

»Es kommt vermutlich dazu. Noch sind die Labors ja erst im Umbau. Diesen Umbau übernimmt er mit dem heutigen Tag, und dabei soll ich ihm schon einmal helfen. Hat er mir brühwarm am Telefon erzählt. Und wenn ich morgen bei unserem Treffen ohne Kondom mit ihm schlafe, so gehört eines der Labors gleich mir. Er war aufgekratzt und hat am Telefon herumgeblödelt. Seine neueste Masche, wenn es ums Kondom geht, ist, dass er mir irgendwelche Belohnungen in Aussicht stellt. Irgendwie hat er etwas Kindisches an sich bei aller Seriosität, die er sonst so ausstrahlt.«

Monika war ernst geworden. »Katja, ich habe es dir schon gesagt: Pass auf. Eugen ist nicht zu unterschätzen. Lass dich nicht in irgendwelche Schwierigkeiten bringen.«

»Keine Sorge, nicht für zwei Labors lasse ich mich von ihm nackt oder pur oder wie auch immer vögeln. Die Grenzen, ich habe das schon oft gesagt, werden nicht überschritten. Und sonst würde sich auch nicht viel ändern. Ich arbeite ja so auch als Labormedizinerin und als Nutte und trenne das komplett. Das muss auch so sein, anders wäre es gar nicht möglich.«

»Dann würdest du das Labor von Franz, deinem jetzigen Chef, also verlassen.«

»Genau. Das würde ich wohl müssen.«

»Weiß der denn schon davon?«

»Aber nein. Außer dir weiß noch niemand etwas.«

Das Treffen mit Eugen am kommenden Abend hatte sich Katja anders vorgestellt. Er wollte zwar gleich mit ihr schlafen, machte aber ausnahmsweise keinerlei Faxen wegen des Kondoms und war irgendwie nicht konzentriert bei der Sache. Kaum hatte er sich eine kurze Befriedigung geholt, er hätte genauso gut masturbieren können, da rückte er schon raus mit seinem Problem: Er hatte das Planungsteam der zwei neuen Labors gefeuert. Der Architekt war offenbar völlig überfordert mit der Sache, und bei Durchblick der Akten war Eugen schnell zu dem Schluss gekommen, dass außer überhöhten Honorarnoten nichts Greifbares vorhanden war.

Es war Mitleid mit Eugen gewesen, das Katja auf die Idee brachte, ihm vorzuschlagen, doch Monika mit den Arbeiten zu betrauen. Sie hätte sich auf die Zunge beißen können, als sie ihm das vorgeschlagen hatte und noch dazu ein wenig von ihr erzählte. Niemals hatte sie Monika irgendwie mit ihrer Tätigkeit als Nutte in Verbindung bringen wollen, und nun war es doch geschehen. Erst hatte er noch so halb interessiert nachgefragt und sich Monika und ihr Büro, das Haus und das Drumherum schildern lassen, bis es Katja kam, dass er sie eigentlich nur über ihre eigene private Situation aushorchen wollte. Da biss sie sich tatsächlich auf die Zunge und war dann heilfroh, als Eugen ihr erklärte, dass der Job eines Architekten ein reiner Männerjob wäre und sich Frauen diesbezüglich auf das Aussuchen von Vorhängen und Stoffbezügen beschränken sollten. Es war also noch einmal alles gut gegangen.

Er holte dann Pläne hervor, und sie tüftelten gemeinsam daran herum. Schließlich waren sie mit ihren Ideen zufrieden und gingen einen kleinen Happen essen, bevor Katja wieder nach Hause fuhr.

Mehr als sechzig Leute hatten zugesagt, beim Gelöbnisfest, so der offizielle Titel, von Maria, Astrid und Albin teilzunehmen. Monika hatte sich gefragt, ob die blanke Neugier die Leute anlockte, oder ob doch persönliches Wohlwollen der treibende Grund wäre. Im Nachhinein konnte man mit Fug und Recht sagen: Es war das Wohlwollen.

In einem Landgasthof im Nachbarort hatte sich ein buntes Volk versammelt. In einem wunderbaren Ambiente. Ein riesiger Saal, wunderschön gestaltet und mit direktem Ausgang über die ganze Breitseite auf eine große abgeschlossene und uneinsehbare Terrasse. Perfekt geschaffen für das Vorhaben und Albin bekannt durch einige Hochzeiten, denen er dort schon beigewohnt hatte.

Monika befürchtete das totale Chaos, doch das blieb aus. Zwei junge Damen übernahmen eher ungefragt das Kommando. Es waren Astrids Schwester Alcina und ihre Freundin Eva.

Eva war mit ihrem Freund Alois aufgetaucht. Als sie Katja gewahr wurde, stürmte sie auf sie zu und drückte ihr ein Küsschen auf den Mund. Katjas Aufforderung »Küss mich ordentlich, wie es sich gehört« ließ sich Eva nicht entgehen, und so gab es einen kurzen, aber intensiven Kuss. Alois hatte es gar nicht bemerkt, und Monika, die das mitbekommen hatte, lächelte still in sich hinein. Ihr gefiel es, wenn sich Katja ein wenig außerhalb der Norm benahm.

»Sollen wir heute weitergehen, Eva?«, fragte Katja leise nach dem Kuss.

»Das sollten wir heute sicher bleiben lassen, denke ich, aber irgendwann können wir das gerne nachholen.«

Katja hob die Augenbraue. »Ich habe das notiert.«

Alcina war in den Raum geschwebt. Das war der richtige Ausdruck. In ihrem Gefolge drei Freundinnen, die Katja alle von der Pilzparty her kannte, an der sie unmittelbar vor dem Überfall auf sie teilgenommen hatte. Alcina nahm auch gleich Eva in Beschlag, und nachdem sie beide konstatiert hatten, dass sich ein Chaos anbahnen könnte, ergriffen sie die Initiative. Rasch hatten sie sich mit Wirtsleuten und Bedienpersonal kurzgeschlossen und dem verliebten Trio mitgeteilt, dass sie die Organisation übernehmen wollten.

Albin fiel ein Stein vom Herzen. Er hatte nicht mehr ein und aus gewusst. Solche Events zu organisieren, war nicht seine Sache, und Maria und Astrid klammerten sich seltsam verschreckt an ihn. So etwas hatten sie noch nie miterlebt, und nun standen sie dabei selbst im Zentrum des Geschehens. Kaum konnte sich Albin für ein paar Minuten losreißen, standen sie Hand in Hand da, wie zwei verlorene kleine Kinder in eleganten Kleidern. Alcina schaffte es binnen weniger Minuten, die beiden Frauen aus der Starre zu befreien und Schwung in den Saal zu bringen. Das hielt an, bis die letzten Gäste, und das waren bezeichnenderweise Alcina und Eva selbst, die Gaststätte am kommenden frühen Morgen verließen. Bloß einmal nahm Albin noch kurz das Heft in die Hand. Das war, kurz nachdem sich alle an die große Tafel gesetzt hatten und auf den ersten Gang des Mahls warteten. Er hielt eine kurze Rede, auch im Namen seiner Partnerinnen, dankte für das Kommen und erläuterte kurz die Beweggründe für das, was alle zusammengeführt hatte. Er bat um Verständnis für die ungewöhnliche Konstellation, erbat für Astrid, Maria und sich das Wohlwollen der Anwesenden. Dann erhoben sich auch Astrid und Maria, und zu dritt sprachen sie ein kurzes Treuegelöbnis.

Im Saal herrschte Totenstille, Monika trieb es vor Rührung die Tränen in die Augen, dann entsann sie sich der Totenstille, von der sie bei jenem Konzert umfangen worden war, als sie völlig ungeplant gesungen hatte. Es musste nur jemand mit dem Applaus beginnen. Und das tat sie. Sie sprang auf, klatschte und schrie: »Viel Glück für euch drei! Viel Glück!«

Das Vorbild wirkte, und binnen Sekunden standen alle Gäste und ließen das Trio lautstark hochleben.

Später am Abend stellten Katja und Monika Albin in einer ruhigen Minute dann endlich auch einmal die Frage, die ihnen schon lange auf der Zunge brannte: »Albin, warum habt ihr das eigentlich gemacht?« Neugierig sah sie ihn an.

Er runzelte kurz die Stirn, entspannte sich dann und hatte nun einen ungemein stolzen Gesichtsausdruck. »Aus zwei Gründen. Erstens hatten wir drei das ungemeine Bedürfnis, es zu tun, und zweitens wollten wir reinen Tisch machen bei Freunden und Verwandten. Nichts wäre für uns ein größeres Gräuel, als ewiges Getuschel und ständige Mutmaßungen hinter unserem Rücken mitzubekommen. Wisst ihr, getuschelt wird sicher noch viel werden, doch das tangiert uns dann nicht im Geringsten.«

Das leuchtete ein. Und es ließ in Katjas Kopf einen ganz kleinen

Gedanken sprießen. Noch so zart und vage, dass sie nicht einmal Monika damit konfrontierte. Sollten sie ihre Verbindung auch einmal offiziell werden lassen?

Eugen hatte Katja mit einem flüchtigen Kuss in seiner Wohnung empfangen. Heute wollte er einmal nicht mit ihr schlafen. Ausnahmsweise. Zwar hatte er darüber schon bei der Begrüßung sein Bedauern ausgedrückt, doch diesmal sollte Katja ihn auf einer Baustellenbesprechung vertreten. Diese sollte in einer knappen Stunde beginnen. Wenn man die vierzig Minuten Anfahrtszeit rechnete, war nicht mehr viel Zeit übrig. Gott sei Dank wusste Katja über das Projekt ziemlich gut Bescheid. Es würde das Labor in dem renovierten Einkaufstempel sein, das sie eventuell leiten sollte. Eugen war zwar immer noch ein wenig vage mit seinen Andeutungen, aber eigentlich war es doch schon stillschweigend abgemacht. Katja empfand das zumindest so.

Eugen drückte ihr zwei Papierrollen in die Hand und verschwand im Bad. Er hätte einen dringenden Termin einschieben müssen und wäre nun selbst in Eile, wie er theatralisch meinte.

Katja entrollte die beiden Pläne und verglich sie miteinander. Was hatte sich dieser Architekt da gedacht? Alle Räume waren verschoben worden. So lange hatten alle daran getüftelt, wie man zur bestmöglichen Raumeinteilung kommen könnte. Wochen hatte es gedauert. Dann kam da so ein neuer Architekt daher, legte einen neuen Plan vor, meinte, man solle sich das ansehen, ob das auch so in der Form akzeptabel sei. An Ort und Stelle wolle er das natürlich auch noch besprechen und seine Überlegungen erläutern. Die Gründe für die Änderungen wären technischer Natur. Katja musste sich schnell eingestehen, dass die Planänderungen keinerlei Verschlechterung bedeuten würden, ganz im Gegenteil. Sie hatte mit Eugen gemeinsam alles schon so oft durchgekaut, doch auf die Idee, wie sie der Architekt hatte, waren sie nicht gekommen. Bloß die technischen Überlegungen konnte sie aus dem Plan nicht erahnen. So brauchte sie nicht länger als fünf Minuten, sich vollends auf das Treffen vorzubereiten. Der Installateur und auch der Elektriker würden anwesend sein, folglich war sie dem Architekten nicht ganz allein ausgeliefert. Eugen hatte ihn erst vor wenigen Tagen engagiert, da der vorher mit der Arbeit betraute Architekt lediglich die Erstellung von Honorarnoten beherrschte, sonst aber ausschließlich durch Versprechungen auffiel, die er nicht einhalten konnte oder wollte, wie es schien. Eugen hatte nicht viel von dem neuen Architektenbüro erzählt. Lediglich, dass ihm jemand, den er für vertrauenswürdig halte, das Büro empfohlen hätte. »Ein Art One-Man-Show, aber äußerst kreativ und zuverlässig«, so sei es zu beschreiben. Von den großen Namen der Architekten und von diesen unpersönlichen Architekturbüros mit zehn Architekten, von denen dann keiner zuständig wäre, wenn es einmal hart auf hart ginge, hätte er die Nase gestrichen voll. Monika hatte neulich sehr ähnliche Worte gefunden, als sie mehr aus Zufall über die großen berühmten Architekturbüros in der Wiener Gegend zu sprechen kamen.

Katja erreichte die Baustelle etwa zehn Minuten zu spät. Robert Schmanzinger, der Installateur, und Radko Radulka, der Elektriker, waren bereits da und offenbar ganz erleichtert, als sie Katja kommen sahen. Beide kannte sie schon von einer Besprechung im Büro des entlassenen Architekten. Schmanzinger hatte sie damals mit den Augen ausgezogen, und sie hatte es sich nicht verkneifen können, sich ein paarmal so vorzubeugen, dass ihre Brustwarzen trotz BH zu sehen sein mussten. Schmanzinger brachte das völlig aus dem Konzept, und er machte damals tatsächlich Zusagen, die man von ihm so nicht hätte erwarten können. Es hat gewirkt, war es Katja in den Sinn gekommen. Beide Männer musterten sie von oben bis unten, doch es war offenbar der Zeitdruck, den beide verspürten, der ihre Aufmerksamkeit gleich wieder ablenkte.

»Gott sei Dank, dass irgendwer kommt«, entfuhr es Radulka, »ich habe nicht den ganzen Nachmittag Zeit. Die nächste Baustelle wartet schon auf mich.«

»Und ich muss noch zum Großhändler, der macht ja auch irgendwann zu«, fügte Schmanzinger ungehalten hinzu. »Wo bleibt denn die neue Architektin? Hat die schon wer gesehen? Wer ist das denn überhaupt?«

Katja hob die Augenbrauen. Architektin? Eugen hatte immer vom Architekturbüro gesprochen, nie von einer Architektin. Überhaupt würde er doch nie eine Frau für diese Zwecke engagieren. Technik war Männersache. Punkt. Aus. »Ich kenne niemanden von dem neuen Büro. Man soll dort aber sehr ernsthaft mit der Sache beschäftigt sein.«

»Na, wenigstens was. Der alte Architekt hatte ja in Wahrheit keine blasse Ahnung von solchen Laborumbauten. Mit dem konnte man sich ja nur über Vorhänge und die Farbe des Bodens unterhalten. Statik war ein Fremdwort für den, und dass man elektrische Leitungen und sonst noch technische Ausrüstungen braucht, war ihm so etwas von wurscht.« Radulka hatte das ausgesprochen, was ihm offenbar schwer am Herzen lag.

Das zauberte die fehlende Person jedoch nicht herbei. Katja machte daher den Vorschlag, die Baustelle zu betreten und sich einen Tisch oder sonst etwas zu suchen, wo sie die Pläne auflegen könnte, um den beiden Handwerkern die Gelegenheit zu geben, die Änderungen zu betrachten.

Als alles ausgebreitet war, begannen die beiden Männer zu seufzen und schüttelten den Kopf.

»Ist ja alles gänzlich anders. Nichts ist so, wie wir es hatten. Das ist ja eine Katastrophe.«

Radulka nickte bloß, doch dann hob er die Augenbrauen. »Schmanzinger, reg dich nicht auf. Schau her. Das ist ja mit der Umplanung alles viel einfacher für uns. Für uns beide, wie ich das sehe. Wir ersparen uns eine Menge an Leitungen, und es bleibt nur mehr ein einziger großer Strang, der in den Keller führt …«

Es klopfte kräftig an der Tür, die wurde forsch aufgerissen, und eine große Dame erschien im Raum. Katja war wie vom Blitz getroffen. Sie war völlig perplex, und so schien es auch der Architektin zu gehen. Von der Dynamik beim Eintreten war nichts übrig geblieben. Die Worte, die sie bereits geformt hatte, waren ihr im Hals stecken geblieben. Sie rührte sich nicht und konnte nichts von sich geben, doch ein verschmitztes Lächeln erschien auf ihren Lippen, und Katja entfuhr ein glucksendes Geräusch. Ein verschlucktes Lachen.

Schmanzinger konnte die Situation nicht einordnen, und auch Radulka fühlte sich plötzlich gar nicht mehr wohl.

»Sind Sie die Architektin?« Radulka konnte die Stille jetzt nicht mehr aushalten.

»Offensichtlich!«, antwortete Schmanzinger und ließ jetzt seinen Blick von Katja zu der Architektin und wieder zurück wandern.

»Natürlich ist das die Architektin«, kam es ganz leise von Katja. »Hallo Monika«, sagte sie dann, noch um eine Nuance leiser.

»Hallo Katja.« Die Antwort wurde beinahe geflüstert.

»Ah, die Damen kennen sich. Guten Tag, Frau Architektin. Können wir jetzt endlich mit der Arbeit beginnen?« Schmanzinger wurde ungeduldig.

»Ja bitte!« Radulka klang kläglich. »Ich kann nicht so lange bleiben.«

»Natürlich können wir das. Entschuldigen Sie. Entschuldigen Sie meine Verspätung. Ich habe die Fahrzeit völlig falsch eingeschätzt. Monika Brunner, mein Name. Haben Sie den neuen Plan schon gesehen? Darf ich meine Änderungen erläutern? Katja, bitte schau her. Schau dir das genau an. Du wirst entscheiden müssen, ob ihr das so wollt, wie ich das konzipiert habe, oder nicht. Man muss das nicht so machen, aber es gibt ein paar gewichtige Gründe, die dafür sprechen. Das möchte ich jetzt an Ort und Stelle erklären.«

Monika führte die drei zu den ausgebreiteten Plänen und zeigte kurz und prägnant auf, was die Änderungen bedeuten würden. Dann führte sie die drei durch die Räumlichkeiten, schilderte bildreich, wie es einmal aussehen sollte. Zum Schluss führte sie alle in den Keller, blieb in einem riesigen Raum stehen, im einzigen Raum, der auch reichlich Tageslicht zu bieten hatte.

»Genau hier werden wir den Schacht bauen. Das wird der einzige Schacht bleiben, der etwas nach oben oder nach unten führen wird. Strom. Datenkabel, Abflüsse, Zuflüsse und Reserveschächte, sollten sich die gesetzlichen Voraussetzungen ändern und nachträglich Modifikationen erfolgen müssen. Das wird dann alles kein Problem darstellen. Wenn wir Problemstoffe sammeln und dann getrennt entsorgen müssen, so wird das alles hier landen, und zwar auch über diesen Schacht und über keinen anderen Weg.« Sie sah in die Runde, wartete auf eine Reaktion auf ihren Monolog, der nun beinahe eine dreiviertel Stunde lang gedauert hatte. Schmanzinger und Radulka nickten zustimmend.

»Das macht die Sache ja um einiges einfacher«, legte der eine los, »und das erleichtert auch die Wartung später ungemein. Es wäre wirklich gut, wenn man das so machen könnte«, ergänzte der andere.

Monikas Blick wanderte zu Katja. Die schmunzelte vor sich hin. Sie hatte noch gar nichts gesagt und blickte jetzt direkt in Monikas Gesicht, auf deren Lippen sich ein verschmitztes Lächeln bildete. Das brachte Katja beinahe zum Lachen.

»Ja, ja, das hat alles Hand und Fuß. Wir werden das so angehen. Monika, du kannst mit der Erstellung des Detailplans beginnen.«

»Von meiner Seite her gibt es keine Einwände. Brauchen Sie uns noch?« Schmanzinger wurde immer ungeduldiger.

»Ich finde die Sache so auch ausgezeichnet. Die Details hätte ich bitte gerne so schnell wie möglich. So, wir sind dahin. Auf Wiedersehen.«

Radulka und Schmanzinger waren schon aus der Tür.

»Katja, dich brauche ich noch. Können wir noch einmal durch das Erdgeschoss gehen? Ich benötige noch ein paar Entscheidungen von euch.«

Wortlos gelangten die beiden Frauen in die großen, beinahe leeren Räume.

»Die Klimaanlagen werden noch ein Problem darstellen. Wir müssen die Leitungen auf das Dach des Hauses bringen, und da gibt es nicht viele Möglichkeiten.« Monika hatte einen kühlen Ton angeschlagen, erläuterte professionell ihre Vorstellungen und Anliegen.

Der kühle Ton begann Katja langsam zu erregen. Sie hätte ihr stundenlang zuhören können. Vom Inhalt her konnte sie Monika eigentlich gar nicht folgen, nickte aber trotzdem fleißig, und in ihrer Mitte begann es zu ziehen. Katja sah nur in das Gesicht der Frau, die sie so sehr liebte. Das war ihr gerade mit voller Wucht wieder einmal bewusst geworden. Monika sprach weiter. Konzentriert. Kein Lächeln erhellte ihr Gesicht.

Sie waren an den einzigen kleinen Tisch gelangt, an dem drei Campingstühle aus Kunststoff standen. Aus ihrer Tasche, die sie die gesamte Zeit über in den Händen gehalten hatte, holte Monika noch einen weiteren kleinen Plan, entfaltete ihn und beugte sich schweigend darüber. Wenig interessiert gesellte sich Katja zu ihr, blickte auch auf den Plan, verstand nicht, was da zu sehen war, versuchte, sich nochmals zu konzentrieren, bis, ja, bis ein Beben Monikas Körper leise erfasste, immer mehr zunahm und es irgendwann kein Halten mehr gab. Sie lachte schallend los, konnte sich gar nicht mehr halten. Katja wurde davon angesteckt. Sie packte Monika an den Schultern, nahm sie in den Arm, und so lachten sie frei und gelöst vor sich hin.

Irgendwann fassten sie sich wieder, Monika zog Katja zu sich und küsste sie.

»Ich hatte keinen blassen Schimmer, wer da heute hier auf der Baustelle sein würde.« Katja hatte ein Leuchten in den Augen, als sie sich von Monika gelöst hatte. »Eugen hat immer nur von einem Architekturbüro gesprochen, das ihm empfohlen worden wäre. Ganz ehrlich, ich hatte nicht mit einer Frau gerechnet, ich hätte es Eugen nicht zugetraut, eine Frau mit so einem Auftrag zu betrauen. Na ja, ich denke, er hat die beste Wahl getroffen. Diese Architektin hätte ich auch engagiert.« Sie schob Monika langsam, aber bestimmt in eine Ecke des Raumes. »Die hat solche Qualitäten, das ist ja gar nicht in Worte zu fassen.« Sie waren an der kahlen Wand angekommen, und Katja drückte Monika fest dagegen. »Zieh deinen Rock hoch!«

»Du bist unmöglich, Katja!« Monika gab sich entsetzt, hatte aber ihren Rock gerafft und über die Hüften nach oben gezogen. »Also, wenn ich arbeite, mache ich das normalerweise nicht …«

»Normalerweise? Also hin und wieder doch?« Katja knetete nun sanft Monikas Po.

»So war das nicht gemeint«, ein leises Seufzen entfuhr ihr, als Katja ihren String nach unten zog, »sonst mach ich das eigentlich nie.«

»Eigentlich?« Katja hatte nun ihre Hand auf Monikas weiche Haut gelegt und begann sie zärtlich zu streicheln.

»Du willst mich ja gar nicht verstehen«, hauchte Monika und machte Platz für Katjas zärtlich liebkosende Hand. »Können wir die Besprechung jetzt offiziell für beendet erklären? Ich muss das wissen wegen der Honorarnote, die ich stellen werde.«

»Warum hast du mir nicht gesagt, dass du den Auftrag von Eugen angenommen hast? Dass er überhaupt bei dir angefragt hat?« Katja und Monika fuhren im Konvoi nach Hause, hatten jeweils die Freisprechanlage des Telefons in Betrieb genommen und vertrieben sich die Fahrzeit mit Plaudern.

Monika zuckelte in ihrem alten Van hinter Katjas Cabrio her. Die hatte das Verdeck offen, und ihre Haare wehten wild im Wind.

»Fahr nicht so schnell, sonst müssen wir noch Idiotensteuer zahlen.«

Katja bremste sich tatsächlich ein, war sie doch um einiges über der zulässigen Höchstgeschwindigkeit gewesen. »Du hast mir noch immer nicht gesagt, warum du mir nichts davon gesagt hast. Und natürlich auch, warum du den Auftrag überhaupt angenommen hast.«

»Punkt eins: Er hat mich ganz offen darum gebeten. Punkt zwei:

Eigentlich wollte ich erst rundweg ablehnen. Eugen kam mir mit so einer bestimmenden Art, so, wie wenn ich ohnehin nicht Nein sagen könnte. Aber dann hat er es auf eine subtile Art doch geschafft, mich umzustimmen. Letztlich war ich eigentlich doch neugierig gewesen, wie er so ist, und das wollte ich nicht zufällig einmal in deiner Begleitung erfahren, sondern in einer geschäftlichen Beziehung.«

Katja gluckste. »Bin neugierig, wann er dich fragt, ob man den Plan nicht auch ohne Kondom zeichnen kann.«

»Das bewegt ihn, das mit dem Kondom, was?«

»Heute wollte er gar nicht mit mir schlafen, weil er keine Zeit hatte. Kurz bevor er dann aufgebrochen war, tippte er noch auf seinen Kalender, auf den kommenden Donnerstag. ›Weißt du, was da ist, Katja?‹, hat er mich scheinheilig gefragt. Ich schüttelte den Kopf. Er: ›Das ist der Tag, an dem ich dich besonders umsorgen werde. Da werde ich definitiv mit dir das erste Mal ohne Kondom schlafen.‹ Ich habe bloß den Kalender zugeklappt und das Ganze gar nicht weiter kommentiert.«

»Fixe Idee. So würde ich das nennen.« Monika dachte kurz nach. »Wie wäre es, wenn du es ihm einmal tatsächlich erlauben würdest? Vielleicht wäre dann endlich Ruhe.«

»Fändest du das nicht schlimm?«

»Ich? Wieso ich? Mich will er doch gar nicht besamen, dein wilder Stier.«

»Wenn ich tatsächlich so zu uns nach Hause kommen würde. Das würde dich nicht stören?«

»Mich nicht. Aber ganz offensichtlich dich selbst.«

»Ja, das stimmt. Und dann kommt noch etwas dazu. Wenn ich es ihm erlaube, dann hat er gleich die nächsten Flausen im Kopf. Vom Brustwarzenpiercing ist er ja vollends begeistert, und als ich ihm vage angedeutet habe, dass doch er auf so etwas stehen würde, da hat er sofort gemeint, ich hätte es nur für ihn machen lassen. So ist er.«

»Distanz bewahren, meine Liebe, Distanz bewahren!«

Katja stöhnte. »Das ist leichter gesagt als getan. Die Verstrickung aus Labor- und Callgirltätigkeit ist doch nicht so einfach zu tragen, wie ich das ursprünglich gedacht habe. Und jetzt ist es Eugen gelungen, dich noch irgendwie ins Boot zu holen, wenn auch nur als Architektin auf eine befristete Zeit.«

»Was weiß er eigentlich über uns zwei?«

»Dass wir zusammen wohnen und dass wir einander sehr mögen.«
»Mehr nicht? Er weiß nicht, dass uns eine lesbische Liebesbeziehung verbindet?«
»O Gott, nein. Das könnte ich ihm niemals sagen. Erstens geht ihn das gar nichts an, und zweitens würde das an seinem Selbstverständnis als Mann arg kratzen. Das könnte er nur schwer verdauen.«
»Aber wenn du für ihn ein Labor übernehmen solltest, dann wird sich das irgendwann nicht mehr verheimlichen lassen. Das ist dir doch klar?«
Katja schwieg. Daran hatte sie noch nie gedacht. »Schöner Schaden!«, entfuhr es ihr. »Das habe ich tatsächlich nicht bedacht.«
»Es wird sich schon eine Lösung finden. Da bin ich mir sicher. Aber bei Eugen sollte man auf der Hut sein. Ich weiß nicht, was er alles aus Berechnung heraus macht und was nicht.«
Wieder schwieg Katja.
»Wir sollten jetzt das Thema wechseln.« Monika erinnerte Katja daran, dass das Kennenlernen von Gustav und Regina in ein paar Tagen auf dem Programm stand, und fragte sich, was man dem Pärchen als Einstandsgeschenk mitbringen könnte.
Katja war froh, nicht mehr über Eugen sprechen zu müssen. Irgendwie mochte sie ihn zwar, doch auf der anderen Seite musste sie sich eingestehen, dass er einen Einfluss auf ihr Leben gewonnen hatte, den sie ihm eigentlich gar nicht zugestehen wollte. Und kurz bescherte ihr Eugen nochmals ein flaues Gefühl im Bauch, als sie sich bewusst wurde, dass sie morgen Franz, ihrem Chef, vom geplanten Umstieg zu Eugen berichten wollte. Franz hatte einfach ein Recht darauf, es so früh wie möglich zu erfahren. Er war immer ein väterlicher Freund für Katja gewesen – und der beste Chef, den man sich nur vorstellen konnte.

Kapitel 19

Franz' Reaktion auf ihr am nächsten Tag ein wenig nervös vorgetragenes Ansinnen war völlig unerwartet gewesen.

»Bist du völlig verrückt, Katja! Das kannst du doch nicht machen. Ja, weggehen kannst du jederzeit von hier, wenn es dir nicht mehr behagt, aber doch nicht zum Herrn Seidelmeier.«

»Und warum nicht?« Katja wurde mit einem Mal bockig. Warum sollte sie das nicht tun?

»Der ist überall bekannt als totaler Kontrollfreak. Was heißt bekannt! Verschrien!«

»Es wird schon nicht so arg sein.«

»Ärger, als du dir das vermutlich vorstellen kannst. Der will jedem, bei dem er das kann, seinen Stempel aufdrücken. Das hat sich von Belgien, wo er in den letzten Jahren gewerkt hat, bis nach Wien herumgesprochen. Alle mussten dort nach seiner Pfeife tanzen. Schrecklich muss das gewesen sein.«

»Na ja, eine straffe Führung hat auch etwas Gutes an sich.«

»Straffe Führung, dass ich nicht lache. Ich habe da Geschichten gehört von Kollegen, die waren mehr als schauerlich. Eine davon dürfte auch der Grund für seine Rückkehr nach Österreich gewesen sein. Man erzählt sich, dass er eine Laborantin, ein junges Ding, so lange mit allen möglichen Ideen und Forderungen gedrängt hat, und das sei weit über dienstliche Dinge hinausgegangen, wie zum Beispiel, dass sie sich den Rücken auf sein Geheiß hin hat tätowieren und Piercings an allen möglichen Stellen hat anbringen lassen. Das ist dann angeblich zu so einem Terror ausgeartet, dass sie sich das Leben genommen hat. Daraufhin hat er Hals über Kopf und mit Unterstützung höchster politischer Kreise Belgien verlassen und ist hierher zurückgekehrt.«

Katja war kurz wie vom Donner gerührt. Doch bald hatte sie sich wieder gefangen. »Franz, du kannst mich doch nicht mit einem jungen, unerfahrenen Ding vergleichen. Und du weißt genau, dass ich

Dienstliches von Privatem strikt zu trennen vermag.« Ganz überzeugt war sie selbst nicht von dem, was sie eben gesagt hatte, doch ihn schien es erstaunlicherweise zu beruhigen.

»Na gut, wenn du dir das zutraust und er dir tatsächlich die Leitung über zwei Labors anbietet, dann kannst du das schon machen. Wenn nicht du, wer dann.«

»So sehe ich das auch.« Katja war froh, dass sich das Gewitter so schnell verzogen hatte.

»Die Rückkehr hierher steht dir immer offen. Zumindest in den nächsten Monaten«, fügte er noch hinzu und lächelte sie sanft an. »Schade. Ich werde dich vermissen. Du bist ein ganz besonderer Mensch.«

Katja schluckte schwer. Solche Worte hatte Franz noch nie zu ihr gesagt. Fachlich hatte sie oft Lob von ihm eingeheimst, eine tiefere Wertschätzung ihrer Person hatte er indes noch nie ausgedrückt. »Du bist auch ein besonderer Mensch, Franz. Ich mag dich sehr.« Es war ihr einfach so herausgerutscht, sie nahm ihn in die Arme, und sie schwiegen beide.

Auf das Läuten an der Haustür hatte niemand reagiert. Monika hatte auch geklopft. Stille.

»Die werden uns doch wohl nicht vergessen haben.« Maria konnte es gar nicht glauben. Also war doch nicht alles so anders mit Gustav, als sie das in Erinnerung hatte.

Albin drückte seine Nase gegen das kleine Fenster der Eingangstür. »Ich kann gar nichts sehen.«

»Monika, hast du nicht die Handynummer von Gustav eingespeichert? Ruf ihn an.« Katja hatte wenigstens eine Idee.

»Hab ich schon. Er hebt nicht ab.«

Astrid war um die Ecke verschwunden, machte sich aber gleich lautstark bemerkbar. »Hier geht es rein! Hallo! Kommt her zu mir.« Sie hatte die Tafel an der offenen Gartentür bemerkt: »Bitte in den oberen Teil des Gartens kommen. Einfach dem gepflasterten Weg folgen. Das Tor mit Schwung schließen.«

Monika kannte Gustavs Haus, seinen Garten hatte sie allerdings noch nie gesehen. Er hatte immer davon gesprochen, dass er ein Schwimmbiotop bauen wolle, mit allem Drum und Dran. Als ihre Beziehung am Erkalten war, hatten auch seine Erzählungen langsam aufgehört, sodass sie nicht einmal wusste, was er sich da geschaffen hatte.

»Das Paradies!« Katja sprach es aus. Auf dem etwas hügeligen Grund hatte er in einer geschützten Mulde südseitig eine sommerliche Wohlfühloase kreiert. Eine große Wasserfläche begrenzte zwei Inseln, die über eine breite Brücke miteinander verbunden waren. Eine der Inseln bot die Möglichkeit, gut beschattet und exquisit ausgestattet, an einem großen massiven Tisch zu essen, zu trinken und zu plaudern. Der Tisch war gedeckt und erwartete die Gäste.

Die zweite Insel hatte etwas Strandartiges an sich. Im Zentrum stand eine kleine Bar, kreisrund, im Zentrum befand sich ein nicht ganz alltäglicher Getränkekühler. An der Bar war Gustav mit seiner neuen Flamme Regina und hantierte mit Flaschen und Gläsern.

Kaum hatten sie ihre Gäste bemerkt, waren sie auf sie zugekommen und nahmen sie herzlich in Empfang. Monika musterte neugierig die Frau an Gustavs Seite. Sie war das totale Kontrastprogramm zu seinem üblichen Schema, das aus tussiartigen, stangendürren Blondinen mit Stroh im Kopf bestand. Regina hingegen hatte dunkelbraune Locken, ein wenig auffälliges Gesicht und eine Figur mit kleinen Fehlern, aber irgendwie sportlich. Ihre Haut war schön gebräunt. Beneidenswert, wie Monika fand, und sie hatte unglaublich leuchtende Augen, die herzerwärmend wirkten. Zu dieser Wärme gesellte sich die Wärme in ihrer Stimme hinzu. Ganz offensichtlich war Regina nicht aus der Gegend. Der nicht zu überhörende Dialekt sprach für die Steiermark als Heimat. Das bestätigte sich auch gleich, als Regina von Gustav vorgestellt wurde.

Es brauchte keine Minute, bis Regina durchschaut hatte, wer wie mit wem auf welche Weise verbunden war. Ein leichtes Staunen war ihr anzumerken, doch keinerlei Missbilligung. Auch bei Gustav war das so, Monika konnte dies beinahe nicht glauben, und als er das erste Mal seit vielen Jahren seine Schwester Maria in die Arme nahm, nicht flüchtig, nicht pflichtbewusst, sondern mit sichtbarer Freude, da ging Monika das Herz auf. Sie fasste nach Katjas Hand und drückte sie gedankenverloren. Das brachte ihr einen verliebten Blick und einen Kuss auf die Wange ein.

Regina führte alle auf die Insel mit der Bar, wo jeder ein Glas Sekt erhielt.

»Schön, dass ihr an einem so wunderbaren Tag zu uns kommen konntet. Wir waren ehrlicherweise ein wenig neugierig auf euch. Ihr fünf pflegt ja nicht gerade die Standardversionen zwischenmenschlicher Beziehungen, wenn man das so sagen kann, aber ihr wirkt allesamt fröhlich, locker und glücklich. Ich hoffe schwer, dass ich mich nicht irre.« Gustav hatte das so locker von sich gegeben, wie er es früher nicht einmal unter dem Einfluss von fünf Bieren zustande gebracht hätte.

»Können wir uns duzen?«, wollte Regina gleich wissen. »Es muss nicht sein, aber ich fände es sehr nett.«

»Gerne!«, lautete der einhellige Tenor.

»Na, dann darf ich euch den groben Plan für den heutigen Tag eröffnen. Gleich zu Beginn: Wir haben open end heute. Ihr bleibt, so lange ihr wollt. Und wenn ihr morgen am Vormittag noch da seid, so soll es uns recht sein. Für den ersten Hunger haben wir hier an der Bar etwas vorbereitet, der Rest wird sich spontan ergeben. Alle Wünsche bitte laut aussprechen. Wir werden sie erfüllen, wenn sie erfüllbar sind.« Sie zeigte auf eine Hütte ein wenig abseits des Biotops. »Dort sind Duschen, Toiletten und Handtücher. Wer schwimmen will – das Wasser hat sechsundzwanzig Grad –, ist eingeladen, das nackt zu tun, natürlich nur, wenn gewünscht. Überhaupt gibt es hier keine Kleiderordnung. Nackt kann man also nicht nur im Wasser herumplantschen. So, mein Monolog ist hiermit beendet.«

Katja hatte bereits bei der ersten Erwähnung von »nackt« begonnen, sich auszuziehen, und brauchte keine Minute, um in ihren Bikini zu schlüpfen, der mehr zeigte als er verhüllte. Die Strandatmosphäre hatte es ihr angetan.

Regina hatte dabei kurz erstaunt die Frau vor sich gemustert. Nicht nur die Beziehungen waren ungewöhnlich, offenbar waren die Leute auch nicht ganz nach einfachem Muster gestrickt. »Handtuch, Katja?« Die nickte kurz. »Komm mit, wir suchen etwas aus und versorgen die anderen auch.«

Beim Badehaus, so nannte es Regina, konnte Katja ihre Bewunderung über den Garten nicht mehr zurückhalten. »Ihr habt es wunderschön hier.«

»Ja, es ist sehr schön hier. Ich habe aber nichts dazu beigetragen. Das ist alles Gustavs Werk.« Sie schlüpfte nun aus ihrem Kleid, trug nun auch bloß ihren Bikini und musterte Katja dabei nochmals. »Du hast eine tolle Figur und bist wahnsinnig attraktiv. Ehrlich. Sag mal, woher hast du den schönen riesigen blauen Fleck am Hintern? Sieht nach einem Unfall aus.«

»Du findest den Fleck schön?« Katja war etwas perplex.

»Entschuldige den Ausdruck. Aber er ist nicht zu übersehen. Wie ist das passiert?«

»Ich bin beim Fallschirmspringen abgestürzt.«

»Was?«

»Na, nicht direkt beim Fallschirmspringen, vielmehr hat es mich danach beim Betreten des Hangars auf Yuris Werkzeugkiste geschmissen.«

»Yuri? Das klingt nach Flugfeld Süd. Stimmt's?«

»Woher weißt du das?«

Regina lachte laut auf. »Weil ich seit Jahren Mitglied bin in der dortigen Sprungschule. Ich betreibe beinahe alles, was es gibt, um sich durch die Lüfte bewegen zu können, ausgenommen Ballonfahren, das habe ich noch nie gemacht.«

»Tatsächlich?«

»Ja, ich war wirklich noch nie mit einem Ballon unterwegs.«

»Das meine ich doch nicht!« Katja schüttelte den Kopf. »Du bist Fallschirmspringerin?«

»Ja, Olaf Karl ist unser Boss. Den müsstest du kennen.«

»Das tu ich.«

»Lässt du dich regelmäßig in die Tiefe fallen?«

»Nein, es war mein erstes Mal. Monika hat es schon das zweite Mal gemacht. Beide Male waren es Tandemsprünge. Allein können wir das nicht. Noch nicht.«

»Wie war es?«

»Wunderbar.«

»Dann solltet ihr es regelmäßig tun. Es wird nämlich immer besser.«

»Und du machst noch andere waghalsige Sachen außer Fallschirmspringen?«

»Ja, ich war immer auf der Suche nach dem Kick. Drachenfliegen, Paragliding und noch einiges mehr. Aber nichts ist besser als der Sprung in die Tiefe. Der freie Fall ist einfach unvergleichlich. Da kann nichts anderes mithalten.«

Katja atmete kräftig durch. »Weißt du, ich habe das immer schon machen wollen, aber erst meine Monika hat mir die Tür dafür geöffnet.«

Regina war jetzt neugierig geworden. »Woher kennst du Monika überhaupt? Wie seid ihr euch über den Weg gelaufen?«

»Ha, über den Weg gelaufen! Zuerst sind wir zufällig beinahe zusammengeprallt, na, ganz so arg war es auch wieder nicht ...« Katja schilderte dann in klaren Worten, wie sie zusammengekommen sind, ließ dabei keine wesentlichen Punkte aus, beschränkte sich aber dennoch auf das Wichtigste. Regina fehlten eine Zeit lang beinahe die Worte.

»Tatsache?« Das war das Einzige, was sie darauf hervorbrachte.

»Nicht ganz die gewöhnliche Beziehungsstory. Findest du es schlimm?«

Regina schüttelte den Kopf. »Und jetzt seid ihr ein richtiges Paar, du und Monika?«

»Wir sind ein echtes Liebespaar, wie aus dem Bilderbuch, auch wenn wir nicht gleich zueinandergefunden haben.«

»So eine Biografie kann ich nicht bieten. Ich bin eine einfache Verkäuferin im Dessousladen meiner Patentante, studiere nebenbei erfolglos Kunstgeschichte, habe davor schon erfolglos Design studiert. Ich bin also eine etwas verkrachte Existenz, lebe schon ewig in Wien und Umgebung, fühle mich aber immer noch als Steirerin. Noch etwas: Gustav und ich sind auch ein echtes Liebespaar, wie aus dem Bilderbuch. So hast du es ausgedrückt. Liebe auf die zweite Stunde, kann man sagen. Gustav behauptet, ich hätte ihn noch im Dessousladen völlig umgekrempelt. Das kann ich gar nicht bestätigen, ich kenne ihn nicht anders.«

»Störe ich euch beim Plaudern?« Monika war zu den beiden getreten. Auch sie hatte sich bereits ihrer Kleidung entledigt und zupfte sich den Badeanzug zurecht.

»Ganz und gar nicht. Regina ist Fallschirmspringerin.«

»Was?« Monika sah erstaunt von der einen zur anderen.

»Sie ist Fallschirmspringerin. Du wirst es nicht glauben, aber sie macht das am Flugfeld Süd. Wir sind darauf zu sprechen gekommen, weil ich behauptet habe, mein nicht zu übersehender blauer Fleck am Po sei bei einem Absturz beim Springen entstanden ...«

»Blödsinn, das war doch nur die Euphorie oder die Ungeschicklichkeit danach …« Monika lachte auf, als sie für dieses Statement einen Klaps auf den Arm erhielt.

»Du bist ganz schön frech, meine Liebe.« Katja sah sie dabei verliebt an.

Regina lachte kurz auf. »Wann habt ihr euren nächsten Termin am Flugfeld? Ich selbst werde in den nächsten Tagen wieder einmal den Weg in den Süden finden.«

»Wir haben noch gar nicht darüber gesprochen.« Monika war dies eben erst bewusst geworden.

Katja packte Regina sanft am Arm. Dann sagte sie beinahe flüsternd, doch so, dass Monika alles hören konnte: »Sag, kannst du uns nicht zu einem richtigen Unterricht verhelfen? Ich habe zwar selbst gute Kontakte zu Martha und Olaf, aber wenn du da was machen könntest, wäre das nicht schlecht. Vielleicht unterrichtest du ja selbst auch?«

»Ja, ja! Das wäre was!« Die Worte waren aus Monika geradezu herausgeplatzt.

Regina war Feuer und Flamme für die Idee. »Dann kann ich endlich einmal mit Bekannten, besser gesagt mit Freunden arbeiten. Abgemacht. Aber ist euch das auch wirklich recht?«

»Wir hätten es sonst nicht vorgeschlagen«, antwortete Monika, obgleich sie selbst gar nichts vorgeschlagen hatte. Doch ganz offensichtlich war es ja auch in ihrem Sinne.

Regina belud die beiden Damen mit Bade- und Handtüchern. Kurz wandte sie sich an Katja: »Deine Piercings finde ich übrigens wunderschön. Mir sind sie nicht entgangen, als du dich umgezogen hast. Dazu fehlt mir leider der Mut. Ich weiß nicht, ob ich das Stechen aushalten würde.«

Das kostete Katja nun ein vergnügtes Kichern. »Du fürchtest dich vor dem schmerzlosen Piercen, springst aber aus Tausenden Metern Höhe, ziehst mit dem Gleitschirm durch die Lüfte und so weiter und so weiter. Ehrlich, Regina, das ist urkomisch.«

»Ich werde mir das durch den Kopf gehen lassen.« Regina schmunzelte und ging bepackt mit Tüchern zurück zum Schwimmteich. Monika und Katja folgten ihr.

Albin und Astrid saßen immer noch bekleidet an der Bar und hatten sich selbst mit Sekt versorgt. Kaum war die Handtuchkarawane angekommen, sprangen sie ebenfalls in Badekleidung, und Regina hatte mit Astrids kunstvollem Tattoo gleich wieder etwas zu bewundern, womit sie nicht gerechnet hatte.

Auch Gustav und Maria ließen sich vom Trend zur Strandkultur anstecken, setzten sich dann aber gleich abseits der übrigen Gruppe in den Schatten, um ungestört plaudern zu können. Sie hatten einiges nachzuholen. Beide waren dabei wieder und wieder überrascht, dass sie so spannungsfrei miteinander sprechen konnten, und teilten sich dies voller Freude während der Unterhaltung mehrmals mit.

Die übrigen fünf legten sich in die Sonne. Erst herrschte Schweigen. Plötzlich jedoch begann Astrid von Maria zu erzählen, von ihrer liebevollen und fürsorglichen Art, mit der sie Albin und sie umhegte. Die Schilderungen, sie kamen nun abwechselnd von Albin und Astrid, wurden immer liebevoller. Regina, Katja und Monika lagen mit geschlossenen Augen auf dem Rücken, rührten sich nicht und sagten kein Wort. Marias Vorzüge wurden hervorgehoben, ihre kleinen Schwächen liebevoll geschildert, sowie ihre Gabe, Liebe annehmen zu können, mit unverhohlener Bewunderung festgehalten.

Monika hatte ihre Schwester natürlich nie in dieser Art gesehen, doch der Blickwinkel der beiden Verliebten, wahrlich keine Teenager mehr, war mehr als rührend, und so fand irgendwann eine Träne den Weg über die Schläfe aufs Handtuch.

Katja, äußerlich unbewegt, im Inneren aber mit einem seltsamen Glücksgefühl ausgefüllt, hätte Astrid und Albin stundenlang zuhören können.

Regina, mit ihren kaum neunundzwanzig Jahren sicher die Jüngste in der Gruppe, aber schon reich an Erfahrungen, konnte sich nicht erinnern, jemals eine so schöne Liebeserklärung gehört zu haben wie eben in diesem Augenblick.

Albin und Astrid hätten sicher noch länger von Maria geschwärmt. Doch da erschien Gustav erneut auf der Bildfläche und kündigte an, sich um den Holzkohlengrill kümmern zu wollen, was alle im Nu hungrig werden ließ.

Wieder kam Monika nicht um ein Gefühl der Verwunderung herum, als sie Gustav am Grill arbeiten sah. Er vollbrachte dort eine wahre Zauberei. Das Fleisch, das er lieferte, war punktgenau gegart, das Gemüse, das er so nebenbei mit auf den Rost gelegt hatte, stand dem um nichts nach. Und er schaffte es auch, das Ganze so langsam ablaufen zu lassen, dass man nicht bei einer schnellen Abspeisung saß, sondern bei einem gemütlichen Mahl. Als er sich dann von Albin ablösen ließ, erhielt er spontan starken Applaus, den er beinahe gerührt zur Kenntnis nahm.

Nach dem Essen überfiel alle die große Müdigkeit. Jeder suchte sich mit seinem bzw. seinen Partnern ein gemütliches Plätzchen im Schatten. Das Angebot hierfür war groß genug, sodass alle Grüppchen ein wenig Abstand voneinander fanden. Bald erstarb das letzte Murmeln, und Stille kehrte ein. Eine friedliche Stille, wie es Katja empfand, ehe sie kurz einnickte.

Geweckt wurde sie durch leises Kichern. Sie öffnete die Augen und drehte sich ein wenig in die Richtung, von der aus sie die Laute vernommen hatte. Siehe da, Maria und Astrid schliefen auch nicht. Sanft streichelte Maria Astrids Haare, ließ immer wieder einen Finger über ihr Ohr gleiten und dort kreisen. Astrid, offenbar äußerst kitzlig, war zum Zerreißen angespannt, wehrte sich aber auch nicht, vermutlich war es gleichsam ein Genuss für sie. Dann, Maria spielte nun mit einem weiteren Finger an ihrem Ohr, schien das Fass am Überlaufen zu sein. Astrid schnappte die Hand und biss in die Finger. Gefolgt wurde dies von weiterem, leisem Kichern. Für Katja war dies ein unglaubliches Schauspiel. Ihre Freundin Astrid wand sich unter den Händen einer anderen Frau. Auch wenn es nur das Ohr war, das da bearbeitet worden war, schien dies doch eine wahrhaft intime Angelegenheit zu sein. Albin, bis dahin untätig, küsste Astrid nun sanft und legte seine Hand auf die von Maria, die wieder auf Astrids Haar zur Ruhe gekommen war. So verharrten sie einige Minuten, und die Sicht auf diese Art von Skulptur – der Ausdruck dafür war Katja beim Anblick der drei spontan in den Sinn gekommen – blieb allen anderen verborgen. Nur Katja hatte davon etwas mitbekommen.

Beinahe gleichzeitig erwachte die Gesellschaft wieder zum Leben. Gut ausgeruht, wie es schien, weshalb dann alle bis spät in der Nacht wach waren. Der ersten warmen Nacht in diesem Jahr. Völlige Windstille trug das ihre dazu bei, es noch angenehmer empfinden zu können. Mehrmals waren alle ins Wasser gesprungen, hatten ausgelassen herumgetollt. Mehrmals hatte sich die Sitzordnung am Tisch verändert, womit auch die jeweiligen Gesprächspartner wechselten.

Erneut führten Regina und Katja eine lange Unterhaltung, nachdem sie ja bereits am Badehaus Zeit zum Plaudern gefunden hatten. Sie hatten wieder das alte Gesprächsthema angerissen. Regina erzählte ausführlich, wie sie das erste Mal auf ein Flugfeld gekommen war. Das war über eine Mädchenclique im Studium passiert. In einer feuchtfröhlichen Runde hatten die Mädchen beschlossen, dass jede ein kleines Abenteuer für die Gruppe vorbereiten sollte. Regina selbst hatte einen Raftingausflug organisiert, an die anderen Events konnte sie sich nicht mehr so genau erinnern. Eine Kollegin namens Melissa hatte sie dann auf einen Militärflugplatz mitgenommen, den ihr Vater kommandierte. Sie waren zu fünft. Melissa war nicht das erste Mal dort, das war gleich zu spüren. Bereits die Art, wie sie die Vorbereitungen in Angriff nahm, sprach dagegen, dass es sich bei ihr um eine Novizin handelte.

Christine, eines der anderen Mädchen, war bei den Vorbereitungen noch dabei gewesen. Das war es dann aber auch schon. Sie wusste bereits nach wenigen Minuten, dass sie sich dies nicht zutrauen würde. Die beiden anderen neben Regina sahen sich die Sache zwar noch kurz an, ergriffen dann aber auch mehr oder weniger die Flucht, schon als Melissas Vater, er hatte sich bereit erklärt, persönlich mit den Damen einen Sprung zu absolvieren, mit den ersten Schilderungen begonnen hatte.

»Und ich war dann eben neugierig, habe gleich ein Kribbeln im Bauch gespürt, und, das darf ich nicht vergessen zu erwähnen, ich hatte eine ungemeine Angst, die ich vorher noch nie erlebt hatte. Das war neu für mich. Ehrlich.«

Katja konnte nur nicken.

Olaf, der Chef der Flugschule, rückte noch kurz in den Mittelpunkt des Gesprächs mit seiner bestimmenden, niemals zögerlichen Art.

Dann aber begann Katja, eher unvermittelt, aber wahrscheinlich von Reginas offener Art dazu animiert, von ihrer Tätigkeit als Callgirl zu erzählen. Mal abgesehen von Monika bekam eigentlich nie jemand von ihrer etwas ungewöhnlichen Tätigkeit zu hören. Regina in ihrer eben erwähnten offenen Art war Katja allerdings von der ersten Minute an sympathisch gewesen, und sie sah keinen Grund, ihr nicht aus ihrem Leben als Callgirl zu erzählen.

Gut eine Stunde hörte Regina gespannt zu. Sie kannte zwar vom Hörensagen das, was die üblichen Dienste von Prostituierten betraf, doch den Einblick, den ihr Katja nun gewährte, eröffnete ihr einen neuen Blickwinkel. Natürlich nannte Katja bei ihren Schilderungen keine Namen. Am Ende kam sie auf ihren Hauptkunden zu sprechen, auf Eugen, wobei Katja vor allem an die komplizierte Verbindung, die sie zurzeit verband, denken musste.

»Lass den Typ sausen, Katja, tu dir mit dem nichts an. Zieh die Notbremse.« Regina hatte dies bestimmt, auch ein wenig beunruhigt ausgesprochen, kaum hatte Katja ihre Schilderungen beendet.

»Wieso meinst du das?«

»Der Typ wird dir in Zukunft nur Schwierigkeiten bereiten. Das kann ich dir voraussagen. Ich kann das spüren. Das ist ein gefährlicher Mann.«

»Du bist nicht die Erste, die das sagt.«

»Siehst du.«

»Aber ich habe alles fest im Griff.«

»Der lässt dich glauben, dass du alles im Griff hast, in Wahrheit aber hat er dich in der Hand.«

So hatte Katja das noch nie betrachtet. Führte sie Eugen tatsächlich wie eine Marionette an der Hand? Am Vortag hatte sie sich das erste Mal von ihm zum Geschlechtsverkehr ohne Kondom überreden lassen. Zweimal, und sie hatte es als nicht schlimm empfunden. Sie hatte beschlossen, mit ihm in Zukunft ständig auf ein Kondom zu verzichten. Wenn ihm das so wichtig war, so konnte sie damit gut leben. Sie hatte ihm dies knapp vor dem Abschied noch mitgeteilt. Daraufhin hatte er das Angebot gleich ausgenutzt und nochmals mit ihr geschlafen. Er sollte auf alle Fälle ihr einziger Kunde sein, dem sie dies erlauben wollte. Als sie Monika davon erzählt hatte, war deren Reaktion ganz unerwartet gewesen. Statt ihr eine Schelte zu erteilen, zeigte sie Verständnis. Als sie sich später am Abend zärtlich liebten, war das dann überhaupt kein Thema mehr gewesen. Hatte dieser Eugen sie wirklich in der Hand? Vielleicht auch schon Monika, so, wie diese reagiert hatte? Der Gedanke bereitete Katja Unbehagen.

Kapitel 20

Es war das erste Mal, dass Eugen Katja in dieses exquisite Restaurant am Stadtrand eingeladen hatte. Katja genoss die laue Luft, ein leichter Südwind blies, und die schon gelb werdenden Blätter leuchteten im Licht der Scheinwerfer, die vom Dach auf den Gastgarten gerichtet waren. Es war also doch keine schlechte Idee gewesen, auf den Mantel zu verzichten, das Kostüm reichte vollends aus. Eugen erwartete sie bereits. Von Weitem konnte sie ihn an einem Tisch mitten im Raum erkennen. Früher, in der ersten Zeit, als er sie noch über den Begleitservice gebucht hatte, war er stets bedacht darauf gewesen, in der finstersten Ecke eines Restaurants zu sitzen, doch das hatte sich in den vergangenen Monaten deutlich gewandelt. Eugen trug einen eleganten dunkelgrauen Anzug und hatte wieder einmal eine ausgefallen gemusterte Krawatte dazu gewählt. Sonst war er eigentlich immer relativ leger gekleidet. Auch Katja hätte sich für den heutigen Abend lieber eines ihrer Kleider ausgesucht. Doch Eugen hatte sie angerufen und ihr mitgeteilt, dass er ihr etwas zu eröffnen habe, und sie möge doch bitte das dunkelblaue Kostüm anziehen. Dazu sollte sie das Taillenmieder mit den breiten Strumpfhaltern tragen, einen der neuen Büstenhalter, die er ihr geschenkt hatte, und eine leicht transparente Bluse, sodass man die Ringe in den Brustwarzen zumindest erahnen könne. So war sie nun auch an den Tisch getreten. Eugen war aufgesprungen, hatte sie überschwänglich begrüßt und ihr einen Platz angeboten.

»Du siehst wunderbar aus, Katja. Sehr seriös. In diesem Kostüm gefällst du mir besonders gut. Möchtest du die Jacke ausziehen? Es ist ein wenig warm hier im Raum.«

»Du möchtest die Ringe in den Brustwarzen sehen, stimmt's?« Katja fand, dass es eher kühl war, und ein leichter Zug war zu verspüren. »Ehrlich, mir ist es hier nicht zu warm.«

»Wie du meinst.« Langsam griff Eugen in seine Sakkotasche und holte ein kleines Paket hervor. »Das ist für dich. Auf ein weiteres gutes Miteinander!« Er reichte ihr das Päckchen.

Es war unschwer zu erraten, dass das Päckchen wohl Schmuck enthalten musste. Vielleicht goldene Ringe für die Brustwarzen? Katja trug ja noch immer solche aus Titan. Sie öffnete neugierig die Schachtel und war vom Donner gerührt: Sie erblickte einen unsagbar schönen Brillantring, der Brillant riesig, funkelnd, wunderbar gefasst. Sie sah Eugen kurz ungläubig an und streifte sich den Ring dann über. Er passte perfekt. Und wie er aussah. Ein Traum. »Ein traumhaft schöner Ring. Der muss ein Vermögen gekostet haben.« In dem Augenblick, als sie die Worte gesagt hatte, war ihr aber klar geworden, dass sie diesen Ring nicht annehmen würde. Niemals würde sie einen Ring tragen, den sie nicht von Monika bekommen hatte. Niemals. Gedankenverloren blickte sie auf den funkelnden Stein, auf den sie sicher verzichten würde.

Der Kellner brachte einen Aperitif, Eugen und Katja wählten ihre Speisen, und bald hatten sie ein bangloses Gespräch begonnen. Die Vorspeise schmeckte ausgezeichnet, die Portion indes war so klein, dass dies sogar Katja auffiel, und sie zählte nicht gerade zu den Vielessern.

Ansatzlos wechselte Eugen plötzlich das Thema: »Katja, es freut mich, dass du meinem Wunsch nachgekommen bist und Ringe in den Brustwarzen trägst. Kannst du die Kostümjacke ein wenig mehr öffnen?«

Katja sagte nichts, doch in Gedanken musste sie lächeln, trug sie die Ringe ja nicht für ihn, sondern für Monika. Langsam öffnete sie die Kostümjacke ein wenig, und Eugen konnte die Ringe in den dunklen Brustwarzen andeutungsweise erkennen.

»Ich möchte gerne, dass du mir noch einen Gefallen tust und einen kleinen operativen Eingriff an deiner Vulva durchführen lässt. Ich habe einen Freund, der wird das machen.«

Katja war hellhörig geworden und alarmiert. »Aber ich trage dort doch schon Ringe. Soll ich noch einen oder zwei hinzufügen?«

Der Kellner war mit der Hauptspeise an den Tisch getreten und servierte die wunderbaren Speisen.

»Jetzt genießen wir erst einmal das Essen, danach erkläre ich dir, wie ich mir das vorstelle und wie wir das machen werden.«

Katja war verunsichert und neugierig. »Nun sag schon! Was soll ich mir machen lassen?« Die Vorstellung, an ihrer Scham operiert zu werden, gefiel ihr nicht wirklich. Bei Eugen konnte man nie wissen, was er sich so vorstellte.

Eugen schwieg vorerst zum Thema und war wieder auf die köstliche Mahlzeit zu sprechen gekommen. Die Hauptspeise war im Gegensatz zur Vorspeise üppig, und Katja konnte sich nicht vorstellen, wie sie das alles aufessen sollten.

Als der Kellner das Geschirr anschließend wieder abgetragen hatte, setzte Eugen das Thema von vorhin ansatzlos fort: »Ich denke an eine Größenreduktion oder besser an eine komplette Entfernung deiner Klitoris. Es wird gut sein, wenn du es dir machen lässt.«

»Wie bitte?!«

»Du wirst dir die Klitoris entfernen lassen. Ringe solltest du weiter tragen können.«

Katja war kurz sprachlos. Dann fasste sie sich wieder. »So wie in Afrika? Mit einer rostigen Rasierklinge?« Sie atmete tief durch. Der Schock saß tief.

»Aber nein, doch nicht so. Das wird Heinz machen, der Chirurg, den hast du ja bereits kennengelernt auf dem Baustellenfest vor einigen Wochen. Ich habe schon mit ihm gesprochen. Er sagt, das sei alles kein Problem und ginge einigermaßen schmerzfrei über die Bühne.« Er machte eine kurze Pause. »Rostige Rasierklinge. Wo denkst du hin? Das ist ja inhuman.«

Katja spürte einen Schmerz in ihrer Klitoris, wie wenn wirklich jemand daran herumschneiden würde. Ihre geliebte Klitoris. Auf die sie so stolz war. Die ihr Freuden bereitet hatte und das auch in Zukunft so halten sollte. Da sollte jemand mit dem Messer dran? Niemals! Jetzt hatte sie sich wieder voll im Griff, Ruhe durchflutete ihren Körper, und kurz erschien das Bild einer lächelnden Monika vor ihren Augen.

»Ja, das ist schön, dass du auf eine humane Vorgehensweise bestehst. Ich meine, das sollte man schon bedenken.«

»Du wirst es also machen lassen? Das hab ich mir gleich gedacht. Es ist gut so. Heinz hat Erfahrung darin. Er hat das schon gemacht.«

Katja lief eine Gänsehaut über den Rücken. »Dann kann ich aber keinen Orgasmus mehr erleben.«

»Ja, so ist es. Du wirst keinen Orgasmus mehr haben.«

»Was hat dich auf die Idee gebracht?«, wollte Katja nun wissen.

»Es war Heinz, eigentlich seine Frau. Irgendwann haben wir über alles Mögliche geplaudert, und da kam das Gespräch auf die Beschneidung von Frauen. Da hat mir Irene, so heißt sie, wenn du dich noch erinnern kannst, erzählt, dass sie so etwas auch schon in Betracht gezogen hätte, dann aber wegen der Unmöglichkeit, es rückgängig zu machen, davon Abstand genommen hätte. Sie ist dann damit herausgerückt, dass dies der Wunsch von Heinz gewesen wäre. Der fände den Gedanken daran unglaublich erotisch, mit ihr zu schlafen unter dem Wissen, dass nur er Lust empfinden könnte und sie nicht.«

»Und das würde dich auch reizen: mit mir zu schlafen und Lust zu verspüren, während ich keine verspüre, keine verspüren kann?« *Meine Güte, wenn du wüsstest, wie oft das ohnehin der Fall ist, dann bräuchtest du dir da keine Gedanken über Operationen an meiner geliebten Klit zu machen! Du Arschloch, du komplettes Arschloch! Du bist gestorben für mich!* Diese Gedanken jagten durch ihren Kopf, doch alles in allem blieb sie nach außen hin ruhig, erstaunlich ruhig, wie ihr selbst schien. Sie winkte den Kellner herbei und ließ sich nochmals vom Rotwein nachschenken.

Langsam erhob sie sich, nahm das Glas und schüttete es Eugen gezielt über Kopf und Anzug. Dann streifte sie den Brillantring ab und legte ihn ruhig auf den Tisch. »Das war es dann wohl mit uns beiden.« Sie verließ nach außen hin gelassen, nach innen hin komplett aufgewühlt, das Restaurant. Draußen stand ein Taxi, und sie ließ sich bis an die Stadtgrenze bringen, wo Monika bereits wartete. Katja hatte sie vom Taxi aus angerufen und angedeutet, dass der Abend in einem Desaster geendet hatte und dass von einer offiziellen Übergabe von Laboranteilen, damit hatte Katja insgeheim gerechnet, als sie im Restaurant angekommen war, keine Rede mehr sein konnte.

Katja hatte Monika im Büro bei der Arbeit erwischt. Sie hatte daraufhin alles stehen und liegen gelassen und war mit dem Auto in Richtung Wien gerast. Nicht, was Katja gesagt hatte, war es gewesen, das sie in Alarm versetzt hatte, nein, es war Katjas Stimme gewesen. Sie hatte tief verzweifelt geklungen, und das hatte sie auch noch zu überspielen versucht mit einem künstlich wirkenden coolen Unterton, der Monika beinahe körperlich schmerzte.

Im Auto hatte sich Katja dann so weit gefangen, dass sie den Ablauf des Abends minutiös schildern konnte. Die Abschiedsszene mit dem Rotwein auf Kopf und Anzug brachte sie dann sogar zum Lachen.

Monika sagte erst einmal gar nichts. Sie wollte Katja bloß nach Hause bringen. In Sicherheit. Danach hatte sie ein unbändiges Bedürfnis.

Im Haus angekommen, schien Katja plötzlich völlig hilflos zu sein. Wie ein kleines Kind stand sie untätig in der Diele. Monika registrierte dies, zog ihr die Schuhe aus und führte sie ins Schlafzimmer. Schweigend ließ Katja sich ausziehen, und ebenso schweigend bugsierte Monika die nun am ganzen Leib zitternde Frau in die Dusche. Rasch hatte sie sich auch ausgezogen und stand nun eng umschlungen mit Katja unter einem weichen Strahl heißen Wassers.

Vermutlich war es das heiße Wasser, möglicherweise auch die feste Umarmung, die die Spannungen in Katjas Körper löste. Sie weinte nun bitterlich an Monikas Schulter und ließ sich einfach gehen. Eine kleine Ewigkeit blieben sie so stehen, hatten noch immer kein Wort miteinander gewechselt. Irgendwann bemerkte Monika, dass das Weinen aufhörte und Katja ein paarmal kräftig durchatmete.

»Monika, kannst du mir einen Tee machen? Ich habe so einen Durst.« Es klang ein wenig kläglich, doch von der tiefen Verzweiflung war nichts mehr zu spüren.

Der vor ihr dampfende Tee ließ Katjas letzte Spannungen endgültig abfallen. Geschäftig rührte sie um, fügte nach kurzem Kosten noch einen Teelöffel Zucker hinzu, auch noch ein wenig Zitrone, rührte nochmals um und schlürfte dann vorsichtig ein wenig von der übervollen Tasse.

Katjas geschäftiges Tun rührte Monika, die stumm neben ihrer Geliebten saß. Am liebsten hätte sie Katja gleich wieder in die Arme genommen und sie ein für alle Mal vor sämtlichem Schlechten und Bösen bewahrt, das es auf der Welt gab.

In Katjas Augen allerdings war nun ein Blitzen zu sehen, das Monika augenblicklich ins Bewusstsein rückte, dass hier vor ihr zwar eine irgendwie verletzte, aber keine hilflose Person saß.

»Er hat mich eingelullt.« Katja hatte ansatzlos zu sprechen begonnen. »Vom ersten Tag an hat er mich eingelullt. Wie konnte mir das nur passieren?«

»Ich denke nicht, dass dich Eugen von Anfang an einlullen wollte.«
»Das stimmt schon, Monika. Das hatte er sicher nicht vor. Mit der Zeit jedoch hat er mich immer mehr manipuliert. Und ich habe mich manipulieren lassen. Ich weiß nicht, was es war. Vermutlich seine Persönlichkeit, diese Mischung aus Seriosität und bubenhafter Unreife. Möglicherweise aber auch die Verquickung von Labor und Begleitservice. Das hatte ich noch nie zuvor in dieser Form. Und dann war da meine hoffnungslose Selbstüberschätzung. Tatsächlich zu glauben, dass ich alles im Griff hätte.«
»Na, so völlig außer Kontrolle war doch gar nicht alles.«
»Ach Monika. Du hast mich von Anfang an vor Eugen gewarnt. Nicht nur du. Franz hat das getan, und zuletzt auch Regina, die überhaupt ein Gespür für Menschen zu haben scheint.«
»Das mag schon sein, dass ich dich hin und wieder ein wenig gewarnt habe vor ihm, aber mir schien, dass du bei manchen Dingen zwar weit gegangen bist, doch mit deinen Entscheidungen immer im Reinen warst.«
»Aber das ist es doch gerade. Dass ich es zulassen konnte, dass er dich überhaupt als Architektin für seine Labors in Betracht ziehen konnte, das war schon unverzeihlich.«
Monika hob die Augenbrauen. »Und ich habe die Aufträge dann auch angenommen.«
»So lange hat er auf mich eingeredet, endlich auf Kondome zu verzichten. Als ich dann schwach geworden bin, habe ich das nicht als einmaligen Ausrutscher abgehakt. Nein, ich habe es gleich zur Regel erhoben, scheinbar meine eigene Entscheidung diesbezüglich getroffen.«
»Und ich habe das als logische Entwicklung gesehen, Katja. Erinnere dich an den Tag, als du das erste Mal nach Hause gekommen bist und mir eher lapidar mitgeteilt hattest, dass du deine Entscheidung in der Sache so getroffen hast. Schau, ich dachte in dem Augenblick auch, dass du das wohl überlegt hast.«
Katja schüttelte den Kopf. »Meine Güte, überlege dir einmal, wie es wohl hätte kommen können, wenn er bloß noch ein wenig subtiler vorgegangen wäre. Wäre ich da vielleicht in drei Monaten ohne Klitoris herumgesessen? Und du eventuell auch? Vielleicht hätten wir uns sogar darüber gefreut, wären stolz darauf gewesen und hätten viel-

leicht Freundinnen dazu geraten, es auch machen zu lassen, von dem Chirurgen, diesem Schwein.«

»Schwein kannst du laut sagen.« Monika atmete kräftig durch. Katjas Überlegungen hinterließen ein mulmiges Gefühl in ihr. »Du hast recht. Das sind keine angenehmen Gedanken. Aber fällt das mit dem Fallschirmspringen nicht in eine ähnliche Kategorie? Ist das nicht auch eigentlich ein Wahnsinn, dass wir solchen, letztlich nicht ganz sicheren Genüssen frönen?«

Katja schüttelte energisch den Kopf. »Nein, Liebling, nein. Das ist ganz etwas anderes. Das ist tatsächlich unsere Entscheidung. Unsere Idee. Das ist unser gemeinsames Extremerlebnis. Wir verzocken nicht unser Geld an der Börse, fahren nicht mit übermotorisierten Autos mit mehr als zweihundert Sachen über die Autobahn, tauchen nicht fünfzig Meter tief ohne Pressluftflasche, setzen nicht hunderttausend Euro im Casino auf Rot. Das ist nicht unsere Sache. Wir haben unseren zusätzlichen außergewöhnlichen Lustgewinn eben im Fallschirmspringen gefunden, und das sollten wir auch nicht aufgeben. Regina hat da schon recht. Das können wir uns durchaus regelmäßig gönnen. Das ist etwas für die Zukunft. Da stehen uns sicher noch herrliche Abenteuer bevor. Und im Endeffekt läuft es ohne bleibende Schäden ab. Oder gibt es außer dem jetzt ja schon längst verschwundenen blauen Fleck an meinem Po irgendetwas auszusetzen, seit wir das tun?«

»Nein, nein, gar nichts.«

»Na also. Dass dieses Abenteuer auch nicht für jedermann geschaffen ist, haben wir ja an Gunhild sehen können.«

»Gunhild. Ja, die arme Frau, die beinahe wirklich gegen ihren Willen in die Tiefe gesprungen wäre. Die war so richtig erleichtert, als wir ihr abgeraten haben, mit der Sache weiterzumachen.«

»Du hast ihr abgeraten. Du warst das ganz allein. Das war dein Verdienst.«

»So ein Verdienst war das auch wieder nicht.«

»Sag das nicht. Wer weiß, was die Frau noch auf sich genommen hätte, hätte sie damals nicht die Notbremse gezogen. Wie auch immer. Gunhild konnte dem Sport, wenn man da von Sport sprechen kann, gar nichts abgewinnen, war völlig verständnislos, als wir nach unseren Erlebnissen noch Kaffee getrunken haben. Erinnere dich.«

Monika konnte sich genau erinnern. Doch gleich kam wieder Eugens Bild vor ihr hoch. »Wird er dich in Ruhe lassen?«

»Wie meinst du das?«

»Wird dich Eugen in Ruhe lassen, wenn du so abrupt Schluss gemacht hast, über ihm im wahrsten Sinne des Wortes das Glas geleert hast?«

»Was ist das für ein Ausdruck: über jemandem das Glas leeren? Das habe ich noch nie gehört.«

»Was weiß ich, das hab ich irgendwo einmal gelesen, aber es trifft's doch, oder?«

Katja schnaubte kurz. »Ich hätte die Flasche nehmen sollen.«

»Also, wird er dich in Ruhe lassen, oder erwartest du jetzt Terror von seiner Seite?«

Augenblicklich stieg Übelkeit in Katja hoch. Daran hatte sie noch gar nicht gedacht. Für sie war mit dem Abgang aus dem Restaurant alles erledigt gewesen. Für Eugen möglicherweise nicht. Und Typen wie ihn zu beleidigen, könnte fatale Folgen haben. »Mir ist schlecht.«

Erschreckt blickte Monika auf. »Was hast du denn plötzlich?«

»Mir wird ganz schlecht, wenn ich daran denke, was jetzt vielleicht auf mich zukommt. Und möglicherweise auch auf dich.«

»Katja«, Monika sah Katja fest in die Augen, »das werden wir gemeinsam überstehen. Ganz sicher. Heute schicke ich Eugen noch eine Mitteilung per E-Mail, dass ich mit sofortiger Wirkung meine Tätigkeit für ihn als Architektin einstelle. Alle Unterlagen werden ihm morgen eingeschrieben per Post zugesandt. Mit einer abschließenden Honorarnote. Ob er die bezahlt oder nicht, ist mir schnurzegal. Kannst du mir folgen?«

»Ja, ja.«

»Zudem werde ich jetzt gleich meinen Cousin Herfried anrufen. Den kennst du nicht, schade eigentlich, der ist ein höheres Tier bei der Polizei. Der wird uns sagen, was wir tun müssen, wenn wir Drohungen oder sonstigen unangenehmen Kontakten mit Eugen ausgesetzt sind. Und daran werden wir uns halten. Du wirst sehen, wir haben alles im Griff.«

»Glaubst du?«, fragte Katja zögerlich.

»Liebes, sei jetzt bitte nicht verzagt. Du darfst wegen der ganzen Sache nicht dein Selbstvertrauen verlieren. Eugen war eine Ausnahme, mit der müssen wir fertig werden, doch sonst gibt es keinen Grund für eine Krise.« Monika hatte das so bestimmt gesagt, dass es bis in Katjas Herz drang und die Übelkeit fortblies.

»Dann gehen wir die Sache erhobenen Hauptes an.« Das Lächeln in Katjas Gesicht kam aus tiefster Seele. Das Gefühl, Monika an ihrer Seite zu haben, gab ihr Sicherheit, große Sicherheit.

Monika hatte ein paar Minuten später Herfried am Telefon. Dieser hörte sich alles in Ruhe an, ehe er einige wenige Direktiven gab. Die wichtigste war, alles über ihn, Herfried, laufen zu lassen. Er würde von Fall zu Fall entscheiden, was zu tun sei. Sie sollten nicht selbst an so einem Problem herumpopeln, so hatte er sich ausgedrückt. Am Ende beruhigte er Katja aber. Zu neunundneunzig Prozent würde sich gar nichts tun. Solche Leute wie Eugen würden üblicherweise nicht beißen. Die wären zwar gekränkt in ihrer Ehre, doch meist bloß für ein paar Stunden, dann aber würde das überbordende Selbstwertgefühl alles rasch in Vergessenheit führen und zu neuen Abenteuern rufen.

Monika war deutlich beruhigt nach dem Telefonat, und Katja konnte vor allem dem Angebot, ständig eingreifen zu wollen, wenn nur irgendetwas seltsam oder bedrohlich erschiene, einiges abgewinnen.

Die geplante E-Mail an Eugen war rasch abgeschickt, und nach weniger als zwei Minuten kam völlig überraschend Antwort:

Hallo Monika,
Deine Mail habe ich bekommen und akzeptiere Dein Vorgehen. Bitte öffne die Datei, die ich beigefügt habe. Es ist eine Nachricht für Katja. Sie soll sie lesen und nicht gleich löschen. Ich habe von ihr keine Mailadresse. Eigentlich hätte ich den Ausdruck morgen in ein Kuvert gesteckt und an Katja gesandt. Doch so geht es schneller. Und so ist es besser.

Eugen

»Katja, schau dir das an. Es geht schon los.«

Katja versetzte es einen Stich in die Brust. Terrorbeginn schon nach drei Stunden. »Was soll ich tun?«

Monika schwieg kurz und dachte angestrengt nach. »Ehe wir Herfried gleich wieder anrufen, sollten wir die Nachricht wenigstens lesen. Ich habe einen Modus bei meinem Mailprogramm, mit dessen Hilfe man den Inhalt ansehen kann, ohne dass Schaden für den Computer entstehen kann.«

»Das traust du ihm zu?«

»Ich weiß nicht, was ich ihm zutrauen kann und muss und was nicht.«

»Dann sehen wir uns die Nachricht im sicheren Modus einmal an.«

Monika klickte einen kleinen Button am Rand des Bildschirms an, und ein etwas verzerrtes Bild der Nachricht erschien, klar genug jedoch, um sie bestens lesen zu können.

Liebe Katja,
ich weiß nicht, wo ich anfangen soll. Es tut mir jedenfalls unendlich leid, dass alles den Bach runtergegangen ist mit uns beiden. Das Bad mit dem Rotwein war sehr reinigend für mich. Mit einem Mal ist mir bewusst geworden, dass ich Dich in immer unzumutbarere Situationen bringen wollte. Sicher ein schwerer Fehler von mir. Ich kann gar nicht sagen, warum ich Dich so vereinnahmen wollte. Vielleicht wollte ich Dich für mich allein haben und habe das grundfalsch begonnen. Jetzt ist es zu spät. Ich will gar nichts beschönigen, ich will auch gar nicht nochmals von vorne anfangen, das kann ich von Dir nicht verlangen. So werden wir uns möglicherweise bloß noch auf Fachveranstaltungen der Labormediziner treffen. Es wäre schön, wenn wir uns dort in weiterer Zukunft wieder einmal zwanglos unterhalten könnten. Das würde mich jedenfalls freuen.

Noch eines: Es kursieren die wildesten Gerüchte, die meine Rückkehr aus Belgien betreffen. Ich habe selbst erst vor wenigen Tagen davon erfahren. Meinetwegen hätte sich eine junge Frau umgebracht, und davor hätte ich sie zu allem Möglichen gezwungen. Das mit dem Zwang könntest Du ja möglicherweise mit Deiner Situation mit mir in Verbindung bringen. In Belgien jedoch ist diesbezüglich rein gar nichts passiert. Ich habe lediglich meine Laborgruppe kurzfristig teuer verkaufen können, da hätte jeder zugeschlagen. Das hatte nichts mit Flucht zu tun. Ich weiß jetzt gar nicht, warum ich Dir das schreibe, das Benehmen, das ich Dir gegenüber an den Tag gelegt habe, war nur allzu real und sicher eine Zumutung.

Leb wohl und sei mir nicht allzu böse!

Eugen

»Was sagst du jetzt?«

»Ach Monika, die Sache ist irgendwie traurig. Ich denke aber, dass wir von Eugen nichts Schlimmes zu erwarten haben. Wir wollen es nicht verschreien, aber ich glaube, das war's wohl.«

Monika nahm Katja fest in ihre Arme und drückte sie an ihr Herz. Traurigkeit erfasste sie und ließ sie nicht mehr gleich los.

Die darauffolgende Nacht verlief unruhig, Monika und Katja warfen sich in ihren Betten hin und her, wurden von unangenehmen Träumen gequält. Um fünf Uhr war Monika munter und sah, dass Katja mit geöffneten Augen neben ihr lag.

»Katja«, flüsterte sie, »bist du schon munter?«

»Ich kann nicht mehr schlafen.«

»Sollen wir aufstehen? Wie wäre es mit einem verlängerten Frühstück?«

»Gute Idee. Darf ich mich vorher noch fünf Minuten an dich ankuscheln?«

»Aber gern!« Monika hob ihre Decke an, Katja schlüpfte darunter und schmiegte sich eng an ihre Liebe. Es blieb dann nicht bei fünf Minuten, es wurden vielmehr zehn daraus, doch danach war das Kapitel Eugen endgültig abgeschlossen. Katja spürte dies und fühlte sich unglaublich erleichtert.

Das Frühstück verlief noch einigermaßen ernst wie auch der übrige Tag. Das Abendessen mussten sie getrennt einnehmen, da Monika zu einem Geschäftsessen musste und Katja mit ihrem Chef Franz verabredet war.

Als Katja nach Hause kam, schlief Monika bereits, die kurze Nacht davor hatte sie früh ins Bett geführt. Katja war schnell zu ihr gekommen, Monika hatte wieder ihre Decke ein wenig angehoben, und Katja war darunter gerutscht. Glücklich schlief sie ein. Und diesmal war es ein erquicklicher Schlaf, der sie umhüllte.

Monika war gut ausgeruht aufgewacht und sah nun ins Gesicht der offensichtlich auch ausgeschlafenen Katja. Dieser blitzte der Schalk aus dem Nacken. Kaum hatte sie gesehen, dass Monika munter war, fiel sie über sie her. Küsste sie an allen erdenklichen Stellen und bemühte sich dann irgendwann im Speziellen um Monikas Brüste. Die Ringe in den Brustwarzen wurden hin und her gezogen, von oben nach unten und von unten nach oben geklappt. Dazwischen heiße Küsse.

Monika stöhnte leise und gab sich den Liebkosungen hin. Katjas Hand hatte den Weg unter die Decke gefunden und war zielsicher in die Hitze von Monikas Mitte gelangt. Dies war der Beginn eines Liebesspiels, das beide später erschöpft, am ganzen Körper durchnässt und vor allem tief befriedigt auf ihre Kissen sinken ließ.

Monika wollte an diesem Tag überhaupt nicht aufstehen, und es kostete Katja einiges an Überredungskunst, sie aus dem Bett zu locken. Erst mit dem Versprechen, schon früh am Abend mit einer Flasche Prosecco und mit ein paar Delikatessen bewaffnet wieder in die Federn springen zu wollen, hatte sie Erfolg.

Mit Elan war Katja dann am frühen Abend zu Monika ins Bett gesprungen. In Siegerpose stand sie mit einem strahlenden Gesicht vor ihrer Geliebten.

»Was gibt es, Katja?« Monika, die sich eben daran machte, eine Sektflasche zu entkorken, hielt kurz inne.

»Mach die Flasche auf, schenk ein. Wir stoßen an. Es gibt etwas zu feiern.«

»Vor zwei Tagen große Katastrophe, heute große Feier?« Monika blickte Katja ungläubig an.

»Machen Sie bitte die Flasche auf, Frau Diplomingenieurin. Lassen Sie sich nicht so bitten.«

»Ihr Wunsch ist mir Befehl«, antwortete Monika, ließ den Korken knallen und füllte die Gläser.

»Prost, liebe Monika! Hier siehst du die zukünftige Teilhaberin am Labor Dr. Franz Rohr. Ab kommendem Monat: Labor Waldenberg und Rohr. Was sagst du dazu?«

»Gratuliere!« Monika fiel Katja um den Hals, eine Menge Sekt landete auf dem Kissen, doch das kümmerte niemanden in diesem Augenblick. »Gratuliere!«

Sie nippten kurz an den Gläsern, stellten sie ab und balgten wie wild im Bett umher. »Das ist doch eine tolle Sache. Labor Waldenberg und Rohr. Klingt ungemein seriös. Oder?« Katja war auf Monika zum Liegen gekommen und hatte die Worte wieder gefunden.

»Klingt ausgezeichnet.« Monikas Brust hob und senkte sich heftig unter Katjas Last. Schnell ließ sie ihren Kopf nach oben schnellen und stahl Katja einen Kuss. »Wie hast du das angestellt?«

»Mein angekündigter Abschied aus dem Labor hatte Franz zum Nachdenken gebracht. So hat er es mir zumindest heute erzählt. Und er hatte sich vorgenommen, mir die Teilhaberschaft anzubieten, sollte ich doch nicht gehen.«

»Warum nicht einem von deinen Kollegen?«

»Das habe ich ihn auch gefragt. Rein persönliche Gründe. So hatte er es lapidar gesagt und anschließend gegrinst. Dann hat er sich noch entschuldigt, dass er unwahre Geschichten über Eugen erzählt hatte. Auf meinen Hinweis, dass das Kapitel Eugen für mich abgehakt wäre, hat er nur wohlwollend genickt, keinen Kommentar dazu abgegeben und auch nicht nachgefragt. Er hat bloß in seine Tasche gegriffen und mir einen Generalschlüssel überreicht. Den hatte bis zu dem Zeitpunkt nur er.«

»Das heißt aber auch deutlich mehr Verantwortung für dich.«

»In der Tat, meine Liebe, in der Tat. Und da muss man sich überlegen, ob man nicht andere Dinge dafür aufgibt.«

»Du willst doch nicht sagen, dass du Annas Stall verlässt.«

»Annas Stall! Du hast Ausdrücke. Wir sind, besser, wir waren ein seriöser Begleitservice.«

Monika konnte es nicht glauben. »Wird dir das nicht fehlen?«

»Ganz sicher nicht. Ich habe schon länger mit dem Aufhören geliebäugelt, doch das Verhältnis zu Eugen hat mich weitermachen lassen. Mir war da keine Lösung eingefallen, wie ich mein persönliches Verhältnis zu Eugen hätte benennen können, wäre ich nicht mehr als Nutte tätig gewesen. Private Nutte? Geliebte? Freundin? All das war unvorstellbar, daher bin ich geblieben. Du hast ja vielleicht gemerkt, dass ich nur mehr wenige Stammkunden betreut habe und dass mir ganz selten neue Kunden zugeteilt wurden.«

Als Monika so darüber nachdachte, merkte sie, dass Katja völlig recht hatte. Es war ihr so vorgekommen, als sei Katja dick im Geschäft, doch es war hauptsächlich Eugen gewesen, der es gerade in letzter Zeit genossen hatte, Katja immer und überall zu beschäftigen. Das Wort

»beschäftigen« war Monika in den Sinn gekommen, doch es klang ein wenig zu neutral, wie sie sogleich fand. Nun war das alles erst wenige Tage her und schien bereits so fern. Alles hatte sie für normal gehalten. Wie hatte sie die Situation bloß so falsch einschätzen können? War sie auch in eine Art Gehirnwäsche geraten, in einer Art Sog mitgerissen worden? So musste es wohl gewesen sein.

»Du siehst nachdenklich aus.«

»Bin ich auch. Eben ist mir nochmals deutlich geworden, wie sehr Eugen dich in Beschlag genommen hat.«

»Das hat er. Man soll aber auch nicht vergessen, dass ich niemals einen Kunden hatte, der mehr Geld bei mir gelassen hat als Eugen. So ist es nun mal.«

»Wie viel ungefähr?«

»Kann ich dir nicht sagen. Aber auf alle Fälle ein kleines Vermögen.«

»Und damit ist nun Schluss? Was wird Anna dazu sagen?«

»Was Anna dazu gesagt hat? Sie war so lieb heute, als ich gleich nach dem Treffen mit Franz bei ihr aufgetaucht bin. Sie hat mich in den Arm genommen, mir ein Kreuz auf die Stirn gezeichnet und mir alles Gute gewünscht. Für sie sei es nur eine Frage der Zeit gewesen, dass ich aufhöre. Sie war eigentlich erstaunt und sehr erfreut, dass ich nach dem Überfall überhaupt noch einmal bei ihr aufgetaucht bin.«

»Das hast du auch schon erledigt. Wow, jetzt kann also ein neues Leben beginnen.«

Katja packte Monika und wirbelte sie herum. Diesmal kam Monika auf ihr zu liegen, und Katja knetete genussvoll Monikas Po. »Weil ich dich da gerade so genussvoll kneten kann, fällt mir ein, dass doch nicht alles so neu wird in Zukunft. Ein paar Dinge wollen wir ja weiterhin pflegen.«

»Das heißt?«

»Das heißt, dass ich nach dem Abschied von Anna Martha angerufen habe. Zuerst hatte ich tatsächlich bloß einen Kontrolltermin bei ihr in der Zahnarztpraxis festlegen wollen, doch das Gespräch ist ganz schnell auf unser Hobby, das darf ich doch so sagen, gekommen. Wir müssen da was tun, Monika. Regina hat mich diesbezüglich auch schon angerufen.«

Monika schmiegte sich eng an Katja, knabberte an ihrem Ohr und flüsterte zärtlich: »O ja, das werden wir. Ich freue mich schon, dein Gesicht zu sehen, wenn du vor dem Absprung in die Tiefe blickst.«

Kapitel 21

Regina, Monika und Katja saßen kichernd in der Küche von Monikas und Katjas Haus. Noch immer waren sie aufgekratzt. Es war Sonntag am frühen Nachmittag, und sie waren eben vom Flugfeld zurückgekehrt. Dort hatten Olaf und Regina ihr Werk zur vollsten Zufriedenheit der zwei Schülerinnen ausgeführt, und für Katja und Monika war es ein unglaubliches Erlebnis gewesen, das erste Mal nicht im Tandem zu springen. Der Weg dahin war zäh gewesen, letztlich hatten sich die Mühen aber wirklich gelohnt. Das Rausspringen war zwar noch schlimmer gewesen als beim Sprung zu zweit, doch auch die Euphorie war dann größer gewesen und schien auch jetzt noch anzuhalten. Ursprünglich hatten sie im Hangar feiern wollten, doch an diesem Tag war so viel Betrieb gewesen, dass sie es sich doch anders überlegt hatten. Olaf hatte sie dahin gehend bereits vorgewarnt, und so hatte Monika schon in der Früh Buchteln vorbereitet. Katja hatte sich gefreut wie ein kleines Kind und war dann auch eifrig beim Helfen gewesen. Sie hatte ausschließlich Powidl in den Teig gefüllt, sodass die mit Marille gefüllten deutlich in der Unterzahl waren.

Der Duft des frischen Germteigs aus dem Backrohr durchdrang bereits die Küche und breitete sich im Wohnzimmer aus, was den dort ein wenig aufgekratzt beim Tratsch sitzenden Frauen einen Riesenhunger bescherte.

Da läutete völlig unerwartet die Türglocke.

Katja und Monika sahen einander fragend an, und Regina meinte, es könnte weder Gustav noch das verliebte Trio sein, die wären an diesem Sonntag nämlich in München bei einem Fußballspiel.

Katja hievte sich umständlich hoch und öffnete die Tür.

Der Überfall auf sie gelang dann wie geplant. Völlig unerwartet stand Katjas Schwägerin vor der Tür, und in dem Augenblick, als sie dies erstaunt festgestellt hatte, stürmten deren drei Töchter wie auf Kommando auf Katja los und stürzten sich ohne Rücksicht auf Verluste auf ihre Tante.

»Tante Katja, Tante Katja, jetzt haben wir dich gefangen!«

Katja bekam einiges ab, nahmen die drei Mädchen doch keinerlei Rücksicht auf irgendetwas. Die Freude der drei war greifbar, andererseits war Katjas Freude über den Besuch riesig.

Die vier Damen wurden ins Wohnzimmer geführt, wo ihnen Regina vorgestellt wurde. Monika kannten sie ja bereits, wenn auch eher flüchtig, kein Grund für die jungen Mädchen, nicht auch einen ähnlichen Überfall auf Monika zu starten wie eben zuvor auf Katja.

Dass der Duft von Buchteln in der Luft hing, war den Mädchen nicht entgangen, und sie hatten sich gleich dazu eingeladen. Ihre Mutter Carla fragten sie gar nicht erst. Dieser war das beinahe ein wenig peinlich, und sie erzählte, dass sie bloß beim Durchfahren der Ortschaft erwähnt hatte, dass ihre Tante hier wohnen würde. Da sei an Weiterfahren nicht mehr zu denken gewesen. Sie hätten so lange gebettelt, bis Carla sich breitschlagen hatte lassen, wenigstens anzuläuten. Und nun wären sie hier.

Keine einzige Buchtel war an diesem Nachmittag übrig geblieben. Die kleine Susi durfte sich die letzte nehmen. Sie tat dies ohne Hemmungen und ließ ihre Schwestern auch nicht mehr abbeißen. Die waren zwar nicht zu kurz gekommen, aber einen kleinen Happen hätten sie schon noch verkraftet.

Als Susi den letzten Bissen hinuntergeschluckt hatte, stellte sie ansatzlos eine Frage, die alle kurz verstummen ließ: »Tante Katja, Tante Monika, warum habt ihr keine Kinder? Wollt ihr keine Kinder?«

Monika brach die Stille, und die spontane Antwort ließ Katja mit offenem Mund staunen. »Doch, doch, die wollen wir schon. Ein paar Monate werdet ihr aber noch Geduld haben müssen. Dann könnt ihr uns sicher beim Füttern und Wickeln helfen.«

Wow! Katja hatte sich ohne nachzudenken auf den Sessel fallen lassen und war wie von der Tarantel gestochen wieder aufgesprungen. Carlas Schlüsselbund lag dort und hatte sich in Katjas Haut gebohrt.

»Sag du, Tante Katja, wann bekommst du ein Baby?«, fragte die kleine Susi neugierig.

»Äh, Susi, äh, ich weiß noch nicht genau, wann …«

»Das wird auch nicht mehr ewig dauern«, beendete Monika den Satz. »Wirst schon sehen.«

Katja ließ sich nun tatsächlich auf den Stuhl fallen und blieb dort sitzen. Der Gedanke an die harten Schlüssel, auf denen sie saß, drang nicht bis zu ihrem Gehirn durch. Dieses war angefüllt mit Gedanken, die ihr ein kleines Mädchen, das noch nicht einmal zur Schule ging, eingepflanzt hatte.

Spät am Abend im Bett versorgte Monika Katjas Po mit einem kühlenden Balsam. Carlas Schlüsselbund hatte doch eine bleibende Erinnerung hinterlassen. Da kam Katja nochmals auf das Thema Kinder zu sprechen.

»Wie hast du das heute gemeint, das mit den Kindern?«

Monika drehte ihr bloß ein wenig den Kopf zu und fuhr fort mit dem Eincremen. »So, wie ich es gesagt habe. Es wird Zeit, neue Perspektiven in unserem Leben zu eröffnen. Wir haben nun schon einiges miteinander erlebt und überstanden. Ich kann mir gut vorstellen, dass wir neue Herausforderungen annehmen.«

»Kinder zum Beispiel?«

»Ja.«

»Dazu braucht es einen Vater.«

»Siehst du, das wäre schon die erste neue Herausforderung.«

Katja nickte und lächelte. »So verstehst du das also. Wir sollten nachdenken. Ein wenig Kreativität wird gefragt sein.«

»Ja, das sehe ich auch so.

»Gott sei Dank bist du die Kreative bei uns.«

»Untersteh dich, mich da im Stich zu lassen.«

Katja fuhr sich leicht über den Po. »Keine Angst. Das wird deine Frau schon nicht tun.«

Deine Frau. Monika versetzte es einen Stich. Wie ungemein schön das klang: Deine Frau. Meine Frau. Gleich taten sich neue Ideen auf, doch die würde sie Katja heute nicht mehr unterbreiten.

Epilog

Ein knappes Jahr war vergangen, seit Carla mit ihren drei Töchtern zu einem Überraschungsbesuch bei Monika und Katja aufgetaucht war.

An diesem Tag nun waren sie wie geplant und pünktlich gekommen. Die jungen Mädchen in neuen Kleidern, ungemein stolz darauf, waren es ja auch ihre ersten Kleider überhaupt, und dann noch so schöne.

Regina hatte sie eingelassen und sah schon ein wenig verzweifelt drein.

»Ihr ist ein wenig übel. Ich hoffe, das gibt sich bald wieder.«

»Na sicher. Sie hat das zurzeit immer ein wenig am Morgen. Nach fünfzehn Minuten ist immer alles wieder vorbei, das hat sie mir zumindest gestern noch gesagt.«

»Dein Wort in Gottes Ohr.«

Kaum war das ausgesprochen, war Katja auch schon aufgetaucht. Die Blässe, die Regina vor wenigen Minuten noch besorgt die Stirn runzeln ließ, war verschwunden und einer gesunden Farbe sowie einem seligen Lächeln gewichen. Die Kinder in den hübschen Kleidern waren ihr ins Auge gestochen. So ein hübscher Anblick. Selbst war sie aber auch eine Augenweide in ihrem schlichten weißen Seidenkleid, das die Vorzüge ihrer Figur deutlich zur Geltung brachte.

»Wir sollten fahren«, meinte Katja, »sonst fangen sie ohne uns an.«

»Die können nicht ohne dich anfangen, Tante Katja, du bist ja die Braut.« Susi hatte messerscharf ihre Schlüsse gezogen.

»Du hast schon recht, Susi, aber wir wollen doch niemanden warten lassen.«

Regina spielte ungeduldig mit den Autoschlüsseln. »Dem kann ich mich anschließen. Ab in die Autos! Katja, hast du alles, was du brauchst?«

»Ich brauche gar nichts. Die Brautsträuße haben Astrid und Maria, die Ringe hat Albin in Verwahrung.«

Die Anfahrt wurde dann noch durch eine Baustelle verzögert. Es war eine neue Ampel installiert worden, was aber lediglich dazu führte, dass niemand weiterkam, weder in die eine noch in die andere Richtung.

Katja nahm es gelassen. Die Sonne leuchtete vom Himmel, es war angenehm warm für die Jahreszeit, und sie hatte das Fenster des Wagens heruntergekurbelt, sodass der Stoff ihres Kleides im Wind flatterte. *Gib Acht auf dein Kleid*, kam ihr in den Sinn, *sonst bist du möglicherweise nackt beim offiziellen Teil der Feierlichkeit.*

Für die beiden Fahrzeuge war ein Parkplatz freigehalten worden, und die Gesellschaft wartete bereits etwas ungeduldig. Regina mahnte nun aber nicht mehr zur Eile, sondern zu Ruhe und Besonnenheit. Das war typisch für sie. Jeder oder jede andere hätte gedrängt, nicht so Regina. Sie war darauf bedacht, die Zeremonie schön und angenehm zu gestalten, und dazu gehörte eben Ruhe. Sie ließ Carla mit ihren Töchtern die im Vorfeld besprochene Aufstellung einnehmen und schritt dann an Katjas Seite hinter den vieren in den Saal.

Und in dem Augenblick, als sie den Saal betraten, Katja die wartenden Leute bemerkte, die vorne stehende Braut sah, da beschlich sie ein seltsames Gefühl. Ein Déjà-vu. Oder doch nicht? Warum war ihr diese Szenerie so vertraut?

Das fiel ihr dann ein, als sich Monika umdrehte und sie anlächelte: der Traum. Der erste Traum in Monikas, in ihrer beider Bett, der war nun also doch in Erfüllung gegangen.

Sie waren nun nach vorne gelangt. Monika sah bezaubernd aus, Katja konnte sich kaum an ihr sattsehen. In diesem Augenblick fiel ihr der Rest des Traums wieder ein: »Ja, ich will, ich will, ich will es so sehr!«

Sie hatte die Worte laut ausgesprochen, hatte sich auf Monika gestürzt und sie geküsst.

Die erwiderte mit Freude den Kuss, flüsterte Katja dann aber leise ins Ohr: »Das, liebste Katja, war jetzt ein wenig zu früh, aber in Wahrheit kann man die Braut ja nicht oft genug küssen. Findest du nicht auch?«

Danksagung

Meiner Frau Karin gebührt großer Dank für die unendliche Geduld, die sie mit mir hat. Da hätte ihr schon das ein oder andere Mal der Kragen platzen können, wenn ich mich so gar nicht mehr von der Arbeit an meinen Buchprojekten trennen konnte. Letztlich ist das jedoch nicht passiert. Und das Wohlwollen ist weiterhin spürbar. Einen dicken Kuss dafür!

Angela Braun, meiner Lektorin, verdanke ich, dass das Buch nun in der Form vorliegt, wie ich es tatsächlich haben wollte. Ihre manchmal drastischen Worte zum Text haben mir in vielen Belangen die Augen geöffnet. Ich hoffe, dass wir noch viele Projekte gemeinsam durchziehen. Für mich ist es ein Glücksfall, mit ihr arbeiten zu dürfen. Danke!